소백산맥 ❶

세계의 중심이 되는 대한민국

소백산맥 ⑰ 세계의 중심이 되는 대한민국

발행일	2026년 5월 1일

지은이	이서빈
펴낸이	손형국
펴낸곳	(주)북랩

출판등록	2004. 12. 1(제2012-000051호)
주소	서울특별시 금천구 가산디지털 1로 168, 우림라이온스밸리 B동 B111호, B113~115호
홈페이지	www.book.co.kr
전화번호	(02)2026-5777 팩스 (02)3159-9637

ISBN   979-11-7598-245-1 03810 (종이책)   979-11-7598-246-8 05810 (전자책)

잘못된 책은 구입한 곳에서 교환해드립니다.

본 도서는 (주)북랩이 보유한 리코 인쇄 장비 등 자체 생산 인프라를 통해 제작되었습니다.

작가 연락처 문의 ▸ ask.book.co.kr

전용 게시판에 문의를 남기시면 저자에게 직접 전달됩니다.

(주)북랩 성공출판의 파트너

북랩 홈페이지와 SNS에서 다양한 출판 솔루션을 만나 보세요!

홈페이지 book.co.kr   •   **블로그** blog.naver.com/essaybook   •   **출판문의** text@book.co.kr

카톡채널 북랩

이서빈 대하소설

소백산맥

17

세계의 중심이 되는 대한민국

북랩

머리말

왜 사람은 살아야만 할까?

　이 시소설은 외지고 황량한 시대를 외나무다리 건너듯 건너온 선조들과 우리의 이야기다. 선조들은 조선 5백 년이 일본에 어이없이 무너지고 대혼란을 겪으면서 그 참담하고 암울한 상실의 시대를 살아내기 위해 시시각각 밀려오는 죽음의 공포와 싸웠다. 천신만고 끝에 나라의 주권을 되찾기까지 반쪽짜리 나라에서 당해야 했던 그 많은 수모는 형언하기 어려울 정도다.

　숨을 쉬는 것이 신기할 만큼 내일을 보장할 수 없던 참혹한 시대. 숨 속에도 죽음과 불안이 섞여 드나들던 시대의 이야기를 시작(詩作)의 키보다 더 높은 자료들을 모아 적어 내려갔다. 아직 세상에 태어나지 못해 역사에 묻혀 있는 말들을 시말서를 쓰듯 내 청춘의 기나긴 시간을 하얗게 지우면서 머릿속을 탈탈 털어 시적인 언어로 썼기에 시소설이라 이름 붙였다.

『소백산맥』은 일제 저항기 시체실에 몸을 숨기며 / 나라를 찾아 건국이 되고 / 공산주의 야욕인 6.25 전쟁에서 나라를 지켜 / 오늘날 경제 강국이 되기까지 살아온, / 그럼에도 불구하고 살아내야만 했던 격변기(激變期)로부터 / 세계 모든 사람이 우리나라에 살고 싶어 하는 순간까지 / 긴 여정을 그려낸 소설 같은 이야기이다.

35년 전통 '영주신문'에 연재 중 독자의 요청이 많아 총 17권 중 연재가 끝난 1~11권을 이미 출간했고, 그 후속으로 12~17권을 출판한다. 총 17권의 대하소설을 연재할 수 있도록 지면을 내어주신 '영주신문'에 깊은 감사를 드린다.

『소백산맥』은 입으로 다 말할 수 없는 삶의 이야기들을 유교 사상이 에워싸고 있는 영남의 명산 소백산 자락 영주 지방을 무대로 삼아 펼쳐내었다. 소설 속 사라져가는 우리나라의 미풍양속과 문화, 그리고 구전 이야기에 많은 관심을 가져주신 독자 여러분께 깊이 감사드리며, 『소백산맥』 대장정의 마무리에도 변함없는 관심을 부탁드린다.

2026년 4월

이서빈

목차

1

모든 사람에게 열리는 나라

봉황은 행운을 물고 돼지는 복을 뱃속에 넣고 거북은 장수를 등에 업고 돌은 금강산 일만이천봉의 산 정기를 일시에 뿜어내며 2045년 8월 15일에 호수처럼 아름다운 대한민국에 도착한다. 세계 사람들에게 영원한 등불이 될 지상천국이 대한민국에 건설된다. 이미 시인 타고르가 예언했듯이.

동방의 등불

타고르

일찍이 아시아의 황금 시기에

빛나던 등불의 하나였던 코리아,

그 등불 다시 한번 켜지는 날에

너는 동방의 밝은 빛이 되리라.

마음에는 두려움이 없고

머리는 높이 쳐들린 곳,

지식은 자유스럽고

좁다란 담벼락으로 세계가 조각조각 갈라지지 않는 곳,

진실의 깊은 속에서 말씀이 솟아나는 곳,

끊임없는 노력이 완성을 향하여 팔을 벌리는 곳,

지성의 맑은 흐름이

굳어진 습관의 모래벌판에 길 잃지 않는 곳,

무한히 퍼져 나가는 생각과 행동으로 우리들의 마음이 인도되
는 곳,

그러한 자유의 천국으로

내 마음의 조국 코리아여 깨어나소서.

　그의 예언은 적중했다. **동방의 등불**은 1929년에 **벵골의 대문호
인 라빈드라나트 타고르**가 일본의 초청을 받아 방문하였을 때 우
리나라 동아일보 기자가 방문을 청하자 그에 응하지 못함을 미안
하게 여겨 동아일보에 특별히 기고한 것으로 잘 알려진 작품이다.
타고르의 초기작품은 유미적(唯美的)이었으나 아내와 딸을 잃고 종

교적으로 변했으며 1910년 출판한 *기탄 잘리*란 시집으로 1913년 아시아인으로 처음 노벨 문학상을 받은 시인.

그가 작곡한 '*자나 가나 마나*'는 인도의 국가가 되었고 간디와 함께 국부(國父)로 존경을 받고 있다. 나라가 내재율과 외형률을 조율하는 힘겨운 시기에 그의 시처럼 우리나라에 동방의 등불이 빛을 환하게 비추고 있었다.

통일 대통령

시간은 축지법을 쓴 것처럼 흘러 제24대 대통령이 새롭게 당선된다. 새로운 대통령은 취임사에서 남다른 생각을 싹틔우기 위해 무슨 말을 해야 할까 고민하다가 퍼뜩 남다른 생각이 넝쿨 지고 있음을 직감한다. 세계 강대국이 될 것을 직감한 대통령은 아침저녁으로 기도를 한다. *조물주의 뜻대로 하소서. 길이 어딘지 모릅니다. 따라만 가게 해 주십시오. 神도 모릅니다. 인간도 모릅니다. 자신도 모릅니다. 모른다는 생각조차 어디서 나오는지 모릅니다.*

찬란한 해가 떠오를 때나 찬란한 어둠이 내릴 때나 살랑살랑 치맛자락을 흔들며 햇살과 식물들을 마구 유혹에 빠뜨려도 희고 뽀얀 속살로 아름다운 목으로 호수 같은 눈망울로 우아한 곡선미로 흡혈귀가 검은 유혹을 뿌려도 절대로 흔들리지 않고 가기 위한 기도이다. 아름다운 자태로 물욕으로 여색으로 불의로 부정으로 나태로 온갖 추한 것들 카멜레온처럼 색을 바꾸고 몸을 바꾸며 청둥오리처럼 파랗게 멍이 들도록 머리를 물속에 넣기도 하고 깃털로 물을 허공으로 들어 올리기도 하며 눈부신 부리를 제 몸속으로 감추는 유혹에 빠지지 않기 위해선 기도밖에 없다.

스스로를 믿을 수 없다. 세상에 영원한 건 없다. 유혹에 넘어가서 조상 대대로 지켜온 나라를 혼란에 빠뜨리게 할 수는 없다. 습관을 고치기가 이렇게 어렵다니. 자신도 모르게 습관에 젖어 자신의 신변부터 챙기게 될까, 자신을 위해 무수한 기도를 쌓는다. 그동안 대가 끊기지 않고 줄기줄기 이어온 뿌리. 당선이란 어제는 벌써 지나가 버리고 오늘이 동그랗게 눈을 뜨고 있다. 어떤 기적이 눈앞에 닥칠 것 같은 예감이 물밀 듯 밀려온다. 피할 생각도 없이 그대로 젖는다. 나는 황인종 백의민족 단군의 자손, 조상의 유전자를 쥐고 저세상에서 이 세상으로 건너왔다. 내 의도와 상관이 있는지 없는지도 모른다.

꽃처럼 물관 속을 들여다본 적도 없다. 꽃눈의 부력이 쇠해지는 목련을 보면서 특별한 영을 소유했다는 건 무슨 뜻인지 보지 못함이 아쉬움으로 엎질러진다. 어디에서 어떤 일을 하더라도 이 꼭대기 솟대로 앉아 있는 이 장대 위의 자리는 함부로 움직일 수도 함부로 날아갈 수도 없다는 것을 깨닫는다. 심장을 손으로 자근자근 누른다. 조심조심 또 조심하라고. 비가 와도 눈이 와도 바람이 불

소백산맥 **⑰**

어도 언제나 장대 꼭대기에 움츠리고 앉아서 국민을 내려다보아야만 하는 자리.

길고 긴 연극을 꿈꾸듯이 해야만 하는 자리. 손가락을 모두 한 곳으로 오므리고 불끈 쥐어본다. 힘이 불끈 솟는다. 심장과 내통한 것일까? 뇌와 내통한 것일까? 도무지 알 수가 없다. 주먹은 끝내 어디서 솟은 힘인지 알려주질 않는다. 바람과 햇살을 그러모아 만든 힘이란 것 외에 골수 어디에 깊숙이 잠재된 힘인지 아니면 외부에서 급조달해 이식해온 힘인지 영 알 수가 없다. 내 마음속 아니면 머릿속 어딘가에 둥근 파문으로 들어있다가 신기루처럼 나타나는지 알 수 없다. 내 생각을 내 몸 서랍을 열고 넣는 것을 한 번도 본 적이 없다.

위험한 무기를 감추듯 늘 감추어 두는 에너지들. 경계를 허무는 연습이 부족한 탓일까? 끙끙 앓는다고 알아내지도 못할 것이다. 음악성이 깃든 전언 같은 생각. 눈을 단번에 사로잡는 생각. 정교하고 부드럽고 달콤하고 매혹적인 생각. 다양하게 변주되는 화려한 생각. 거짓 명제가 가득한 생각. 과장도 없애고 과소도 없애고 있는 그대로의 생각. 끊임없이 내리고 녹는 눈처럼 생각이 하얗게 센다. 남북이 하나로 통일된 새로운 나라. 서로에게 따뜻한 격려를 나누며 대통령 당선에 온 국민의 환호성이 나이아가라 폭포처럼 마구 쏟아진다.

대통령이 된 이대신(李大伸)은 부통령에 북측 리서구를 지명한다.

경제발전과 남북의 이질감을 없애고 화합을 위한 잔치를 평양에서 서울에서 연이어 개최하며 국민의 화합에 최선을 다한다. 선거 전 구두로 했던 수도 옮기기에 박차를 가하고 수도는 경상북도 영주시 순흥면으로 옮겨진다. 정감록 예언서에 십승지 중 제1승지라고 했던 곳. 대통령은 자신의 이름이 이미 대통령이 될 운명임을 직감한다. 끝없이 내려오며 사람들의 입에 오르내린 크게 될 사람이란 말과 사람인지 神인지 모른다는 말에 반신반의했지만 그래도 어떤 영감이 늘 자신을 괴롭혀 오긴 했다.

이 세상 전체를 다스려야 한다는 영감과 꿈속에서 자주 만나는 정체를 알 수 없는 하느님이란 사람 때문이다. 학교에 다닐 때 놀림도 많이 받았지만 이미 예정된 운명이란 걸 이제야 안다. 순흥은 청량리역에서 고속전철로 1시간 거리다. 이대신은 자신의 아버지 이정에게서는 할아버지 이계절과 증조할아버지 이태석 이야기를 듣지 못했다. 그리고 고조할아버지가 마을 훈장이었으며 일제 저항기에 일본에 저항하며 마을 사람들을 괴롭히는 것을 보다 못해 그들에게 약을 먹이고 함께 약을 드시고 돌아가신 애국자였다는 말도 듣지 못하고 자랐다.

그러나 아버지 이정은 반드시 미국 유학을 다녀와야 세상 보는 눈이 넓어진다며 미국까지 유학을 보내 주었다. 미국 하버드대학교에서 정치학 박사까지 받고 한국으로 돌아왔다. 그리고 정치에 관심을 가지고 있었지만, 때가 아니란 생각에 때를 기다리고 있었다.

이대신은 증조할아버지와 할아버지에 관한 이야기를 아버지의 일기를 보고 알게 되었다. 이대신은 아버지의 일기를 읽으며 가슴을 쓸어내렸다.

나는 제주 4.3 사건 때 어머니와 함께 서울로 왔다. 그 뒤 철이 들면서 아버지를 찾기 위해 제주에 수없이 갔지만 결국 아버지 소식은 듣지 못하고 돌아오고 말았다. 늘 아버지에 대한 그리움이 남아 있다. 다행스럽게도 외갓집이 부자여서 남부럽지 않게 공부를 할 수 있었지만, 가슴에는 늘 한 쪽이 비어 있다는 생각에 슬프고 우울한 사춘기를 지냈다.

어머니 고정의의 지극한 정성에 사춘기 방황이 금방 끝나고 대학에서 정치학을 공부했지만, 아버지가 제주 4.3 사건 때 행방불명되었기에 정치에 입문하기 싫었다. 그래서 다시 어머니께 말씀드려서 사법고시 준비를 했다. 사법고시를 합격하고 검사가 되었다. 누구보다도 살아있는 잣대로 공명정대하게 원리원칙대로 하는 대쪽 같은 검사라고 소문났다. 그 덕분에 대법원장까지 지닐 수 있었다. 그러나 아버지에 대한 그리움 때문에 늘 반쪽 인생이란 생각이 들어 쓸쓸하다.

그렇지만 내가 열심히 살지 않으면 언젠가 아들 대신이도 이런 모습으로 내가 없는 시간 앞에 어른거릴 생각을 하고 마음을 다잡곤 했다. 남들은 성공한 인생이라고 말했다. 그러나 불을 끄고 방안에 누워 있으면 누군가 창문을 두드리고 사라지곤 했다. 짐작에 아버지 같았다. 깜깜한 밤중에 창문을 두드릴 사람은 아버지, 그 이름 같았다.

아버지는 어떤 마음으로 창문을 두드렸을까? 어딘가에 살아 있는 것이 아닐까? 아니 어쩌면 이 세상에 살지 않고 떠나서 저렇게 창문을 두드리는 것은 아닐까? 어느 날 문득, 아버지가 문을 열고 들어오면 내가 아버지를 알아볼 수 있을까? 생각은 늘 밤을 오랫동안 서성거리고 창문은 수시로 내 마음을 흔들었다. 어느 날은 창문이 흔들리면 바람이거니 생각을 하고 애써 무심해지려고 한 적도 있다. 그러나 애써 무심해지는 날이면 더욱 세차게 창문을 두드렸다.

내가 일어나서 창가로 가면 그제서야 두드림을 멈추고 어디론가 사라져버리면 나는 쓸쓸함이 장맛비에 냇물처럼 불어나서 견디기 어려웠다. 어머니께는 이 괴로움을 말할 수 없었다. 아무도 내 외로움을 이해하지 못하리라. 단 한 번이라도 좋으니 아버지를 보고 싶었다. 색바랜 흑백 사진 한 장을 잿더미에서 겨우 건졌다며 보여주는 어머니가 야속하기도 했다. 그 흑백 사진 한 장으로 아버지라는 존재를 감당하기엔 너무 가혹한 형벌 같았다.

아버지와 목욕탕을 가고 아버지와 운동을 하고 아버지와 함께 팔씨름을 하고 아버지와 키재기를 하고 아버지와 함께 자전거를 타고 아버지와 함께 야구를 했다는 친구들의 그 당연한 생활을 왜 신은 내게만 가혹하게 빼앗아버렸는지 묻고 싶다. 유치원 때부터 나는 아버지를 향한 그리움을 키웠다. 이젠 그리움이 내 살과 피와 뼈가 된 느낌이다. 어머니가 그러셨다. 내가 말을 막 배울 때 엄마를 졸랐단다.

'엄마 문방구에 가서 아버지 하나 사주세요!' 하면서 졸라서 어머니도 함께 울었다고 하셨다. 그 정도로 나에겐 아버지의 부재가 컸던 것이다. 부재란 말이 이렇게 끝없이 부풀 수 있단 말인가? 나는 어렸을 때 기도를 할 때는 늘 아버지를 찾게 해달라고 기도를 했었다. 교회에 나가서 기도하면 하나님께서 무엇이든지 들어준다는 말에 교회도 다녔다. 중학교 때까지 다녀도 예수님은 나를 속이기만 했다. 한 번도 아버지 소식도 알려주지 않아서 속은 걸 알고 교회를 그만두었다.

절에 다니는 어머니는 교회에 가지 말라고 했지만 나는 소원을 들어준다는 말에 한 주도 빼놓지 않고 갔었다. 교회에는 기적이 많이 일어난다고 했었다. 그러나 기적이란 말도 거짓말이었다. 기적이 있다면 그 기적이란 숱한 일이 왜 내게는 일어나지 않는가? 세상에서 가장 어려운 것이 부재를 견디는 것이라는 생각이다. 특히 아버지의 부재. 아버지를 기억하지 않으려고 안간힘으로 버텼지만, 마음이 기우는 것은 어찌할 수 없었다. 아직도 아버지에 대한 방황은 끝나지 않았다.

그러나 아들 대신이만큼은 아버지의 부재를 이렇게 뼈저리게 느끼지 않도록 하기 위해 내가 못 받은 부정까지 모두 쏟아부었다.

덕분에 아들이 잘 컸다. 내가 아버지에 대한 그리움이 많아 마음고생을 하는데 아들은 살아 있는 나를 그리워한다. 그때마다 언제나 아비의 가슴을 내밀어 줄 수 있어 좋다. 내가 죽기 전에 아들은 대통령까지 되었으니 만족하지만, 아버지를 만나지 못하면 눈을 감을 수 없을 것 같아 대통령이 된 아들에게 말했다.

'아들아, 네가 대통령이 되어 내게 딱 한 가지만 해 주렴.' 했더니 '아버지 말씀만 하세요. 무엇이든지 다 해드릴게요.' 한다. '그렇담 너희 할아버지를 찾아다오. 성함은 계 자, 절 자이니 꼭 찾아다오. 내 소원은 그것뿐이다.' 하니 아들은 '예 아버지' 하고 공손하게도 대답을 한다. 생각을 싹틔워본다. 정말 아들이 내 아버지를 찾아 줄 수 있을까? 나는 법관으로 근무하는 사이사이 비결 부류의 집성이라는 책들도 많이 읽어보았다.

형식도 예언설, 참요(讖謠), 역수(易數)의 풀이나 풍수지리설에 의한 해석이 다양하게 서술된 책이었다. 사상도 유교의 외도(外道)나 도교 및 참위설, 음양오행설의 다양한 배경이었다. 거기에서 이미 진인 출현설이 예언되었다. 어떻게 보면 신비하고 어떻게 보면 황당무계하기 그지없는 전통사회의 예언서에 불과하지만 수 세기가 지난 후 오늘에는 정감록에 통일된 대한민국의 대통령이 예언되어 있었다. 황당무계가 아니라 정확한 예언서인지 모른다. 나는 늘 그 대통령이 누가 될까 생각을 접어서 머리 서랍에 넣고 서랍을 닫곤 했었다.

행정 수도가 산 정기 가득한 소백과 태백이 병풍처럼 둘러싼 경북 영주시 순흥면으로 이전되는 건 이미 예언된 일이었다. 이곳은 다름 아닌 우리나라 최초의 국립서원인 소수서원(紹修書院)이 있다. 대통령 집무실을 소수서원 안에 건립할 뿐 그 환경은 고스란히 유지된다. 소수서원은 1542년 설립 조선 시대 최초의 서원으로, 당시 풍기군수 주세붕이 백운동서원이라는 이름으로 처음 세운 것이 시초이며, 이후 1550년에 현재의 이름 소수서원으로 공인되었다.

미국의 하버드 대학교는 미국 매사추세츠주 케임브리지에서 미국 식민지 시대에 최초로 설립된 고등교육 기관으로, 당시 매사추세츠 베이 식민지 의회의 결의로 설립되었다. 그러니 1636년 설립된 미국의 하버드 대학교(Harvard University)보다 94년이나 앞선 소수서원이다. 아버지의 고향인 이곳에 행정수도가 옮겨졌고 내 아들이 대통령이 되었으니 아버지를 찾을 희망을 가져본다.

아버지의 일기를 덮은 이대신 대통령은 짧은 글 한 수를 짓는다.

죽계별곡이 흐르고 달빛이 흐르고 푸른 바람이 흐르는 곳
수도를 옮긴 후부터 땅이 좋은 건지 국운이 좋은 건지
아니면 땅도 좋고 국운도 좋은 건지
마치 대한민국은 神 들린 것처럼 푸른 물결로 출렁이며 출렁이며

결 고운 긴 머리칼처럼 찰랑이며 잘 흘러간다.

이대신 대통령은 리서구 부통령에게 말한다. 역시 전생에 내가 십승지 중 한 곳이라고 한 여기가 좋지요? 그렇습네다. 그렇게 따지자면 나 리서구도 전생에 전라감사를 했습네다. 모든 것이 다 인연 따라 이어지는 게 틀림없다는 생각이 듭네다. 자 그럼 인연 따라 잘해 봅시다. 하하 그래야지요. 대통령 각하.

대통령과 부통령은 손발이 쿵짝쿵짝 맞아서 일을 해나가는 데 조금의 걸림돌도 없다. 그렇게 훈풍이 대한민국을 장식하고 1년이 흐른다. 이제 4년이 지나면 부통령이 자동으로 대통령이 된다. 임기 5년 동안 함께 계획했던 일들을 갈아엎고 다른 씨앗을 심는데 모든 국력과 자본을 낭비하는 것을 막기 위해 부통령이 자동으로 대통령이 되어 십년대계로 세웠던 일들을 갈아엎지 않고 차근차근 밀고 나라 마무리를 잘 지어 튼튼한 나라를 이끌어가도록 제도를 바꾸었다.

그다음엔 또 자동으로 부통령이 대통령이 되어 국가를 위해 지었다 부수기를 하면서 낭비하는 모든 것을 차단하기 위해 제도를 바꾼 것이다. 다음에 자신이 대통령이 자동으로 된다는 희망을 가지고 십 년 계획을 탄탄하게 세우며 모든 일에 신중을 계획하고 결정한다. 부통령은 각 부처 장관들과 함께 금강산 시찰을 위해 가고 대통령은 혼자 남는다. 그러고 보니 옆에서 하는 소백산 철쭉제

도 한 번 못 봤다. 대통령은 수행원 몇 명만을 데리고 소백산 국망
봉에 오른다.

금강산도 좋지만, 소백산 철쭉제 또한 빼놓을 수 없는 황홀이다.
수행원들과 철쭉의 환영을 받으며 올라간다. 초암사를 지나 봉 바
위와 돼지 바위가 사는 곳을 거쳐 국망봉을 지나 고치령으로 내려
온다. 연화봉과 국망봉에 올라 내려다보는 산세란 신선 선녀가 사
는 곳이다. 고치령은 금성대군이 조카의 복위를 위해 넘어 다니던
역사가 그늘진 길이다. 그 많은 한이 황홀황홀 붉은 꽃으로 피어
났다. 지난날의 아픔과 꽃 삼매경에 빠져 걷는다. 지난 역사는 꽃
과 나무 꼭대기에 걸어두고 다시 되돌아 내려온다.

수도를 옮기길 참 잘했다는 생각을 하면서. 사람의 눈길이 적고
바람과 햇살의 눈길이 많은 곳으로 가고 싶어 방향을 튼다. 어찌해
야 이 나라를 세계 최고 나라로 만들지 도무지 생각 타래가 풀리
지 않자 대한민국 최고의 학자들을 초청해 말을 정중하게 경청하
는 대통령. 전문가들의 말에 귀의 달팽이관에 안테나를 세워놓고
듣는다.

첫 번째, 인구를 늘려야 합니다. 땅덩어리도 좁고 지하자원 역시
풍부하지 않은 곳에서 오직 믿을 수 있는 건 손입니다. 젓가락 문
화를 익혀온 우리 민족의 손은 천수경을 암송하라는 이유와 같습
니다. 손이 천 개가 모이면 못 할 것이 없다는 말 깊이 새겨야 합니
다. 국제화 시대라고 하지만 지금 베트남이나 중국 쪽에서 수입해

온 손이 너무 많습니다.

　그렇다면 그 후손들은 순수한 우리나라만의 손이 아닙니다. 한 쪽은 우리나라 손 나머지 한쪽은 다른 나라 손입니다. 한 손으로 무엇을 해 보십시오. 두 손으로 하는 일과 한쪽 팔을 잃어버려 한 손으로 하는 일을 비교해 보면 알 것입니다. 그리하면 그 비책은 무엇입니까? 비책을 알려 주십시오. 일단 아이를 많이 낳을 수 있 는 환경을 마련해 주어야 합니다. 주거가 불안하거나 교육에 들어 가는 비용 때문에 아이를 안 낳으려는 심리를 완화해야 합니다.

　두 번째, 국가가 장기주택을 지어서 한 자녀를 낳으면 아파트 24 평을 무료로 주고 두 명을 낳으면 아파트 32평을 주고 세 자녀 이 상이면 40평 집을 무조건 무료로 주는 대책. 아이의 숫자와 관계 없이 대학까지 교육비는 무료. 셋 이상이면 셋 모두 무조건 흔히 말하는 최고 엘리트 기업에 특별전형으로 일자리를 줄 것. 그리고 사교육에 들어가는 비용을 줄이기 위해 어느 대학이든 문을 다 열 어둘 것.

　각 대학은 입학 정원은 없애고 지원하는 학생을 모두 받아들일 것. 그 대신 졸업에 정원을 둘 것. 그리하여 학생들이 대학에 가기 위해 하는 기본 공부를 끝내기까지 많은 독서를 하고 대학 가서 는 자기의 전공을 살려 열심히 공부해 졸업할 수 있도록 제도를 바꿀 것.

　세 번째, 아이들이 유치원에 들어가면 마음껏 뛰어놀게 하고 그림책과 동화책 등을 전문적으로 읽어주며 책과 친하게 지내도록 가까이 있는 곳에 늘 책을 두며 재밌게 읽을 수 있도록 유도해야 합니다. 초등학교마다 도서관을 만들어 동시를 비롯한 동화에서 위인전까지 비축해 두고 의무적으로 하루에 몇 권씩 읽히고 자기의 생각을 말할 수 있도록 생각의 날개를 펴 주어야 합니다.

1학년에 읽을 책, 2학년, 3학년, 학년이 올라갈 때마다 전문가들이 책을 엄선해서 전시해 의무적으로 읽고 토론할 수 있도록 지도해야 합니다. 6학년까지 가장 기초적인 것만 배우고 영어나 외국어 반 취미반 등을 자유자재로 운영하되 가장 기본은 책 읽기가 중심이 되어야 한다고 생각합니다.

중학교에 들어가서도 기본 교과 과목 외엔 모두 책 읽기에 치중해야 한다고 생각합니다. 그러면 자연적 반에서 1등, 2등이 없어지고 자연스럽게 토론 위주로 갈 것이고 지금처럼 특목고니 뭐니 해서 어려운 환경에서 공부하는 어린이들에게 꿈을 상실하게 만들지는 않을 것입니다. 모두 1등만 하면 2등은 누가 합니까? 등수가 없으니 저희끼리 업신여김과 업신여김을 당하는 일도 없을 겁니다.

중학교 3학년부터 조금씩 공부 비중을 높여 고등학교는 기술, 과학, 전자, 화공, 문학, 문화, 요리 등 각종 자기가 하고 싶은 과로 집과 가까운 학교에 배치해서 하고 싶은 일을 하게 하는 것입니다. 그리고 3년 동안은 적성이 안 맞으면 이것도 저것도 해 볼 기회를 주는 것입니다.

최종적으로 대학은 자기가 3년 동안 고른 적성을 찾아서 대학교 문을 모두 개방해 놓고 대신 졸업의 문을 좁게 해 두면 자연적으로 그 분야에 최고를 양성하고 건전한 마음과 상대적 박탈감 없이 모두 밝고 건전한 청년으로 자랄 수 있다고 각합니다. 지금까지 교육은 모두 암기로 달달 외우기만 했지 자신의 적성 같은 건 꿈도 못 꾸는 현실을 과감하게 바꾸어 나가야 할 것입니다.

공부를 하고 싶으면 공부를 하고 기술을 배우고 싶으면 기술을 배우고 문학을 하고 싶으면 문학을 배우고 철학을 하고 싶으면 철학을 배우고 어릴 때 사상의 틀에 갇히지 않고 경계를 넘나드는 법부터 가르치면 능률도 오를뿐더러 행복지수도 높아지고 남을 배려하는 마음과 인간의 근본이 무엇인지 알고 살아갈 수 있으리라 믿습니다. 모든 분야에 문을 열어두고 하고 싶은 적성에 따라 공부를 하고 원하는 과로 가면 모두가 열심히 공부하고 토론을 행복한 마음으로 할 수 있을 것으로 생각됩니다.

젊은 시절을 무조건 틀에 박힌 답안지를 외우고 대학 들어가면 쓰지도 못할 일들에 시간을 허비하고 너도나도 1등만을 위한 공부만 시키면 2등은 누가 합니까? 상대를 밟지 않으면 살아남지 못한다는 것만 가르칠 뿐입니다. 진정한 1등이란 그 분야에서 그 일을 즐기면서 그 일로 일생을 보내도 후회가 없을 일에 전념을 다 할 때 진정한 1등이라고 생각합니다.

공부를 못하는 아이가 게임을 잘할 수도 있고 공부를 못하는 아이가 축구를 잘할 수 있고 공부를 못하는 아이가 요리를 잘할 수도 있는 것입니다. 각자가 원하는 분야에서 즐겁고 신바람이 마구 일어나 휘파람 불면서 할 수 있는 인권을 모두 빼앗아버리고 부모의 욕심을 덧대는 것이 어린이를 위하는 길이라는 습관에 빠진 것이 큰 문제입니다.

그러니 무슨 일이든지 잘할 수 있도록 관심 분야로 갈 수 있도록 해야 합니다. 등수를 먹여서 새싹들의 기를 꺾지 말고 행복하게 즐겁게 할 수 있는 길을 안내해 주어 모두가 1등이 되어 살도록 해 주는 것이 우리 선배들의 일이라 생각합니다. 정말 공부를 해야 할 대학에 들어가서는 공부를 안 해도 적당히 하면 학점을 따고 졸업을 하고 간판만 따려는 심리는 인간의 행복을 좀먹는 좀벌레 같습니다. 오죽하면 먹고 대학생이란 말이 나옵니까?

공휴일과 방학을 합하면 6개월이 휴일입니다. 이건 모순입니다. 어릴 때부터 이것저것 자기 적성에 맞는 것들을 찾아서 경험해 볼 기회를 박탈해 버리는 교육은 아니라고 봅니다. 자로 재고 정답을 찾고 친구를 이겨야만 하는 일은 사라져야 합니다. 누구든 자신의 적성을 찾아내서 원하는 대학에 가서 공부하면 신바람 나게 공부할 것입니다.

대안 학교니 뭐니 그런 일들은 사라질 것입니다. 그러면 어느 학교를 나왔느냐가 중요한 것이 아니고 실력이 얼마나 있느냐가 중요하겠지요. 실지로 그렇게 하지 않고는 금수저 은수저란 말이 계속

해서 유효할 것이며 갑질이란 말들도 사라지지 않을 것입니다. 인간이 위대한 건 남을 배려하고 약한 자를 도와주며 함께 곁을 내주며 살 때 인간인 것이지 자기만 생각하면 동물이겠지요.

우리는 영원히 살지도 못하고 찰나를 살다가 죽습니다. 살아가는 동안 잘난 사람도 못난 사람도 모두 일정 기간이 지나면 먼지처럼 사라짐을 명심해야 한다고 생각합니다. 그늘을 깔고 신음하며 빛을 그리워하는 사람과 신체장애가 있어서 늘 마음마저 상처를 받는 사람이나 모두가 동등한 한 인권을 가지고 이 세상에 태어난 사람입니다.

정치가나 고위 관료들이나 더 나은 사람이 자기보다 더 못한 사람에게 배려와 관용을 베풀지 않으면 행복한 나라가 될 수 없습니다. 가장 튼튼하고 건강한 나라는 허리가 튼튼한 나라입니다. 가분수 나라일수록 삶이 불행하지요. 분자와 분모가 같을 때 우리는 하나로 약분이 되는 것입니다. 조금씩 나누고 조금씩 배려하고 현재 잘 사는 사람들의 피땀 어린 노력을 질타할 생각은 없습니다.

하지만 부동산으로 갑부가 되었건 노력해서 갑부가 되었건 어찌했건 노력의 대가라고 칩시다. 그 대가를 혼자 가지고 있을 때는 값어치가 떨어집니다. 나눌 때 그 값어치가 배가 되는 것이지요. 우리나라는 상위 몇 프로가 모든 부동산을 움켜쥐고 있습니다. 집 한 채가 두 채가 되고 두 채가 새끼를 낳아 열 채가 됩니다. 그러면 그 열 채를 가진 사람이 한 채만 가지고 있다면 나머지 아홉

채는 집 없는 사람이 가지겠지만 그걸 가지고 차액을 노려서 부동
산값을 올리는 바람에 집 없는 서민들은 점점 어려워져 집 살 엄
두를 못 내는 것입니다.

그리고 부동산 대책이 실패지요. 늘 실패합니다. 이 좁은 땅덩어
리에 아파트값 차이가 크게는 10배 이상 차이 납니다. 흔히 말하
는 강남권과 비강남권이지요. 그런데 강남권에 있는 사람들이 모
두 권력자들입니다.

세계의 중심이 되는 대한민국

2

　'비권력자들도 강남권에 있으면 권력자들의 별을 쬡니다. 물론 자본주의 사회라 그렇다 치더라도 정치적으로도 가난하고 그늘진 국민을 위해서 정치를 하지 않기 때문이지요. 늘 표에만 전전긍긍할 뿐이지 근본 문제를 해결하려는 사람은 없기 때문이지요.' '그 예는요?' 예를 들면 부동산값을 잡는다는 이유로 규제 완화가 되겠군요. '주택가격대비 얼마까지 대출해줄지를 결정하는 것이 문제입니다. 그것을 보충하기 위해 나온 것이 총부채상환비율입니다. 주택가격을 기준으로 돈을 빌려주고 돈을 빌리는 사람의 상환능력 즉 소득이 얼마인지를 기준으로 삼습니다. 기존의 주택담보대출이자 +나머지 대출 이자+ 새로 받는 주택담보대출 원리금 나누기 연 소득입니다.

　이 정책을 잘 들여다보세요. 이건 모두 있는 사람을 위한 정책입니다.' '왜 그렇게 생각하십니까?' 없는 사람, 흔히 말하는 하류층은 대출이란 엄두를 못 내도록 하는 정책입니다. 아무리 규제를 한다고 해도 있는 사람한테는 아무런 피해도 없습니다. 오히려 더 좋지요. 그들은 많은 돈을 빌리지 않고도 얼마든지 집을 더 살 수가 있고 대출에 대한 규제도 수입에 따라서 책정하니 아무 신경 안 쓰죠.

없는 사람은 연봉이 얼마나 됩니까? 연봉이 적은 만큼 집을 살 엄두는 절대 못 냅니다. 그러다 보니 상위그룹들의 게임에 춤만 추는 거지요. 전세 대출 이자 싸다고 하지만 실지로 그것도 소득이 없으면 전세대출을 안 내줍니다. 소득이 얼마 이상 조건을 갖추어야지요. 조건 갖출 수 있는 사람이면 전세대출이 아무리 규제를 해도 얼마든지 해결 가능합니다.

정작 전세대출이 필요한 사람이란 소득이 적거나 없는 사람들입니다. 그렇다 보니 더 주고라도 사글세로 갈 수밖에 없고 매달 벌어서 방세 주고 나면 먹고살기도 어렵고 아파도 치료 한 번 제대로 못 받고 말지요. 복지란 상류사회를 가늠하는 지표라고 생각합니다.' '그럼 어찌해야 하나요?' '일단 집은 주거개념이 되어야 합니다.

새들을 보세요. 집을 두 채 짓지 않습니다. 투기 개념으로 대출 능력이 있는 사람이 집을 몇 채씩 가지니까 서민들은 점점 꿈조차 꿀 수 없지요. 한 사람이 한 채씩만 가질 수 있도록 해야지요. 그럼 골고루 혜택이 가지 않습니까? 그 대신 집을 두 채 이상 소유할 수 있다면 능력이 있는 사람이니까 보유세를 예를 들면 5억짜리 아파트를 가졌다면 연 5천만 원씩은 내야지요. 5억을 은행에 넣으면 월 150만 원 정도 이자가 나오지만 5억짜리 아파트 월세를 놓는다고 가정하면 보증금 1, 2억 받고도 월 2백만 원 이상 나옵니다.

그러니 돈 있는 사람은 집을 살 겁니다. 그렇게 있는 사람은 그 보증금으로 조금 대출을 받아 또 사고 또 사고 새끼를 칩니다. 그러니 지금과 다른 방법으로 부동산 정책을 하면 대출을 규제하지 않아도 자동으로 흘러갑니다. 그렇지만 정부는 그렇게 하지를 않지요. 왜냐구요? 정부를 움직이는 고위 간부나 권력들이 모두 부동산을 틀어쥐고 있으니까요. 다른 정책을 펴서 가진 자들의 보유세를 받아 영구 임대주택을 지어서 보증금 몇천만 원이 없는 사람은 월세로 임대해 주고 그 대신 이자 개념으로 조금 더 받으면 되지요.

은행 대출은 정말 소득이 없어서 집 살 엄두를 못 내는 사람들에게 소득에 상관없이 아파트를 담보로 잡고 은행 이자를 받고 빌려줘야 합니다. 만약에 못 갚으면 은행에서 집을 가져가면 될 것 아닙니까? 그렇지 않으면 영원히 집은 상위 몇 프로가 모두 움켜쥐고 없는 사람들의 고혈을 빨아먹을 겁니다.

정부 관료들은 모릅니다. 위에 높은 곳에서 보면 사람의 머리만 보이지 그 밑에 부분은 보이지 않는 법이니까요? 은행에서 이자 받기는 어디서 받으나 마찬가지 아닙니까? 소득이 없어 상환능력이 없는 사람은 대출을 안 해주고 있는 사람만 준다면 영원히 주택은 해결 안 됩니다. 갚을 능력은 월세를 사는 능력이면 충분합니다. 은행에선 어디서 받으나 이자만 받으면 되는 것 아닙니까?

그렇게 하면 있는 사람들의 돈은 모두 기업으로 몰릴 것이고 기업이 많이 생기면 일자리가 창출될 것이고 맞물려 돌아갈 텐데 요즘 대학교 졸업한 학생들의 웃지 못할 말이 있습니다. 모두 부동산을 하겠다고 합니다. 부동산 한 건만 잘하면 1년 연봉이 나온다나요. 그럼 젊은 친구들이 기업을 하지 않고 모두 한 판을 노리면 이 나라는 어찌 됩니까? 지금 서울과 수도권의 아파트나 집이 한 사람 한 채씩 가지면 이렇게 투기도 안 일어나고 경제가 모두 한탕주의가 아니라 돈을 모두 무엇이든지에 투자를 해서 땀 흘려 해 보려고 할 것입니다.

그러나 요즘은 모두 의욕을 잃었습니다. 젊은이들은 평생을 벌어도 부모가 사주지 못하면 집을 장만하지 못합니다. 가난의 대물림이 열심히 살려는 의욕을 짓밟아 버립니다. 그래서 결혼도 포기합니다. 전세를 얻기도 힘듭니다. 아이를 낳는다는 건 꿈나라 이야기가 되어갑니다. 청년 주택이란 정책도 잘 보십시오. 주변 시세의 70% 그래도 몇 억이 있어야 하는데 청년들이 몇 억이 어디 있습니까?

그것 역시 부모가 가난한 집 아이들은 그림의 떡입니다. 모두가 있는 사람 위주의 정책일 뿐입니다. 청년들도 결혼과 동시에 주택을 담보로 잡고 직장이 아직 없더라도 은행에서 대출해 줘야 합니다. 현재로서는 없는 사람은 절대로 제1금융권을 이용할 수 없습니다. 월세를 주는 돈으로 은행에 주면 보증금 없이도 결혼을 쉽게 할 것이고 혜택이 좋아지면 아이도 낳을 것입니다.

그래야 살기 좋은 지상 낙원이 될 것입니다. 그리고 6개월 이상 연체하면 다시 회수할 수 있는 법적인 규제를 하면 충분히 가능할 겁니다. 특히 서울과 그 근교 투기가 심한 곳부터. 이제 수도가 순흥으로 왔으니 다시 여기에 또 그런 투기가 일어나겠지요. 그러지 못하게 대책을 세워야 합니다. 여기에 들어가는 예산을 줄이는 아주 쉬운 방법이 있습니다. 국가 관료들을 대폭 줄여야 합니다. 각 시도에 구의원 하나, 시의원 하나, 시장이나 군수가 있으니 국회의원은 한 명, 서울에도 시장이 있고 구청장 시의원이 구마다 일하고 있으니 서울시 전체에 국회의원 한 명만 있으면 충분합니다.

그리고 국회의원들에게 지급되는 혜택도 모두 줄여야 합니다. 공무원에 해당하는 월급과 판공비 월 1백만 원 정도면 충분합니다. 비서도 한 명이면 충분합니다. 자동차 유지비니 무슨 명분을 붙여 지급하는 비용은 모두 없애야 합니다. 국민을 위한 봉사로 생각하고 일하는 자세를 가져야 합니다. 스웨덴 같은 나라에 가서 그 정신을 배워와야 합니다. 자가용 대신 대중교통을 이용하는 정신 자세를 가져야 합니다. 그리하여 그들에게 지출되는 월급이나 혜택을 미래 태어날 세대에게로 이전시키면 문제는 간단합니다.

그리고 시장이나 구청장 시의원 모두 봉사하는 마음으로 하게 하고 두 번 이상은 출마하지 못하도록 정해야 합니다. 국회의원이 4선, 이게 말이 됩니까? 세상은 하루가 다르게 변하는데 관료들은 발전 없이 한 사람이 독식한다면 국가적으로도 낭비고 인재들이 나라를 위해 일할 기회를 박탈하는 것입니다. 새로이 일을 시작하는 국회의원들은 전(前) 국회의원들에게 배울 것은 배우면서 발전을 해나가면 국가는 젊은 피가 돌아 아주 싱그러운 나라가 될 것입니다.

대통령은 고개를 끄덕이며 한 마디도 날려 보내지 않고 귓속으로 구겨 넣고 있었다.

금수강산 기운의 빙의

그 이름도 찬란한 *대한민국*, 이 아름다운 금수강산이 세계 제1일의 명소가 된다. 24대 대통령의 탁월한 천재성이 대한민국을 최고의 나라, 세계에서 제일 살고 싶은 나라, 세계에서 살기 좋은 나라, 1위를 기록하고 지상 낙원 세계 최고 경제 대국을 이룩한 것은 인간 세상에서 지금까지 없었던 판단과 결단과 독단의 최고 지위를 이용한 결과다. 이렇게 본다면 독이 약이 될 수도 있다. 세상 모든 일이 그렇듯이.

지금까지 대한민국의 대통령들은 공도 있고 과도 있지만 그건 하늘에서 이미 정해진 대로 연극을 했을 뿐이다. 이 나라에 지상 천국을 건설하기 위해 악역 배우도 선한 역 배우도 이미 천상 옥경대의 왕인 옥황상제께서 연극의 배역을 정해서 지상으로 귀양을 보낸 것이다. 그렇지만 그걸 알 리가 없는 지상에 귀양 온 인간들은 태어남을 무슨 대단한 일이라도 되는 양 떠들며 축하를 하고 귀양지에서 할 임무를 다하고 지상 감옥에서 풀려나면 죽었다며 울고불고 야단법석을 떤다.

그러나 옥황상제는 도수를 짜놓고 *대한민국*이란 나라에 1만 2천 봉우리마다 도통 군자를 내서 지상천국을 천상 옥경대처럼 만들기 위해 인간이 천상에서 죄를 지으면 지상으로 내려보내 감옥 생활을 하도록 했다. 그렇지만 미련한 인간들은 감옥으로 귀양을 와서도 죄를 뉘우치지 못하고 서로 잘났다고 싸우고 질투 시기를 하고 똑같은 죄인이면서 대단한 것처럼 계급을 정하고 마음대로 인간을 살상하고 종교란 것을 만들어 수많은 사람을 멋대로 죽이고 천 년을 살 것처럼 이웃 나라를 침범하고 약탈하고 죽이는 일을 범하다 형량을 마치면 다시 옥경대로 올라간다.

그렇지만 아무리 수재라는 하는 머리 좋은 죄인들도 인간 세상에 지상 옥경대가 들어서서 장차 전 세계를 호령하게 될 곳인 줄 꿈에도 모른다. 이렇게 수만년 이어온 지상 감옥에 이제 서서히 빛을 쪼어 지상 옥경대가 지어지고 1만 2천 명의 도통 군자들이 전 세계를 다스리니 어찌 이런 일이 있을 수 있냐며 미련을 툴툴 털고 대한민국으로 구름처럼 밀려든다.

그렇지만 도통 군자들은 대한민국이 전 세계를 다스리는 지상천국임을 아는 데는 꽤 많은 시간이 걸린다. 대한민국의 마지막 지상 대통령이 온갖 우여곡절을 딛고 대통령에 오른다. 마침내 대통(大桶), 대통(大通)을 끌어내기에 이른다. 우주의 명당인 영주시 순흥으로 청와대를 옮기고 조선 시대 영조 때 폈던 탕평책(蕩平策)을 펼치기 시작한다. 탕평책(蕩平策)을 이용해 만민평등, 만민행복을 외친다.

대통령이 아내에게 말한다. 여보, 우리가 이 자리까지 오기 위한 이유가 뭐였지요? 영부인은 국민을 위해 나라를 위해 일하기 위해서 아닙니까? 하고 대답한다. 대통령은 역시 내가 다른 건 몰라도 당신을 선택한 건 내 인생에 행운인 것 같습니다. 하자 영부인은 당신의 생각을 내 생각에 올려놓으면 0.1밀리도 다르지 않게 딱 아귀가 맞을 거예요. 한다. 대통령은 기분이 좋아서 말했다. 나도 당신의 생각을 내 생각에 올려놓으면 0.01밀리도 다르지 않게 딱 귀가 맞을 거라는 생각에 0.01밀리도 틀리지 않게 생각합니다.

인간이란 미물은 제아무리 만물의 영장이다, 소우주다 온갖 좋은 말을 가져다 붙인다고 해도 광활한 우주에 비하면 티끌만도 못하고 기나긴 시간 줄기에 비하면 눈 깜빡할 새 정도밖에 되지 않지요. 그 신비롭고 알 수 없는 아주 작은 겨자씨 하나로 태어났으니 우리 서로 손을 맞잡고 이마를 포개고 생각을 한 곳으로 집합시켜

이 나라를 지상 낙원으로 만들어 갑시다.

잠시 살다 갈 하루살이 생이지만 그간이라도 최선을 다해 생각 밭을 개척해서 살기 좋은 나라를 만들어 봅시다. 나라를 일등국으로 가도록 하는 개울에 돌다리를 놓고 그 돌다리에 앉아 물과 물고기가 정답게 살아가는 모습을 보며 지혜를 모아서 우리 자신들을 위해 열심히 생각 얼개를 짜 봅시다. 하자 영부인은 예 그리하시지요. 어떤 생각인지는 모르지만 결국 우리를 위하고 그 위함이 나라를 위하는 길이라면 했다. 대통령은 고맙소 참. 우리가 청와대로 들어오기 전에 기거하던 집과 건물을 팔았으면 하오. 팔아서 쓸 용도는요? 얼마 되지는 않지만, 그 집과 건물을 팔아서 가장 아픔을 겪고 있는 우리의 국민을 위해 씁시다.

영부인은 망설이지 않고 예, 그리하시지요. 하고 대답했다. 대통령은 고맙소. 쇠뿔도 단김에 빼랬다고 오늘 집과 건물을 부동산에 내놓겠습니다. 그렇게 조금의 군더더기도 없이 매끈하게 찬성해 주셔서 고맙소. 당연하지요. 이 우주에 뭘 그리 내 주장에 이익되는 일이 있다고 당신의 주장에 가시를 꽂을 수 있겠습니까. 청와대로 이사 와서 처음 내린 내 결단에 당신의 의견이 꼭 맞게 겹치는 걸 보니 감이 좋구려.

그 후 영부인은 남편이 대통령이 되기 전에 살던 청담동 집과 병원으로 쓰던 건물을 부동산에 내놓는다. 내놓기 무섭게 집과 건물은 팔린다. 대통령이 살던 집이란 이유로 주위시세보다 더 높게 내놓으라는 부동산 업자의 말에 시세보다 더 높게 내놓았다. 내놓은 지 사흘도 안 돼서 집은 계약이 되고 그동안 부부가 모은 돈과 평생 영부인의 친정 부모님께서 정신과 의사와 산부인과를 하면서 모아놓은 건물과 집의 합은 150억이 넘는다. 정확하게 159억을 손에 쥐게 된다.

대통령은 여보 모든 재산이 정리되었습니다. 하는 아내의 말에 놀라서 그렇게나 빨리요? 하고 물었다. 영부인은 그렇게 내놓자마자 임자가 나타나서 손쉽게 팔렸네요 한다. 총 얼마나 되오? 총 159억이 통장으로 입금되었습니다. 아니 그렇게 많이 나요? 부동산값이 뛰었다고는 하지만 엄청나군요. 저도 놀랐습니다. 부동산 주인이 주변 시세보다 더 비싸게 내놓긴 했다는군요. 이 돈을 어디에다 쓰시겠습니까? 그래도 생각보다 많습니다. 이제 이 돈을 어디에 쓰는 것이 가장 값진 일일지 생각을 해 봅시다. 처음에 당신이 하고픈 일이 그늘을 말리는 데 쓰고자 하지 않았습니까?

그건 우리가 청와대로 들어오기 전의 일이기는 하지만. 어려운 이웃을 위해 쓰기로 안 했습니까? 그랬지요. 그러니 구체적인 계획을 세워서 국민을 위해 나누어 줍시다. 그러면 일단 전국에 있는 독거노인과 장애인과 불우한 환경 청소년들을 파악해서 단 얼마씩이라도 나눠 주기로 합시다. 좋은 생각입니다. 그럼 그 생각을 실행에 옮겨보겠습니다. 고맙소. 우리가 청와대에 사는 한 단 한 사람이라도 더 고통을 덜어주는 데 온 힘을 쏟읍시다. 일단 몹시 어려워 고통받는 사람부터 조사해 보겠습니다.

대통령은 전국의 독거노인, 소년소녀가장, 장애인 실태를 우선 조사하라고 지시한다. 가장 시급한 도움이 필요한 사람부터 지원하기 위해서였다. 그는 이 지시를 직속 수행 수행원들에게 전달하며 가능한 한 빠른 시일 내로 진행하라고 당부한다. 그렇게 한 달을 조사해온 자료를 일일이 본 영부인은 꼬박 일주일간 밤잠을 최소한으로 줄이며 검토한다. 제일 시급하고 절박한 집부터 다니면서 현장을 확인할 마음을 다진다.

결심을 싣고 수행비서 세 명을 데리고 현장을 떠날 것을 말하자 수행비서 세 명 모두 반대를 한다. 반대의 이유는 영부인에게 이도 안 들어갈 말이다. 수행비서는 이런 사소한 일에 귀하신 영부인께서 몸소 다니신다는 것은 시간 낭비입니다. 이 일이 아니어도 하실 일이 많으실 텐데 이런 사소한 일은 저희에게 맡겨 주십시오 한다. 영부인은 지금 무어라고 하셨소? 사소한 일? 어미가 자식의 일이 가장 최우선이지 사소한 일이라? 당신은 나의 수행비서로서 좀 생각을 해 볼 문제군요.

이 좁은 땅덩어리에 이렇게 교통이 좋은데 앉아서 가만히 앉아서 일을 처리한다는 건 어미로서 할 짓이 아닌 거로 생각하오. 수행비서는 얼른 말을 주워 담았다. 송구하옵니다. 큰 죄를 지었습니다. 앞으로는 신중히 처리하겠습니다. 하자 영부인은 아니오. 아직 당신이 내 의중을 잘 모르는 까닭으로 생각하겠소. 어서 떠날 영부인과 수행비서 셋은 함께 차에 몸을 싣고 청와대를 떠나서 밖으로 출발한다. 한 집 또 한 집 도무지 발걸음이 떨어지지 않는 집들이다. 자꾸만 마음이 급해진다. 이렇게 신음하는 사람이 많다니? 마음이 납덩이보다 무거워져 될 수 있는 대로 한 집이라도 더 다닐 생각을 한다. 급히 급히 돌아 하루에 다섯 집을 돌고 나니 저녁 열한 시가 넘는다. 수행비서는 하루 두어 집만 돌아다니셔야지, 이렇게 처음부터 강행군하시다가 병나실까 두렵습니다. 하고 걱정을 하자 영부인은 어미가 자식이 아파서 신음하고 있는데 지 몸 병날까 두려워 몸을 사린다면 그건 어미가 아니지요. 걱정하지 마세요.

수행비서들의 말을 가위로 잘라버린다. 수행비서들은 모두 입을 다물어 버린다. 입술에 곰팡이가 피어도 더 이상 건의를 못 하고 영부인의 뒤만 묵묵히 따라 다닌다. 청와대에 돌아오니 시계는 검지로 12시를 가리킨다. 피로를 풀기 위해 온수를 틀어놓고 온수에 몸과 생각을 담근다. 절박한 처지에 놓여 한 끼를 해결 못 하던 낮 동안의 일들이 부글부글 비누 거품처럼 부풀어 오른다.

뇌는 낮에 걸어온 발자국을 따라 다시 달려가기 시작한다. 오늘 걸어온 발자국을 생생하게 기억하며 따라간다. 첫 번째 집은 한 끼 먹을 게 없어서 열 살이 되도록 학교에도 못 다니는 불상이. 나이는 열 살이란 아이가 키는 일곱 살 정도밖에 안 되고 얼굴은 윤기

하나 없이 폐병 환자처럼 하얗고 머리는 장발이다. 겁을 먹었는지 아무 말이 없다. 지하 방엔 곰팡내가 풀풀 날아다니고 천장은 금방이라도 무너져 내릴 듯 도배지가 반은 내려앉았다.

방에는 휴대용 가스레인지와 냄비 껍질이 다 벗겨진 2인용 전기밥솥 숟가락 두 개, 젓가락 두 벌, 주걱 하나, 밥공기 두 개와 컵 두 개 그리고 밥그릇 두 개가 윗목을 차지하고 아랫목에 때가 찌들어 무슨 색인지조차 분간할 수 없고 창자가 허옇게 터진 요 위에 몸을 뉜 할아버지. 할아버지는 눈이 반쯤 풀려 있고 발음도 시원치 않아 하루하루를 건디고 있는 듯했다. 뼈만 앙상한 손을 뻗어 고마움을 표시하려는 듯하다. 손을 잡는다. 나무를 잡는 듯 뼛뼛함만 있을 뿐 살이라곤 만져지지 않는다.

안 되겠어요. 우리 일을 분담합시다. 우선 한 비서는 어디 가까운 곳에 가서 장을 좀 봐 주시오. 냉장고를 하나 사고 거기에 채워 넣을 반찬을 골고루 종류별로 사서 반찬 통에 넣어 가지고 오세요. 민 비서는 할아버지를 모시고 저 아이와 함께 때밀이에게 돈을 주고 목욕탕에 가서 목욕을 시켜오시오. 그리고 설 비서는 이불가게에 가서 요하고 이불을 두 채씩 베개 포함해서 사 오고 할아버지가 갈아입을 속옷 5벌 사고 저 아이를 위한 속옷과 겉옷도 좀 사고 옷을 넣어놓을 장식장도 조그만 것으로 하나 사 오시오.

서둘러야 하오. 이렇게 어려운 사람들이 이렇게 고통 속에서 산다는 것도 모르고 살아온 내가 한심하오. 그리고 장 비서는 나하고 *지물포에 갑시다.* 지물포를 찾아가니 마침 사람이 있다. 지하 조그만 방 하나 도배를 부탁한다. 한 시간 내에 마쳐야 하니 되도록 사람을 많이 붙이라고 하니 지물포 사장은 난감해한다. 장 비서가 자신도 모르게 영부인이라고 말하는 바람에 지물포 주인의 눈이 황소 눈처럼 커지더니 어떻게든 해 보겠단다.

그렇게 그 조그만 방에 사람이 여섯 명이 함께 도배를 한다. 그들이 고마워 영부인은 품삯을 넉넉히 지급한다. 도배하려고 할아버지가 누웠던 요와 이불을 들어내니 장판은 다 떨어져 군데군데 방바닥이 다 보인다. 도배하는 사이 영부인과 장 비서는 지물포에 가서 장판을 고른다. 장판을 고르자 주인은 굽실거리면서 장판을 자전거에 싣고 따라오기 시작한다. 지하에까지 장판을 운반한 지물포 주인은 이 집 횡재했다며 한마디 던지고 간다.

한 시간 조금 지나서 도배가 끝나고 장판을 새로 깔고 나니 방이 훨씬 넓어 보인다. 다행히도 이불까지 다 배달되고 옷장 냉장고 살림살이까지 새것으로 바뀐 다음 할아버지와 손자가 목욕탕에서 온다. 아이와 할아버지를 위해 동네 이발사에게 출장을 부탁한다. 물론 출장비까지 포함했지만, 이발사가 고맙다는 생각을 한다. 그렇게 모든 걸 바꿔두고 쌀 20킬로 두 포대를 사서 윗목에 놓아주고 금일봉을 열 살짜리에게 준다.

은행을 아느냐고 물으니 아이는 고개를 절레절레 흔든다. 오는 길에 아이를 태우고 은행에 들러 아이 앞으로 통장을 개설해서 돈을 넣어두고 카드를 두 개 만들어 아이에게 돈을 뽑는 방법을 설명해 주고 필요할 때마다 찾아서 반찬 가게서 반찬을 사 먹고 할아버지 약도 사드리라고 알려준다. 이제 휴지를 주우러 다니지 말고 학교 갈 준비를 하라고 말하자 열 살은 그때야 환하게 웃는다.

3월이 되면 학교에도 다니게 해준다는 말에 열 살은 처음으로 앞니 여덟 개를 모두 드러내며 웃는다. 아이 이름이 가불상이란다. 그렇게 가불상 집을 나오니 세 시간이 흘렀다. 비서에게 3개월에 한 번씩 들러서 생활비 잔액과 할아버지 건강상태를 파악하고 불상이를 학교에 입학시킬 것을 반드시 붉은 싸인펜으로 표시해 둘 것을 부탁하고 집을 나온다. 오랜만에 목욕한 기분이랄까.

그렇지만 가슴은 납덩이보다 무거운 것이 붙어서 따라 나온다. 열 살 나이에 스무 살 생각을 가지고 병든 할아버지를 위해 휴지를 줍고 있는 가불상. 두 번째 집은 누워서 눈만 깜빡이며 숨만 겨우 쉬는 몸에 뼈만 앙상해 졸가리 같은 노무자 할머니. 할머니는 귀가 안 들리는 것인지 누워서 눈만 깜빡인다. 일으켜 세우려고 했지만 불가능이다. 조금 있자니 어떤 중년 여성 하나가 죽을 가지고 온다. 딸이냐고 물었더니 아니란다. 며느리도 아니고 이 옆에 교회에 다니는 사람인데 전도하러 왔다가 이 할머니를 알았는데 불과 1년 전만 해도 저 정도는 아니었단다. 아들딸이 있지만, 연락이 끊긴 지 오래되었단다.

아들딸이 있기 때문에 정부 혜택도 못 받고 그동안 폐지를 주워서 연명했는데 이제 몸이 저렇게 되었다며 피도 살도 안 섞인 여인이 눈물을 찍어낸다. 방법이 없단다. 자신도 병원까지 모시고 갈 형편이 안 되어서 이렇게 죽만 끓여다 먹일 뿐이란다. 인간이 나이를 먹는다는 것이 저리되는 것인가? 왜 아들딸들은 부모가 저렇게 되도록 그냥 방치한단 말인가? 방바닥에 굴러다니는 앨범이 있어서 넘겨본다. 아들딸이 대학 졸업식에 찍은 사진이 보인다. 네 식구 모두 찍은 걸 보니 단란해 보인다. 무엇이 저 노인을 버림을 받게 했단 말인가?

혹시 이 할머니에 대해 아는 거 있어요? 아는 건 없고 저 할머니한테 작년에 들은 말에 의하면 건물도 있고 집도 있고 아들딸도 모두 공부를 잘해서 명문 대학을 나오고 사는 게 남부럽지 않았대요. 그런데 할아버지가 돌아가시고 아들이 사업을 한다고 해서 건물과 집을 모두 팔아 아들에게 주었는데 그게 사업이 망하는 바람에 아들과 자신이 길거리로 나앉게 되었답니다. 딸은 자신에게 상의도 안 하고 다 팔아주었다며 할머니와 한바탕 싸운 뒤로는 연락을 안 한 지 벌써 10년도 넘었다고만 들었어요. 그래서 아들도 딸도 한 번도 본 적이 없어요. 작년까지는 그래도 휴지도 줍고 밥은 먹고 살았는데 1년 전부터 갑자기 이렇게 드러눕더니 저리되었어요. 병원에 모시고 갈 형편이 안 돼서 못 모시고 갔어요.

저 비극은 어찌해야 한단 말인가! 1등 교육만 해서 인성 교육이 부재중인 이 사건을. 재산을 누구를 주었든지 좋은 의도에서 주었고 잘못되는 것 역시 잘하려다가 잘못된 것이지 고의는 아닐 것인데 이제 자신의 어머니가 연로한 걸 알면서 연락도 없고 돌보지도 않는다는 건 도대체 무슨 일이란 말인가! 어쩌면 명문 대학만 강요하면서 1등 교육을 한 저 할머니의 잘못이고 사회의 잘못이란 생각이 든다. 설 비서에게 내일 당장 할머니를 모실 요양병원을 알아보라고 조치한다. 자식에게 버림받은 소태보다 쓴 노무자 할머니.

세 번째 집은 불치병이 걸려 누워 있는 아들을 위해 휴지를 주워서 팔아 아들 약값을 버는 92세 연득이 할머니. 가난하고 힘든 사람들이 휴지를 주워서 생계를 유지한다는 사실에 또 한 번 놀란다. 언제 쓰러질지 모르는 가물가물한 92세 할머니가 선천성 소아마비에 뼈가 굳어 들어가는 희소병을 앓는 70세 아들을 위해 굽은 등을 끌고 휴지를 주워다 팔아 생계를 유지한다.

남편은 젊어서 아들이 세 살 때 저세상으로 가고 그때부터 공사판에 가서 벽돌을 찍으면서 아들을 먹여 살렸다. 그러나 벽돌 공장마저 문을 닫고 식당일을 하면서 살았지만 아픈 아들 때문에 일찍 집에 와야 하는 할머니를 식당에서도 써 주지 않았다고.

생각하다 못해 폐지를 줍는 일을 했는데 그 이유는 줍다가 아들 밥을 챙겨 먹이러 제시간에 올 수 있고 밑천도 들지 않아서 지금까지 하고 있단다. 이북이 고향이라 북에는 언니도 오빠도 있지만 여기는 피붙이 하나도 없어 사는 것이 너무 힘들고 외로웠다면서 눈물 한 방울도 나오지 않을 것 같은 눈에서 눈물을 찍어낸다.

소백산맥 ⑰

죽기 전에 소원이 북에 있는 언니와 오빠를 한 번 보고 죽는 거였는데 막상 통일이 되고 보니 모두 하늘나라로 가 버렸다고 한다. 물기 다 내리고 껍질만 앙상한 할머니 몸을 비비 꼬며 누워 있는 아들을 바라보는 눈 속에 막막함이 가득하다. 저 아들을 요양병원에 보내드린다고 하자 할머니는 손사래를 친다, 돈이 없다면서. 돈 걱정하지 마시라고 말하자 그렇게만 된다면 자신은 지금 죽어도 여한이 없다고 또 나오지도 않는 눈물 한 방울을 손등으로 찍는다.

설 비서에게 내일 요양병원을 알아봐서 입원시키도록 하고 금일봉을 전달하고 집을 나온다. 막막함이 까무룩 앞을 막아선다. 휘청 어두운 곳에 있다가 밝은 곳으로 나오니 앞이 보이지 않는다. 할머니의 막막함이 막막하게 앞을 가로막는다. 네 번째 집은 역시 지하다. 방이 아니라 창고로 들어가는 느낌이다. 박스나 빈 병, 플라스틱 같은 온갖 폐품이 빼곡 쌓인 방. 이걸 왜 방에 쌓아 두냐고 묻자 밖에 두면 다른 사람들이 바로 집어가기도 하고 주인이 밖에 쌓아두려면 방을 비우라고 해서 어쩔 수 없이 방에 모아놓는단다.

방이 아니라 고물상이다. 두 눈이 보이지 않는 쌍둥이 아이를 키우기 위해 아픈 몸을 이끌고 막 노동판에 나가 남자도 지기 어려운 무거운 시멘트를 져 나르며 키운 아이들을 맹인 학교에 보내고 장애인 시설에 맡겼단다. 그리고 본인은 장애인이 아니라 이렇게 혼자서 살아간다고. 뼈만 앙상한 노인은 폐지를 주워서 생계를 유지한다며 옷을 벗겨내고 어깨를 내보인다.

어깨에 파스가 덕지덕지 빈틈없이 붙은 97세 김아킨 할머니. 아무리 열심히 주워도 밥 사 먹기도 어렵다고. 혀가 굳어서 발음도 시원치 않은 말을 한다. 방을 치울 수도 도배도 할 수 없음에 더욱 안타깝다. 부엌도 화장실도 온통 고물로 가득 차 있다. 구석엔 라면 봉지가 수북이 쌓여있다. 눈길이 그리로 가자 묻지도 않는 말을 하는 할머니. 이가 다 빠져서 밥을 먹을 수 없어 라면이 식량이란다.

할머니께 틀니를 맞춰드리고 임대 아파트를 알선해 드리도록 조치하고 고물을 줍지 않고 살 수 있도록 금일봉을 드린다. 생활비가 떨어지지 않게 관리할 수밖에 없다. 멍하니 아무 말도 못 하고 금일봉만 드리고 집을 나선다. 뒤통수를 자꾸 끌어당기는 김아킨 할머니. 낮에 돌아다닌 곳을 밤새도록 다시 돌아다니며 가슴을 쓸어내리는 영부인.

세계의 중심이 되는 대한민국

3

다섯 번째 집은 자식이 있어도 어디 있는지도 모르는 집이었다. 중병이 들어도 치료도 못 받고 달동네 허물어져가는 문간방에 돌아눕기도 어려울 정도의 됫박만 한 방에 누워서 죽을 날만 기다리는 한수미 할머니. 얼굴이나 몸이나 물에 불린 것처럼 퉁퉁 불어 있다. 얼굴색도 호박보다 더 누렇게 변했다. 그냥 두면 며칠도 못 살 것 같다. 자식들한테 걱정 끼칠까 봐 연락이 닿지 않는 곳에서 이렇게 혼자 사신다는 할머니.

자식들 모두 부자로 잘 살아 걱정 없는데 다 늙은 내 병원비 때문에 자식들한테 피해 주기 싫어서 집을 옮겼단다. 도대체 이건 어느 나라 이야긴지. 당장 119를 불러서 병원으로 옮긴다. 설 비서에게 입원시키고 치료를 받도록 조치하라고 하고 일행은 다음 목적지로 간다. 갈수록 그늘은 더 선명하게 짙다.

여섯 번째 집은 아버지를 병으로 잃고 앞이 보이지 않는 어머니의 손발이 되어 어머니를 보살피고 있는 아홉 살 난 여자 어린이 정성김. 옥탑방 한 곳에 자리하고 있는 집은 어머니가 살림을 하고 아홉 살짜리가 신문을 배달해서 먹고산다. 다행스럽게도 밤에 하는 일이라 낮에는 학교에도 가고 있다. 아직 젊은 저 여인에게 어떤 일자리를 만들어서 희망불을 켜줄까 생각을 한다.

처음엔 어머니가 지하철에서 하모니카를 불면서 아버지와 둘이서 다녔지만, 아버지가 돌아가신 후부터 어머니는 그 일을 그만두었단다. 길눈도 어둡고 할 자신도 없어졌단다. 장 비서에게 재활단체에 알아봐서 일감을 찾아주고 임대 아파트도 알아봐서 이주시킬 것을 기록하고 그 집을 나온다. 금일봉으로 조금은 버티겠지, 생각하고 금일봉을 쥐여주자 보이지도 않는 눈으로 운다. 깜깜해서 울고 깜깜하게 운다. 깜깜한 하루다.

일곱 번째 집은 89세 된 할머니를 눕혀 놓고 죽을 떠먹이는 열두 살 난 이앞은 남자 어린이. 지하에 사는 사람들이 모두가 이렇게 어렵게 산다고 생각하니 모든 지하가 다 깜깜한 굴속 같다는 생각이 든다. 모든 사람이 늙으면 저런 모습으로 변할 수밖에 없음에 가슴이 아리다. 아버지와 어머니는 3년 전에 화재로 모두 돌아가시고 혼자 할머니를 돌본단다.

할머닌 몸 반쪽을 쓰지 못해서 거동이 불편하다. 겨우 화장실 출입만 하고 아무것도 할 수 없는 할머니의 손발이 되어주는 아이. 기초생활 수급 연금 40만 원으로 살아간단다. 금일봉을 전달하고 임대 아파트로 거주지를 옮겨서 아이가 학교를 중단하지 않고 다닐 수 있도록 조처할 것을 기록하고 쓰쓰쓰쓰 뒤돌아섰다. 길목까지 따라 나와 쓰쓰쓰쓰거린다.

여덟 번째 집은 아무도 돌보는 사람 없이 홀로 누워 죽기만 기다리는 시한부 할아버지. 이제 지친다. 어찌 사람으로 태어나 이렇게 살아가야 한단 말인가. 언제부터 이렇게 되었는지. 누워서 눈동자만 굴리고 아무것도 하지 못하는 할아버지 가족의 단서를 찾으러 온 방을 뒤졌지만, 아무것도 찾지 못한다. 장 비서에게 요양원으로 보낼 것을 기록하고 돈을 주어도 쓸 수가 없으므로 차가운 슬픔을 고드름처럼 주렁주렁 매달고 뒤돌아 나오다 다시 돌아다본 시한부 할아버지.

아홉 번째 집은 아홉 살 여동생 가여운을 돌보기 위해 길거리서 구두를 닦느라 학교도 못 가고 있는 열세 살 남자 어린이 가문비. 어느 날 부모님이 집을 나간 뒤 돌아오지 않는다는 가문비의 말에 가슴에 멍 구멍이 뚫린다. 오겠지! 오겠지! 기다린 지 2년이 되었는데도 오지 않는단다. 아직도 시간만 나면 엄마 아버지가 문을 열고 자신을 찾으러 올 것 같은 밤이면 꿈속에서도 부모님을 만나는 꿈을 꾼다는 하염없는 소원을 기다리며 희망으로 삼고 사는 남매.

부모가 어디서 살았는지 죽었는지도 모르고 살아가고 있는 남매. 기특하게도 동생은 학교에 보냈단다. 이모도 엄마가 집을 나간 뒤엔 와보지도 않고 삼촌도 아버지가 집을 나간 후 처음 두어 번 찾아온 그다음부터는 아예 찾지도 않고 이사까지 가버려 만날 수도 없다며 눈 속에 고여 있던 어린 눈물을 철철철 쏟아내는 열세 살 가문비. 아무리 가물어 쩍쩍 다 갈라져도 비 한 방울 내리지 않는 하늘을 원망하지 않고 아직도 희망을 버리지 않는 열세 살.

이제 곧 집도 비워줘야 한다며 울먹이는 열세 살 가문비. *걱정 말그라! 걱정 말그라!* 위로를 토닥여주고 집을 나오는데 또 눈물이 흐른다. 저들에게 먹고 쉴 수 있는 공간과 공부를 할 수 있는 여건을 여러 방면으로 검토해 볼 것을 기록하고 나오지만, 그것으로 저 아이들의 상처를 씻어주는 일은 불가능할 것이다. 부모를 찾을 때까지 아이들의 가슴속에는 그리움이 무성하게 자라 저들의 삶을 상처로 꽃피울 것이다.

하루빨리 부모가 돌아오는 길이 저들의 상처를 아물게 해 주는 일. 그렇지만 도무지 알 수 없는 일이다. 어둠이 우리 쪽으로 안개처럼 달려와 캄캄하게 깔렸다. 신발을 신는데 문득 머리를 툭, 치고 달려가는 생각. 어디 가서 죽은 것일까? 불의의 사고? 납치를 당했을까? 그렇지 않으면 저 어리고 예쁜 것들을 두고 집을 나가서 2년이 넘도록 안 돌아온다는 것이 말이 되는가. 풀리지 않는 의심이 아직도 머릿속을 헤맨다. 가여운 가문비 남매가 눈에 밟힌다.

열 번째 집은 두 다리를 잃고 고무다리를 만들어 길거리서 하루하루 동냥으로 살아가는 78세 고민대. 장애인 시설을 알아봐서 살

길을 마련해줘야겠다. 가끔 동서울터미널이나 서울역이나 역전에서 너무 무심히 보고 지나갔던 사람이 여기서 이렇게 힘들게 살았구나. 비가 오나 눈이 오나 찬송가를 부르면서 붙박이처럼 엎드려 방향제와 고무줄, 옷핀, 똑딱이 단추, 쥐벼룩 약, 바늘과 실, 목욕 타올, 각질 제거기 등 온갖 일용품을 싣고 팔던 고무다리.

그것마저도 여력이 안 되는지 그냥 찌그러진 동냥 그릇을 땅바닥에 놓고 마냥 찬송가를 불러주며 도움을 요청하던 그 고무다리 남자가 이렇게 살고 있는 것을 직접 와서 보니 억장이 와르르와르르 무너진다. 영부인은 낮에 다니면서 몸소 체험한 국민들이 이렇게 어려운 삶을 사는 사이에 아무것도 모르고 부모를 잘 만난 덕에 아무 걱정 없이 살았던 세월을 서랍장에 넣어 숨기고 자물통을 채워 버리고 싶다는 생각에 물속에서 풀어져야 할 몸이 모두 수축되어 다시 오그라들고 있다.

더는 물에 있지를 못하고 나온다. 이렇게 뜨거운 물에 몸을 풀고 있다는 것도 역시 자식의 신음에 어머니로서 해서는 안 될 일 같아서다. 평소와 달리 들어간 지 얼마 되지 않아서 몸을 닦고 나오자 남편은 무슨 일인지 궁금하다는 듯 물음표를 이마에 찍고 일어나서 옆에 바짝 다가앉는다. 대통령은 아내에게 물었다.

오늘 무슨 일 있었소? 네. 가슴이 아파서 호사스럽게 따뜻한 물 속에서 목욕할 수가 없네요. 영부인은 낮에 있었던 일들을 하나하나 긴 한숨과 때로는 눈물을 섞어가며 동영상을 돌린다. 다 듣고

난 대통령은 아내보다 몇 미터는 더 긴 한숨을 내쉬며. 우리가 헛 살았소. 하자 예, 헛살았습니다. 지금부터라도 헛살지 말고 제대로 살아야겠습니다. 내일모레 또 그 모레 계속해서 그늘을 찾아야겠 습니다. 고맙소.

대통령은 진심으로 아내가 고마웠다. 그렇게 1년 동안 2천여 명 에게 돈을 나누어 주고 나니 돈이 바닥나 버린다. 더 이상 나누어 줄 밑천이 동나지만 나누어 주어야 살 수 있는 사람은 끝없이 줄 을 늘어섰다. 아직 더 도움을 받아야 할 곳은 끝도 없이 많고 이렇 게 해서 해결될 일이 아니다. 영부인은 이래서는 안 되겠다고 구체 적인 대안을 모색해야겠다고 생각한다.

자신이 달려온 나날들을 대통령과 함께 나누고 대책을 세우기에 한 달을 허비해 버린다. 둘이서 상의 끝에 인맥, 학맥 등 연줄을 모 두 동원하기로 결심을 굳히며 작전 지휘소는 대통령과 영부인만 출입이 가능한 침실에서 따뜻한 사랑의 기운을 한 입으로 입맞춤 하며 서로가 서로에게 지휘하고 지휘를 받는다. 어떤 일이든지 기 밀이 누설되면 작전은 실패한다.

수백 번의 침략과 방어를 하느라 만신창이가 되면서도 면면히 지켜온 선조들의 투혼을 잊어버려서는 안 되기에 지휘소를 침실로 정하고 한 달 동안 대책을 세우며 서민이 받는 고통을 조금이라도 덜어주고 다 함께 행복한 삶을 살아야겠다고 다짐한다. 아울러 중 산층이 많은 튼튼한 국가를 만들 계획을 해나간다. 호시탐탐 노리는 이웃 나라 호랑이 이빨을 부드럽게 대처할 일을 밤을 새우면서 모색한다.

대통령은 말했다. *이제 결단을 내리고 시작할 때가 되었지요. 남* 편의 말에 아내는 *예, 된 것 같습니다. 한 치의 오차도 없이 차근 차근 하나하나 잘 해 나가봅시다. 알겠습니다, 부인.* 대통령과 영부인은 손바닥을 마주친다. 투명한 잔 속에서 찰랑거리는 붉은 포도주 한 잔씩을 부딪치며 기획한 일의 성공을 위해 밤을 불사르고 있다. 청와대는 붉은 포도주 이불을 덮고 깊은 잠속으로 빠져들어 간다.

이튿날, 대통령은 비서실장을 조용히 집무실로 부른다. 아무도 대동하지 않고 혼자 오라는 특별한 지시를 얹어서. 비서실장은 조용히 혼자라는 말에 떨리는 가슴을 억누르며 들어간다. 자신이 종종 업무에 실수를 저질렀지만, 대통령이 대통령으로 당선되기까지 애쓴 공적 덕분에 몇 번을 용서받았기 때문이다. 비서실장은 *각하 부르셨습니까?* 하자 대통령은 *안 불렀으면 여기에 왜 오셨습니까?* 하자 비서실장은 *아, 참 그렇습니다. 송구합니다.* 하자 대통령은 *아니지, 업무시간도 아닌데 부른 내가 송구하지요.* 순간, 비서실장 머릿속으로 한 줄기 붉고 차가운 물 한줄기가 쏴 비행운을 그으며 지나간다. 긴장이 온몸을 휘감는다. 자신도 모르게 침이 꼴깍 넘어간다.

대통령의 말투에서 도무지 알 수 없는 무언가가 있다는 감이 와서다. 긴장을 눈치챈 대통령은 준비한 말을 꺼낸다. 비서실장께서도 내 눈치를 잡았을지 모르겠지만 지난 일 년간 우리나라 국민의 고통이나 나라 전반 국정을 운영하기 위해 대대적으로 조사를 안팎으로 해왔습니다. 예, 잘 알고 있습니다. 그래서 이제 파악은 대충 끝났고 거기에 맞는 정책을 이제부터 실행으로 옮길 작정입니다. 저를 좀 도와주셔야겠습니다. 만일 제가 하는 말이 부당하다고 생각되면 사표를 쓰셔도 좋습니다.

사표라는 말에 비서실장의 근육이 꿈틀거린다. 비서실장은 태연한 척 *예, 명심하겠습니다.* 하고 대답한다. 사표라는 말에 신경이 거슬려 속으로는 도대체 무슨 말을 하려고 또 저리 빙글빙글 원반 돌리듯이 말을 돌려. 할 말이 있으면 직선적으로 하지. 내가 언제 자신을 안 도와준 적이 있었나. 답답해서 돌아버리겠네. 성질이 급한 데다가 사표라는 말에 한껏 불안감이 밀려온 그는 속으로 구시렁거린다. 속으로 구시렁구시렁 중얼거림을 알아듣기라도 한 듯 대통령은 말을 잇는다.

대통령은 그의 속을 들여다보기라도 한 듯 그럼 비서실장을 믿고 말하겠소. 먼저 나의 신상에 대해서부터 말을 하겠소. 매달 받는 대통령의 월급을 반납할 작정이오. 국민의 어버이로서 고통받고 하루 끼니도 못 때우며 몸이 아파도 치료도 받을 수 없고 학교에 갈 나이가 지나도 학교에도 가지 못하는 어린이와 병마에 시달리며 신음하면서도 치료를 못 받는 나의 국민을 단 한 명의 생명이라도 더 구할 수 있고 고통에 티끌만큼이라도 보탬이 되기를 간절히 바라는 마음입니다.

나라의 아버지로서 할 수 있는 일을 모두 해나갈 계획입니다. 그에 대한 일은 비록 빙산의 일각이지만 아주 작은 것부터 우리가 실천해야 한다는 결단을 내렸습니다. 모든 큰일은 아주 작은 일을 소홀하게 해서 그르치는 경우가 많습니다. 사소한 일을 무시하고 무조건 지시만 내리고 큰일에만 집중한다면 국민의 어려움을 내 임기가 끝날 때까지 모를 수 있어요.

그래서 말인데 일단 당장 내일 아니 오늘부터 아주 작은 일부터 실천할 계획입니다. 비서실장은 대통령의 말에 쉽게 대답한다. 예, 지시만 내려 주십시오. 대통령은 작심한 말을 하나하나 내놓는다. 그럼 내 비서실장을 믿고 말하리다. 우리 청와대에서 먹는 반찬의 수를 줄이시오. 아침 식사는 간단한 우유 한 잔, 점심과 저녁도 최소한의 기본 반찬을 세 가지로 줄이시오. 지난 1년간에 들었던 부식값의 총계를 내어 최소한의 반찬을 준비한 나머지 모두는 죽음과 맞서 홀로 싸우는 독거 가정으로 많지는 않겠지만 전달할 계획이오. 또한, 나와 아내는 나라의 어버이로서 그동안 모아놓았던 재산을 모두 정리해서 독거 가정에 전달했어요. 그러나 이건 한강에 돌 던지기 정도밖에 되지 않아서 극단의 조처를 내리지 않으면 힘없고 헐벗고 굶주리는 사각지대의 국민이 모두 신음하며 죽어갈지도 모르기에 이렇게 극단의 조처를 내리는 것이 오해하지 말고 들어주고 판단하기를 바라오.

비서실장은 내심 놀란 얼굴로 대통령을 쳐다본다. 갑자기 볼 속에 바람을 잔뜩 넣어 우물거리다가 대통령의 앞이란 걸 생각하고 얼른 바람을 입 밖으로 내보낸다. 대통령이 다시 말을 꺼낸다. 당신은 나와 한 몸이라고 생각하오. 그래서 말인데 비서실장의 모든 재산을 정리해서 우리 고통받는 국민을 위해 씁시다. 나는 대통령으로서 받는 월급을 한 푼도 남기지 않고 모두 어려운 국민에게 조금이라도 도움을 주기로 마음먹었습니다. 비서실장보고 나처럼 월급까지 반납하란 말은 않겠소. 먹고살아야 하니까.

그렇지만 부동산이나 저축해둔 돈을 모두 이런 정의로운 곳에 쓴다면 만 국민이 우러러볼 것이고 우리가 청와대를 떠나갈 때쯤이면 우리나라는 세계 어느 나라보다 살기 좋은 나라가 되리라고 확신하오. 내 말은 여기까지오. 잘 생각해보고 현명한 답을 주시오. 예? 예. 짧게 두 마디를 뱉은 비서실장은 가뭄에 땅 굳듯이 굳은 얼굴로 나온다. 어떻게 해야 한단 말인가. 내 재산도 아니고 선대로부터 물려받은 재산인데 처분한다고 하면 아내는 어쩌면 비서실장을 그만두라고 할지도 모른다. 그 재산 중에는 처가에서 받은 재산도 많이 포함되어 있기 때문이다.

그렇지만 이미 주사위는 던져졌고 잘 생각해보고 답을 달라는 말은 아니면 그만두라는 말이다. 비서실장은 순간이 백 년처럼 고통스럽고 길다. 눈치를 챈 대통령은 너무 심각하게 생각 말고 마음

내키는 대로 하라고 위로를 하지만 그 말이 더욱 중압감을 느끼게 한다.

하루를 백날처럼 길게 보내고 퇴근한다. 너무 깜깜한 저녁이다. 칼퇴근을 하고 집으로 가지만 발걸음은 무겁기만 하다. 집에 도착하자마자 옷도 벗지 않은 채 거실에 앉아 술 한 잔 먹고 싶다며 술상을 차려오라고 시킨다. 도우미 아주머니를 잠시 피해달라고 자신의 방으로 들여보낸다. 술상 앞으로 온 아내는 무엇인가 냄새를 맡았는지 무슨 고민이 있냐며 술 한 잔 겨우 입에 털어 넣었는데 벌써 궁금증을 토로한다. 비서실장은 아내에게 말한다.

어차피 당신이 알아야 할 일이고 당신의 선택에 따라야 할 일인데 나로서는 괴롭구려. 비서실장 아내는 무슨 일인데 그리 뜸을 들이고 괴로워해요. 사람이 하는 일인데 해결 못 할 일이 뭐 있다고요. 저는 아무렇지도 않으니 말씀해 보세요. 혹시 밖에 자식이라도 두었나? 그것도 사주팔자니 무엇이든지 숨기지 말고 솔직하게 말씀해 보세요. 비서실장은 어렵게 말을 꺼낸다.

차라리 그렇게라도 돈 좀 쓰고 신나게 살았으면 후회나 없겠소. 돈 한 번 맘 놓고 못 써보고 그저 열심히 일하고 놀 시간도 없이 달려왔는데 이제 그 달려온 시간이 모두 물거품이 되게 생겼소. 비서실장 아내는 무슨 말이지 답답해 소리친다. 성질 급한 사람 숨넘어가겠네. 얼른 줄거리를 말해봐요. 비서실장이 대통령의 말을 그대로 옮기자 아내의 표정도 점점 굳어간다. 아내도 예상대로 말도 안 된다며 몇 잔을 연거푸 마신다. 술은 뱃속으로 들어가 사람의 마음을 교란시키기 시작한다. 아들 둘은 미국 유학을 끝내고 미국에서 자리를 잡고 살고 있고 이 덩그렇고 큰 집에서 둘만 살고 있다.

외로워서 아들들에게 한국에 들어와 살자고 말했었다. 그러나 그때마다 하는 아들의 말, 한국에는 미래가 없단다. 정치인들이 너무 이기적이고 탁상공론에다 있는 사람 위주로 정치하며 또 국민을 위한 정치보다는 정치하는 사람이 자신의 이익만을 추구하고 생색내기 정치를 하고 적폐청산이란 허울을 씌워 지나온 대통령들의 공은 모두 싹둑싹둑 잘라내야 자신이 위대하기라도 한 듯 선거에서부터 대통령에 올라서까지 상대의 약점 조사하기에 지난 일들 뒤돌아보느라 앞으로 나아가지 못하는 관행을 저지른다.

상대의 잘못을 부풀리고 마치 자신들만 신처럼 완벽한 듯 행동한다. 서로 약점 공격과 비난 공세 속에서 이 나라는 점점 기울어간다. 상대진영에서 지나온 과거 대통령들의 공적과 잘한 부분, 배워야 할 부분, 탁월한 부분을 발굴하고 인정해서 계승해야 할 점, 지나간 잘못한 점을 거울로 삼아 잘해 나가려는 움직임은 보이지 않고 지난 정권의 잘못만 캔다. 그러다 정권 말년이 되면 자신의 약점을 덮어줄 측근을 세우는 데 체력과 정신을 다 소비하고 전임 대통령이 미처 임기 안에 끝내지 못한 큰일들은 모두 다 밀려나고 또다시 그 위에 새로운 성을 짓는다.

정권이 바뀔 때마다 최소한의 인간적인 면조차 찾아볼 수 없이 짐승처럼 물어뜯어 붉은 이빨을 드러내고 으르렁거리는 일만 반복한다. 선거 유세 때마다 자신만이 대한민국을 책임진다며 동네방네 온갖 방송을 통해 공약을 떠들어대며 표를 구걸하며 때 묻지 않는 순수한 국민들의 표를 받아낸 다음 당선과 동시에 모든 것은 물거품처럼 사라져 버린다. 내가 언제 약속했냐는 식이다. 자신이 그 자리에 있을 때 무엇을 했다는 업적, 친인척과 함께 선거 캠프에 몸담았던 사람들을 등용해 자신이 해나가는 모든 일에 반기를 들지 못하게 발판을 굳힌 손바닥으로 하늘을 가리는 일에만 모두 몰두하고 인맥, 혈맥, 학맥을 모두 총동원해 끌어들여 끼리끼리다.

발전보다 붕당 짓기에 바쁘고 권력을 잡았을 때 한탕주의를 최대한 이용하는 한국 정치의 현실을 보면서 희망이 없다며 정치에 몸을 담고 있는 아비를 향해 정식으로 두 놈 모두 공격했었다. 아무리 아버지가 깨끗하게 하고 싶어도 혼자의 힘으로는 불가능하며 결국은 콩나물에 콩밥이 되어야 목숨을 보전하니 권력이란 자리에 오르기가 바쁘게 다시 그 콩나물에 콩밥이 될 것이라며 야유를 퍼붓던 아들의 말이 오늘 왜 이리 뼈를 가는 아픔으로 다가와 귓전을 마구 때리는지 모르겠다.

미래가 없는 한국에 살고 싶지 않다며 오히려 미국으로 이민 오라고 설득을 했다. 그렇지만 나이가 70이 다 되어가도록 산 이 나라가 좋지 미래가 뭔지는 그렇게 피부에 와 닿지를 않아서 그렇게 자식은 둘 다 미국에, 부모는 한국에 이산가족이 되어 각각 자신의 삶에 몰두하고 있다. 그러다 이번에 대통령이 대선 출마 선언을 하고 그 올바르고 청렴한 마음에 반해 그를 도와 선거 캠프 총지휘를 맡아서 비서실장이란 직위를 얻었다. 아들은 아예 아버지의 정치에 대해 반론을 제시한 뒤엔 무관심으로 일관한다. 그러나 그 청렴하고 올바른 마음 앞에서 이리 갈등이 생기는 자신이 싫어 비서실장은 괴롭기만 하다. 욕심을 비우기가 이렇게 어려운 줄 몰랐다.

예전에 아니 비서실장이 되기 전까지 자신을 비울 이유도 비워야 할 일도 없었다. 대대로 내려온 재산을 외동아들인 자신이 고스란히 물려받았으며 부에 대해서 자랑스럽다는 마음을 느껴보지도 못했다. 그냥 너무도 평범하게 살았을 뿐이다. 법대를 나와 법조인으로서 길만 묵묵히 걸으며 살았을 뿐이다. 아들 둘도 법을 전공하기를 바랐지만, 법정엔 양심을 다는 저울은 없고 권력이 요구하는 대로 저울을 기울여야 하는 이 나라에서는 법 공부를 하기 싫다며 미국으로 갔다. 기어이 미국 대학교에 정치학을 전공하고 교수가 되어 나름 부족함 없이 아들딸 낳고 두 형제 모두 잘 살고 있다.

비서실장은 혼잣말처럼 말한다. 제기랄 우리가 선택할 수 있는 것 중에 중요한 것은 아무것도 없어. 중요하지 않은 일들만 우리가 하게 만들어놓은 神의 계략이야. 태어나고 죽고 하는 목숨 줄을 꼭 움켜쥐고 조정하며 물도 공기도 햇빛도 공짜로 주었으니 매사에 감사하라느니 어쩌느니 생색을 내며 별 볼 일 없는 일은 자신이 선택하게 만들고 또한 최고의 선택에도 오류를 작동시키고 최하의 선택이 오히려 최선보다 나은 선택이 되기도 하지. 인간을 조종하는 이 神란 참 나쁜 놈이야.

비서실장 아내는 중얼거리는 말을 듣고 도대체 무슨 말씀을 하시는지 모르겠네요. 취한 것 같으니 어서 주무시고 내일 생각해요. 맨정신으로 결정을 내려야 실수가 없다고요. 그러니 주무시고 내일 일어나서 결정해요. 비서실장은 아내의 말에 아니 내일 답을 해 줘야 해. 아니면 사표를 내든가. 사표를 내지 뭐. 내가 비서실장 해서 이 많은 재산을 벌 수 있겠어? 사표를, 사표를…

혀가 조금 꼬부라지기는 했지만 분명 저 말에는 심각함이 들어 있음을 감지한다. 그렇지만 자신도 무슨 일인지 도무지 감을 잡거나 눈치를 챌 단서를 잡지 못해 아무런 생각이 나지 않는다. 선택의 여지가 없지 않은가. 부냐 권력이냐? 도냐 모냐? 지쳤는지 비서실장은 혀 꼬부라진 소리를 토해놓고 그대로 곯아떨어진다. 마른 하늘에 벼락도 유분수지. 평생을 모으고 물려받은 모든 재산을 모두 반납하라니 무슨 공산주의도 아니고 칼만 안 들었지 완전 강도구만. 은혜를 원수로 갚다니. 선거 기간 아니 선거 전부터 얼마나 많은 돈을 들이고 시간을 들여서 대통령 자리까지 올려놓으니까 가진 재산 모두를 내놓으라고.

받아도 시원찮을 판에 모두 다 내놓으라니 대통령이 미쳤어. 미치지 않고야 어떻게 상식적으로도 말이 안 되는 말을 정상적인 말처럼 한단 말인가. 비서실장 아내는 곯아떨어져 금방 코를 골며 자는 남편을 조용히 바라본다. 어느새 백발이 되고 얼굴은 주름이 모두 장악하고 있다. 대통령의 선거 총참모로 나서면서 주름이 진딧물처럼 달라붙어 얼굴 살을 파먹었다. 그렇지만 그래도 당선이 되었고 자리도 하나 얻었으니 걱정 안 하고 지냈는데.

자리에 오른 지 1년 만에 무슨 쓰나미 같은 말을 남편에게 밀어붙이는지. 무슨 말로 남편을 위로할 수 있는 일이 아니다. 자신조차도 이렇게 황당한 생각인데 남편은 어떻겠는가. 다행스럽게도 남편은 술기운을 빌어 불면증을 호소하지 않고 코를 골며 잔다. 그런 남편을 두고 조용히 거실로 나온다. 망치로 얻어맞은 것 같아 멍하니 아무 생각이 안 난다. 방문을 닫고 전화기를 들고 건넛방으로 간다.

아들에게 전화를 건다. 이럴 때는 아들만이 시원한 해결책을 내줄지도 모른다. 가정에 중차대한 일이 있을 때마다 법관을 지니고 있던 저희 아버지보다 더 현명한 판단을 내리는 아들이다. 큰아들은 신호가 떨어지기 무섭게 전화를 받는다. 거기 한국은 밤중일 텐데 어쩐 일로 전화를 했느냐며 무슨 일이냐고 어미보다 더 급하게 족친다.

아들 자고 있는 거 아니지? 예. 그런데 어머니 무슨 일로 아까 통화하고 또 전화하셨어요? 지금 통화 좀 할 수 있어? 그럼요. 무

 소백산맥 🔟

슨 일인지 말씀하세요. 아들은 궁금증이 나서 못 견디겠는지 무슨 일이냐고 물어댄다. 아들에게 한 마디도 빼지 않고 그대로 전한다. 모든 이야기를 다 듣더니 담담한 말을 전화기 속으로 전송한다. 그건 아버지 어머니 재산이니 마음대로 하세요. 이제야 대한민국 대통령이 정신이 좀 제대로 박힌 사람이 나온 것 같네요. 비서실장 아내는 아들에게 소리를 꽥 지른다.

누가 너더러 대통령다운 대통령이냐 아니냐를 말해달라고 했어? 사표를 쓰느냐 재산을 내놓느냐를 말해 달라고 했지. 비서실장 아들도 지지 않고 말한다. 그러니까 어머니, 제가 늘 말하잖아요. 대통령이 정치를 제대로 하려고 해도 밑에서 일하는 사람들이 대통령을 등에 업고 권력을 휘둘러 온갖 부정부패를 저지르고 나라를 말아먹는 일에만 충실하고 자기 재산 손해날까 전전긍긍하기만 한다고. 아버지 역시 마찬가지잖아요.

비서실장 아내는 또 소리를 지른다. 너희 아버지가 어디 권력 휘둘러 부정부패 저지른다고 했어? 그럼 사표를 쓰시든가? 뭐 사표? 너희 아버지가 대통령을 그 자리에 앉히기 위해 돈이나 시간이나 얼마나 쏟아부었는지 알고 그런 말을 해? 대통령이 되기 전에 아버지가 밀어서 대통령 선거에 앞장선다고 들었는데요. 그래. 대통령이 되기 전에 참으로 좋은 사람이었지. 막상 대통령이 되고 나니 아버지 등에 비수를 꽂는구나. 비수요? 어머니 그게 어째서 비수 꽂는 겁니까?

그럼 그리 돈과 시간을 다 바쳐서 대통령 자리에 올린 일등공신을 대통령도 인정해 놓고서는 전 재산을 몰수하던가 사표를 택하라는 게 비수가 아니면? 어머니 제 말씀 잘 들으세요. 비수를 꽂으려면 재산을 내놓지 않고 사표를 쓰라고 할 겁니다. 재산을 내놓으라고 하는 건 대통령께서 그만큼 아버지를 신임하고 믿기 때문이라고 생각합니다. 전 재산을 대통령에게 내놓으라는 게 아니고 어려운 사람을 돕자고 하셨다면서요. 그런 엄청난 말을 할 정도로 아버지를 신임하신다는 말. 그 정도로 믿고 그런 말씀을 하신다면 그분은 틀림없이 대한민국에서 아버지를 제일 신임을 하고 계신다고 생각합니다.

나중에 두고 보세요. 제 말이 틀림없을 겁니다. 제가 대통령이라도 믿지 못하고 신임하지 못하면 적당하게 일이나 시키고 월급이나 주지 그렇게 전 재산을 내놓으라는 말은 안 할 겁니다. 저도 정치학을 전공한 박사지만 이번에 대통령은 제대로 뽑은 것 같네요.

아버지 어머니께서 나머지는 잘 판단하시길 바랍니다. 한때 세상을 다 가진 알렉산더 대왕이 되든지 거리의 철학자 디오게네스가 되든지 판단은 아버지께서 하시겠지요. 이만 끊습니다. 아들은 맥 빠지는 소리만 전화기 속으로 마구 구겨 보내고 전화를 끊는다. 전화 소리가 그 멀리서 쟁쟁하게 귀속을 파고든다.

한때 세상을 다 가진 알렉산더 대왕이 되든지 거리의 철학자 디오게네스가 되든지 알아서 하라, 알아서. 아버지를 신임해서다. 본인이라도 믿으면 그렇게 한다? 아들이 어미 아비에게 비수를 꽂지는 않을 것이다. 그렇다면 대통령께서 진심으로 남편을 믿고 제일로 생각하는 것일까? 그 말도 틀린 말은 아닌 것 같다. 남편 옆에 누웠으나 잠은 별빛한테 반해 뜰에 내려온 별빛과 술래잡기를 하며 놀고 있어 도대체 눈 속으로 들어올 생각조차 않는다. 눈 한 번 못 붙이고 아침 해는 방안으로 변함없이 들어온다.

남편도 잠이 일찍 깼는지 거실로 나와 사과를 넣고 간 우유를 단숨에 다 마신다. 갈증의 표현인 것이다. 그렇게 마시고 정원으로 나가서 산책한다. 이 정원, 이 집만도 지금 시세라면 100억, 건물까지 모두 다 합치면 천 억이 넘는 재산이다.

4

황금 그물망을 치다

물론 자신이 번 돈이야 판사 생활하면서 탄 월급이 전부이고 나머지는 모두 부모님께 물려받은 것이다. 그렇지만 하루아침에 모두 내놓아라? 정원을 서성이며 생각을 정리한다. 아무리 생각해도 해결책이 없다. 곁눈 한 번 안 돌리고 친구들하고 외국에 골프 치러 그렇게 다녀도 여자에게 곁 한 번 안 내주고 살아온 자신이 원망스럽다. 친구 하나가 골프를 치러가서 젊은 여인 하나를 만나 아이들과 본처를 버리고 살림을 차리고 살면서 늦둥이 보는 재미에 푹 빠져 사는 걸 보면서 왜 그렇게 사냐고 한심스럽게 혀를 찬 적이 있다. 그때 그 대학 동기 친구 말이 귓속으로 달려온다.

이다음에 나이 들어봐라. 내 인생이 훨씬 낫지. 재산 저승까지

싸 가지고 갈 거지 너는? 하고 야유를 꽃눈처럼 퍼부으면서 그 여인과 세계를 돌아다니며 인생을 즐기던 친구를 미친놈이라고 나는 야유를 퍼부었다. 그때 거침없이 나이 들어보라고 받아넘기던 그 말. 그게 이쯤의 나이란 말인가? 자신도 골프 여행에 동참한 마음에 쏙 드는 여인이 있었다. 그러나 그 여인은 자신과 사귀는 조건으로 건물 하나를 요구했고 거기에 정이 떨어져 그다음부터 다시는 여자를 가까이하지 않고 지켜온 재산이다.

언제부터 오늘까지 잘사는 친구가 돈을 마구 물처럼 쓰고 즐기는 친구들을 미친놈이라 놀렸다. 그 죄를 받고 있다는 생각이 머리를 어지럽힌다. 그래, 그 친구들은 일찍 세상을 달관했던 친구들이야. 자신의 재산 반을 아내에게 고스란히 주고 사랑을 택해서 행복하게 사는 인생이 무엇인지를 아는 친구. 그럼 앞만 보고 옆에 벚꽃이 피었는지 제비꽃이 피었는지도 모르고 아등바등 소등이 되어 일과 가족 오로지 낭만도 모르고 산 종점이 여기란 말인가!

머리가 뒤죽박죽 보리죽이 된다. 의자가 앉으라고 유혹을 한다. 엉거주춤 절반만 걸치고 앉자 아내가 대추차를 들고 의자에 마주 앉는다. 자신의 마음을 가장 거울처럼 들여다보는 아내. 사표를 쓰는 일도 재산을 내놓는 일도 모두 자신이 없다. 아내도 목이 타는지 밤새 까칠해진 얼굴로 단숨에 대추차를 홀짝 마신다. 얼굴에 주름이 많아졌다는 걸 오늘에야 느낀다. 무심하게 그 곱던 얼굴이 저리 주름이 생겨 마귀처럼 변해 버리다니 참 시간이란 놈은 아주

고약한 놈이란 생각을 한다.

하얀 꼬리를 졸랑졸랑 흔들며 화이트포메가 달려온다. 다른 때 같으면 그 모습을 보면 기분이 좋을 만큼 귀여웠다. 그런데 오늘은 귀여움이 사라진다. 성가시다는 생각이 든다. 가까이 오자 귀찮은 생각에 발로 툭 걷어찬다. 깨갱깨깨개갱! 아파 죽는다고 울어대며 저쪽으로 간다. 아내는 *왜 뽀뽀한테 화풀이를 하고 그래요?* 하면서 한마디 한다.

다시 아내에게로 향하는 뽀뽀를 아내는 얼른 품에 안는다. 뽀뽀는 나를 보며 캥캥 왜 그러냐고 묻듯이 짖어댄다. 아내는 뽀뽀를 자식이라도 되는 듯 *괜찮아 아팠지? 우리 뽀뽀. 아빠가 기분이 안 좋아서 그래.* 아빠는 무슨 얼어 죽을 아빠, 내가 개 아빠야? 사람이지. 말 같지 않은 소리 좀 작작 하라고. 개 같은 소리 좀 작작 해. 신경이 곤두선 걸 안 비서실장 아내는 더 이상 개에 관해선 말하지 않고 무슨 결심이나 한 듯이 의자를 바짝 당겨 앉는다.

여보, 좋은 생각 있어요. 무슨 좋은 생각? 까짓거 우리 재산 모두 다 내놓읍시다. 아니, 지금 당신 뭐라고 했소? 재산 다 내놓자고 했어요. 당신 지금 뭐 잘못 먹었어? 제정신으로 하는 말이냐고? 손가락 세 개를 펼쳐 빙글빙글 돌려 보이며 말을 잇는다. 이거 몇 개로 보이냐고? 이게 몇 개로 보이냐고? 극히 정상이에요. 그리고 밤새 잠 안 자고 고민해 내린 결론이에요. 미국에 큰애에게 전화해서 모두 말해봤어요.

그랬더니 대통령이 아버지를 믿어서 하는 말이래요. 자신이 대통령이어도 믿지 않으면 그렇게 하지 않는대요. 그리고 가슴을 후벼 파는 말, 한때 세상을 다 가진 알렉산더가 되든지 거리의 철학자 디오게네스가 되든지 알아서 하래요. 그 말을 듣고 나니 그 말이 옳다는 생각이에요. 그리고 한때 세상을 다 가진 알렉산더보다 거리의 철학자 디오게네스가 되고 싶네요. 대통령을 주는 것도 아니고 없는 사람을 위해 주는 거니까 우리도 보람 있을 것 같고 당신도 정치인으로서 국민에게 잘 보일 수 있는 기회도 될 것 같고요.

무엇보다 우리 두 아이도 모두 자리를 잡고 살고 저렇게 의젓하게 자신들에게 돌아갈 재산을 조금도 탐내지 않고 아버지의 정의를 위해 쓰라는 저 말이 내심 자랑스럽기도 하고요. 줬다가 다시 빼앗아 올 수도 없는 일이니까 신중해야 해. 저는 큰애 말을 믿어요. 정치학 박사고 큰애도 우리나라 위정자들이 나라를 위한 애국도 없고 사리사욕이 싫어서 제 부모도 버리고 모국을 떠나 미국에서 살고 있잖아요. 그 말이 이제 무슨 말인지 알 것 같아요. 우리가 잘못 산 게 맞는 것 같아요.

그래? 큰애가 하는 말 역사에 이름을 남기든지 돈을 남기든지 알아서 하라는 거잖아요. 큰애가 정말로 그런 말을 했단 말이에요? 그럼 제가 거짓말하겠어요. 분명히 말했다고요. 비웃는 듯이 역사에 돈을 남기든지 이름을 남기든지 하라고. 판단은 당신이 할 거라면서 전화를 끊었어요. 큰애가 그랬단 말이지? 그럼 결정합시다. 당신도 큰애도 나보다 한 수 위구면. 얼른 출근 준비 서둘러 주구려.

아내와 아들의 말을 들으니 자신이 부끄럽다는 생각이 든다. 결코, 자신도 쉽게 결정을 못 내리는 일을 저리 간단하게 두 모자가 내준다는 사실에 새삼 고맙고 자랑스럽기까지 하다. 아침에 얼굴에 얹혔던 어둠을 서둘러 말끔히 걷어내고 나니 이상스럽고 신비할 정도로 몸이 날아갈 듯 가볍다. 지금껏 이런 기분은 처음이다. 그 많은 유산을 받을 때보다 더 가벼운 발걸음이라니 자신도 믿을 수가 없다. 꼭 구름 위를 걷는 것처럼 발걸음이 사뿐사뿐하다. 마치 몸속에 내장을 모두 꺼낸 듯이 가볍다. 마약을 먹은 것 같기도 하고 어쨌거나 기분이 살구꽃처럼 환하게 피어나는 느낌이 든다.

뽀뽀가 살랑살랑 꼬리를 흔들며 멀리서 눈치를 살핀다. *오요요! 오요요! 뽀뽀야 이리와. 아빠한테 와. 아빠는 무슨 얼어 죽을 아빠, 당신이 개 아빠야? 사람이지. 말 같지 않은 소리 좀 작작 하라고. 개 같은 소리 좀 작작해.* 옆에서 앵무새처럼 조잘거리는 아내가 사랑스러워 보인다. 꽃을 보지 못한 사람들을 아쉽게 만들 비가 내린다. 신기한 결단력일까, 담력일까. 필요 이상으로 들뜨는 기분은 내 안에 꽃이 아니고 외래종인지도 모를 일이다. 아까워야 한다. 아깝다 소리가 피어야 한다. 입술 두 개를 입속으로 동그랗게 말아 넣는다. 귓바퀴도 엄지와 검지로 문지른다. 손을 비벼본다. 마지막으로 두 손바닥을 쫙 펴서 얼굴을 문지른다. 활짝 핀 나팔

소백산맥 🄗

꽃처럼 환한 표정을 하고 청와대로 날아간다.

청와대 근처에 가자 숲 냄새가 확, 치킨다. 새들이 지저귀고 꽃들이 방긋방긋 인사를 한다. 어제의 무겁던 마음을 내려놓으니 모든 것들이 자신에게 고개를 숙이고 경의를 표하고 있다. 집무실로 향해서 대통령을 만난다. 모든 재산을 어려운 사람을 위해 내놓기로 했다고 보고한다. 결정을 내렸습니다. 모든 걸 처분해서 어렵고 고통스러운 이웃을 위해 내놓겠습니다. 나는 비서실장은 반드시 그러리라 믿었소. 이만하면 나도 사람 보는 눈 하나는 탁월한 거 아니오? 고맙소. 나는 비서실장도 믿었지만, 비서실장 안사람을 더 믿었소. 당신은 한 이불 덮는 사람을 참 잘 구한 것 같구려.

머리를 긁적이며 그렇게 대통령의 칭찬을 받아들이며 업무를 시작한다. 기분 좋은 시작이다. 대통령의 이야기를 듣고 곧바로 영부인은 비서실장 아내를 청와대로 부른다. 영부인은 그렇게 결심한 비서실장 아내를 치하하고 함께 갈 곳이 있다고 비서실장 아내를 동행하고 어려운 독거노인 집을 찾아간다.

비서실장 아내는 영부인과 함께 독거노인 집에 도착하자 흐뭇하기도 하고 두렵기도 하다. 자신의 화장실만도 못한 방에 누워서 신음하고 있는 할머니를 보면 자신도 모르게 부끄러운 생각이 몰려온다. 금일봉을 전달하고 한참을 앉아있는 사이 노인은 비서실장 아내의 손을 잡고 눈물을 쏟는다. 할머니 손을 잡은 비서실장 아내도 함께 눈물을 쏟는다. 영부인은 물론 수행비서 셋도 함께 모두 울음바다를 이루고 방을 나온다. 비서실장 아내는 그렇게 다섯 집을 돌아다니고 함께 청와대로 들어온 시간은 열 시가 넘었지만 피곤함은 어디로 가고 몸속에서 뜨거운 불덩이가 마구 불쑥불쑥 솟아오른다.

자신이 내린 결정이 70 평생 넘도록 가장 잘한 결정이란 생각이 들어 자신의 감정을 억누를 수가 없다. 어디서 그렇게 울컥거리며 짠물이 흐르는지. 짠물이 흐른 자리마다 소금기가 서걱거린다. 낮에 만났던 투박한 할머니와 삶이 힘겨운 사람들에게 잡혔던 손등이 늙어가는 설움에 마음 아팠던 손등이 할머니와 어린아이 손을 잡고 울고 온 후부터 아주 자랑스러운 손이란 생각이 들어 손을 가만히 쳐다본다. 아직도 더덕보다 더 험한 할머니의 손이 자신의 손을 잡고 있는 것만 같아 또 가슴이 아리다.

남편은 아내가 어디에 다녀왔는지 궁금해서 못 견딘다. 아내에게서 모든 이야기를 들은 비서실장은 아내를 꼭 안아준다. 여보 고마워. 나도 당신을 만난 건 잘한 일이라고 생각하고 살았지만, 오늘 대통령께서도 한 이불 덮고 자는 사람을 잘 만났다며 극찬을 아끼지 않았소. 그래요? 저도 오늘 영부인과 함께 돌아다니면서 크게 깨달은 것이 있어요. 우리의 결정이 참으로 좋은 일이었다는 것. 영부인과 함께 독거노인 집을 찾아다니면서 인생을 너무 우물 안 개구리처럼 살았다는 걸 깨달았어요.

우리가 내놓은 돈을 건네줄 때마다 울음바다가 되는 불쌍한 사람들을 보면서 오후 내내 울고 다녔어요. 참으로 가슴이 뜨거워지는 하루였어요. 낮에 뼈만 앙상한 할머니의 손이 내 두 손을 잡고 고맙다는 말을 하면서 하염없이 눈물을 쏟는 모습이 우리 집까지 따라와서 아직도 울고 있었네요. 참으로 딱하고 가슴이 아팠어요. 대통령께서 왜 그런 결단을 내리신지 알 것 같았어요.

눈을 뜨고는 그냥 넘길 수 없는 사람들이 너무 많았어요. 저녁밥을 먹는 것도 죄스러웠어요. 태어나서 처음 느껴보는 진한 연민 아래서 함께 살라고 사람 人자를 만들어 서로 기대도록 했나 봐요. 그래, 참으로 다행이오. 우리가 국민을 위해 정치를 한다고 말만 했지 그런 곳을 직접 그렇게 체험하고 보살펴 줄 생각은 못 했지. 우리 큰아들 말이 맞는 것 같소. 큰아들이 아니었으면 우리는 다른 선택을 했을 확률이 높지 않소.

영부인께서 자신과 함께 국민을 위해 일을 좀 해달라고 부탁하셨어요. 결단에 고맙다는 치하까지 아끼지 않고 고마워하셨어요. 그리고 앞으로 이 일을 대대적으로 펼쳐나갈 계획을 하고 계신다고 저더러 함께 해서 도와 달라고 하셨어요. 내일부터 매일 영부인과 함께 돌아다녀야 할 것 같아요. 당신 매일 출근하면 힘들지 않겠어? 너무 힘들게 하지 말고 적당히 하라고. 안 하던 일 하면 무리가 올 수도 있으니.

제가 어떻게 그런 분들 앞에서 힘들다는 말을 꺼내겠어요. 최선을 다해 영부인을 도울 계획이니 당신도 대통령을 위해 혼신을 다해 도와주세요. 고맙소. 둘은 꼭 껴안고 서로에게 말한다. 소금처럼 찝찌름한 물이 입속으로 흘러들어온다. 한평생 이렇게 달콤하고 맛있고 홀가분한 잠을 베개에 눕힌 건 처음이에요. 나도 그렇구려. 이렇게 야릇하고 살아 있음이 행복하다는 생각이 드는 건 처음이오.

이튿날 아침 지상 최고의 아침이 눈 속으로 파고 들어온다. 찬란한 빛을 정원과 집 구석구석 골고루 뿌리고 있는 해. 생글생글 눈웃음을 치고 있는 바람. 둘은 햇살과 바람을 마음껏 마시며 팔짱을 끼고 출근길에 함께 오른다. 언제 이렇게 따뜻한 팔짱이었던가. 차 속에서 꼭 잡아주는 남편의 손은 쇳덩이를 녹이고도 남을 만큼 따뜻하다. 둘 사이에 무언으로 흐르는 말들이 차 안을 꼭 채운 채 청와대에 도착한다. 비서실장은 대통령과 비서실장 아내는 영부인과 함께 새로운 일에 박차를 가하기 시작한다.

비서실장 아내는 하루에 계획된 집을 돌아다니며 금일봉을 전하고 위로를 한다. 대통령은 비서실장, 또 선거 때 나를 측근에서 도와준 사람 중에 비서실장처럼 내 뜻을 따를 사람을 파악해서 명단을 내게 좀 넘겨주시오. 어떤 말도 미리 언질을 주지 말고 말이오.

중요한 건 비서실장과 나만 알고 추진해야 함을 명심하시오. 절대 누설되어서는 안 되니 그리 아시오. 그리고 되도록 빨리 파악해야 하오. 며칠 내로 말이오. 내 임기 1년을 벌써 허송세월로 업무파악으로 다 보냈잖소. 임기 안에 반드시 내가 결심한 모든 일을 성사시켜 이 나라 대한민국을 세계 최대강국으로 살기 좋은 나라로 반드시 만들 작정이오.

어려운 부탁이긴 하지만 당신도 국민을 위한 사람 아니오. 그러니 앞으로 우리 손을 잡고 국민을 위해 그들의 고통을 위해 손발을 씁시다. 그렇지만 대통령 각하, 좋은 일을 하시면서 왜 언질을 주지 말라고 하십니까? 정치하는 사람들이 동참하든 안 하든 알아야 하는 것이 아닙니까? 대통령 각하께서도 모든 재산과 월급까지 국민을 위해 내놓으셨는데 무슨 할 말이 있다고 쉬쉬하란 말씀인지요? 그렇게 생각하오?

네, 좋은 일일수록 모든 사람에게 알려 동참을 할 수 있게 하는 것이 좋다고 생각됩니다. 물론 비서실장 말에도 일리는 있소만. 그럼 내 한 가지만 물어봅시다. 솔직하게 답해 보시오. 네, 솔직 곱하기 100승으로 답하겠습니다. 말씀해 보십시오. 비서실장은 내가 전 재산 모두 내놓으라고 할 때 기분이 좋던가요? 솔직히 아내 마음도 모르고 썩 좋지는 않았습니다. 좀 더 솔직하면 뒤통수 맞는 기분이 들었습니다. 송구합니다.

그것 보세요. 비서실장처럼 나를 그림자처럼 도우며 제2의 나라고 할 만한 사람도 그렇게 뒤통수 맞는 기분이 들었다면서 다른 사람은 더할 것 아니오. 그러면 두 명 세 명 한꺼번에 이 일이 알려지면 자기네들끼리 붕당을 짓는단 말이오. 아무리 좋은 데 쓴다

고 하지만 공산주의도 아닌 민주주의 더군다나 자본주의에서 재
산을 강제로 내놓으라는데 좋을 사람이 누가 있겠냐 말이오. 지금
까지 한 번도 이런 일은 없었기 때문에 더더욱 그렇소.

한 사람 한 사람씩 내놓고 나면 자신들이 내놓은 재산이 어렵고
힘들어 죽어가는 생명을 살린다고 생각하면 보람도 있고 또 다른
삶의 행복이 올 텐데 비우기가 보통 경지에서는 힘들단 말이오. 그
러니 조용히 하나하나씩 비서실장의 힘과 나의 힘으로 해 나가봅
시다. 나 혼자는 힘들지만, 비서실장과 함께라면 못할 일이 없을
겁니다. 잘 부탁하오. 예, 무슨 말씀인지 알겠습니다. 명심하겠습
니다. 작은 힘이지만 최선을 다하겠습니다.

비서실장 기분은 하늘을 훨훨 날고 있다. 아들의 말이 생각난다.
대통령이 얼마나 아버지를 믿으면 재산을 내어놓으라고 하냐는. 어
찌했던 대통령의 뜻을 확실하게 알았고 이 일은 반드시 대통령의
사욕이 아닌 국민을 위한 일이란 것에 동감한다. 그러나 생각이 다
른 반대파들 때문에 늦어지거나 일이 무산될 것을 우려한 대통령
이 극비에 부쳐달라고 하는 말에 역시 대통령이 자신을 신임하고
있다는 쪽에 힘이 생긴다.

뒤이어 대통령을 잘 뽑았다는 쪽에 또 다른 힘이 생긴다. 대통령
의 지시를 잘 수행할 결심을 두 주먹을 불끈 쥐며 굳힌다. 일단 자
신이 모두 지휘했던 사람들이라 파악하는 데 그리 많은 시간은 걸
리지 않을 것이다. 다만 자신이 추천한 사람들이 모두 자신처럼 마

음을 모아 줄지는 미지수다. 생각보다 쉽게 동의할 수도 있지만 동의하지 않을 확률도 높기 때문에 명단만 모두 파악해서 올린다. 청와대 각 부처 장관까지 모두 합쳐서 명단을 대통령에게 올린다.

대통령은 수고 많았소. 이 사람들이 내 말에 수긍할 만한 사람들이란 말이지요? 그거는 제가 알 수 없습니다만. 알았소. 대통령은 기획재정부장관을 가장 먼저 호출한다. 기획재정부장관은 전에 없던 급작스러운 호출을 받자 불안해지기 시작한다. 무언가 청와대에서 심상치 않은 기운이 도는 것 같기는 한데 도무지 감이 잡히지는 않아서 변 보고 뒤를 안 닦은 것처럼 찝찝하던 차다. 자신이 무슨 잘못 처리한 부분이 있었는지 아니면 밑에 직원들이 잘못한 일이 있지 않고서야 갑자기 호출할 일이 없다고 생각한다. 아니면 긴급 전달 상황일까? 일단 이렇게 급히 호출한 것에 대해 마음이 불안하다. 그래도 받은 호출인데 안 갈 수는 없다.

불안한 마음을 들고 청와대로 향한다. *부르셨습니까? 어서 오시오. 1년 동안 노고가 많았습니다.* 가슴이 철렁 내려앉는다. 1년 동안 고생 많았다면 그만두라는 말인가? 애써 불안에 젖어 드는 심장을 억누르며 자리에 앉는다. *얼굴이 많이 안 좋아 보이시는데 건강을 챙기시면서 일하셔야지요. 여러 가지로 힘드신 일이 많을 줄 알고 있어요. 그래도 국민을 위해서 최선을 다해야 하지 않겠소. 조금만 더 힘을 내서 분발해 주길 바라오.* 기획재정부장관은 경질은 아니라는 생각이 들어 속으로 안도의 한숨을 내쉬며 억눌렀던 심장을 조금씩 풀기 시작한다.

　기획재정부장관은 *예. **최선을 다하겠습니다.*** 한다. 대통령은 내가 오늘 정 장관을 부른 것은 다름이 아니고 우리 국민이 너무 사각지대에서 헐벗고 굶주린 국민이 많아서요. 기획재정부장관은 대통령의 말에 예, 생각 외로 어려운 사람이 많은 것으로 알고 있습니다. 하고 대답하자 대통령은 역시 정 장관도 그늘을 들춰봤군요. 내가 사람 하나는 잘 본다니까. 그리 국민의 어려움을 들춰보면서 일해 주셔서 참으로 고맙소. 그래서 말인데 내가 대책을 마련해서 도울 방법을 좀 마련해 보려고 하오. 가난은 나라에서도 구제가 어렵다느니 어쩌느니 하는 건 무책임한 말이오. 우리가 조금이라도 힘이 되면 그들은 희망을 먹고 살 겁니다.

　대통령의 말에 기획재정부장관은 예, 역시 대통령 각하이십니다. 그럼 혹시 의중에 두고 계신 일이라도 있으신지요? 하고 묻자 대통령은 예, 내 나름대로 해 보았으나 내 힘만으로는 빙산의 일각이오. 그래서 정 장관의 힘을 좀 빌리려 하오. 예, 분부만 내리십시오. 참으로 고맙소. 그럼 정 장관도 내 뜻에 동의해 줄 것을 믿고 말하겠소. 내가 집과 전 재산을 모두 처분하고 내가 받는 월급까지 충당해 보았지만 그건 빙산에 일각밖에 안 되는구려. 그래서 장관에게 도움을 좀 청하려고 하는데 들어주겠소? 하자 기획재정부장관은 답한다.

　예, 얼마든지 말씀하십시오. 대통령은 고맙소. 내 뜻에 동의하지 못한다면 사표를 내도 좋소. 그건 자유니까. 그렇지만 처음부터 나를 믿고 따랐던 만큼 지금도 따라 주리라 믿소. 임기 안에 우리나라를 어렵고 고통스러운 국민을 최소한 줄이고 모두가 행복한 나라를 만드는 것이 내가 대통령에 도전한 이유인 거 정 장관도 잘 알고 있으리라 생각하오. 그리고 함께 뜻을 모아 주리라 믿소.

기획재정부 장관은 무슨 말씀인지 구체적으로 말씀해 주십시오. 한다. 대통령은 그럼 정 장관을 믿고 말하겠소. 정장관의 사재를 털어 국민을 돕는 데 동참하자는 말이오. 나처럼 월급을 반납하라는 말이 아니오. 우리나라를 위해 일하는 위정자들이 우리 재산은 그대로 두고 기업이나 사회에 어떤 요구를 한다는 건 무리오. 그래서 우리가 솔선수범하자는 거지요. 그럼 얼마나 내놓으면 되겠습니까? 대통령은 자연스럽게 전세 얻을 만큼만 두고 모두요. 하자 기획재정부장관은 예? 하고 다시 묻는다.

대통령은 강제는 아닙니다. 싫으시다면 그렇게 내 뜻을 따라주는 사람을 그 자리에 앉혀 함께 일을 할 수밖에요. 시간이 없습니다. 내일까지 답을 주십시오. 평생을 모은 재산인데 쉽지는 않겠지만 잘 생각해서 현명한 판단을 바라오. 정치하려는 첫 번째 목적은 국민의 안위와 고통과 상처를 치료해서 행복하고 살기 좋은 사회를 만드는 것이 임무라고 생각하오. 국민이 마음 놓고 삶을 즐길 수 있게 하는 데 모든 심혈을 기울여야만 살기 좋은 나라가 될 수 있으리라 믿어요.

이 좁은 땅덩어리가 두 쪽으로 나누어진 것도 모두 자신의 이기적인 생각 자신밖에 모르는 이기적인 생각이 빚어낸 것이오. 분단의 비극이 이제 풀렸는데 살아가면서 이 행복도 지켜내지 못한다는 건 우리 위정자들이 부끄러워해야 한다고 생각하오. 그러니 정 장관도 내 뜻과 같으리라 믿어 의심치 않소. 기획재정부장관은 뒤통수를 망치로 얻어맞은 듯 아찔하다. 자식들이야 딸 둘이 모두 출가해서 잘 살고 있지만, 평생 모은 재산을 모두 내놓아라. 이건 그만두라는 또 다른 말인 것이다. 그럼 그만두어야지. 두 번 생각할 수도 없이 머릿속이 마구 엉킨다. 풀리지 않는 암호 같은 말을 받아들고 집으로 퇴근한다.

이건 토사구팽이다. 인격 하나 보고 청렴결백하고 사심 없고 인정 많고 따뜻한 그 마음 때문에 함께 일을 하며 도와주었는데 1년에 목이 잘리고 만다는 생각을 하니 울분이 터져 살 수가 없다. 기획재정부장관은 집으로 갈 기분이 아니다. 자신이 아끼고 사랑하는 다섯 살 연하인 애첩이 운영하는 인사동 햇살뉘조 한정식집으로 간다. 뉘조, 즉 누조(嫘祖)는 중국 전설 속 황제(黃帝)의 아내이자 누에치기와 비단 생산(양잠)을 처음 시작한 것으로 알려진 인물을 뜻하며 밭(田)에서 여자(女)가 실(糸)을 뽑는다는 의미를 담고 있으며, 누에가 자기 몸을 내주어 비단을 만들듯 버릴 것 없이 모두 먹을 수 있는 음식이라는 식당의 철학을 담은 이름으로 지은 이름이라고 옥구슬에게서 들었다.

저녁이라 방마다 손님이 꼭 차 있다. 다행히 옥구슬도 식당에 있다. 얼굴이 심상치 않음을 깨달았는지 그녀는 바로 비어 있는 방으로 안내를 한다. 방으로 들어가서 앉자 냉수 한 잔을 내려놓으며 무슨 일이 있냐고 묻는다. 아무 일도 아니라고 얼버무리자 귀신을 속이지 자신은 속이지 못한다며 무슨 일인지 속 시원하게 털어놓으라고 보챈다. 안 털어놓고는 못 견딘다는 것을 안 정 장관은 대통령의 말을 그대로 옮겨 심는다. 다 듣고는 그녀는 아무렇지도 않게 가지런히 웃으면서 까짓거 다 내놓고 오갈 때 없으면 자신이 먹여 살릴 테니 걱정하지 말고 모두 내놓으란다.

기획재정부장관은 그럼 노후에 장관직에서 물러나면 어떻게 살고? 하고 진지하게 묻자 햇살뉘조 사장은 딸들이 그렇게 잘 사는데 설마 부모 밥 굶기기야 하겠어요. 그녀의 말에 기획재정부장관은 그렇게 남의 말이라고 쉽게 말하지 말라고. 그리 쉬운 일이면 걱정도 안 해. 딸들은 모두 출가외인인데 지 어미·아비 생활비 대줄 수 있다고 생각해? 대준다고 해도 딸 밥은 눈칫밥이라고. 아들이라면 몰라도. 햇살뉘조 사장은 매끈한 회초리 같은 말을 던진다.

눈칫밥이면 안 얻어먹으면 되지요. 기획재정부장관은 그러니까 고민이라고 말년에 이게 무슨 꼴이람. 햇살뉘조 사장은 반 농담조로 말한다. 말년에 제대로 한 번 사람답게 살게 생겼구먼요. 기획재정부장관은 발끈하며 지금 농담이나 할 기분 아니라고. 햇살뉘조 사장은 저도 농담하는 거 아니라구요. 딸들이 안 먹여준다고

쳐요. 장관 그만두면 연금만 해도 먹고사는 데 지장 없을 텐데 모두 움켜쥐면 나이 들수록 추하기만 하다구요. 저도 이 재산 하나밖에 없는 아들딸이지만 아들딸 안 주고 어디다 모두 기부할 거예요. 그리고 한적한 시골 같은 곳에 비어 있는 조그만 초가집 한 채 얻어서 채소나 가꾸어 먹으면서 살다가 가고 싶어요.

기획재정부장관은 참말로 그 많은 재산을 모두 기부한다고? 하자 햇살뉘조 사장 그럼요. 죽을 때 아무것도 못 가지고 가는데 살아서 필요한 사람들 나누어주면 고맙다는 소리나 듣지. 그렇다고 내가 다이아몬드 관에 들어갈 거도 아니고요. 두고 죽으면 나 관 속에 눕혀 놓고 아이들 싸움질할지도 모르잖아요. 그래서 미리 다 정리하고 곧 시골로 내려가려구요. 일개 장사꾼에 지나지 않는 나도 이렇게 생각하는데 당신은 국민을 위해 나라를 위해 일하는 일꾼이잖아요. 생각 잘해 보세요.

기획재정부장관은 남의 재산이라고 함부로 말하는 그녀가 오늘은 하나도 사랑스럽지 않아 벌떡 일어서서 신발을 신는다. 햇살뉘조 사장은 식사 안 하고 그냥 가시게요? 기획재정부장관은 시큰둥한 말로 별로 밥 먹을 기분이 안 나. 가 봐야겠어. 문을 열고 나기는 재정부 장관 뒤통수에 햇살뉘조 사장의 말이 따라나서 달라붙는다. 움켜쥐고만 있지 말고 잘 생각해보세요. 그까짓 거 버리면 개도 안 물어갈 재산 잡고 쩨쩨하기는! 쩨쩨하다. 전 재산을 다 안 내어놓으면 쩨쩨한 사람이 된다? 차를 타지 않고 걷는다. 장충동까

소백산맥 ⑰

지 걷고 또 걷지만, 결론은 나지를 않는다. 집에 도착하자 아무 생각도 하기 싫고 결론 없는 일만 벽처럼 앞을 가로막고 있다.

아내에게 말을 해야 하지만 나도 이런데 아내는 여자 아닌가. 알뜰살뜰 모은 재산을 순순히 내놓으려고 할지 그렇다고 물려받은 재산도 아니고 아내의 부동산 투자 덕분에 건물이라도 가지고 있고 집이라도 가지고 있는데 이걸 내놓을 리 없다. 그렇더라도 사표를 내더라도 말은 해야 하지 않는가. 저녁을 먹는 둥 마는 둥 상을 물리고 아내와 이야기하기로 마음먹는다. 기획재정부장관 아내는 남편의 인상을 살피며 *당신 밖에서 무슨 일 있어요?* 한다. *왜? 그래 보여? 예, 얼굴에 나 무슨 일 있다고 이마에 붙었네요. 사표를 써야 할 것 같아서.*

기획재정부장관 아내는 당황해하며 *무슨 일인데 사표까지 써요? 겨우 1년밖에 근무 안 했는데 그동안 별일이 있었던 것도 아닌데 갑자기 왜 사표요? 대통령께서 전 재산을 다 기부하래. 예? 전 재산 기부요? 어디에다 기부하라는 거예요? 독거노인이나 소녀 가장 등 어려운 사람에게 나누어 주래. 다른 방법은 없어. 기부나 사표나 둘 중 하나를 택해야 해. 둘 다 안 돼요.*

아이들 보기도 그렇고 저도 친구들 동창들 보기에도 당신이 사표를 내면 반드시 무슨 부정 때문에 잘렸다고 입이 벌겋게 흉으로 말을 만들고 다닐 텐데 그걸 어떻게 견디라고요? 기획재정부장관은 짜증을 섞어서 말을 던진다. *그럼 전 재산 다 내놓을 자신 있*

어? 한 번 천천히 생각해봐요. 천천히가 아니고. 내일 당장 결정해야 한다고. 완전히 독재구만요. 날강도지 왜 남의 재산을 다 내놓으라고 해요. 말도 안 돼.

그러니까 이쯤에서 사표를 내면 우리 재산은 아무런 문제 없어. 평생 벌었으니 인제 그만두고 쉬는 것도 괜찮다고 생각해. 말도 안 돼요. 절대로 그만두는 거는 안 된다고요. 혹 아니면 백인데 방법이 없잖아. 그럼 이렇게 하면 어때요. 코엑스 건물 하나만 내놓고 집하고 논현동 건물 2개는 아이들 앞으로 옮기는 방법요. 그러니까 전세 살 만큼 빼놓고 모두 내놓으라고 하셨다니까. 알았어요. 그럼 모두 저한테 맡기시고 내일 출근해서 모두 내놓겠다고만 말씀하세요. 지금 제정신이야? 이 재산 다 주고 장관직을 사겠다고? 제가 알아서 한다고요. 내놓거나 어쩌거나 당신은 그렇게만 하고 출근만 하세요. 대체 당신은 알 수 없는 여자야.

기획재정부장관은 머리를 지구 기우는 만큼 갸우뚱거리며 출근한다. 그리고 사무실에 도착해 주머니에서 전화기를 꺼낸다. 다시 한번 아내한테 다짐을 받은 다음 청와대로 들어간다. 장관의 망설임 없는 결정에 대통령은 내심 놀란다. 정 장관의 아내는 남편이 출근하자마자 그길로 여동생을 찾아간다.

5

정 장관 아내는 여동생 집에 가자 서론을 멸치 대가리 따듯 따 버리고 본론으로 들어가 자신의 논현동 건물에 제부 이름으로 임시압류를 부탁한다. 그리고 흐르는 물처럼 두 번째 여동생 집에 가서 또 임시압류를 부탁한다. 셋째 여동생 집으로 가서 여동생 남편 이름으로 모두 임시압류 신청을 걸어놓기를 부탁하고 재빨리 코엑스 뒤편에 있는 건물을 부동산에 내놓는다. 그리고 중얼거리며 집으로 향한다.

뛰는 놈 위에 나는 놈이 있다는 걸 모르시는구면. 이렇게 하면 꿩 먹고 알 먹고인데. 머릿속에 끊임없이 환풍기를 돌려 장관직도 유지하고 재산도 유지할 궁리를 대통령이 알 리 없지. 이제 모든 건 우리의 승리다. 이건 선택 사항이 아니라 선택되어야 하는 사항이다. 비극보다 연상인 비가 세상을 적시고 있다. 장관직 임기 끝날 때까지 묶어두면 아무 문제가 없다는 기가 막힌 부동산 투기꾼답게 일을 매끈하게 처리하고 돌아온다. 정 장관은 집안일이 궁금해 퇴근하자마자 집으로 향한다.

다른 때 같으면 눈에 넣어도 안 아플 사랑스러운 옥구슬에게로 가서 업무를 핑계로 저녁 먹고 열한 시는 넘어야 집에 가는 일이 보통인데 시국이 시국인 만큼 일찍 집에 들어서자 아내도 놀란다. 당신이 무슨 일이래요. 오늘은 바람이 다 구들장 밑으로 기어들어 갔나? 궁금해서 일도 못 끝내고 왔지. 뭐가 그리 궁금해요? 당신 같으면 안 궁금해? 어떻게 그렇게 천연덕스럽게 말해? 다 조치해 뒀어요. 코엑스 옆 건물은 부동산에 내놓았고.

나머지는 우리 제부들이 모두 내일 당장 임시압류 붙일 테니 그리 아세요. 당신 장관 그만둘 때까지 풀지 않으면 돼요. 내가 오늘 다 내놓겠다고 했는데 당신은 어쩌자고? 임시압류 안 걸린 재산만이 순수 당신 재산이니 그 건물은 코엑스 것밖에 없어요. 나머지도 내놓으라고 하면 임시압류 건 만큼 돈을 내고 가져가라고 하세요. 정 장관은 내심 아내의 기발한 생각에 혀를 내두른다. 원래 부동산에 밝은 아내인 건 알았지만 저 정도일 줄은 몰랐다. 갑자기 아내가 무서운 생각이 든다.

그러니까 아무 걱정하지 말고 근무하세요. 코엑스 옆 건물 팔리면 한 푼도 축 안 내고 모두 드릴 테니 갖다 기부하세요. 정 장관은 잘 됐다 싶으면서도 가슴 한편에서는 대통령을 속인다는 사실에 마음이 편하질 않다. 그렇지만 아내의 심정도 이해가 안 가는 건 아니어서 어쩔 도리 없이 흘러가는 대로 두고 볼 작정이다.

한편 영부인은 정 장관이 흔쾌히 모든 걸 기부하겠다고 결정한 데 대한 치하도 할 겸 정장관 아내를 청와대로 부른다. 독거노인과 청소년 가장 등 어려운 사람들을 위해 평생 모은 재산 기부를 결정한 것에 대해 치하를 한다. 영부인은 자신의 피 같은 재산이 간절하게 필요로 하는 사람들에게 피처럼 요긴하게 쓰이는 현장을 직접 보면 자신의 재산이 얼마나 소중하게 쓰이는지를 몸소 체험하고 아낌없는 마음까지 전달할 수 있다는 생각을 비서실장 아내를 보면서 깨달았다. 그리고 사람의 마음을 가장 감격하게 한다는 것도.

그래서 그 현장을 직접 실습시키면서 직접 경험하면서 보람을 느끼게 할 참이다. 그늘을 방문하는 곳을 정 장관 아내에게 동행해 줄 것을 부탁한다. 쉽게 수락한 비서실장 아내를 함께 태우고 한 집 한 집 다니기 시작한다. 온종일 함께 다니면서 금일봉 봉투를 정 장관 아내가 전달하게 한다. 신분을 숨기고 다니는 터라 누가 영부인인지 비서실장 아내인지를 모르고 봉사단체인 줄만 아는 독거노인과 청소년 아이들은 그 고마움에 손을 잡고 눈물로 답례를 한다.

그 고마움을 눈물로 몽땅 받는 것은 정장관 아내다. 정 장관 아내는 마음이 보기보다 여리다. 함께 울며 이런저런 말을 듣다가 죽어도 이 은혜는 못 잊는다는 할머니의 울음의 줄기진 말에 감격해서 손을 놓지 못하고 시간을 더 늘리기도 한다. 열흘을 그렇게 다니자 정장관 아내는 마음이 변하기 시작한다. 임시압류를 모두 풀까를 생각하지만, 노후 생각 때문에 건물 하나만 임시압류를 더 풀어 기부할까? 마음을 먹는다. 임시압류를 푼 건물을 부동산에 내놓을까 그렇지만 아깝다는 생각에게 결국 지고 만다.

건물은 생각보다 쉽게 넘겨주기가 어렵다는 자신과의 싸움이 계속된다. 이 모든 건 좀 더 신중하게 생각해서 결정하기로 마음을 바꾼다. 따라다니지 말 것을 괜히 영부인을 따라다니다 자신의 마음까지 도둑맞은 것 같은 생각이 든다. 장관 역시 아파서 신음하는 국민에게 도움을 줄 수 없다는 비겁함 같은 것이 자꾸 마음속에서 안개처럼 피어오른다. 재산을 모두 기부하고 나면 마음이 훨씬 가벼워질 것 같은 느낌이 든다. 기분도 가볍지 않고 집에는 더더욱 이놈의 발길이 가기를 거부한다.

정 장관은 사랑하는 여인 집에 다시 간다. 옥구슬은 가게에 잘 붙어 있는 성격이 아니지만, 밤이면 그래도 자신의 방에서 조용히 책을 보거나 음악을 들으며 지내는 걸 정 장관은 잘 안다. 가게에 들어서는 순간 이미 잡념은 싹 사라진다. 오늘따라 손님도 별로 없고 한산하다. 그녀의 안내를 받아 들어가기만 해도 마음에서 푸른 계곡물 흐르는 소리가 난다. 계곡물 소리를 귓속에 구겨 넣으며 방에서 그녀의 무릎을 베고 누워 휴식을 취한다.

이 순간만은 더없이 행복한 시간이다. 명예도 재산도 아무것도 필요 없는 유일한 시간이다. 살포시 잠이 들려고 하는데 느닷없이 그녀가 묻는다. 당신 기부문제 해결되었어요? 아니. 그럼 어쩔 생각이세요? 설마 재산 때문에 장관직을 그만두려는 건 아니지요? 왜? 명예가 그렇게 중요해? 나를 사랑하는 게 아니고 명예를 사랑하나? 그럼 당신은 명예보다 돈을 사랑하나요? 이 문제는 명예나 재산의 문제가 아니고 위정자와 국민의 신뢰 문제라고요.

위정자와 국민의 문제라? 뭐가 뭔지 통 안개 속을 거니는 것 같아. 아내는 나머지는 못 주고 코엑스 옆 건물 하나만 기부하겠대. 모두 기부하라고 하셨다면서요? 그랬지. 그렇지만 아내는 그렇게 할 수는 없다는 생각이야. 그래서 코엑스 앞 건물을 제외한 나머지 건물과 집에는 아내 여동생 남편들 이름으로 모두 임시압류를 해 놓았대. 그래서 임시압류 안 된 건물만 팔기로 했어. 아내가 했으니 별문제는 안 생길 것 같아. 예? 임시압류까지요? 당신 알다시피 재산 권한은 내게 없어. 아내가 하는 대로 보고 있을 수밖에. 요즘 영부인과 함께 독거노인과 불우청소년 집에 봉사를 나가나봐. 다니다가 보면 마음이 변할 수도 있겠지. 안 변해도 하는 수 없고.

저도 청와대 구경 좀 시켜 주시고 대통령 좀 만나게 해 주실 수 있나요? 뭐라고? 청와대? 당신을? 왜? 안 되나요. 사랑하는 사이라고 폭로라도 할까 봐 두렵나요? 그래서 파직이라도 당해 장관 자리 잃을까 봐 두려워요? 그렇게 자신 없으면 관두고요, 남자가 쫀쫀하게. 그게 아니라 무슨 명분이 있어야지. 영부인도 아닌 대통령을 여자인 당신이 무슨 명분으로 만나? 그럼 중요한 할 말이 있다고 우리 집으로 모시고 점심 드시러 오시든가요. 당신의 힘을 믿겠습니다.

정 장관은 사랑하는 여인의 말을 안 들어 줄 수도 없고 무슨 명분도 없어 난감하다. 그렇지만 무시한다는 건 자신의 양심에 그렇게 할 수 없다. 어떻게 저리 사랑스러운 여인의 말을 안 들어 준단 말인가. 그녀를 알고 나서는 유일하게 그녀를 만나는 게 인생의 낙이 될 정도다. 업무 외에는 자신도 모르게 발걸음이 그녀에게로 향한다. 마취 마약에 중독된 것처럼. 그런 그녀의 부탁이다. 일단은 대통령께 말이나 해봐야겠다고 생각하고 이튿날 청와대로 향한다.

말을 해야 하나 말아야 하나, 하자는 쪽과 그냥 안 만나겠다고 하는 쪽이 반으로 나누어 싸우고 있다. 그렇지만 자신의 입장 때문에 말도 안 하고 말했다고 하는 건 사랑하는 여인을 기만한다는 생각의 무게가 더 무겁다. 정신을 가다듬고 대통령에게 말을 하기로 하고 대통령을 찾아간다.

기획재정부장관의 말을 들은 대통령은 국민이 대통령을 만나겠다는 데 조건이 있는가. 그 대신 화려한 식사는 말고 조촐한 점심이면 된다고 전해주세요. 생각보다 일이 쉽게 풀린다. 한마디로 승낙하는 대통령에게 고마워해야 할지 죄송해야 할지 어리바리가 머

소백산맥 17

릿속으로 들어온다. 이튿날 대통령은 햇살뉘조 식당으로 정 장관과 동행한다. 입구에 들어서자 서울 한복판에도 이렇게 으리으리한 식당이 있을까 싶을 정도로 정갈하고 위엄마저 감돌게 하는 식당이다.

식당 안에 들어선 대통령은 우뚝 발길을 멈춘다. 식당 뜰에는 소나무와 주목 등 고목이 제멋대로 그림을 그리며 굽어 있고 온갖 꽃들이 하롱하롱 웃는다. 향기는 어느 여인에게서 풍기는 향기보다 싱그럽고 자연스러움으로 코를 마구 간질인다. 드문드문 여기저기 앉아 있는 돌들도 묵묵히 조화를 이루고 있다. 연못에는 물고기들이 눈을 뜨고 헤엄을 친다. 새들도 나무에서 마구 떠들어댄다. 꼭 산허리에 있는 별장에 온 듯 착각을 불러일으키게 한다.

햇살 뉘조 사장은 미리 비워둔 귀빈실로 대통령을 안내한다. 안내하는 사장에 또 한 번 반하는 대통령이다. 적당한 키에 뽀얀 얼굴에 상큼하게 자른 머리, 그 밑에 눈은 사람을 다 빨아들일 듯이 맑고 코는 버선코를 닮아 오동통 귀엽고 아무것도 바르지 않은 생입술은 당장이라도 안고 키스를 하고 싶은 흥분을 일으킨다. 대통령은 자신의 정신이 아찔하게 그녀에게 취하고 있자 이러면 안 된다고 고개를 옆으로 몇 번 털어낸다. 헛기침을 두어 번 하자 그때야 사장에게 미쳐있던 정신이 제자리로 돌아온다.

귀빈실은 아늑한 분위기다. 가야금 뜯는 소리가 잔잔하게 방안에 하얗게 날아다닌다. 방 전체가 산과 강물로 어우러졌다. 졸졸

졸졸 강물 흐르는 소리가 청량감을 자아낸다. 돌멩이 사이사이로 가재가 어른 가재부터 아기 가재까지 정답게 놀고 피라미 새끼들도 어미들을 따라다니며 한가롭게 논다. 금방 퐁당퐁당 아이들의 돌팔매가 날아올 듯 긴장감을 준다. 주변에 꽃들은 나비들을 불러 모아 한가롭게 놀고 있다. 강 한가운데 너럭바위에 누우면 만병이 다 치료될 것 같다. 아주 생생하고 오묘한 그림들이 꼭 자연을 그대로 옮겨놓은 듯이 생생하다.

혼을 그림에 빼앗겨버린 대통령에게 사장은 어서 앉으라고 권한다. 그때야 그림은 대통령의 정신을 돌려준다. 사장이 두 손바닥을 쫙 펴서 방석을 가리킨다. 타원형 방석에는 대부분 식당이 평범한 그림인 것과는 반대로 작약꽃이 흐드러지게 피어서 이슬을 가득 머금고 있다. 깔고 앉으면 꽃의 목이 부러질 것만 같다. 깔고 앉기가 미안할 만큼 꽃이 싱싱하게 피었다. 방석이 대통령의 정신을 앗아가 버려 껍데기만 멍청하게 서 있다. 혼을 뺏긴 대통령을 향해 묻는다.

기획재정부장관은 아, 방석에 뭐가 묻었습니까? 그때야 방석 속 꽃에 놀고 있는 혼을 불러들인다. 이 꽃에 앉아도 됩니까? 기획재정부장관은 무슨 말씀이신지? 방석 다른 거 없어요? 아아 아닙니다. 그런 게 아니고 이 방석에 내가 앉으면 이 작약꽃이 모두 다 꺾여 버릴 것 같아서요. 아, 예. 그건 염려 마시고 앉으십시오. 제가 꽃들에게 부탁해놓았습니다. 잠시 대통령께서 앉으실 테니 밖에 나가 놀다가 오라구요. 그래요? 이곳 식당은 참 좋은 나라군요. 작약꽃이 사람의 말을 알아듣고 나가 놀다가 다시 제자리에 들어오기도 한다니 말입니다.

예, 이리 누추한 곳에 모셔서 송구합니다. 누추하다니요. 제가 다닌 식당 중에 이런 곳은 처음입니다. 대단한 감각을 가지고 계신 것 같습니다. 그리 칭찬해 주시니 몸 둘 바를 모르겠습니다. 종업원들이 식사를 날라 온다. 종업원들 일복은 햇살뉘조라고 맨드라미꽃 색으로 박고 그 밑에 본인들의 이름을 잉크색으로 붙이고 목련 같은 일손, 연꽃 같은 마음을 연꽃 색으로 새긴 하얀 윗도리를 단정하게 입고 있다. 머리엔 무궁화가 그려진 하얀 빵모자를 머리에 얹어서 핀으로 고정을 했다.

자세히 보니 핀에는 붉은 고추와 배추 감자 당근 파 등이 주렁주렁 열렸다. 종업원 옷차림만 보아도 음식 맛이 저절로 날 것 같은 생각을 자아내게 한다. 무언가는 다르다. 확실하게 다르다. 다른 것은 창의력이다. 창의력은 경쟁력이다. 창의력은 세상을 바꾼다. 대통령이 생각하는 사이 음식이 나오기 시작한다. 코스요리인지 한 가지씩 차례로 나온다. 그중에서도 민물 가재구이를 보자 대통령은 어릴 적 부모님과 어느 개울가에서 보았던 가재가 생각난다.

아주 산골에서만 산다던 가재가 서울 한복판에서도 살다니 생각하며 맛있게 먹는다. 즐거웠던 어린 시절 속으로 다시 돌아가 본다. 그때는 산속 깊은 개울이라 당연하게 생각했지만, 지금은 도시

한복판이란 생각이 들어 내가 이 가재를 먹어도 될까? 가재 살을 씹으면서 대통령은 개운하지가 않다. 그렇지만 업무 때문인 걸 맛있는 걸 먹은 만큼 국민에게 에너지를 나누어 주자. 다짐하고 점심을 맛있게 먹는다.

돌솥밥도 처음 보는 것들을 넣어서 맛이 독특하다. 그렇게 하나 둘 먹는 사이 음식은 더 이상 들어오지 않는다. 조금 있자 연잎 차 한 잔을 우렁우렁 우려내어온다. 찻잔에 담긴 차가 입김을 호호 불어내며 눈과 코를 유혹한다. 한 모금을 마시자 금방이라도 연꽃이 피어날 것 같은 향이 온 입에 가득 퍼진다. 컵은 하얀 백자에 가냘픈 패랭이꽃 한 송이만 피었을 뿐 어떤 무늬도 허락지 않은 백자 사기 궁전 같다. 대통령은 이렇게 하나에서 열까지 자신의 취미로 꾸며진 것이 신기하다. 감탄을 차에 타서 마신다.

주방서 음식 준비를 직접 지휘했는지 차가 들어오고야 뒤따라 사장이 들어온다. 만나 봬서 영광입니다. 제 이름은 옥구슬입니다. 점심은 입에 맞으셨는지 모르겠습니다. 나도 영광이오. 아니 참 나는 서울이요. 서울 촌사람이요. 옥구슬이라? 이름이 참 곱군요. 햇살뉘조 사장은 조심스럽게 말한다. 업무에 바쁘신 줄 알면서도 무례하게 뵙기를 청했습니다. 다름이 아니고 저를 청와대 영부인께서 하시는 일에 동참할 수 있도록 해 주실 수 있는지 해서 뵙자고 했습니다. 무슨 말씀인지?

기획재정부장관이 말 가르마를 탄다. 아아, 그건 영부인께서 독거노인과 소년소녀가장 돕는 일을 대대적으로 기획하신다고 하셔서 그 말을 해 주었더니 거기에 자신도 동참시켜달라는 말입니다. 송구합니다. 이런 사소한 일로 대통령께 무례를 끼쳐서. 정 장관 참으로 무례하오. 어려운 국민을 돕겠다고 나서는 데 사소한 일이라니. 그것보다 더 무례한 말이 어디 있소. 기획재정부장관이 송구합니다. 하자 대통령은 그래요. 많이 송구해야 하오한다. 햇살뉘조 사장은 그럼 동참시켜 주시는 걸로 허락하시는 겁니까? 대통령은 당연하지요. 이렇게 아름다운 마음씨를 가진 분이 나를 찾았다는 게 자랑스럽소. 그럼 지금 당장 우리와 함께 청와대로 들어갑시다. 아참, 그렇지. 지금은 아내가 없을 터이니 내일 아침 일찍 오시오. 내 아내에게 당신을 소개해 주리다. 고맙습니다. 내가 고맙소. 여기 밥값이 얼마요? 정 장관께서 이미 계산하셨습니다. 정 장관은 월권행위를 하셨군요. 다음부터는 월권행위를 하면 가만 안 있겠소. 예, 명심하겠습니다.

기획재정부장관은 걱정과 달리 대통령의 기분이 그리 나쁘지 않은 데 안심을 놓으며 대통령이 청와대로 향해서 간 뒤에 다시 햇살뉘조로 들어온다. 기획재정부장관은 간이 다 쪼그라들었소. 당신이 무슨 말을 할지에 반 쪼그라들고 영부인이 하시는 일에 동참시켜달라는 말에 반 쪼그라들고. 어떻게 그렇게 대통령 앞에서도 당당하게 말할 수 있단 말이오? 대통령의 기분이 그리 나빠 보이지 않아서 다행이지. 어떻게 그렇게 당돌하게 말을 하는지 내 간 쪼그라들었으니 당신 간 떼 내서 내게 줘야 하오. 그럼 평생을 번 전 재산을 모두 기부하는데 그 정도 마음도 안 떠보고 아무리 대통령이지만 내 전 재산을 줄 수는 없지 않나요? 뭐? 전 재산?

햇살뉘조 사장은 새삼스럽다는 듯 제가 늘 말하지 않았던가요? 모두 기부하고 시골 같은 곳에 버려진 초가집 하나 주워 야채나 심어 먹으며 노후를 보내고 싶다고. 기획재정부장관은 못 믿겠다는 듯 그래서 그 전 재산을 영부인께서 하는 일에 내놓겠다고? 하자 햇살뉘조 사장은 대통령을 만나보고 생각을 굳혔어요. 우리나라에서 국부와 박정희 대통령, 박근혜 대통령 다음으로 대통령다운 대통령이라는 생각을 가지게 했거든요. 다행이군. 기획재정부장관은 이튿날 새벽같이 옥구슬을 데리고 청와대로 향한다.

아내에게 물으니 오늘은 여덟 시까지 간다고 하니 한 두어 시간 여유가 있다. 대통령과 영부인이 한 이불을 덮고 자는 숙소에 가기로 예약을 한 터라 그 길로 곧바로 들어간다. 대통령과 영부인은 이미 아침 식사로 우유 한 잔씩 마시고 있다. 우유 잔을 보던 옥구슬은 꿈틀 놀란다. 화려의 극치로 생각했던 청와대가 초라하다는 생각마저 든다. 우유 잔은 늙었다. 늙어서 이빨까지 빠진 잔에다 우유를 마시고 있다. 옥구슬은 마음속으로 기부 결심을 참으로 잘했다는 생각을 한다.

저절로 숙연해져 고개를 숙이며 인사한다. 존경심까지 저 밑바닥에서 물을 길어 올리는지 두레박 소리가 깊은 심연에서 추루렁

소백산맥 ⑰

추루렁 출렁이기 시작한다. 정중하게 무릎을 꿇고 앉는다. 그 많은 재산을 홀몸으로 모으면서 누구에게도 꿇지 않았던 무릎을 진정으로 국민을 걱정하고 아끼는 그야말로 대통령 중의 대통령에게 처음이자 마지막으로 정성을 다해 꿇어앉는다.

영부인은 이런 옥구슬의 마음을 모르고 편히 앉아서 편하게 말씀하시라며 자식을 보듬는 부드러운 언성으로 조용히 말한다. 기대고 싶다. 대통령만 아니고 영부인만 아니면 정말로 그 품에 한번 안기고 죽으면 여한이 없을 만큼 존경심이 온 마음을 장악하고 있다. 대통령은 옥구슬의 의사를 영부인에게 전달한다. 그리곤 두 사람은 밖으로 나가기 위해 신발을 신는다.

대통령의 구두는 코가 다 낡아 바람이라도 불면 금방 펄럭 떨어질 것처럼 보풀이 곳곳에 일어있고 밑창은 삐딱하게 한쪽으로 기울어지게 닳아 금방이라도 옆으로 넘어질 것처럼 기우뚱거리며 대통령의 발을 운반하고 있다. 옥구슬은 마음속에 찬물 한 줄기가 주르륵 흘러내린다. 대통령의 배웅을 끝내고 영부인은 고맙다며 두 손을 잡아준다. 옥구슬의 이름을 가진 사람은 자신인데 영부인의 눈에 옥구슬이 글썽글썽 매달리는 걸 보면서 손으로 닦아주고 싶어지는 걸 간신히 억누르며 참는다.

영부인은 걱정스럽게 말한다. *아직 식당을 운영해야 하니까 식당이 팔릴 때까지라도 최선을 다하세요.* 옥구슬은 아닙니다. *식당은 제가 없어도 충분히 잘 운영이 됩니다. 그러니 오늘부터 제가*

도울 수 있는 부분을 분부해 주십시오. 하고 말하자 영부인은 조심스럽게 그리해도 되겠습니까? 한다. 옥구슬은 당연합니다. 제 미약한 힘이지만 대통령과 영부인께서 하시는 일에 작은 보탬이라도 되면 좋겠습니다. 한다. 영부인은 그럼 오늘부터 제가 한 팀원을 구성해 줄 테니 함께 다녀 보시도록 하시지요. 아마도 무척 고단한 나날이 될 것입니다. 하시다가 못 하시겠거든 언제든지 말씀해 주십시오. 옥구슬은 예, 그리하겠습니다. 하고 냉큼 꽃보다 향기 나는 말을 내밀자 영부인은 옥구슬이 비서실장 부인이나 정장관 아내보다도 더 신뢰가 간다.

그렇지만 이런 중대한 일을 무작정 믿을 수는 없는 일. 일단 두 사람과 함께 현장으로 투입한다. 아직 재정은 충분하지 않지만, 하나둘 모두 침투해 갈 계획이고 한시바삐 고통을 덜어줄 대책을 세우던 중에 자진해 들어온 옥구슬이란 여인이 왠지 믿음이 간다. 그렇게 일주일을 비서실장 아내와 함께 팀을 이루어 다니던 옥구슬이 어느 날 영부인에게 독대를 청한다. 영부인은 속으로 그럼 그렇지, 그렇게 쉬운 일이 아니야. 프랑스 유학을 하고 남편과의 이별 후 두 아이를 키웠다지만 안정 속에서 장사만 하던 여인이 어떻게 고생을 이겨낼까 하는 생각을 했었다. 그 생각이 맞아떨어진다는 생각을 하며 독대에 응한다.

처음과 다름없이 꿇어앉은 그녀는 *외람된 말씀이지만 제가 영부인의 손발이 되어 옆에서 돕고 싶습니다. 그리하셔야 일이 빨리 진*

행될 수 있다고 생각합니다. 믿을 수 있는 완전한 누군가가 있어야 영부인께서도 일이 수월하시고 국민을 위하시는 마음을 빨리 헤아려 고통을 줄이는 길이 되게 도와드리고 싶습니다. 영부인은 그녀의 쉬운 결정에 대한 대가를 알아보기 위해 그럼 내게 원하시는 게 뭐요? 하고 말하자 옥구슬은 아무것도 원하는 것은 없습니다. 다만 영부인 곁에서 보필하고 싶을 뿐입니다. 제가 청와대로 거처를 옮길 수 있도록 허락해 주시면 좋겠습니다.

아 참, 원하는 것 한 가지 있습니다. 제가 배고프지 않게 먹여만 주십시오. 옷도 많고 아무것도 필요 없습니다. 배가 고프면 못 참는 성격이라 배가 고프면 화가 나서요. 영부인은 목을 젖히고 하늘이 입속으로 다 들어가도록 웃는다. 한참을 웃고 난 영부인은 그래 배만 부르면 좋다구요? 우리도 남편 월급을 다 이웃들에게 줘서 배 불리 먹여줄 수가 없는데 어쩌지요? 옥구슬은 이미 비서실장에게 모두 들은 터라 스스럼없이 말을 잇는다. 그럼 영부인께서 드시는 밥 반 공기만 저를 주시면 안 되겠습니까? 그렇담 좋습니다. 그럴 용의는 있습니다. 제가 굶더라도 그렇게 해 드리지요. 영부인은 대답해 놓고도 이 당당한 여인이 귀엽기도 하지만 무섭기도 하다.

감히 아무런 거리낌 없이 자신의 의사를 모두 털어놓는 솔직함은 좋지만, 한편으로 큰일을 낼 수도 있는 인물이란 생각이 든다. 그렇지만 자진해서 아무런 조건도 없이 일을 돕겠다고 나서니 한 번 믿어보자는 생각이 든다. 옥구슬은 고맙습니다. 그럼 이제 영부인께서 제게 밥 반 그릇을 나누어 주셔서 배를 채워주셨으니 이제는 제가 영부인께 그 반 그릇의 대가를 할 차례입니다. 이것을 받으시지요. 옥구슬은 오래된 누런 봉투 하나를 내민다. 이게 다 무엇입니까? 반 그릇의 밥값입니다. 모자라는 것은 몸으로 보충해 드리겠습니다. 가진 게 고작 이것뿐이어서 송구합니다. 제가 평생 모은 재산 문서입니다. 그렇게 많지는 않지만 제게는 전 재산입니다. 영부인께서 밥을 먹여주신다니 이 재산은 이제 무용지물이 되었습니다. 영부인께서 필요하신 곳에 써 주셨으면 합니다.

영부인의 눈이 흰자가 보이도록 커진다. 눈은 옥구슬을 쳐다보고 손은 문서가 든 행정 봉투를 집어 든다. 행정 봉투 안에 든 문서를 꺼내 든 영부인은 입을 다물지 못한다. 어떻게 여자가 혼자서 이 많은 재산을 모았단 말인가! 모은 것도 놀랍지만 어떻게 이렇게 많은 재산을 모두 기부한단 말인가? 영부인은 너무 놀라 다시 한 번 묻는다. 다시 한번 잘 생각하고 결정하시는 게 어떨지요? 너무 큰 재산이라. 옥구슬은 아무렇지도 않게 말한다. 평생 모은 재산이긴 하지만 영부인께서 국민에게 향하는 그 마음에 비하면 쌀 한 톨만도 못합니다. 그렇더라도 저도 영부인의 자식이니까 자식이 주는 마음을 어여삐 여기시고 받아 주시면 고맙겠습니다.

영부인은 이미 작심하고 내놓는 재산을 밀고 당기고 할 일이 아니고 또한 어려운 사람을 위해 기부하겠다는데 자신이 거절할 일도 아니라고 체념을 하고 받아들인다. 영부인은 일단 주시니 받아 두겠습니다. 그렇지만 며칠 더 생각해 보시고 마음이 변하시면 언제든지 다시 가져가셔도 됩니다. 애써 번 전 재산을 이리 쉽게 결정을 내리시고 나면 자칫 회의감이 들 수도 있어서 하는 말입니다. 그리고 돌아서서 후회하실 수도 있구요. 그런 마음이 들거든 이 돈이 상처를 치료하는 데 다 들어가기 전에 말해 주시오. 영부인의 말에 옥구슬은 쟁반에 옥구슬 구르는 소리 같은 말을 굴린다.

아닙니다. 몇 년 전부터 어디 단체라도 불우이웃을 위한 단체에 기부하려고 찾던 중이었습니다. 그런데 단체란 곳이 투명하지도 않고 해서 제 의도와 다르게 쓰일 것을 염려해 정말 어려운 곳을 찾던 중인데 정 장관에게서 대통령 각하와 영부인께서 계획하시는 일에 관한 이야기를 듣고 대통령을 만나게 해 달라고 졸랐습니다. 시골에 가면 비어 있는 초가집이 많으니 노후에는 거기에서 텃밭을 가꾸면서 지내면 됩니다.

그러나 만일 영부인께서 계속 제가 죽을 때까지 밥만 먹여주신다면 그 집조차도 필요 없을 테고 영부인께서 저를 옆에 두고 잔심부름을 시키시면 아무 대가나 조건 없이 도와드리고 싶습니다. 영부인은 옥구슬의 손을 덥석 잡는다. 옥구슬의 손은 갓난아기의 손을 잡는 듯 감촉이 보드랍다. 얼굴 피부만 고운 것이 아니라 손도 마음도 모두 구름 결보다 곱다. 영부인은 감격이 출렁이는 말을 옥구슬에게 굴린다.

아직 우리나라 장래가 밝습니다. 이렇게 진심으로 진심을 사랑하고 자신보다 어려운 사람을 생각하는 마음을 가진 사람이 있는 한 우리의 미래는 아주 환하다고 생각합니다. 영부인으로서 살아온 세월이 부끄럽습니다. 고맙습니다. 이제부터 저를 좀 도와주십시오. 옥구슬은 고맙다는 인사를 한다. 영부인은 마치 어린 자식을 안듯이 옥구슬을 그러안고 한참을 말없이 등을 토닥인다. 그렇게 옥구슬의 모든 재산은 조금의 망설임도 없이 영부인의 손으로 들어간다. 아니 정확하게 그늘 속으로 들어간다.

그늘 속에 한 줌의 햇살이라도 되기 위해 열다섯 개의 건물과 1십 5만 평의 땅문서, 노른자 땅에 있는 음식점, 140억이 넘는 집문서까지. 너무나 엄청난 일이어서 영부인은 몸과 마음이 마구 쿵덕쿵덕 뛴다. 정치하는 사람도 아니고 종교를 가진 사람도 아니고 평범하게 식당을 해서 재산을 모은 사람. 그것도 여자가 이렇게 통 큰 생각을 했다는 사실에 심장이 제자리를 잃을 정도로 뛰는 것이다. 저녁이 되자 영부인은 대통령이 옷도 벗기 전에 옷깃을 잡아당겨 앉힌다.

여보 우리가 복이 많은가 보구려. 이것 좀 보구려. 이게 다 뭐요? 글쎄 보시고 말씀하라니까요? 대통령은 아내가 들이미는 봉투의 입을 벌리고 꺼낸다. 열다섯 개의 건물과 1십 5만 평의 땅문서, 노른자 땅에 있는 음식점, 140억이 넘는 집문서. 대통령도 역시 놀란다. 이 많은 재산을 내놓은 사람이 옥구슬이란 걸 들은 대통령은 말문이 콱, 태풍에 문 닫히듯 닫혀버린다. 보통 여인이 아니구나. 그 가녀린 몸에서 어떻게 이런 생각을 할 수가 있을까? 처음부터 여리지만 비범해 보이고 무언가 다른 사람에게는 없는 신비스러운 기운이 느껴지는 건 사실이었다.

또한, 식당을 꾸며놓은 솜씨나 여인의 자태가 일치하고 보통 여자는 아니라는 생각은 했지만 이렇게 대범한 생각을 머릿속에 넣고 있는지는 몰랐다. 대통령은 솔직히 그 여자를 처음 보는 순간 반했다. 늘 머릿속에서 떠나지 않고 보기만 해도 기분이 상쾌해지는 묘한 여자로 보여 자신이 의도적으로 옥구슬을 피하는 중이다. 자신을 이길 자신이 없어 자신을 빼앗길 것을 염려하는 것이다. 대통령으로서의 체면 같은 것을 뛰어넘어 여자 때문에 망한 역사가 많다는 것을 누구보다 더 잘 알고 있기 때문이다. 그런 상황에서 아내의 말을 듣고 나니 갑자기 박하사탕을 깨물어 먹은 듯 머릿속이 화하다.

아내의 말대로라면 옥구슬은 평범한 여인이 아니다. 생긴 건 야들야들 여자처럼 생겼지만, 마음은 장부인 것이다. 평범한 여인으로서 어떻게 저 많은 평생 목숨처럼 모았을 재산을 일시에 어려운 사람을 위해 모두 내놓는단 말인가! 저렇게 마음씨까지 완벽한 황금비율의 여인에게 마음을 둔다면 정사가 소홀해질 것은 불 보듯 투명한 일이다. 그렇다면 옆에 있는 것만으로 만족해야 하고 그렇게 하려면 그녀를 안 보는 것만이 그 중도를 지킬 방법이라 생각한다.

6

　그러나 3.8선처럼 그어놓은 이성이란 선을 감성이란 놈이 불뚝불뚝 자꾸만 경계를 넘어서고 있음에 대통령은 그 둑을 막느라 애를 쓰는 중이다. 옥구슬에게로 다가가는 마음을 잡아당기느라 엉뚱한 생각으로 낭비하는 시간이 점점 길어지기 시작하는 대통령. 한 나라에서 남과 북이 대치하듯 한마음 안에 감성과 이성이 대치하고 있다. 감성과 이성의 싸움에 진땀을 흘리기도 한다. 옥구슬이 저녁 늦게 오는 게 얼마나 다행인지 모른다.

　감성은 저녁 늦게 오는 옥구슬을 애타게 기다리고 이성은 시간을 다 써버린다. 어느 날 9시가 넘어서 청와대 뜰에는 이슬비가 새살새살 내린다. 아내와 함께 식탁에서 밥을 먹는 옥구슬의 모습을 창문 너머로 훔쳐본다. 창문 너머 빗줄기 사이로 보이는 옥구슬은 사람이 아닌 천사로 보인다. 어찌 저렇게 천사보다 고운 여인이 이 세상에 있었단 말인가? 심장은 쓸데없이 제멋대로 뛰고 눈은 창문을 열고 비 사이로 달려나가 옥구슬에게 빠져 정신을 못 차린다. 심장은 제정신을 직무유기하고 철도 모르고 뛴다. 모든 장기가 창문을 넘어 빗속을 뛰어나간다.

옥구슬에게 꽂혀 정신을 못 차리며 보고 있는 허수아비 몸. 나뭇가지에 매달린 물방울처럼 금방 떨어질 것 같은 심장. 위태롭게 매달린 물방울처럼 대롱대롱 서 있는 몸. 두 개의 감정이 끝없이 싸운다. 대통령은 얼른 정신을 불러들여 판결을 내린다. 감성에게 기형이라는 판정을 내리고 이성의 손을 들어준다. 몸은 판결과는 무관하게 이성을 짓밟으며 날뛰는 감성에 이끌려 꼼짝도 안 하고 서서 밥 먹는 모습에 뻣뻣하게 굳어 가고 있다. 허공엔 그 감성을 촉촉하게 적실 영혼들이 나비처럼 폴폴 날갯짓한다. 사랑의 감정이 무성하게 자라는 것을 천하의 대통령도 막을 방법이 없다.

그날 밤은 기어이 아내가 아닌 옥구슬이 함께 이불을 덮고 자기로 한다. 옥구슬과 한 이불 속에서 밤새도록 함께 산다. 꽃들이 가지가지 색색으로 방글방글 웃는 뜰, 아랑이랑 나비춤을 추는 천사보다 고운 여인, 찔레꽃보다 하얀 웃음 향을 꺾어 노래를 만들며 옥구슬의 손을 잡고 뜰을 거닐며 밤을 하얗게 새운다. 지금은 바람이 순해지는 시간, 달달하고 비리비리한 향 좋은 쑥부쟁이 한 다발 엮어 왕관을 씌워주고 바람 장막을 치고 밤새 손을 잡고 걷다가 뛰다가 춤추다가 누웠다 앉았다 걷다가 한 몸이 되어 푸른 그림자를 덮고 땅바닥에 나뒹굴며 논다.

어떤 악천후가 와도 이 시간을 영원히 지속시킬 것 같다. 꿈이라면 깨지 말아야 할 하얀 여인 찔레꽃향 여인과 꽃향기 한 잔씩을 둘이서 마신다. 달은 우리의 웃음을 어디론가 데리고 가버린다. 그녀도 달을 따라 가버린다. 바람은 윙윙 그녀의 목소리마저 쓸어가고 슬픔은 무성해져 어둠으로 변해버린다. 바람과 달빛이 한패를 먹고 둘 사이를 환하게 비춰준다. 달을 따라갔던 옥구슬이 다가와 갑자기 시를 읊는다.

자줏빛 바윗가에 암소 잡은 손 놓게 하시고 나를 아니 부끄러워하시면 꽃을 꺾어 바치겠나이다. 헌화가를 읊는 그녀를 위해 진달래를 꺾으러 천야만야한 꼭대기에 올라간다. 언덕에서 발을 헛디뎌 굴러떨어졌다. 깜짝 놀라 소리를 지르며 잠을 깬다. 잠에서 깬 쓸쓸한 아침. 그녀의 목소리는 아직도 자신의 가슴에서 뛰어놀고 있다.

대통령은 정신이 온통 가슴속에서 그녀와 놀고 있어 아무것도 할 수 없어 멍하니 앉아 있다. 그녀가 가는 곳으로 뛰쳐나가 그녀에게로 달려드는 미친 마음을 다시 붙잡아 넣느라고 허둥거리다 바둥거리다 지둥거리다 둥둥둥둥 뜬구름을 잡느라 애를 먹는다. 그런 꿈을 꾼 뒤로는 아침마다 옥구슬이 아내에게 와서 아내를 대동하고 나갈 때마다 심쿵심쿵 뛰는 가슴을 움켜잡느라고 근 일주일을 아침마다 심장과 싸우는 중이다.

아무것도 모르는 영부인은 옥구슬을 아침마다 자신의 앞에서 차를 태우고 함께 나갔다. 사라진 뒷모습을 차 꼬랑지가 안 보일 때까지 지켜본다. 아내는 자신을 보는 것이리라 믿는지 고마움을 표시하고. 차 속에 실려 멀어져가는 옥구슬 뒷모습. 늘 쓸쓸함이 불어 흙탕물을 일으키고 있다. 이래도 돼? 이러면 안 되잖아? 혼자 자문자답하며 온종일 업무를 보는 사이사이에도 옥구슬은 자신에게 달려와 안기곤 한다. 제기랄! 가슴에 안기는 옥구슬을 밀어낸다. 살얼음판 걷듯이 하루하루 걸어가고 있는 대통령. 밤이 되어 영부인은 일과를 이야기한다.

아내의 이야기 핵심이 무엇인지도 모르고 대통령 자신이 할 이야기만 말한다. *아직 우리에겐 할 일이 태산 같으니 복지 부분은 당신이 대통령이라고 생각하고 힘써주오.* 하며 일임하고 아내의 등을 두드린다. 옥구슬 등을 두드리는 착각 속에 따뜻한 위로와 고마움을 담아서. 옥구슬 거처를 청와대로 옮겨달라는 영부인의 잠자리 송사는 일사천리로 이루어졌다. 생각지도 못했던 곳에서 옥구슬 같은 지원자가 들어옴에 영부인은 천군만마를 얻은 것보다 행운이라 생각한다. 한 치의 앞도 내다보지 못하는 것이 인간인지라.

당장 이튿날부터 옥구슬은 숙소를 청와대로 옮긴다. 가게와 모든 것은 부동산에 처분하도록 일러둔다. 이튿날부터 얼마나 남았을지 모르는 자신을 몽땅 대통령과 영부인을 위해 아니 더 정확하게 말하면 헐벗고 굶주리고 상처 난 사람들을 위해서 자신을 모두 닳아 없앨 결심을 단단히 하고.

정 장관은 뒤숭숭한 마음을 가라앉히려 애를 쓴다. 아무리 애를 써보지만, 도무지 뭐가 뭔지 알 수가 없다. 옥구슬이 대통령 앞에서 한 말들도 마음에 걸리거니와 자신과의 거리가 백 리쯤 멀어진 것 같은 기분이 들어 안절부절하지 못한다. 퇴근 시간이 아직 멀었지만, 불안을 견디지 못하고 옥구슬을 찾아 햇살뉘조로 발길을 돌린다. 담담한 표정으로 자신은 안중에도 없이 팽개쳐 버림을 당한 기분. 입안 가득 쓴맛을 제조해 낸다. 오직 자신이 정한 대로 바늘 한 땀 들어갈 틈도 없이 청와대로 거처를 옮기기로 했다는 말을 하자 정장관은 자신에게 한마디 말도 없이 전 재산과 숙소 문제를 정한 옥구슬에게 서운함을 토로한다.

그렇지만 그녀는 당당하게 말한다. *당신과 나는 생각이 너무 달라요. 처음 당신을 만났을 때는 사고와 생각이 비슷하다고 느꼈는데 이번 기부권사건이 터지자 당신과 내가 너무 다른 사람이었다는 것을 알았어요.* 옥구슬의 말에 정 장관은 정색하며 묻는다. *무슨 사고와 생각이 다르단 말이야. 사람마다 사고와 생각이 다르지 어떻게 똑같을 수 있다고 생각해? 아니 같을 순 없지만 비슷하긴 해야지. 그리고 나는 당신이 참으로 정의롭고 용기도 있고 멋지고 당당한 남자로 봤거든요. 그런데 이번 대통령의 기부 문제가 터지면서 당신, 진짜 당신을 보았어요. 진짜 내가 어떤데? 진짜 당신은 권력과 돈을 두 손에 다 움켜쥐고 놓지 않는 속물이야. 뭐? 뭐? 속물? 그래요. 속물. 대한민국을 대표하는 장관이 되었으면 어려운 이웃*

을 위하는 건 너무나 당연한 생각인데 그 너무나 당연한 생각조차도 아내 핑계를 대고 재산을 빼돌리는 데 급급하고 그뿐 아니라 장관직도 그대로 유지하며 국민의 고혈을 빨아먹으려는 속물요.

내가 좋아했던 당신은 껍데기만 본 거였어요. 그 껍질 안에 알곡은 뻐꾸기 둥지였다는 생각이 들어요. 뭐? 뻐꾸기 둥지? 말이 좀 심하군 그래. 내가 언제 뻐꾸기처럼 남의 새끼를 밀어내고 둥지를 차지했다고 그렇게 나를 비약하다니. 도대체 진짜 이유가 뭐야? 아니, 별로 심한 거 아닌데요. 이게 본래의 내 모습이고 내 말이에요. 난 적어도 당신은 나라를 위해 목숨까지는 아니어도 그런 재산 정도는 미련 없이 내놓을 거로 생각했거든요.

인품을 그 정도로 올려 본 내 눈을 이제 라식 수술이라도 해야 할 때가 된 것 같아요. 앞으로는 저를 다시는 사랑이니 뭐니 묶어 간섭하지 마세요. 가정으로 마음 돌려보내세요. 그리고 장관 일이나 적당히 하면서 국민이 살을 깎아주는 녹봉으로 배 두들기며 하루 여섯 끼, 일곱 끼 먹고 비싼 옷 입고 개기름 번지르르한 모습으로 어깨와 목에 깁스하고 열심히 사세요.

정 장관은 더 듣지 못하고 옥구슬의 말을 가로챈다. 당신 정말 무서운 여자구먼. 당신 사고로 보면 무섭겠지요. 그렇지만 나만 무서운 것이 아니라 당신도 아주 무서운 사람이에요. 한 나라의 장관쯤 되는 사람이 대통령도 전 재산을 기부하고 월급까지 모두 반납하고 심지어 먹는 식사마저 줄여서 어려운 국민을 돕겠다는

데 그까짓 재산이 뭐 그리 대단하다고 이럴 때 보면 사람의 진심이 보이는 거예요. 가정도 어려워 봐야 효자를 알고 나라도 위급할 때 충신이 나오는 법이에요. 한가하고 평화롭고 자신의 이익을 정석으로 지키는 시절엔 절대로 효자도 충신도 알 수 없는 법인 거 아시잖아요.

얼마나 어두운 곳이 많으면 대통령께서 전 재산 다 처분하고도 모자라 월급에 퇴직금까지 내놓고 식사까지 줄여가면서 어려운 국민을 위해 불철주야 뛰는데 장관이란 사람이 월급을 퇴직금을 반납하라는 것도 아니고 이 땅에 태어나서 먹고 살고 나머지 재산 어려운 사람을 위해 좀 쓰자는데 아내 핑계를 대고 재산을 빼돌린다고요? 그리고도 하늘을 우러러 한 점 부끄럽지 않게 장관이란 명찰을 온몸에 감고 다닐 수 있으세요?

다른 건 그만두고서라도 국민의 녹을 먹는 사람으로요. 제가 좋아하는 사람은 지금까지 말한 진정한 가슴 따뜻한 사람이지 당신처럼 이기적인 장관이 아니에요. 그러니 그렇게 아시고 당신이 나 안 본다고 죽는 것도 아니고 나 역시 당신 못 본다고 죽는 것 아니니까 우리 피차 자신의 길로 가도록 해요. 그간 정을 생각해서 마지막으로 우리 가게서 술 한잔하고 가시지요.

정 장관은 더는 있고 싶지 않아 일어서며 말을 던진다. 그만둬. 어찌 그렇게 도끼로 장작 패듯이 정을 패버리지? 당신 정말 무서운 여자구만. 내가 사람을 잘못 봤구만. 옥구슬은 말한다. 피차

서로 잘못 봤네요. 이제부터 눈 부릅뜨고 사람을 봐야겠어요. 당신도 눈 부릅뜨고 사람을 다시 보세요. 이제 밖에서 봐도 아는 사이로만 거리를 넓혀요. 정 장관은 벌떡 몸을 일으켜 박차고 일어나 밖으로 나온다. 이미 모든 일은 결정되었다. 어떻게 인간의 정을 저렇게 하루아침에 자를 수 있단 말인가. 여자들이란 다 저런 걸까? 혼자 벌떡거리며 화를 내 본다.

아무 소용이 없다는 걸 알지만. 그래도 해도 너무 하다는 생각이 든다. 하루아침에 보기 좋게 발로 걷어차인 심정은 이루 말할 수 없이 비참하다. 허름한 포장마차로 발이 안내한다. 거부 않고 발을 따라 들어간다. 안주도 없이 소주 3병을 까고 비틀비틀 집으로 간 정 장관은 도우미한테 술상을 차려오라고 하고 아내를 부른다. 아직 화와 분노가 서로 엉켜 싸우고 있다. 술이 뱃속에서 화에 불을 지르고 있는 것 같다. 분노를 끄지 않으면 무엇인가 폭발할 지경이다. 넥타이를 풀어 집어던지며 아내에게 불을 옮겨 붙인다. 당신 왜 시키지도 않는 일을 해서 나만 망신당하게 만들고 이렇게 비참하게 만들어. 여자가 남편을 위해 내조는 못 할 망정 이렇게 망신을 당하게 하고 비참하게 만들어도 되는 거야! 그래, 그 재산 가지고 잘 먹고 잘 살아 봐! 젠장 창피해서 도대체 살 수가 있어야지. 칵! 죽어버리든가 해야지.

정장관 아내는 남편의 말에 무엇인가 심상찮음을 느낀다. 저렇게 시퍼렇게 화를 내는 모습이 낯설게 느껴진다. 건드리면 쓰윽 베일 것 같은 면도날 말을 휘두르고 있다. 조심스레 남편에게 묻는다. 무슨 일 있어요? 자세하게 말씀해 보세요. 저는 영부인과 함께 독거노인 만나는 일로 날을 세워도 모자라도록 뛰고 있는데 뭐가 문제란 말이에요. 정 장관은 짜증이 묻은 말을 내뱉는다.

장관직을 때려치우든가 해야지 원 이거야 자존심이 상해 살 수가 있나. 도대체 무슨 일인지 말씀해 보세요. 내 재산 가압류했다고 나보고 속물이라잖아, 속물. 대한민국을 대표하는 장관이 되었으면 어려운 이웃을 위하는 건 너무나 당연한 생각인데 그 너무나 당연한 생각조차도 아내 핑계를 대고 재산을 빼돌리는 데 급급하고 그뿐 아니라 장관직도 그대로 유지하며 국민의 고혈을 빨아먹으려는 속물. 적어도 나만큼은 나라를 위해 목숨까지는 아니어도 그런 재산 정도는 미련 없이 내놓을 거로 생각했대. 인품을 그 정도로 올려 본 눈을 이제 라식 수술이라도 해야 할 때가 된 것 같다며 앞으로는 장관 일이나 적당히 하면서 국민이 살을 깎아주는 녹봉으로 배 두들기며 하루 여섯 끼 일곱 끼 먹고 비싼 옷 입고 개기름 번지르르한 모습으로 어깨와 목에 깁스하고 열심히 살래. 누가 그런 말을 해요? 그리고 가압류한 걸 어떻게 알아요? 참으로 귀신이 곡할 노릇이네. 누가 그런 말을 했는지 말해 봐요. 그렇다고 동생들이 떠들었을 리도 없고. 누군지 말 해봐요. 내 그냥 주둥이를 뭉개버릴 테니까. 누군지 말해 보라니까요. 대통령 주둥이를 뭉갠다? 참으로 당신은 대단하구먼. 아니 대통령께서 직접 그런 말씀을 하셨단 말이에요? 그러게 왜 재산은 가압류를 하고 난리를 쳐서 남편 망신살을 뻗치게 하고 그러냐 말이야. 대통령께서 그런다면 보통 일이 아닌데. 이 마당에 당신 사표 내라는 거 아니에요. 그까짓 사표 내면 되지 뭘 걱정해 당신이 원하는 게 그거 아니야? 잘 됐지 뭘 그래. 그 재산이면 배 두들기고 평생 먹고 살아도 남을 텐데 그까짓 장관이 뭐라고 장관 명찰을 몸에 두르고 살아야 하나? 정 장관 아내는 번개처럼 말을 받는다. 그까짓 거라니요. 코엑스 옆 건물 한 채도 들어갔는데 사표는 안 돼요. 그럼 뭘 어쩌자는 거야. 차라리 집만 두고 나머지 건물을 넘기는 게 낫지. 주위에 눈도 있고 아이들 보기도 그렇고 건물만 내놓으면 별문제 없지 않을까요? 그럼 진작 그랬으면 여자, 아니 이렇게 비참하게 당하지는 않을 거 아니야!

여자란 말이 나오자 정장관 아내는 면도날처럼 예민해진다. 뭐라고요? 다시 말씀해 보세요. 여자라고 했어요? 그래 여자. 당신이라는 여자 말이야. 당신이라는 여자 때문에 이렇게 비참함을 당했다고. 깜짝 놀란다. 그 술김에도 얼른 정신을 차리고 슬쩍 말을 돌린다. 혀가 꼬부라진 상태에서도 정 장관은 아내가 여자라는 말을 하자 정신이 번쩍 들어 임기응변으로 잘도 넘긴다. 그렇게 위기를 잘 넘긴 정 장관은 술에 곯아떨어진다. 이튿날 일어난 장관은 밤새 별빛이 내려와 입을 박음질을 해버렸는지 어둠이 풀로 입술을 붙여버렸는지 말 한마디도 안 하고 주섬주섬 옷을 입고 출근한다. 옷에 묻은 먼지를 터는 아내의 손을 힘껏 뿌리쳐버리고 아침밥도 안 먹고 출근을 하는 남편이 정 장관 아내는 안쓰럽기도 하고 한 편으로는 화도 난다.

재산을 지키기 위한 일을 어디 데리고 온 자식에게 주기라도 하는 양 취급하는 남편이 서운하기도 하다. 본인도 뾰족한 방법도 없으면서 일을 처리한 자신에게 화를 내는 남편. 오른쪽 뇌에서는 화가 나고 왼쪽 뇌에서는 안쓰럽다는 생각을 한다. 그렇지만 대통령도 그렇지. 같이 다녀 보니 딱한 사람이 많은 건 이해하겠는데 그렇다고 부정으로 재산을 모은 것도 아니고 성의껏 내면 될 일을 가지고 굳이 저렇게 전 재산을 다 기부하라는 강제는 어느 나라 법이란 말인가? 그 사이에도 영부인과 다녔던 그늘 속 할머니 눈물이 자신의 손을 잡고 놓아주지 않고 흔들어대던 그 손이 아른거린다.

하긴 대통령과 내 입장이 다르긴 하지. 대통령은 온전히 자신의 국민이지만 우리는 형제쯤 되지 않는가. 부모가 자식을 생각하는 것하고 형제가 형제를 생각하는 건 차이가 있는 게 당연하지. 그렇담 어찌해야 좋단 말인가! 어차피 일이 이렇게 되었으니 집만 두고 모두 팔아서 기부해야겠다고 마음을 먹는다. 그래도 뭔가 자꾸 생각의 가닥이 갈라지는 느낌을 지울 수 없다. 어찌했건 서둘러서 출근 준비를 한다. 오늘도 그늘을 말리러 다녀야 할 것 아닌가. 재산은 재산이고.

천 갈래 만 갈래 갈라지는 마음을 고무줄로 머리를 질끈 동여매듯 묶어두고 출근 준비를 위해 옷을 갈아입는다. 옷을 갈아입던 자신에게 화들짝 놀란다. 이 옷은 샤넬 매장에서 1,200만 원을 주고 샀다. 이 가방은 루이뷔통 매장에서 540만 원을 주고 샀다. 이 신발은 샤넬 매장에서 250만 원을 주고 샀다. 이 스카프는 닥스 매장에서 180만 원을 주고 샀다. 귀고리는 티파니 매장에서 목걸이 반지 풀 세트로 큰맘 먹고 5,500만 원을 주고 산 것이다. 가방 속 지갑은 샤넬 매장에서 180만을 주고 샀다. 이 바지와 윗도리는 버버리 매장에서 370만 원을 주고 샀다. 허리띠는 닥스 매장에서 130만 원을 주고 사고. 그럼 총 내가 오늘 입고 들고 몸에 감고 다니는 금액이 얼마인가?

아찔한 현기증이 인다. 영부인과 다니면서 한 집에 금일봉을 1천만 원씩을 주고 온다. 그렇다면 내 오늘 걸친 옷으로 몇 집을 도와줄 수 있단 말인가. 자신의 의도와 상관없이 고개가 좌우로 흔들린다. 마치 머리에 불이라도 붙은 듯 마구 흔든다. 슬픔은 전염성이 강하다고 했던가! 오물오물 자신의 감정에 달라붙어 울어대는 슬픔 때문에 평생 처음 마음으로 울었던 날들. 영부인과 함께 다니면서 만난 사람들 때문에 깨달은 것이 많다. 슬픔이 날마다 자신의 곁에 달라붙어 있다는 것이다. 묘하게도 그들의 슬픔을 보면서 자신의 행복이 보이기 시작했다는 것이다. 하고 싶은 걸 다 하고 살았지만, 행복이라고 생각해 보지는 않았다.

그런데 그들의 슬픔 사이로 슬쩍슬쩍 자신이 얼마나 행복한 사람인가가 보인다. 반대편 거울에 환하게 웃으면서 비친다. 나는 남의 불행에서 내 행복을 건져 올리는 나쁜 사람인가! 아니, 아니야. 잊어버리고 살던 행복을 저들의 거울에서 찾아 나를 비추었을 뿐이야. 모든 것이 태어날 때부터 풍족한 자신은 행복이 무엇인지 모르고 아이들 키우면서 명문 유치원을 보내기 위해 애를 썼고 사립 초등학교 졸업 후 명문 중학교를 보내기 위해 주소를 옮기고 명문고를 보내기 위해 집 한 채를 넘게 과외비로 날리고도 자신이 원하는 대학교에 떨어져 또다시 재수를 시키면서 밤을 새웠다. 그렇게 1년 밤낮을 제공한 대가로 원하는 대학에 입학했을 때 잠깐 여우비처럼 행복이 다녀간 뒤로 행복이 뭔지도 모르고 살았다.

다 커서 결혼을 하기 위해 데리고 온 사윗감은 하나같이 반 눈에도 차지 않았다. 기가 막혀 말문이 닫혔다. 화를 내고 딸과 결별을 선언했다. 기어이 어미의 뜻을 마른 삭정이 꺾듯이 꺾어 버린다. 자신이 원하는 남자가 아니면 평생 혼자 늙겠다고 협박을 한다. 불효를 외쳐댄다. 자식 이기는 부모 없음을 빤하게 아는 딸은 시위를 벌이며 부모를 이기고 결혼을 한다. 이게 인생인가 하고 허탈감에 빠져 여행을 다녀보지만, 여행지에도 행복은 없고 몸만 피곤했다. 친구들과 함께 여행을 간다. 사위 자랑이 수양버들처럼 청청 늘어진다.

명문가 사위를 본 친구들이 목에 힘주는 것을 보면서 여행을 온 것인지 사위 자랑을 하기 위해 온 것인지 화만 우렁우렁 장맛비에 물줄기 키우듯 키워서 돌아오고. 남편은 늘 일에 바빠 밤 12시 전

에는 얼굴 보기가 어렵고 이러다가 오십견이 오고 여기저기 조금
씩 몸들이 삐걱거리며 반란을 일으키기 시작한다.

이게 뭔가 싶다. 허탈감이 밀려와 남편과 이야기라도 좀 하고 싶
지만, 하늘을 봐야 별을 딸 것이 아닌가. 귀곡자는 *병법은 병사의
배치이고 시는 언어의 배치이다*라 했다. 남편은 직장에 병사로 배
치해 두었고 자식은 교육이란 시에 배치해 두었다. 여자라면 누구
나 다 그렇게 배치를 하는 것이 너무나 당연한 일. 도대체 내 배치
에 무엇이 문제란 말인가? 그런 내 인생은 병사도 언어도 배치를
잘못한 것일까? 아니다. 병사를 아무리 잘 배치했다고 하더라도 전
쟁에서 진다면 그 배치는 잘못한 것이고 수로 병사를 잘못 매복시
켰더라도 그 전쟁이 상대의 실수로 이긴다면 잘못 매복시킨 배치
는 성공한 배치라고 할 것이다. 정답이란 이 세상 어디에도 없다.

전쟁터에 배치해놓은 병사가 저렇게 밤낮으로 뛰는데 투정도 하
루 이틀이지 계속 투정한다면 사기가 저하되어 결국은 상대의 총
에 맞아 목숨을 잃을 수도 있을 것이다. 그러니까 전쟁에서 이기려
면 사기 충만하게 밭에 거름을 북돋아 주듯 북돋워 주어야만 그
기운으로 이기고 돌아올 것 아닌가! 사위가 반 눈에도 안 차서 딸
의 집엘 잘 안 간다. 딸은 저를 낳아서 온 힘을 기울여 키워준 어
미와 결별을 하면서 자기가 사랑하는 남자의 편을 들어 어미와의
거리를 넓힌다.

외손녀를 보고 싶어 가끔 한 번씩 통화하는 일 외엔 이렇다 할

교류를 하고 싶은 맘이 없다. 겉으로는 마지못해 그냥 보지만 정이
란 눈곱만큼도 가지 않는 사위다. 하나라도 자신의 마음에 드는
사위를 얻었다면 이렇게까지 허탈하지는 않을지도 모른다. 그러나
그것 역시 생각대로 되는 것이 아니다. 삶이 무료하고 부질없고 허
탈하다는 생각까지 들어 그냥 그냥 그렇게 살던 중이다. 그런데 그
런 생각조차도 사치라고 생각이 들게 한 계기가 바로 영부인과 함
께 다니면서다.

먹어야 살아가는 동물이 마음대로 먹지 못하고 아파도 치료조
차 못 받는 저들의 삶은 도대체 뭐라고 말해야 한단 말인가! 자신
의 상처를 밥으로 국으로 반찬으로 먹으며 매일을 숨 쉬어야 하는
그들에게 어떻게 산다고 말할 수 있을까? 자신 같으면 벌써 죽어서
이 세상 사람이 아닐지도 모른다. 저건 사는 게 아니다. 그냥 하루
하루 목숨을 견디고 있을 뿐, 저렇게 매일 눈만 뜨면 고통스러운
것을 어찌 산다고 말할 수 있단 말인가! 지금까지 단 한 번도 내가
입은 옷이나 신발에 대해 생각을 해 본 적이 없다. 사고 싶으면 사
고 먹고 싶으면 먹고 자고 싶으면 자고 놀고 싶으면 놀고 여행을 하
고 싶으면 하면서 살았는데 내가 왜 이러지? 이건 당연한 내 권리
지 않은가? 내가 어디서 도둑질한 것도 아니고 당당한 돈인데 좀
쓰면 어때서? 아니, 아니, 아니지.

한 끼의 밥이 해결 안 되고 학교에 못 가고 아파도 병원도 못 가는
사람이 살 수 없는 환경에서 살아내며 견디고 있는 저 사람들이 나

를 보면 증오할 거야. 아니 죽이고 싶을지도 모르지. 내가 그 입장이
어도 그럴 것 같다. 그럼 어쩐다? 다시 들어가 옷장을 뒤진다. 입었
던 옷을 모두 벗어버린다. 자신의 맨몸이 오늘따라 욕심이 가득한
비곗덩어리로 보인다. 볼품없이 늘어진 뱃살, 하얗게 새어 버린 음
모, 축 처진 젖가슴. 남편에게 이 모습이 예쁘게 보일 리가 없겠지.
내가 봐도 이렇게 흉측한데. 어느 여배우가 자신의 젊음을 영원히
팬들의 눈에 각인시키고 싶어 자살했다는 심정이 이해가 간다.

어째 시간이란 놈이 끊임없이 달려들어 포동포동 풍만하고 매끈
해서 윤이 나던 자신의 몸을 다 갉아 먹고 이렇게 껍데기만 찌글
찌글하게 번데기를 만들어 남겨 놓았는지. 자신의 몸이지만 더 보
고 싶지가 않다. 화가 치민다. 한때는 대학 축제에서 메이퀸에 올
랐던 몸인데 감히 겁도 없이 시간은 이렇게 자신의 살점을 야금야
금 다 파먹어버린 것이다. 어머니와 할머니가 세월 잠깐이라고 하
시던 말이 이제야 무슨 말인지 알 것 같다. 그때는 그게 무슨 말인
지 알 수 없었다. 흉측한 몸을 가릴 옷을 얼른 입어야겠다. 그중에
서 가장 싼 옷을 골라 입는다.

아무리 싸다고 해도 그들에겐 비싸겠지만 그렇다고 싸구려 옷을
또 사 입을 수는 없지 않은가? 옷을 갈아입고 맹해진 기분으로 그
늘을 씻어내기 위해 집을 나선다. 소란과 동요를 치던 자신의 생각
을 꺼내 패대기를 쳐버리고 청와대로 향한다. 몹쓸, 왜 이렇게 기
분이 떫은 땡감을 씹은 듯 무거운지 모르겠다. 이런 기분을 느끼

게 될 날이 있을까 봐 내가 태어나면서 울었을까? 태어날 땐 나 스스로 울고 내가 죽을 땐 남이 울고, 울면서 태어났다 울면서 죽는 것이 인생이란 말인가?

말을 배우고 글을 배우고 인생을 배우고 배웠건만 나는 남에게 싸구려 말만 했는지도 모른다. 비싼 말들은 모두 나의 몸을 휘감고 나만의 울타리 속에 갇혀 있고 아주 값싼 말을 세상에 던지며 살았는지도 모른다. 사위들이 맘에 안 들어 딸들에게도 딸들을 위한다는 명분을 만들어 형편없고 값싼 말로 딸의 사랑을 깎아내렸고 미워했고 반대했고. 어쩌면 그게 싫어서 그렇게 하는 자신이 싫어서 괴로워했다는 표현이 더 정확할지도 모른다. 생각 끈을 늘이며 늘이며 옷을 입고 집을 나선다. 발목에 아령을 단것처럼 무겁다.

정 장관은 옥구슬이 속물이란 말을 하고 이별을 선언하자 아무 의욕도 없고 모든 게 귀찮아진다. 며칠 휴가라도 얻어 어디 조용한 곳에 가서 쉬다가 오고 싶지만, 아직 그럴 만큼 업무가 여유롭지도 않고 요즘 대통령의 의중을 통 알 수가 없어 답답하기도 하다. 아무리 좋은 걸 봐도 좋지도, 맛있는 걸 먹어도 아무 맛도 느낄 수 없는 멍청이가 되어가는 느낌이다. 옥구슬을 만날 수 있는 시간은 주어지지 않는다. 옥구슬은 영부인을 수행하며 매일 밤늦게야 돌아온다. 아침 일찍 나가 밤중에 돌아오니 얼굴을 볼 수 없다.

도대체 상사병 아니 이 나이에 상사병이 뭐란 말인가! 암튼 안절부절 아무 일도 제대로 할 수가 없다. 옥구슬에 대통령을 만나게 해 준 것이 후회에 후회가 눈더미처럼 쌓여간다. 그렇다고 물릴 수도 없는 일. 7년 정도 알고 지낸 사이지만 힘들고 지칠 때마다 그녀와 함께 있으면 얼굴만 봐도 피로감을 잊을 수 있었다. 그녀는 피로를 씻어주는 청량제며 희망이며 삶의 의미였다. 일주일 정도 못 봤는데도 머리가 돌 것 같다. 아무 일도 제대로 할 수 없다. 매일 밤 술로 밤을 취하게 한다. 아침이면 남은 술기운으로 그녀 생각에 취해 출근하고. 술에 취하고 옥구슬 생각에 취하고 어떻게 살아가는지 모르는 나날이다. 이렇게 사는 자신이 한심스럽고 죽이도록 밉고 싫다. 그렇게 칼날처럼 날카로운 비수로 자신의 심장을 베고 떠나간 그녀가 증오스럽기는커녕 날이 갈수록 더욱 보고 싶어진다.

햇살뉘조에도 나타나지 않으니 만날 길이 없다. 하루하루는 무성하게 자라나고 그녀가 떠나간 자리엔 먼지가 쌓이듯이 그리움이 쌓인다. 햇살뉘조에 들어가 본다. 풀과 나무들은 푸른 바람을 가득 머금고 텅 빈 마음을 흔들어댄다. 허파 속으로 푸른 바람이 그녀의 말을 들고 들어온다. 헛웃음이 훌훌훌훌 튀어나온다. 허탈 묻은 웃음만 뿌려두고 발길을 돌린다. 하루하루 온통 그녀 생각에 침식당하는 날이다.

한편 옥구슬은 날마다 가난하고 굶주린 음지를 찾아다니느라 밤낮을 다 뿌리고 다니지만, 지금까지 어느 때보다 보람되고 행복한 나날을 보내고 있다. 정 장관과의 만남이 사랑이었던가 싶을 정도로 먹물에 잠긴 백지처럼 잊힌다. 생각조차도 나지 않는다. 오직

이 일을 위해 태어난 것 같다. 물 만난 고기처럼 활기차고 싱그러운 나날이다. 옥구슬은 영부인과 한 달을 함께 다니며 생각과 고민을 한 끝에 또 다른 방법을 제안한다. 이렇게 해서는 그 많은 이웃에게 골고루 혜택 주기도 어렵지만, 체계적인 방법을 도입하고 근본적인 대책 없이는 임시방편에 불과하다고 판단한다.

가난은 나라도 구제하지 못한다고 한 말을 이 기회에 가난은 반드시 나라가 구제한다는 말로 바꿔놓을 획책을 연구해야 한다고 생각을 굳힌다. 결국, 대통령과 영부인에게 제안해서 체계적으로 해나가야 한다는 생각에 도달한다. 옥구슬은 영부인님, 이렇게 하나하나 날마다 다녀서는 대통령 각하의 임기가 끝날 때까지도 해결이 안 될 일입니다. 나도 그렇게 생각하고 있던 참이요. 그렇지만 아직 밑그림만 그렸지 그걸 실행하기엔 시간이 좀 필요하다고 생각하고 있던 참인데 그럼 좋은 대안이라도 있는지요?

옥구슬은 기다렸던 말을 한다. 구체적으로 계획을 짜서 체계적으로 관리를 해야 할 것 같습니다. 그럼 어찌하면 좋겠는지 그 계획을 당신이 한 번 짜 보시오. 옥구슬은 영부인이 겨우 한 달 만에 자신을 믿고 계획을 짜보라고 일임한다는 데서 내심 기쁨이 새랄라새랄라 싹을 틔운다. 또 자신 역시 어려운 사람을 위해 앞장서는 데는 최선을 다할 자신이 있을 것 같다.

7

옥구슬은 활기찬 계획표를 만들기 위해 밤잠을 서랍에 넣고 잠근다. 이리저리 계획을 다 세운 다음 그 계획의 실행을 위해 영부인에게 도움을 청한다. 일단 요식협회장을 자신의 가게로 불러 뜻을 전한다. 동참할 뜻이 있는 사람들을 모아 줄 것을 부탁한다. 생각보다 많은 사람이 많든 적든 대부분이 참석을 약속했다는 요식협회장의 말에 힘이 솟는다. 대통령은 옥구슬에게 *그늘 말리기 공사는 잘 진행되고 있소?* 하고 묻자 옥구슬은 *예, 계획은 짰습니다만. 계획은 짰습니다만, 뭐가 문제란 말이오? 대통령 각하께서는 이런 말 알고 계시지요? 말을 하지도 않고 이런 말이라고 하면 내가 어찌 안단 말이오? 아무리 똑똑해도 마음 따뜻한 것만 못하고 마음 따뜻한 것이 행동하는 것만 못하다는 말 말이에요 결국 관찰보다는 애정이 애정보다는 실천하는 것이 더 중요하다는 말 말입니다.*

나도 그렇게 생각하오. 그리고 내 마음을 따뜻하게 하고 행동하는 것을 잊지 않기 위해 가지를 치고 넝쿨손을 자르고 기르고 있는 중이오. 그런데 당신은 여자의 몸으로 어떻게 그런 생각을 한단 말이오? 대통령 각하께서는 아직도 남존여비 사상에 갇혀 계신단 말입니까? 그게 무슨 말이오? 지금, 여자의 몸으로 어떻게 그런 생각을 하냐고 말씀하셨잖아요. 그랬나요, 내가? 그랬다면 미안하오. 관습이란 게 참 무섭군요. 앞으로는 조심하리다.

그렇게 계획대로 몇 팀으로 나누어 청와대로 초청을 한다. 청와대 초청 취지를 대충 밝혔지만 그래도 자신들에게 어떤 이익이라도 돌아올 것을 기대하는지 몇 명을 제외하고는 모두 참석을 한다고 한다. 청와대로 초청한 날짜에 모두 참석한다. 대통령의 계획을 열심히 듣고 난 참석자 전원이 기부를 약속하고 돌아간다. 일차적으로 대성공이다. 그다음 단골로 드나들던 중소기업 사장들을 하나하나 전화를 돌린다.

그들은 자신들을 생각해서 초청해 주는 줄 알고 청와대로 몰려든다. 자신의 가게보다는 청와대란 곳이 지원을 약속받는 데 더 효과적일 것 같아서 청와대로 초청한다. 가게 단골손님 중에는 중소기업이지만 알부자 자산가들이 많이 드나들었다. 그 재산을 모두 덜어내서 불우한 곳으로 나누어 줄 심산이다. 미리 자신의 가게로 스무 명을 초대해서 대충 취지를 밝히고 인원파악을 위해 꼭 참석할 사람은 약속을 잡는다. 일단 자신의 단골 중에서 재력순으로 스무 명은 초청하고 나머지는 모두 전화로 청와대로 초대한다고 기별을 넣는다.

생각 외로 첫 번째 약속에서는 청와대란 호기심 덕분인지 5백 명의 중소기업인이 참석한다. 이건 자신의 단골 중 십 분의 일밖에 안 된다. 전화 약속을 한 사람들은 모두 참석했으니 성공이라 생각한다. 그녀는 2차, 3차 오전 오후로 50명씩 불러들여 대통령의 발목을 5일간이나 꼼짝 못 하게 묶어둔다. 계속해서 초청한 결과 5백여 명이 넘는 사업체 대표들이 청와대를 다녀가고 대통령 앞에서 모두 후원을 약속하고 간다. 대통령은 사랑스러운 옥구슬이 하는 일이라 더욱 최선을 다해 업무수행을 한다. 대성공을 거둔다.

옥구슬은 **초롱불**이란 이름으로 통장을 개설하고 후원금을 모은다. 대통령과 영부인은 옥구슬의 수완에 혀를 내두른다. 자신이 미처 생각도 못 했던 일들을 기획하고 바로바로 실천에 들어가서 차례차례 불러들여 자신이 말만 하면 되도록 모든 일을 옆에서 돕는다. 아니 도움이란 표현보다 앞장서서 하고 자신이 보조하는 느낌이 든다. 옥구슬이 듣는데 이 말을 하면 또 남존여비라고 화를 내겠지만 생김새와는 달리 어느 사내대장부도 어려운 탁월한 기획을 하며 사랑스러움에 사랑스러움을 살랑거리며 국정을 돕는다.

대통령은 아내에게 옥구슬을 기획비서실장으로 임명할 것을 논의한다. 영부인은 나라를 위해 필요하면 좋은 일이라며 흔쾌히 승낙한다. 대통령은 속으로 아내에게 커피 숟갈 하나 정도의 쓴 커피 만큼 미안함도 있지만, 아직 그녀와 어떤 일도 일어나지 않았다. 자신의 마음속에서는 날마다 출렁이고 있지만, 그 출렁임이 아직 넘쳐흐르지는 않았다. 이성이란 튼튼한 둑이 감성을 이겨내고 있기 때문이다. 그녀를 청와대로 데리고 오기로 한 것도 내 눈 가까이에 두고 볼 수 있게 한 것도 국민을 위해 국가를 위해서다.

기획을 아주 완벽히 잘하니 이건 **님도 보고 뽕도 따고**라는 속담을 가장 잘 지었다는 생각을 한다. 그렇게 정식으로 임명하겠다고 나서자 아내가 쌍수를 들어 환영하며 옥구슬에게 말을 건넨다. 그렇지만 옥구슬은 한 마디로 싱싱한 무에서 무청을 자르듯이 싹둑 잘라 버린다. 이름 같은 거 지어서 국민의 녹을 받고 싶지는 않다. 다만 어려운 사람을 위해 손톱만큼이라도 도움이 될 수 있는 일이라면 자신의 몸이 부서져도 하다가 죽는 게 소원이라고 설명한다.

덧댄 말에는 기획비서실장을 정식으로 내린다면 자신은 청와대를 떠나겠다고 영부인의 말을 무색하게 만들어 버린다. 그 말을 전해 들은 대통령은 속으로 아내에게 들키지 않는 서늘함 한 줄기가 가슴을 훑고 간다. 그렇다면 자신의 옆에 둘 명분이 없어진 것이 아닌가. 대통령은 다급한 마음에 당장 옥구슬을 부른다. 셋이서 둘러앉아 의견을 다시 묻자 바늘 끝도 안 들어갈 만큼 견고하고 확고한 말을 하고 대통령의 말은 땅바닥에 나뒹굴어 버린다. 대통령의 말을 발길로 차버리고 일어서며 차분하게 또박또박 소신을 말한다.

대통령께서 제게 그런 직책을 주신다면 지금 당장 떠나겠습니다. 저는 세상에 아무런 미련도 없습니다. 다만 대통령과 영부인께서 전무후무한 일들을 계획하고 계시고 개인재산을 털고 월급을 털고 끼니마저 줄여가며 오로지 국민을 향한 그 마음 때문에 잠시나마 곁에서 피씨 만한 도움이라도 된다면 도와 드리고자 청와대로 들어왔을 뿐 이렇게 막중한 임무를 주시고 국민의 피땀을 축내라고 하신다면 저는 여기에 머무를 까닭을 상실했습니다. 송구합니다.

그럼 이렇게 하면 어떻겠소? 당신을 기획비서실장에 임명하되 모든 녹봉은 당신이 원하는 곳으로 모두 자동이체 시키면 그것 역시 다른 장관이나 관료들의 귀본이 되지 않겠소. 대내외적으로 명분도 서고 말이오. 그리고 당신이 하고 싶은 그 일을 하는데 기획비서실장이란 직책을 가지게 되면 추진하는 데 있어서도 훨씬 더 수월하고 말의 권위도 세울 수 있지 않겠소. 권위라는 게 뭐 쓸데없는 권위가 아니라 오로지 그늘진 국민을 위한 권위 말이오. 아무런 직책도 없이 설득하는 것과 직책을 가지고 설득하는 것은 상당한 차이가 있으리라 생각하오.

그러니 제발 당신의 뜻을 이루기 위해서 내 제안을 거절 말고 받아들여 내 임기 안에 국민을 위해 수행해야 할 일을 함께해 주시오. 이건 내 간절한 부탁이오. 영부인이 옆에서 말을 덧대어 깁는다 예. 부디 다시 한번 생각해서 우리를 좀 아니 국민을 위해 좀 힘써주시면 고맙겠소. 지금 나라 관료들이 모두 자신의 욕심에 꽉

차서 국민의 아픔은 모두 외면하는 데서 오늘의 나라가 이 꼴이 되고 말았소. 그러니 당신 같은 사람이 나타난 것도 이 나라 국민에게는 다시없는 행운이라 생각하오.

당신이 전 재산을 조건 없이 기부한다고 할 때 나는 잠시 자야라는 여인이 생각났어요. 평생 모은 재산을 길상사에 내놓으면서도 기자들의 질문에 '백석의 시 한 줄만도 못한 재산'이라 겸손을 내밀던. 그래서 옥구슬 당신을 대통령과 나는 국민을 위해 하늘이 보내준 사람이라고 믿었어요. 그러니 다시 한번만 더 생각해 주길 바라오.

간절한 간청에 옥구슬은 그럼 좋습니다. 제가 도와 드린다고 도움이 될지는 모르지만, 손 내밀어 주시는 고마움을 받겠습니다. 제가 대통령과 영부인께서 하시는 일이 올바르고 훌륭한 일이라고 응원을 한다고 더 잘 된다는 보장은 없지만 그래도 응원을 하겠습니다.

혼자 가시든 함께 가시든 발로 걷는 건 대통령이시고 영부인이시지만 그래도 조금이라도 힘듦을 잊게 해 주는 거라면 함께 걸어가겠습니다. 대통령 각하 말씀처럼 제 월급은 한 푼도 남기지 않고 모두 초롱불 통장으로 자동이체시키겠습니다. 그리고 제게 어떤 혜택도 주지 않겠다고 약속해 주시지요. 대통령은 고맙소. 당연히 당신이 원하는 대로 해 주겠소.

그렇게 옥구슬은 기획비서실장이란 이름을 달고 본격적으로 대통령 곁에서 대통령의 일을 돕기 시작한다. 대통령은 속으로 모든 장기가 꺼지도록 한숨을 깊이 들이쉬고 있음을 영부인은 전혀 눈치채지 못한다. 어떤 의도의 한숨인지. 영부인 역시 안도의 한숨을 입 밖으로 토해내고 있다. 그렇게 옥구슬은 기획비서실장이란 새로운 명찰을 가슴에 단다. 그녀는 늘 대통령 가까이서 일을 한다.

대통령의 안색은 옥구슬이 오기 전보다 열 배는 밝아지고 화색이 돌고 심지어 청와대 분위기까지 바뀌는 게 보일 정도로 활기 넘친다. 기획비서실장의 자리에서 근무하면서도 그녀는 영부인과의 초롱불 계획에 차질이 없도록 신경을 쓰고 기획을 해서 영부인에게 들이밀곤 한다. 영부인 역시 그 고마움과 국민을 위한 따뜻함을 가진 그녀가 사랑스럽기는 마찬가지다. 영부인은 *여보 기획비서실장 말이에요.* 대통령은 자신의 속마음을 들킨 것처럼 움찔한다. 이걸 보고 도둑이 *제 발 저리다고* 하는 것일까? 움찔하는 마음을 얼른 정자세로 바로 하고 아내를 쳐다보면서 태연하게 응한다.

예, 옥구슬이 왜 무슨 문제라도 있어요? 영부인은 문제가 있는 건 아닌데 *당신 일에는 어때요?* 하고 묻자 대통령은 아주 *기획도 잘하고 장관들 머리 모두 합쳐도 기획실장 머리를 못 당할 만큼이요. 그런데 그건 왜 물어요?* 하자 영부인은 그러면서도 *초롱불 기획도 빈틈없이 계획서를 내놓는군요. 계획서 내놓을 때마다 너무 놀라서 물어보는 거예요. 혹시 초롱불 기획하느라 정무에 소홀해질까 봐서요.* 대통령은 *그것 역시 정무의 연장선 아니오. 실은 나도 초롱불 정신이 흔들릴까 봐 당신한테 물어보려던 참이오. 그렇*

다면 잠도 못 자고 기획에만 몰두하는가 보구려. 우리가 한 수 배워야겠어요.

그렇다고 자신을 절대 내세우지도 않고 있는 듯 없는 듯 그림자처럼 기획을 짜고 통솔력이 대단해요. 청와대에 방문하는 사람들 모두가 긍정적으로 돌아서서 가니 여간 흐뭇한 게 아니오. 이대로만 변함없이 가면 그늘진 곳을 말려 어렵게 고통받는 사람이 없도록 해서 아파서 치료를 못 받거나 돈이 없어 학교를 못 가는 일은 없을 것 같구려. 그렇게 해서 내 임기 안에 이 나라를 전 세계에서 가장 살고 싶은 나라로 이름을 떨치는 것이 내 소원이오.

그리고 감히 어느 나라도 우리나라를 얕잡아 볼 수 없는 강대국 반열에 올릴 수 있도록 최선을 다할 것이오. 대통령과 영부인은 느닷없이 나타나 자신의 손발이 되어주는 옥구슬에 대해 대견스러움을 주고받고. 그렇게 옥구슬의 칭찬을 깔고 덮고 나란히 꿈속으로 들어간다. 이튿날 대통령은 평소보다 더 일찍 서둘러 준비를 마치고 집무실로 간다. 옥구슬은 하얀색 상의를 검정 바지 속으로 단정하게 넣고 걸어온다. 나이가 무색할 정도로 허리선이 살아난다. 하얀 상의를 꼭 물고 있는 바지에 허리띠가 눈을 못 뜨도록 눈부시게 눈 속으로 달려든다.

저 옷 속에는 관절과 살과 마음을 경작하는 신이 살고 있을 거야. 따뜻한 봄이 파릇파릇 싹이 틀 거야. 진달래와 철쭉을 흐드러지게 피울 준비를 하고 있을 거야. 따스한 햇볕과 맑은 물소리와 감미로운 바람이 함께 공기놀이를 하면서 놀 거야. 생각을 걷어내며 단화를 신고 얄랑랑얄랑랑 걸어서 쌩긋 웃으며 집무실로 들어서는 옥구슬. 달려들어 한 번 안아보고 싶은 욕망이 또 주책을 부린다. 얼른 아군인 이성을 불러내어 무찌른다. 대통령은 모든 피로가 한꺼번에 다 도망가고 정신이 초롱불초롱불 환하게 불을 밝힌다.

넋을 잃고 자신을 바라보는 대통령의 눈을 보며 기획실장은 어리둥절하다. 기획비서실장이 *제가 무슨 잘못이라도…* 하고 어리둥절해 하자 대통령은 *아니, 아니, 아니요. 내가 무얼 잠시 생각하느라. 오늘은 주요 일정이 무어요?* 기획비서실장은 *오늘은 장차관들을 초청한 날입니다. 이렇게 중요한 건 잊으시면 아니 되옵니다.* 애교 섞인 말에 대통령은 *미안하오. 내 잠시 다른 생각 좀 하느라고. 아침 식사는 했소? 밤에 잠은 잘 자는 거요?*

기획비서실장은 *아침은 대통령께서도 우유 한 잔이신데 제가 어떻게. 저도 우유 한 잔 마셨습니다. 그리고 잠은 대통령께서 주무신 만큼만 저도 잤습니다.* 옥구슬의 입술이 낳는 말마다 사랑스러움이 호야호야 달려 나온다. 온몸이 후끈 달아오른다. 무슨 일인지 주장자까지 벌떡 일어나 옥구슬을 맞이하러 나가려고 한다. 대통령은 아무도 없는 공간에서 하마터면 그녀를 안아버릴 것 같아 벌떡 책상에서 일어서 밖으로 나온다.

이성에게 회초리를 친다. 왜 직무유기를 하고 감성을 멋대로 날뛰게 하느냐고. 월권행위를 해서 날뛰는 바람에 어쩔 수 없었다고 이성은 변명하지만 도무지 용서할 수 없다. *어서 준비하시오.* 대통령의 말은 떨리고 있다. 그런 감정을 알 리가 없는 옥구슬은 대통령이 뭔가 지금 허둥거리고 있다는 생각을 한다. 또 무슨 고민이나 처리해야 할 일이 있는지 그건 차후에 묻기로 한다.

대통령은 가고 싶지도 않은 화장실에 가서 오줌을 누려고 했으나 주장자는 벌떡벌떡 골만 내고 질질 침을 흘리면서 오줌은 한 방울도 밖으로 내보지 않는다. *제기랄 미쳤어!* 주장자를 속으로 밀쳐 넣는다. 바지의 앞 지퍼를 올리고 찬물을 틀어 세수한다. 거울을 들여다보니 여자에 미친 낯선 사내가 서 있다. 오른손으로 따귀를 한 대 갈긴다. 반응이 없다. 왼손으로 다시 한 대 갈긴다. 그래도 아무 반응도 없다. 하는 수 없이 볼을 꼬집는다. 도리어 왜 꼬집느냐 반항하는 뻔뻔한 얼굴을 두 손으로 찬물을 받아 확 씻어 버린다.

몸속에 휘잉피잉 날아다니는 욕망과 불뚝거리는 바람기를 씻어 내고 뜨거운 숨에 찬물을 뿌려버린다. 집무실로 향한다. 다행히도 기획비서실장은 다른 업무를 보러 가고 자리에 없다. 휴~ 한숨을 뱃속에서 꺼내 날려버린다. 오늘 계획대로 장차관들에게 전할 요약 설명 문서를 점검하기 시작한다. 초청한 시간은 10시건만 9시 30분이 되자 이미 검은 상여 같은 승용차들이 하나둘 들어오기 시작한다. 멀리서 미끄러져 당당하게 힘을 가해 들어오는 저들의 승용차가 영락없는 상여 같다는 생각이 나서 밖에 나갔던 시선을 모두 거두어들인다.

드디어 열 시 정각, 회의실로 들어간다. 각 부서의 장관과 차관들이 모두 모였다. 각 부처장, 차관들이 모두 참석했다. 대통령은 단호한 어조로 설명을 시작한다. 말이 회의지 거의 비장함이 감돌 정도의 분위기다. 대통령은 모두 노고가 대단히 많소. 각 부처에서 여러분이 열심히 뛰어준 결과 1년이란 긴 세월이 별 탈 없이 지나간 것 같습니다.

여러분 중국의 전국시대 초나라 충신 굴원을 아시지요? '창랑의 물이 맑으면 갓끈을 씻고 창랑의 물이 흐리면 발을 씻는다.'라는 어부사라는 시를 남긴. 세상 백성들이 갓끈을 씻게 하느냐 발을 씻게 하느냐가 누구에게 달렸다고 생각하시오, 여러분들은? 나는 우리가 힘을 합해 이 나라 백성들이 갓끈을 씻게 할 맑은 물이 흐르도록 만들어 줄 것을 절실하게 요구합니다. 복잡하고 다양한 사회에서 해야 할 업무는 너무 많아요.

그동안 온 힘을 기울여 정무를 별 탈 없이 이끌어온 여러분 감사합니다. 그렇지만 별 탈 없는 무사안일가지고는 지금 시점에서 우리는 버티기 어렵습니다. 여러분이 아시다시피 지금 경제는 바닥을 치고 기업들은 돈을 쌓아놓고도 투자를 안 하고 일자리는 갈수록 줄어들어 실업률은 날로 늘어나고 부동산은 하늘을 찌르며 뛰고 있소.

서민들은 희망을 잃어 버린 것 같소. 자살률은 세계 1위라는 부끄러움으로 펄럭이고 자식이 부모를 죽이는 시대가 도래했고 여기저기 적자라는 말만 아우성치고 임대료와 인건비 때문에 장사하는 서민들은 건물마다 임대 놓는다는 문구가 깃발보다 찬란하게 펄럭이고 젊은 청년들은 열심히 일하면 잘 산다는 희망을 잃어 버렸습니다. 그 결과 결혼은 아예 생각도 않고 혼자 마시는 술, 혼밥으로 사회를 끌고 가고 결혼은 아예 이웃 나라 이야기쯤으로 관심도 없고 가끔 결혼하는 신혼부부도 아이 없이 둘만 산다는 계획하에 하루살이처럼 사는 쪽으로 돌아섰지요. 상위 몇 %가 부동산을 장악해 아무리 아파트를 많이 지어도 서민들에게는 그림의 떡이 되고 가난을 대물림해 오죽하면 금수저 은수저란 말이 유행처럼 번지고 있습니다. 중국이나 일본 이웃들은 호시탐탐 우리나라만 노리고 있고 이 나라는 위험한 지경에 섰습니다. 이 모든 것을 각 부처장과 차관인 여러분 그리고 내가 풀지 않으면 안 될 위기를 맞고 있습니다.

그래서 우리 위정자들이 뼈를 갈아내는 각성을 하지 않으면 우리 아이들의 미래는 없습니다. 그러니 이 중차대한 전시에 여러분이 몸소 희생하고 나라를 위해 싸우지 않으면 안 되게 되었소. 차라리 보이는 적이 쳐들어오면 무기로 맞서 싸우기라도 하지. 이 소리 없이 치러지는 전쟁은 나라를 통째로 날리는 건 시간문제일 만큼 심각하다고 생각합니다. 그래서 전반적인 나라를 살리는 대책을 시급하게 세우지 않으면 안 되겠기에 여러분을 이 자리에 모셨습니다.

각 장관은 동의하면서도 장관들만의 힘으로 될 수 있는지를 반문한다. 대통령은 우선 우리 중앙 장차관급에서 할 수 있는 일부터 하나하나 해나가는 것이 순서요. 소리 없는 전쟁에서 이기기 위해서는 무리하게 하면 반드시 부작용이 따르오. 그래서 우리부터 모범을 보이며 국민에게 신뢰를 얻고 국민을 위한 정치를 하다 보면 타 관료들도 함부로 반기 들지 못할 것으로 생각합니다.

그래서 다급하게 나라를 살리는 길을 개척하기 위해 여러분을 모셨습니다. 모든 분이 동의하시리라 믿고 또 동의하지 못한다면 다른 길을 가셔도 좋습니다. 다른 길이란 말에 분위기가 숙연해진다. 대통령은 자, 가장 처음 해야 할 일은 자신을 비우는 일입니다. 이미 비서실장을 비롯한 몇 명 장관들은 이에 동참하기 위해 자신의 사재를 모두 털어 초롱불 통장에 기탁을 했습니다.

여러분, 역사를 보십시오. 위대한 사람으로 남는 일은 부가 아닙니다. 정신이 남는 것입니다. 한 번 왔다 가는 인생, 먼지처럼 사라져 버릴 인생, 역사에 남을 일을 하고 죽느냐 식물처럼 흔들리며 돈을 그러모아 재산을 축적해 두고 죽느냐. 택일은 본인이 하는 겁니다. 그러니 제 말을 명심하고 잘 들으셨으면 합니다.

여러분들은 연령으로 보면 모두 자제분들을 출가시키고 부부가 사는 가정일 거라 생각됩니다. 그래서 여러분이 소유하고 있는 모든 재산을 우리 어려운 국민과 자라나는 미래들에 나누어 주고자 호소하는 바입니다. 물론 평생을 피땀으로 번 재산인 거 잘 압니다. 그렇게 피땀 흘려서 번 돈이기에 더욱 값지게 쓰이기를 바라는 마음에서 하는 말입니다.

여러분! 우리는 살 만큼 살았습니다. 그리고 여러분들은 이 나라에 태어나서 장관이란 자리까지 오르셨으니 관운도 억세게 좋은 사람들입니다. 물론 피나는 노력이 따랐겠지만 누군들 피나는 노력을 안 하고 살겠습니까? 배움이 부족해서 생각이 모자라서 운이 안 따라줘서 온갖 일들이 그들 주위에서 그들의 발목을 잡았을 뿐입니다. 대한민국의 장차관까지 오른 여러분, 기왕 내친김에 여러분의 이름을 온 세상에 나부끼는 영광스러운 이름으로 만듭시다. 지금까지도 없었고 앞으로도 오기 어려운 일을 우리 각 부처 장관들은 나와 함께 손잡고 해나갑시다. 그래서 다시 없는 나라를 만들자는 말입니다.

여러분이 그렇게만 해 주신다면 여러분 손을 잡고 임기 내에 반드시 세계 제1국가로 만들 자신 있습니다. 그 첫 번째는 여러분의 재산을 모두 기부해서 이 나라 경제와 청년들이 결혼하도록 유도하고 아이를 마음 놓고 낳아 기를 수 있는 보금자리를 만들어 주자는 것입니다. 또한, 결혼해서 아기를 낳으면 마음 놓고 교육비 걱정 없이 키울 수 있는 환경을 만들어 주자는 말입니다.

이미 고령화는 시작되었고 땅도 좁은 나라에 태어난 우리는 지하자원도 없고 머리 하나로 세계에 뒤지지 않는 나라로 성장한 나라입니다. 그런데 이제 결혼을 안 하고 아이를 낳지 않겠다는 것은 이 나라가 없어지는 지름길입니다. 사람이 재산인 이 지구상에서 인구가 없으면 땅은 아무런 가치가 없어지는 것입니다. 이대로 젊은이들이 결혼을 안 하고 아이를 낳지 않으면 나라를 잃는 것은 시간문제입니다.

이미 발등에 불이 떨어졌습니다. 우리 위정자들조차 심각성을 모르고 이대로 있으면 우리는 역사의 죄인이 되고 마는 것입니다. 그러니 여러분과 나부터 시작합시다. 여러 장 차관 모두 동의해서 힘을 모아줄 것을 믿습니다.

모두 대통령의 말을 숨죽은 듯이 경청한다. 대통령의 말이 끝나자 모두 얼굴이 굳는다. 우울한 날씨처럼 기분들이 잿빛이다. 괜히 손을 탁탁 털기도 하고 가고 싶지도 않은 화장실을 가고 각자의 마음이 행동을 만든다. 쉬는 타임이 끝난다. 가족부 장관이 먼저 입을 연다. 뜻은 좋지만, 우리 장차관 몇 명의 재산을 모두 헌납한다고 일이 해결한다는 건 불가능하다고 판단됩니다만.

대통령은 얼른 말을 받아들었다. 잘 말씀하셨습니다. 지금 이 나라가 이 지경까지 온 이유가 뭔지 아십니까? 바로 지금 가족부 장관 같은 생각이 오늘을 만들었습니다. 우리 장관이 몇 명입니까? 우리 장관 몇 명의 재산이라도 헌납을 해야 한다고 생각하지 않고 장관들 몇 명의 재산을 모두 헌납한다고 그 많은 일이 해결되냐는 그 불가능이 오늘을 만들었습니다. 불가능하다고 판단되신다고요? 장차관 몇 명의 재산으로 해결될 일이 아니라고요? 가족부 장관은 또 말을 잇는다.

대통령님 제 좁은 소견으로는 잘 이해가 되지 않습니다. 대통령은 답변을 말한다. 그러시겠지요. 그 정신이 문제입니다. 장관, 그럼 이순신 장군을 아시오? 가족부 장관은 이순신 장군을 모르는 사람이 있습니까? 하자 대통령은 가족부 장관은 모르고 계시는 듯해서요. 이순신 장군이 '나 하나가 어떻게'라고 생각했다면 오늘날의 우리나라가 있을까요?

몇 번을 좌천당하고 모멸을 당하면서도 나 하나만이라도 나라를 살린다는 그 용기와 애국심이 오늘날 우리가 이 땅에 태극기를 꽂고 우리말을 쓰면서 이렇게 살고 있다는 역사를 벌써 잊다니요. 이육사, 윤동주가 나 하나 만이라도가 아닌 나 하나가라고 장관처럼 생각했다면 얼마나 아찔한 역사가 일어났을지 상상이나 해 보셨습니까? 역사를 만들어야 할 분이 역사를 잊고 있다? 제가 사람을 잘 본다고 생각했는데 그것도 착각이었나 봅니다.

정히 장관 생각이 그러시다면 사표를 내셔도 좋습니다. 나라의 녹을 받아먹는 사람은 국민을 위해 나라가 위태로울 때는 자신의 목숨까지 내놓을 각오가 없으면 곤란합니다. 분명 제가 지금은 소리 없는 무서운 전쟁 중이라고 말씀드렸을 텐데요?

가족부 장관과 대통령과의 대화를 듣고 있는 회의장 안에 다른 장차관들은 숨소리조차 안 들릴 정도로 고요하다. 누가 하나라도 나서서 대통령의 말에 동조하지도 가족부 장관의 말에 동의하지도 않는다. 이리저리 모두 눈치 굴리는 소리가 청와대 뜰에 내려앉는다. 대통령은 이어서 말을 잇는다. 참고로 저는 저의 월급도 전액 모두 나라를 살리는 기금으로 기부했습니다. 그렇다고 여러분께 월급까지는 바라지 않습니다. 다만 소유하고 있는 부동산 현금을 모두 비우라는 말씀입니다.

지금 집값이 천정부지로 오르는 이유를 국토부 장관은 직시해야 할 것입니다. 국토부 직원의 70%가 강남에 집을 가지고 있다지요. 그뿐 아니라 위정자들 다수가 모두 강남에 집을 가지고 있다는 조사 결과가 나왔습니다. 국토부 장관은 오늘 바로 실태를 조사해서 강남의 집을 6개월 안에 처분하지 않으면 전원 사표를 받으시오.

국토부 직원 집이 강남인데 제 살 깎아 먹을 짓은 절대로 안 하지요. 기업인이 강남에 집을 가지고 있다는 건 이해가 갑니다만 여러분은 나라의 녹을 먹고 사는 사람입니다. 국민에게 피해가 가면 피해가 가지 않도록 조치를 해야 합니다. 그 대신 강남에서 집을 팔아 다른 곳으로 옮기고자 하는 국토부 직원은 증여세를 전액 면제해 주고 취득세도 전액 면제해 주도록 하시오. 국민을 위해서 하는 일인데 세금까지 거두어서야 형평성이 안 맞는 일 아니오.

이번 주 중으로 가부를 결정지어 내게 통보를 해 주시오. 여러분의 통보를 받으면 잘 접수해서 진행하겠습니다. 그리고 국토부 장관은 또 각별하게 신경 써야 할 일이 있습니다. 우리나라 땅을 포함한 모든 부동산을 중국인이나 일본 다른 나라 사람에게 매매하는 것을 법으로 금하는 방안을 하루속히 실천하시오. 이건 나의 특명이오. 법무부 장관은 다른 나라들의 관례는 외국인에게도 허용이 되고 있는데 우리나라만 없앤다는 건 좀…:

대통령은 화가 난 목소리로 참으로 답답하오. 법무부 장관은 법만 저울에 달았지 산수 공부를 안 하신 모양이군요. 우리나라가 미국이나 중국처럼 땅이 크다고 생각하십니까? 초등학교만 들어가도 배우는 산수를 법무부 장관이 모르시니 한심합니다. 지금 중국의 전략이 아직도 눈에 보이지 않는단 말입니까? 투자를 목적으로 자국민을 보내 야금야금 땅을 산 뒤에 자신의 국민을 보내서 그 지역 또는 그 나라에 자신의 나라 인구가 반 이상을 넘으면 그곳에 자신들의 왕국을 건설하고 현 주민을 다스리며 자신의 나라로 빼앗는 전략을 모르시냐는 말씀입니다.

멀리는 그만두고서라도 가까운 일본의 오키나와를 보시오. 오키나와는 젊은 사람들이 빠져나오고 조금씩 중국인들이 점령한 후 중국계 일본인이 우두머리가 되어 다스리는 걸 못 보았소. 그렇게 하나하나 소리 없는 전쟁을 치르고 있는데 법무부 장관이란 사람이 세상을 보는 눈이 그리도 없단 말이오. 우리나라도 제주도를 포함해서 대구, 부산, 경기, 서울까지 야금야금 땅을 사들이고 있소. 이들 중국의 전략은 오키나와를 자신의 손에 넣었기에 제주도만 자신들의 손에 넣으면 우리나라의 바닷길을 막는 건 시간문제인 것을 환하게 내다보고 하나씩 하나씩 투자를 빌미로 땅을 사들이고 있는 것입니다.

　우리는 바닷길이 막힌다면 고립될 수밖에 없다는 아주 중요한 사실을 잊어서는 안 된단 말이오. 우리는 각자의 몸에 공작의 꼬리에 박힌 눈보다 더 많은 눈을 부릅뜨고 잘 봐야 합니다. 중국의 욕심과 전략은 소리 없는 전쟁입니다. 그 전쟁을 전쟁으로 보지 못하면 우리는 이 땅을 후손들에게 넘겨주기 어렵다는 것을 명심하셔야 합니다. 그 큰 땅덩어리와 많은 인구 그걸 감당하려면 지금 정신을 차리지 않으면 안 된단 말입니다. 중국에서 동북아 공정을 들고 나왔지요.

　이거 보통 심각함이 아님을 알아야 합니다. 이웃들이나 역사를 잘 들여다보고 정신 차리지 않는다면 역사에 수레바퀴에 깔리고 만단 말입니다. 그런 그들이 지금 우리에게 하려는 것이 무엇입니까? 고구려가 자기네 것이라는 것이오. 그렇지만 우리는 아무런 학술적 자료가 없어서 반박하거나 국제적으로 알릴 만한 어떤 것도 없지 않소. 이대로 저들의 가짜 이론과 학술은 또 세계적으로 공론화될 것이고 우리나라의 대응은 미미할 뿐입니다.

8

중국은 학자들을 대거 끌어들여 투자금액도 17조에 육박했지만 우리나라는 900억밖에 안 되는 열악함과 그리고 학자 부족, 자료 부족, 어느 모로도 이길 힘이 부족합니다. 중국은 그것으로 멈추지 않습니다. 그들은 요하공정에 더 큰 관심을 가지고 연구하고 있습니다. 요하공정은 변방 개발을 착수하는 과정에서 땅에서 대거 유물이 나왔는데 그 유물이 한반도에서 나오는 유물과 비슷한 점을 직시하고도 대수롭지 않게 생각했으나 변방 요하의 유물 연대기를 측정하자 황하 문명이 대략 기원전 1500년에서 2천 년에 시작된 것과 비교했을 때 1000년에서 1200년 앞선 게 밝혀지자 바짝 긴장에 들어갑니다.

그들은 황하 문명의 자손이라는 대단한 자부심이 있는 민족입니다. 그런데 그 황하 문명보다 더 빠른 요하 문명은 치우가 조상입니다. 사마천의 사기에도 기록이 되었으니 분명하지요. 치우를 그들은 우리 동이족의 조상으로 인정해놓고 인제 와서 다시 치우를 자기네 조상으로 만들기 작전을 해서 치우를 자기네 조상으로 만들어 버렸습니다. 우리는 선조들로부터 아무런 자료도 기록도 없는 상황에서 저항도 못 하고 밝힐 엄두도 못 내고 있을 뿐입니다.

이렇게 호시탐탐 나라를 먹어 들어오는데 우리 위정자들조차 무감각하게 있다면 나라가 장차 어떻게 될 것이라는 것쯤 안 봐도 훤히 알 수 있는 것 아닙니까? 중국이 고구려를 자기네 땅으로 우기고 가지고 가버리면 우리 후손에게 미칠 영향은 상상을 초월합니다. 남북이 하나로 통일이 되기 전에 자기네 정체성과 가장 가깝고 문화생활 모두가 비슷한 북한을 먼저 자기네 쪽으로 완전히 기울게 하려고 온갖 정책을 다 썼습니다.

그러나 이제 통일이 되고 우리 경제가 북한으로 인해 조금 어려워지자 경제적 어려움을 돕는 게 그들의 제일 큰 전략입니다. 김정일은 중국의 장쩌민을 삼촌이라 부를 만큼 가깝게 지내면서 동맹을 혈맹으로 강화시키기까지 했습니다. 국민도 이 심각함을 모르기 때문에 모두 부동산 투기에 눈이 멀어 비싸게만 주면 중국인에게도 땅을 팔아먹는 매국노 행위를 하고 있단 말이오.

그리고 5억 이상 투자하면 영주권을 준다는 말도 안 되는 일이 있단 말이오. 중국인하고 결혼해 사는 한국인 이름으로 세탁을 해서 사는 경우가 많으니 철저히 관리해서 단 한 평의 땅도 파는 행위가 없도록 하루빨리 극단의 조치를 하란 말이오. 지금 거리에 중국인들이 여기저기 판을 치는 게 눈에 보이지 않는단 말이오. 이대로 가면 십 년, 이십 년 후면 우리는 인구에서 밀리고 땅을 빼앗기고 우리 후손들은 갈 곳이 없는 노예가 되어야 함을 똑똑히 기억하시오.

중국의 전략은 아주 교묘한 술책으로 이리저리 거미줄처럼 엮으면서 호시탐탐 이웃 나라를 노리고 있음을 명심하시오. 뼛속까지 깎아서 막아내는 전략과 계획이 없으면 나라의 미래가 없단 말이오. 대통령은 화났을 때 특유의 버릇을 꺼내 손바닥으로 탁자를 부셔져라 친다. 모두 놀라서 뜨거운 물에 화상을 입은 듯 화끈거린다. 각 부처장차관들은 모두 시멘트처럼 굳은 얼굴로 일어선다. 법무부 장관과 함께 몇몇 명은 모여서 옥구슬이 운영하던 식당으로 간다. 그러나 누구도 조심스러워 서로 눈치만 본채 입을 먼저 열기를 꺼린다.

대통령의 단단한 계획과 확고한 신념을 듣고 난 장차관들은 대통령 앞에서는 아무 말도 못 하고 물러난다. 밖으로 누가 먼저랄 것도 없이 함께 몰려 조용한 곳으로 간다. 법무부 장관은 정 장관은 이 일을 어떻게 생각하오? 하자 저는 이미 가지고 있던 재산 모두 기부했습니다. 정 장관의 말에 모두 서로 얼굴만 쳐다본다. 그들의 얼굴에는 너도냐? 너도냐? 묻는 물음표들이 낚시 고리를 모아놓은 것처럼 우글우글하다.

가족부 장관은 이거야 원 완전 독재지 민주주의 사회에서 이게 무슨 짓이란 말입니까? 저는 사표를 내겠습니다. 여러분도 잘 선택하십시오. 이런 말도 안 되는 강제 회수 독재정치에 말려들면 평생 말려들어 살아야 함을 잊으시면 안 될 겁니다. 그때 정 장관이 저는 생각이 다릅니다. 저도 처음에는 가족부장관 같은 생각이 들어서 사표를 쓰려고 했습니다. 그런데 아내가 만류하더군요. 그래서 곰곰이 생각해 봤지요. 그래 그까짓 재산이 뭐라고 가난한 이웃과 나라의 미래를 생각해서 대통령은 자신의 재산과 월급까지 다 반납하고 식사도 두 끼로 줄이고 반찬도 세 가지 이상 못 놓도록 지시하고 밤낮 나라 살리는 일에 고민하는데 내가 뭐라고 싶은 생각이 들더라고요.

저뿐 아닙니다. 비서실장과 대통령의 직속 상관 여러 명이 이미 참석을 했고 이제 앞으로 종교에서 기업까지 모두 개혁할 생각을 하고 있으신 듯합니다. 그러니 여러분도 신중을 기해 한 번 자신도 되돌아보고 진정으로 국민을 위해 저렇게 불철주야 뛰는 대통령을 잘 보필해 드리는 것이 우리들의 임무라고 생각합니다. 대통령께서는 우리 재산이 탐나고 많아서 빼앗으려고 하는 게 아니고 나라의 근본을 잡으려면 국민의 녹을 받아먹는 위정자부터 변하는 모습을 보이지 않고는 국민을 변하게 한다는 것은 불가능하다는 걸 아시기 때문일 것입니다.

그러니 먼 후일 우리 후손들을 위해 우리가 어떻게 하는 것이 진정한 역사에 남는 선조가 될지 잘 생각해 보시길 바랍니다. 여기 계시는 여러분! 앞으로 우리가 명 끝까지 살아야 몇 년 삽니까. 한평생 휴지를 주워서 기부하는 사람도 있고 비가 오나 눈이 오나 노상에 앉아 야채 무더기를 팔아서 전액 기부하는 할머니도 있고 떡볶이 장사로 코흘리개 돈을 모아서 전액 기부하는 사람도 보았 잖습니까? 일반 서민인데도 그럴진대 우리가 그들만도 못한 생각을 해서 될지 다시 한번 깊이 생각해 보시길 바랍니다.

저도 생각에 생각한 끝에 내린 결론입니다. 여러분도 가능하시면 저와 함께 대통령의 국민을 위하시는 일에 함께 뼈를 묻는 일이 진정한 위정자의 도리가 아닐까 생각합니다. 이건 오로지 저의 생각입니다. 판단이야 여러분이 하시겠지만, 저도 내려놓고 나니 오히려 사람답게 산다는 생각에 숙연해지기도 하고 따뜻해지기도 하고 아무튼 전에는 없었던 묘한 감정들이 달려들어 저의 기분을 가뿐하게 하고 삶이 싱그러워지기까지 합니다.

뭐 나라라도 구한 대단한 사람이라도 되는 양 으스대는 마음마저 몸을 지배한다니까요. 저 길거리에 앉아서 야채를 파는 할머니를 봐도 휴지를 줍는 할아버지를 봐도 조금은 떳떳한 느낌이 들기도 하고요. 정 장관의 말에 각 부처 장관들이 숙연해진다. 누구도 반대 의견도 찬성 의견도 없이 차 한 잔씩을 마시고 각자의 집으로 돌아간다. 분위기를 재빨리 파악한 옥구슬은 이튿날 영부인의 명으로 분장을 하고 먼저 각 부처장과 차관 아내들을 청와대로 부른다. 그들은 남편이 장관이나 차관직에 있는 한 거절을 하지는 못할 거란 계산하에 시작된다.

이튿날 청와대에는 장차관 아내 전원이 참석한다. 영부인은 근엄하고 따뜻한 말로 대문을 연다. 장차관들께서 국정을 잘 이끌어 이 나라를 성장시키고 살기 좋은 나라로 이끄는 데 온 힘을 기울이고 계시는 것을 감사하게 생각합니다. 앞으로도 더욱더 힘을 보태 남편을 위해 나라를 위해 무엇인가를 끊임없이 해야만 살기 좋은 나라로 발전할 수 있으리라 생각합니다. 여러분께서 돌아가시면 더욱더 나라 발전에 협조할 수 있도록 도와주셨으면 합니다. 우리 모두 힘을 합해 발로 뛰어 국민이 살기 좋은 나라를 만드는데, 조금이라도 도움을 줍시다.

초롱불이란 등불 하나를 만들어 가난하고 병든 독거노인, 불치병 아동, 소년 소녀 가장, 청소년, 장애인 등 그늘진 곳을 찾아 조금이라도 고통을 덜어주고 함께 보살펴서 그들에게도 삶의 희망을 잃지 않고 살 수 있도록 초롱불을 켜서 환한 길을 비춰주려고 합니다. 어제 여러분의 남편들에게서 자세한 이야기는 들으셨으리라 믿고 여러분은 오늘부터 저와 함께 초롱불을 들어주는 앞잡이가 되어 주셨으면 해서 모셨습니다.

영부인의 말에 수긍을 하는지 반대를 하는지 모두 침묵으로 일관하고 있다. 경비를 한 푼이라도 절약하기 위해 점심은 멸치 국수로 통일하고 점심 준비를 시킨다. 장차관 아내들은 모든 걸 남편에게서 전해 들어 다 알고 있지만, 아직 결정을 내리지 못한 상태라 어안이 벙벙할 뿐이다. 조촐한 국수 대접에 실망하는 장관 아내도 있었으나 그런 것쯤은 아무것도 아니다. 오로지 영부인의 말에 누가 무슨 말을 하고 나올지가 가장 관심거리일 뿐이다.

영부인은 모두 오시느라고 애쓰셨는데 잔치 국수로 대접해서 미안합니다. 그렇지만 여러분들의 남편이 모두 이 나라의 장차관들이니 헐벗고 굶주리는 국민이 많다는 걸 생각하며 맛있게 드셨으리라 생각합니다. 그 모든 일을 지휘 감시하는 요원은 오늘 참석한 사람 중에서 희망자를 받아 별도로 선출하기로 한다. 이렇게 각 장관 아내들이 식사를 끝내자 영빈관으로 다시 불러들인다. 여러분들을 다시 이리로 모신 것은 오늘 모인 자리에서 저와 함께 초롱불의 주인이 되어 각 기업체의 기부나 종교단체 다른 모든 단체까지 그늘을 말리는 일을 알리고 기획하고 또 어떤 상황에서도 뜻의 변질을 막기 위해 감시를 할 수 있는 감시원이 되어 일을 해나갈 의지를 불태울 분들을 선출하기 위해서입니다.

이제 막 남북이 하나로 합쳐진 뒤라 어려운 것은 여러분이 더 잘 알고 있으리라 믿고 뜻이 있는 분들은 모두 기획비서실장께 알려주길 바라오. 취지를 이야기하고 협조해 달라고 부탁한다. 모두 서로의 눈치만을 흘깃거릴 뿐이다. 아무도 반기를 드는 사람도 찬성의 말을 하는 사람도 없다. 영부인은 고통받는 모든 국민이 여러분들의 가족입니다. 여러분들의 국민이란 말입니다. 여러분들께서 나라를 위해 국민을 위해 스스로 지원해 주시면 고맙겠습니다. 이 나라 올바른 정신을 사회로 확산시키는 주역이 되어 달란 부탁을 하는 겁니다.

윗물이 맑아야 아랫물이 맑듯이 위에서부터 국민을 위하는 마음이 내려가야 아래까지 도미노처럼 확산하리라고 믿습니다. 그 일은 큰 것에서 오는 것이 아니요. 여러분이 저와 함께 손을 잡고 솔선수범하면 아래 직원에게 또 그 아래 직원이 아래 직원에게 전달하다 보면 사회 전체가 조금씩 이 일에 동참하게 되어 있습니다. 우리 여자들도 이젠 남편의 직위에 의존만 하고 살던 시대는 지났다고 생각합니다. 우리가 앞장서서 이런 일에 동참을 하다 보면 남자들이 상상도 할 수 없는 일들을 우리가 해나갈 수 있다고 생각합니다.

이 나라 대한민국에 태어난 우리 여자의 운명 아니 숙명을 감사하게 생각하고 여자인 저와 여러분들이 한마음 한 몸으로 뭉쳐 이 나라를 바로 세우는 데 앞장섭시다. 그렇게 앞장서서 앞에서 끌고 뒤에서 밀면 우리나라를 세계 어느 나라에도 없는 최강국으로 우리 힘으로 해나갈 수 있으리라 확신합니다. 나의 남편 대통령 그리고 여러분의 남편 장차관 여러분들과 나 자신이 힘을 모아 이 나라를 잘 닦고 가꾸어 후손들에게 넘겨주잔 말씀입니다. 오늘 오신 여러분만 저와 함께할 뜻을 주신다면 저는 목숨을 걸고 피가 다 말라 죽는 날까지 여러분과 함께해나갈 것입니다.

이렇게 하다 보면 신문이나 방송 등 언론으로 확산할 것이고 그것을 본 일반 국민 중에도 여유 있고 사고가 올바른 사람들이 또 동참해 오리라 생각합니다. 지금 우리는 총과 칼을 감추고 싸우는 소리 없는 전쟁 보이지 않는 무기를 만드는 일을 시작하는 겁니다. 조그만 일 하나가 큰일이 되도록 하는 건 여러분의 마음 하나에 달렸다는 걸 명심해 주시면 고맙겠습니다. 만일 동참에 동의하지 않으시면 안 하셔도 됩니다.

여기 오신 여러분들은 모두 동참하실 것을 믿습니다. 바쁘신 가운데 모두 참석해 주셔서 기쁩니다. 그렇게 그들은 강제 반, 자진 반으로 참여를 안 할 수 없는 입장이라고 생각을 굳혔는지 단 한 명도 빠짐 없이 모두 동참에 동그라미를 그려 넣고 돌아간다. 밖으로 나온 장차관 아내들은 남편들의 단골 식당인 햇살뉘조로 다시 모여서 서로서로 불만을 토로하기 시작한다. 통일부 장관 아내는 완전 독재지. 독재정치가 다시 도래한 거야. 몸으로 하는 일이야 얼마든지 할 수 있지만 전 재산을 다 내놓으라는 게 독재가 아니면 뭐란 말이요. 서명을 하고 왔지만, 기분은 아니란 말이오. 여러분 안 그렇습니까? 도대체 원, 나라가 어떻게 되려고 이러는지 알 수가 있어야지.

통일부 장관 아내의 말에 모두 동의한다는 듯 웅성웅성한다. 그렇다고 다시 돌아가 동그라미를 지울 수도 없는 일이라느니 어떻게 재산을 조금만 내놓는 방법을 우리끼리 다시 방법을 강구하자

느니 장차관 아내들은 빗줄기처럼 젖은 말을 쏟아내 마른날을 적시며 결론 없는 말들로 해가 넘어가는지도 모르고 대책을 의논하고 있다.

침묵으로 일관하고 있던 정 장관 아내가 입을 연다. *저희는 이미 재산 다 정리해서 기부했습니다.* 통일부 장관 아내는 아니 그게 정말입니까? 전 재산을 다 기부했다는 말입니까? 네, 기부하기 전에는 저도 망설임이 많았지만, 막상 다 기부를 하고 나니 오히려 몸과 마음이 더 편안하고 홀가분합니다. 그동안 잘못 살았다는 생각이 들었어요? 통일부 장관 아내는 *말도 안 돼! 무슨 정 장관 사모님은 영웅이라도 되신 듯하군요.* 정장관 아내는 *네, 생각은 영웅이 아니라 성인이 된 것보다 더 좋아요.* 산업통상자원부 장관 아내가 거든다. *말도 안 되는 소리. 일부를 기부했겠지요? 설마 평생 모은 재산을 다 기부했겠어? 정 장관 사모님이 무슨 성인이라고.*

정 장관 아내는 *그건 마음대로 생각하세요.* 하자 산업통상자원부 장관 아내는 *거 보세요. 입장 곤란하니까 말머리 돌리는 거.* 정장관 아내의 말이 입 밖으로 나오자 바로 빈정거림을 던지는 산업통상자원부 장관 아내. 다른 사람들의 눈이 모두 정장관 아내에게로 향한다. 말도 안 된다는 자신들의 껄끄러운 심정을 얹어서. 조용히 있던 비서실장 아내가 입을 연다. 오늘 이 자리에 참석해서 힘을 좀 실어달라는 영부인의 부탁을 받고 동행했으나 서슬 퍼런 노기를 띠고 있는 장관 아내들에게 할 말을 잃고 있던 차에 정장관 아내의 말에 주파수를 던지는 틈을 조금 벌려서 자신의 소신을 말할 기회를 얻는다.

비서실장 아내는 다들 그런 눈으로 보시지 마세요. 정 장관 사모님의 말을 왜 그렇게 곡해하시는지요? 농림축산식품부 장관 아내는 그럼 비서실장 사모님은 저 정 장관 사모님의 말씀을 액면대로 믿는다, 이 말씀인가요? 비서실장 아내는 네, 당연히 믿습니다. 물 샐틈없이 완벽하게 믿습니다. 여러분들이 정 장관 사모님의 말을 안 믿으신다는 건 자신의 재산을 절대로 기부할 수 없다는 말과 같습니다.

자신의 재산을 기부하지 못하면 나는 재산을 기부할 수 없다고 하면 될 일을 가지고 무엇 때문에 알 만한 분들이 정 장관 사모님의 인격까지 사모님들의 잣대로 재어 재단하는 겁니까? 서로 모르는 사이도 아닌데 인격에 손상 갈 말은 삼가는 게 좋을 것 같습니다. 서로 배울 만큼 배운 지식인들끼리 자신이 들어서 기분 나쁠 것 같은 말은 상대에게도 하지 않는 편이 서로 사이좋게 잘 지내기 위해 좋지 않을까 생각됩니다만.

교육부 장관 아내는 제가 보기엔 인격에 손상 가는 말은 아니라고 봅니다. 있을 수도 없는 말을 하니까 하는 말이지요. 그럼 비서실장 사모님은 전 재산 다 내놓으라고 하는데 다 내놓을 생각이 있으신가 보군요. 그렇게 어림도 없는 말로 인격이니 뭐니 하지 맙시다. 인격도 인격을 갖추었을 때 말이지 거짓말에 무슨 인격이 있습니까? 비서실장 사모님도 어차피 전 재산을 내놓을 것 아니신데 괜히 그렇게 말 잔치만 번지르르하게 하지 마세요. 비서실장 아내는 교육부 장관 사모님, 말씀이 조금 과하시군요. 통일부 장관 아내가 끼어든다.

제가 보기엔 비서실장 사모님과 정 장관 사모님 말씀이 더 과하신 것 같네요. 어떻게 말도 안 되는 말에 그리 함께 동조하고 나서는지. 우리 모두 힘을 합해 이 위기를 헤쳐 나갈 생각은 안 하고. 이러니 남북통일이 이제야 되었지요. 행정안전부 장관 아내는 맞습니다. 서로 마음의 아귀를 맞춰야 통일이 되지 니 팔 니가 흔들고 내 팔 내가 흔드니 통일이 인제 된 거 아닙니까? 통일부 장관 사모님께서 어디 빨리 이 일도 통일 좀 시켜 보시지요.

환경부 장관 아내는 지금 환경으로는 통일이 어렵겠습니다. 모두 5리씩만 양보해서 쾌적한 환경을 만듭시다. 그래야 살기 좋은 환경이 되고 기분도 상쾌해져서 좋은 방안도 나오는 법이지요. 국방부 장관 아내는 일단 자신의 힘부터 키워놓고 봐야지요. 자신의 힘이 없으면 호시탐탐 나라를 곁눈질하는 게 보이지 않나요. 우리도 함께 힘을 합해서 해결합시다. 우리 사이좋은 사이에 이리 언쟁을 해서 좋은 일은 없고 기분만 상할 뿐입니다. 법무부 장관 아내가 또 거든다. 여기서는 법이 통용되지 않겠네요. 법보다 먼저 인정이란 것이 있으니까요. 무슨 일이든 법정까지 가지 않는 것이 최선입니다. 서로 조금씩 마음을 내려놓고 감정을 이성으로 덮은 다음 함께 대책을 논의해 봅시다.

고용노동부 장관 아내는 기업은 사람을 잘 고용해서 성공하고 사람은 마음을 잘 고용해야 잘 살아갈 수 있습니다. 마음을 함부로 부리거나 함부로 내돌리면 마음은 고삐 풀린 망아지처럼 함부로 날뛰다가 낭패를 당하기 십상이지요. 우리 모두 착하고 정의롭고 따스한 마음을 고용해서 낭패를 당하지 않게 잘해 봅시다. 문화체육관광부 장관 아내는 맞습니다. 그 마음을 잘 고용하려면 체력을 튼튼하게 만들고 정서 활동을 위해 문화생활을 잘해야 하며 앞으로는 문화가 삶의 질을 좌지우지할 거란 생각을 우리 문화시민이 합시다.

보건복지부 장관 아내가 끼어든다. 모두 고정하시지요. 혈압을 올려서 해결될 일은 아무것도 없습니다. 오히려 몸에 해로울 뿐. 여러분 건강을 잃고 그 재산 모두 가지고 있으면 무엇을 할 겁니까? 그러니 공연히 혈압 올리지 마시고 우리 서로 잘 상의해 봅시다. 해양수산부 장관 아내도 거든다. 그래 맞습니다. 비서실장님 괜히 재산 다 내놓을 것처럼 허세 부리지 마시고 우리 좀 더 솔직해져서 이 일을 상의합시다.

조용하던 중소벤처기업부 장관 아내 거 모두 말이 지나치십니다. 잘 모르시면 가만히 있으면 중간이나 가지. 재산 다 내놓지 않을 거면 상대를 폄하나 하지 말지 해양수산부 장관 사모님은 무슨 그런 다 떨어져 너덜거리는 걸레 같은 말을 하십니까? 비서실장 사모님이나 정장관 사모님이나 그 외에도 이미 꽤 많은 분이 전 재산을 기부했다고 들었습니다.

못 믿으시면 뒷조사를 해 보시든가? 남의 진심을 그렇게 자신의 똥 묻은 냄새 나는 발로 밟는 건 아니지요. 무례하기 짝이 없네요. 남편들이 장관쯤 되는 귀부인들께서 말씀하시는 품새하고는. 저러니 아무리 새롭고 기발한 제품을 만들어 삶을 향상해주려고 해도 어렵지. 본인들이 안 내놓을 거면 가만하나 있으시든지 자신들이 거짓말이라고 몰아붙일 정도로 전 재산을 기부했다고 하면 박수는 못 쳐줄망정 서로 깎아내리려 온갖 말을 늘어놓다니 정말 한심합니다. 저는 잠시도 여러분과 있고 싶지 않네요. 미안하지만 먼저 일어나겠습니다. 비서실장 사모님, 정 장관 사모님 먼저 일어나서 송구합니다. 다음에 따로 뵙지요.

말을 마친 중소벤처기업부 장관 아내가 가방을 들고 문을 드르륵 신경질적으로 열고 나가버린다. 분위기가 묘하게 적막해진다. 모두 앞에 있는 컵을 들어 물을 마시는 척 딴청을 피우고 있다. 서로 그 어색한 분위기에 모두 오지도 않는 핸드폰을 들고, 빈 컵을 들고 분위기를 가라앉히고 있다. 모두 자신의 의견을 내놓고 상대의 말을 듣고 자신의 마음에 안 드는 말에 찔러 끙끙 기분을 찌르고 있다. 이때 이 분위기를 잠재울 묘안을 짜내던 비서실장 아내가 입을 연다.

제가 분위기도 바꿀 겸 재미있는 이야기 하나 해 드릴까요? 맹자가 인자하기로 소문난 제나라 선왕(宣王)을 찾아가 자기가 들은 소문을 확인하기에 이르는 일화가 있습니다. 그 소문은 선왕이 소를 끌고 지나가는 신하에게 묻습니다. 그 소를 어디로 끌고 가느냐고. 신하는 흔종(釁鍾) 하러 간다고 대답을 합니다. 흔종이란 종(鍾)을 새로 주조할 때 소를 죽여서 목에서 나오는 피를 바르는 의식입니다. 소는 제물로 끌려가고 있었던 것입니다. 아마도 소는 자신의 죽음을 직감하고 벌벌 떨면서 눈물을 흘렸나 봅니다. 임금은 그 소를 놓아주라고 했다고 합니다. 신하가 '그러면 흔종을 폐지할까요?' 물으니 '흔종을 어찌 폐지할 수 있겠느냐? 양으로 바꾸어서 제사를 지내라.' 답했다는 소문이었습니다. 그 소를 양으로 바꾸라고 지시한 적이 있는가 아니면 소문일 뿐인가 확인하는 것이었다고 합니다.

그런 일이 있었다고 확인이 되자 왜 바꾸라고 하셨는지 그 이유를 물었답니다. 그랬더니 왕은 '벌벌 떨면서 사지로 끌려가는 소가 불쌍해서.' 바꾸라고 했다는 것입니다. '그럼 양은 불쌍하지 않습니까? 양도 불쌍하긴 마찬가지입니다.'라고 말하자 맹자는 선왕 자신도 모르고 있는 이유를 설명했답니다 소를 양으로 바꾼 이유는 양은 보지 못했고 소는 보았기 때문이라는 것이 맹자의 해석입니다.

우리가 본 것과 못 본 것의 차이는 엄청나다는 교훈입니다. 보고 관계가 있는 것과 관계가 지어진 것 보지 않고 관계가 없는 것과 관계가 지어지지 않은 것 사이에는 엄청난 차이가 있다고 생각합니다. 여러 장관 사모님께서 영부인과 함께 그 아파서 죽을 지경인데 치료비가 없어서 고통을 한 끼 식사할 돈이 없어 밥을 굶고 학교에 가야 할 어린이들이 폐지를 주워서 병든 아버지를 간호하는 절박하기 짝이 없는 어려운 이웃을 한 번이라도 보셨다면 오늘과 같은 말을 감히 위정자(爲政者) 남편을 두고 국민의 녹을 먹고 사는 사람으로서 입에도 담지 못했을 거로 생각합니다.

우리는 함께 서로 곁을 내주며 사는 것이지 혼자서 살아갈 수는 없는 법입니다. 여기까지 말을 이으면서 비서실장 아내는 또 이들의 반응이 어떻게 나올까 심히 걱정스러운 찰나 이때 구세주처럼 기획비서실장이 나타난다. 기획비서실장은 청와대로 들어간 다음부터 옷차림이 완전히 달라졌다. 고급스러움으로 몸치장을 하고 고급 백을 어깨에 걸치며 살았던 자신이 부끄러워 가능하면 가지고 있는 옷 중에 가장 수수한 옷을 입고 근무에 임한다. 그렇지만 그의 외모는 어떤 옷을 입어도 백합보다 순수하고 청순해 보인다.

기획비서실장이 들어서자 모두 논의하던 대책들을 입안으로 도로 집어넣고 고개를 옆으로 돌아가고 눈빛은 일제히 옥구슬에게 날아간다. 비서실장 아내의 말은 들이마셨는지 씹어 먹었는지 혀 밑에 감춰 뒀는지 아무도 언급하지 않는다. 비서실장 아내는 내심 다행이라는 생각을 한다. 아무래도 반대파가 월등히 많아 또 모두 한마디씩 하면 당해 낼 재간이 없기 때문이다.

기획비서실장은 *다들 여기 계셨군요.* 통일부 장관 아내가 쳐다보며 기획비서실장께서 여기는 어쩐 일이오? 기획비서실장은 제가 여기 주인입니다. 모두 눈이 휘둥그레진다. 옥구슬은 대리 사장을 내세워 본인이 직접 식당에 얼굴을 내비치지 않아 손님들의 대부분은 옥구슬이 아닌 대리 사장을 주인으로 알고 있다. 기획비서실장은 제가 여기 주인이란 것이 안 믿어지시나요? 하자 통일부 장관 아내는 사장님이 어떻게 기획비서실장까지… 하자 기획비서실장 여러분에 비하면 아무것도 아니고 부끄럽습니다. 제가 기획비서실장을 맡게 된 이유는 좀 더 부끄럽지 않게 살다 죽고 싶어서입니다.

통일부 장관 아내가 아직 젊으신데 무슨 죽는다는 말을 앞세우세요? 기획비서실장은 여러분들께서는 남편분들이 모두 장차관들로서 이 나라 최고의 지위에 계시니 잘 모르시겠지만, 이 나라에는 춥고 배고프고 병들어 신음하면서 한 끼의 밥도 해결하지 못하는 국민이 너무 많습니다. 제가 여기 몇몇 분과 함께 다녀보면서 제가 쌀벌레가 된 느낌이었어요. 부끄러워서 그분들한테 죄인 같아서 저녁에 돌아오면 밥을 먹을 수가 없어 굶기도 했습니다. 제가 이 장사를 해서 벌어놓은 전 재산을 초롱불에 기부했습니다. 그들 앞에 죄인 같아서 기획비서실장 월급 전액도 모두 초롱불로 자동 이체를 해서 기부해 놓았습니다.

이 식당에서 나오는 모든 금액이 초롱불로 들어가지만, 이 정도로는 그 많은 고통과 아픔과 상처를 씻어내기에는 티끌 같다는 생각에 가슴을 쓸어내리며 잠을 못 자고 있습니다. 그렇지만 오늘 여러분들께서 이 나라 위정자들의 내조의 여왕답게 위대한 마음으로 동참을 약속하는 걸 보고 울컥울컥 핏덩이보다 뜨거운 무엇이 올라왔습니다. 가난해서 헐벗고 굶주려 신음하는 분들을 우리 함께 도와서 함께 행복한 삶을 걸어가게 되었습니다.

참으로 훌륭한 결정에 고개가 숙어집니다. 우리 모두 하늘에서 부르는 날에는 한 마디 반항도 못 하고 가지고 있던 아무리 귀하고 값진 물건이나 정이나 몸뚱이, 심지어 배 속에서 꺼내놓은 자식이나 소중하게 아꼈던 것들 본인이 입었던 속옷이나 양말 한 짝도 가져가지 못하고 사랑하는 부모도 형제도 친구도 남편도 아내도 사랑하는 친구도 지인도 밤낮으로 쉬던 숨도 두고 아무리 소중한 계획도 하고 있던 일마저 그대로 멈추고 달려가야만 합니다.

하늘에서 부름을 받는 날 여러분들께서는 그래도 이 아픔을 치료하다 가는 길이라 하늘에 부끄럽지는 않을 것 같군요. 고맙고맙 또 고맙습니다. 여러분들께서 이끌어 주시는 대로 잘 따라가겠습니다. 청와대에서 또 뵙겠습니다. 저는 또 아파서 너무 아파서 아프다는 말도 못 하는 분들에게 가야 합니다. 장차관 사모님 여러분도 동참을 결심하셨으니 저와 함께 손을 잡고 진정으로 국민을 위해 저렇게 불철주야 뛰는 대통령과 영부인을 잘 보필해 드리는 것이 우리들의 임무라고 생각합니다.

대통령과 영부인께서는 우리 재산을 빼앗으려는 의도가 아니고 본인들의 이익을 위해서도 아니고 나라의 근본을 잡으려면 국민의 녹을 받아먹는 위정자부터 변하는 모습을 보이지 않고는 국민을 변하게 한다는 것은 불가능하다는 걸 아시기 때문일 것입니다. 그러니 먼 후일 우리 후손들을 위해 우리가 어떻게 하는 것이 진정한 역사에 남는 선조가 될지 잘 생각해 보셨으리라 생각합니다. 여기 계시는 여러분 앞으로 우리가 명 끝까지 살아야 몇 년 삽니까? 아니 영원히 살 수도 있습니다. 한평생 휴지를 주워서 기부하는 사람도 있고 비가 오나 눈이 오나 노상에 앉아서 야채 무더기를 팔아서 전액 기부하는 할머니도 있고 떡볶이로 코흘리개 돈을 모아서 전액 기부하는 사람도 보았잖습니까? 우리보다 더 어렵고 힘든 삶을 살면서도 자신들보다 더 어려운 이웃을 위해 모든 걸 흔쾌히 내놓는 이들의 그 따뜻하고 거룩한 마음씨에 저는 부끄러워 고개도 못 들고 다닐 것 같았습니다.

그래서 저도 생각에 생각을 매달아 놓고 흔들어도 보고 당겨도 보고 내린 결정입니다. 평생 앞만 보고 일해 모은 재산인데 저도 왜 자식들에게 주고 싶지 않겠습니까. 그러나 그건 진정 자식을 위하는 길이 아니라 망치는 길이란 걸 깨달았습니다.

9

　자식들에게 재산을 주면 돈의 귀함을 모를 것이요. 의지심이 생기면 돈을 버는 행복조차 빼앗아 버리는 결과가 되겠지요. 모두 건강하게 잘 살아가도록 하는 것이 부모로서 가장 큰 재산을 물려주는 것이라고 생각합니다. 그리고 이 재산들은 건강하지 못해 혼자 힘으로 살아가기 어려운 이웃을 위해 쓰는 것이 올바른 일이라고 결정했습니다.

　여러분도 가능하시면 저와 함께 대통령께서 국민을 위하는 일에 함께 뼈를 묻는 일이 사람으로 태어나서 값지고 알차게 살다가 가는 일이 아닐까 생각합니다. 저는 또 아파서 신음하는 분들에게 가봐야 합니다. 그럼 또 뵙게 되기를 바랍니다.

　그렇게 갑자기 나타나서 자신의 말을 슬어놓는 옥구슬의 말에 누구도 입을 닫아버린다. 한 마디씩 불만을 던지며 거품을 물던 장차관 아내들은 어서 가봐야 한다며 허둥지둥 자릴 뜬다. 차례를 기다리듯 모두 자리에서 엉덩이를 일으켜 세워 밖으로 나온다. 삼삼오오 짝을 지어 주차장으로 걸어가고 있다. 심기가 불편한 바람이 후루룩 불어 그들의 몸을 흔든다.

한편 청와대에서는 밤새 심기가 불편해 잠을 몽땅 빼앗겼다. 대통령과 영부인에게 걱정과 불안이 달려들어 그들을 에워싸고 잠을 앗아간 것이다. 과연 첫날인 오늘 동그라미한 장차관 아내들이 강제라는 생각에 모두 반기를 들지, 아니면 남편들을 설득시킬지에 따라 장차관들의 의중이 바뀔 수 있는 부분이라 촉각을 곤두세운다. 그때 옥구슬이 나타난다. 비서실장은 그때까지 했던 대통령의 걱정을 햇살처럼 말리고 또 다른 걱정을 멍석으로 깔아놓는다.

대통령은 그녀를 보자 암내 난 암소가 자신을 향해 돌진해 오는 듯 신경이 곤두선다. 옥구슬은 그런 대통령의 심정을 아는지 모르는지 자신이 식당에서 만난 장차관 아내들에 관한 이야기만 정신없이 늘어놓으며 대통령의 속을 태우고 있다. 고삐 풀린 황소처럼 날뛰는 대통령의 심정을 알 리 없는 영부인은 자신의 속마음을 가뭄에 단비처럼 시원하게 씻어주는 그녀가 고맙기만 하다. 기획비서실장은 *걱정하지 마십시오. 제 생각에는 거의 모두 다 초롱불에 가입하리라 믿습니다.*

영부인은 *비서실장은 어떻게 그렇게 단정을 하오?* 기획비서실장은 *실은 제가 앞을 보는 신통력을 좀 가졌습니다.* 영부인은 신통력이라? 미모에 재산가에 신통력까지 가졌다? 그럼 우린 비서실장만 있어도 국민의 마음이 어떤지 다 들여다볼 수 있겠네요. 그럼 어디 그 신통력을 한번 믿어봅시다. 이제 맘 놓고 내일을 맞이해도 되겠군요. 비서실장이 오기 전까지 우리는 전전긍긍 불안에 덮여 있었다오. 대통령과 영부인은 옥구슬의 한 마디에 믿음을 활짝 피워낸다. 셋은 이빨 빠진 잔에다 우유 한 잔씩을 마시며 바쁜 하루를 시작하고 있다.

그 순간에도 대통령은 옥구슬과 함께 우유를 마실 수 있음에 울렁울렁 울릉도에 간 것처럼 마음이 벅차오르고 옥구슬은 대통령과 영부인의 소탈함에 마음이 울렁울렁 벅차오른다. 서로 다른 마음들이 세 사람의 가슴으로 들어가 울렁울렁 새로운 하루를 열고 있다. 그렇게 아침을 한 시간가량 써버리고 옥구슬과 대통령은 집무실로 향한다.

옥구슬과 나란히 걷는 대통령의 마음에 푸른 파도가 쪼로롱쪼로롱 마음 타래를 마구 출렁이며 하얗게 파도를 일으킨다. 옥구슬과 함께 저 출렁거리는 마음 타래를 잡고 보랏빛 파도가 철썩이는 바닷가로 가고 싶다는 생각이 머리에 둥둥 떠다니며 멀미를 일으키고 있다. 함께 유람선을 타고 갈매기에게 끼룩끼룩 과자를 던져주며 뱃머리에서 옥구슬을 안고 바닷바람을 가르며 한 달쯤 유람하고 싶다는 생각을 하자 옥구슬에게서 바다 향이 나고 뱃고동 소리가 나고 갈매기가 마구 머리 위를 낄낄낄 날아다니고 아득한 바다 냄새가 단번에 들어온다.

저 아프리카 탄자니아 잔지바르 해변까지 단숨에 달려간다. 옥색 물이 바다 가득 담겨 있는 해변에 옥구슬과 함께 모래밭을 뒹굴며 마음껏 뛰어다닌다. 모래 구덩이를 파고 옥구슬을 모래 구덩이에 넣고 모래로 덮은 다음 주변에 예쁜 꽃 다섯 포기를 캐서 한 포기는 오른쪽 뺨에 심고 한 포기는 왼쪽 뺨에 심고 한 포기는 오른쪽 젖가슴에 심고 한 포기는 왼쪽 젖가슴에 심고 한 포기는 언덕 밑 잔솔이 소복하게 나고 맑고 거룩하고 신비한 샘물이 고여 있는 숲에다 심으면 새들이 날아들어 알을 낳고 새끼를 낳아 기를 것 같은 상상으로 한 바퀴를 돌아다니는데, 여행을 방해하는 비서실장.

기획비서실장은 무슨 *생각을 그렇게 골똘하게 하세요?* 화들짝 놀란 대통령은 아프리카 탄자니아 잔지바르 해변을 거닐던 마음을 철수시킨다. 엉겁결에 임기응변으로 대치한다. 대통령은 *비서실장, 바다 좋아해요?* 기획비서실장은 *예? 무슨 말씀인지? 아침부터 갑자기 바다는 왜 물으시는지요? 바다에 무슨 일이 생겼나요?* 대통령은 *아니요 그냥 그냥요. 아침부터 바다가 보고 싶어서 그래요.* 대통령은 혼잣말인지 들으라고 하는 말인지 말을 입안에서 대가리만 꺼내고 꽁지는 우물우물 씹고 있다. 대통령은 혼잣말로 *눈치가 저렇게 없어서 어떻게… 하긴 참 알 리가 없지.* 기획비서실장은 *예? 무슨 말씀인지?* 대통령은 *그만둡시다. 어서 갑시다.* 어흠어흠 기침도 나오지 않는데 억지로 흠흠거리는 대통령을 보며 옥구슬은 속으로 무슨 자다가 봉창 두드리는 소리를 한다는 생각을 하면서 집무실에 도착한다.

　대통령은 자신의 마음을 알면서 모르는 척하는지 몰라서 모르는 척하는지 업무적인 일 외에는 어떤 말에도 감정을 내비치지 않는 옥구슬에 대해 애만 태우고 있을 뿐이다. 옛날 왕들은 어떻게 자신이 원하는 여인을 모두 품을 수 있었는지 할 수만 있다면 그때로 달려가서 그 법을 전수해 오고 싶은 생각이 든다. 그렇게 엉뚱한 생각을 하면서 같은 집무실에 도착하자 대통령은 들를 곳이 있다는 핑계를 대고 잠시 마음을 빗겨 내릴 빗을 찾으러 밖으로 나온다.

　밖으로 나온 대통령은 자기 생각을 톱으로 잘라버리고 싶은 생각이 든다. 아무리 잘 벼린 연장으로 잘라내려 해도 잘리지 않는 마음을 가라앉히기 위해 한 바퀴 돌고 있다. 그런 마음을 알 리 없는 옥구슬은 왜 대통령이 깊은 생각에 잠겨 있다가 갑자기 바다를 좋아하냐고 묻는지 고개를 지구의 기울기만큼 갸우뚱 기울여본다. 옥구슬의 예상은 적중한다.

　단 한 명의 이탈자도 없이 전원이 참석한다. 영부인은 옥구슬이 짜준 계획표대로 장관 아내가 앞장서고 차관 아내는 보조하는 방법으로 2인 1조를 짜서 그늘이 심한 곳부터 찾아가 줄 것을 부탁한다. 그늘을 말리기 위해 하루에 다섯 집을 돌아다니며 어렵고 아픈 사람들을 직접 만나 본 장차관 부인들은 모두 자신들을 잡고 우는 힘없거나 아프거나 장애인, 삶을 어렵게 버티는 소년 소녀 가장, 청소년들에게서 감동을 받고 눈들이 부어서 청와대로 향한다. 평생 살면서 느끼지 못했던 보람이란 단어가 그들의 가슴속에 들어와 그들의 가슴을 뜨겁게 달구고 있다.

그렇게 물레처럼 돌고 돌고 또 돌아 달이 다섯 번쯤 뜨고 질 무렵 모든 장차관들은 두말없이 전 재산을 모두 초롱불에 기부한다. 대성공이다. 장차관들은 아내들이 더욱 열성을 보이며 남편들을 설득하자 그 자리서 장차관 업무에 전념하며 오직 국민을 위해 무얼 할 것인가를 진심으로 생각하게 된다. 재산을 내려놓고 나니 모든 정치의 그림들이 선명하게 보인다. 그들은 밤을 새워 일을 기획하고 보다 나은 미래를 위해 고심분투한다.

오로지 국민을 위한 정치다. 장차관의 아내들은 계급을 특진시킨 것도 아닌데 모두 특진이라도 한 듯 화사한 봄날 처녀가 사랑에 빠진 기분으로 신이 나서 출근을 한다. 장차관들은 전 재산 기부는 물론 솔선수범하여 각부서의 직원들에게도 동참을 시키자고 안팎으로 인맥을 만들어 시간 나는 대로 각 부서를 설득시키는 운동을 벌이기 시작한다. 남편들의 이런 일에 동행을 자처한 장차관 아내들은 청와대로 모여 각자 각부서의 직원 아내들을 모아서 초롱불의 중요성을 설명하며 자연스럽게 동참을 하도록 운동을 확산시켜 나가기 시작한다.

가장 효과적인 일은 공무원 아내들을 아픔과 추위에 떨고 있는 곳에 동참시키는 것이다. 함께 한 부인들은 스스로 삶이 달라졌고 자신들이 영웅이라도 된 듯 자부심을 가슴 가득 심는다. 재물을 불쌍하고 힘없는 사람들에게 덜어낼수록 마음은 훨씬 가벼워지고 재물을 쌓을수록 마음이 무거워 행복이란 걸 느낄 수 없다는 것을 체험한 것이다. 그 체험 뒤에는 반드시 영부인께서 직접 격려를 하며 내려준 고마움을 한 보따리씩 받아오곤 한다. 영부인의 격려와 고마움을 받아 들고 집으로 향함에 그들은 더욱 뿌듯함을 느낀다.

손 한 번 잡아줌에도 행복해서 눈물을 흘리며 고마워하는 마음이 공무원 아내들의 마음에 불을 지피고 영부인의 격려와 고마운 마음이 씨줄 날줄로 잘 짜져서 비단결보다 견고하고 아름다운 무늬가 그려지는 사회 분위기로 바뀐다. 초롱불 기부운동은 맨 초급 공무원들에게까지 전달되고 나아가서 전국적으로 확산하여 기부는 물론 공무원들의 삶의 방식이 달라지기 시작한다. 소문을 타고 바람결보다 빨리 확산되어 모두 초롱불 전염병에 걸린 듯 싱싱 넝쿨을 키워나가고 있다. 공무원들은 초롱불에 힘입어 사치를 버리고 어깨에 힘을 빼고 모두 그늘진 곳 곰팡이를 닦아내는 데 힘을 쓰기 시작한다.

스스로 자신들의 관할 내에 도움이 필요한 곳을 찾아주어 일하기조차 한층 수월하고 모두 자진해서 하는 일들이라 능률은 일당백을 해낸다. 초롱불을 손에 든 그들의 삶은 환골탈태한 듯 완전히 다른 삶이 된다. 초롱불 운동에 동참한 전 공무원들에겐 노란

빛 별 다섯 개가 열린 배지를 만들어 나누어준다. 배지만 보아도 초롱불 회원인 것을 모두 알 정도로 확산한다. 별들은 늘 그들의 앞가슴에 붙어 반짝이며 나라를 위한 길잡이가 되어주고 있다. 장차관 아내들 역시 자진해서 각 부처 아내들에게 초롱불을 위한 자원봉사를 전파해서 수시로 그들을 청와대로 데리고 들어오는 기이한 현상이 벌어진다.

청렴할수록 진급이 빠르다는 말이 공무원 사회에 전염병처럼 급속하게 퍼지고 낭비를 줄여 기부한다. 아내들은 앞다투어 초롱불 봉사에 참석하고 형편이 어려워 참석이 힘든 공무원은 함께 나서서 빨래, 청소, 반찬 등 온갖 잡일을 틈나는 대로 돕는다. 퇴근 후에 한 잔씩 마시며 때우던 시간을 어려운 이웃을 위해 한 집이라도 더 방문하여 위로하고 격려하며 소외된 이웃에 희망을 안겨주어 사회는 훈훈한 바람이 불어오기 시작하더니 드디어 따뜻한 햇볕이 그늘까지 말리기에 이른다.

장차관 아내들은 각 기관 공무원들 아내들에게 책임감을 느끼고 동행하고 안내해 주기 시작한다. 공무원 사회가 이렇게 청렴하고 봉사 정신으로 뭉쳐지자 다음 계획을 내놓는 기획비서실장. 다음에는 종교 쪽에 계몽이 시작된다. 가장 먼저 기독교 목사들을 불러 모을 것을 제안한다. 한꺼번에 불러 모으지 않고 각 교회의 크기와 신도 수를 파악해서 크기와 신도 수가 비슷한 교회 목사들을 모두 청와대로 초빙한다. 대통령도 이 기이한 현상에 놀란다.

전염병처럼 모두 하급 공무원들까지 그것도 아내 동반으로 청와대를 드나드니 공무원이 되면 청와대를 수시로 들락거리게 된다.

어쨌거나 이 사회가 술렁거리며 봉사를 권하는 사회로 탈바꿈하기 시작한다. 어린아이들은 돼지를 잡아서 고사리손으로 동전을 기부하는 일까지 벌어진다. 대통령과 영부인은 이 황홀한 마음에 취해 대통령이 되길 잘했다는 생각까지 한다. 우리나라 역대 대통령들은 모두 불행하다는 전적이 있음에 가슴이 아팠다. 말로가 좋지 않아 대통령이 되고 싶지 않았지만, 자의 반 타의 반으로 대통령 자리에 올랐다. 그렇지만 역대 대통령들의 좋은 점만 본받아서 보기만 해도 투명하고 시원하게 살고 싶은 나라로 만들어 보겠다는 결심을 굳힌다.

이제 2년 차 그 계획대로 흐르고 있음이 기분이 좋다. 자신의 계획대로 모두가 잘 살고 모두가 행복한 나라를 만들라면 자신부터 비워야 함을 알고 시작한 것이 효과를 낸 것이다. 대통령이 되기 전에 아내와 한 말이다. 우리의 전 재산을 다 내놓고 월급도 연금도 모두 내놓는다면 우리가 퇴임 후에 설마 우리에게 국민이 밥이야 안 먹여주겠냐. 그거면 됐지. 나라의 부모가 되어 우리가 가진 걸 움켜쥐고 위정자들이 자식에게 말로만 본보기를 보인다는 건 위선이니 우리부터 모든 걸 비워서 가장 아픈 사람부터 치료하자는 약속을 했다.

그 약속을 지키려는 일이 이제 싹이 트기 시작해 튼실하게 자라고 있음에 밤잠을 설칠 만큼 흐뭇하다. 대통령은 여러분들은 사회에 어렵고 힘들고 의지할 데 없는 절망의 늪에 허우적거리는 사람들에게 희망을 가지고 살게 하는 순 역할을 담당하는 데 모든 걸 바친 분들입니다. 남을 위해 봉사를 생활화하는 분들이기에 긴말은 하지 않겠습니다.

지금 여러 목사님의 손길이 미치지 않는 곳에 너무 많은 그늘이 산재해 있습니다. 또 다른 음지에서 지금 여러분들의 도움의 손길이 미치기만 기다리고 있는 분들이 많습니다. 지금, 이 순간에도 수많은 국민이 가난과 질병이란 곰팡이를 뒤집어쓰고 신음하며 죽어가고 있습니다. 그 곰팡이를 닦아 줄 사람은 건강한 우리라고 생각합니다. 여러분들은 우리나라에서 가장 많은 신도가 어려운 이웃을 위해 전도하고 있고 수고하고 무거운 짐을 진자들이 하느님 품으로 들어와 고통을 덜기를 진심으로 기도해주고 안내하고 있는 분들입니다. 바로 이런 진심 어린 여러분의 도움이 필요로 하는 곳이 너무 많아 여러분의 도움을 부탁하고자 이렇게 바쁘신 여러분을 만나 뵙기를 청했습니다.

나라의 공무원들이 앞장서서 전 재산을 헌납하며 춥고 아픈 국민들을 위해 공무원 아내들까지 밤낮을 가리지 않고 그분들을 찾아다니고 계십니다. 그렇지만 공무원들의 힘만으로는 한강에 돌 던지기입니다. 그만큼 어려운 사람 병든 사람과 독거노인 소년소녀 가장 장애인들이 우리들의 손길을 애타게 기다리고 있는 데 비해 우리의 사랑이 부족하다는 뜻입니다.

그 많은 그늘에 햇살을 비추는 일은 공무원들의 힘과 여러분의 힘이 절대적으로 필요함을 느끼는 바입니다. 우리가 북한에서 어렵게 살았던 형제를 돌봐줘서 행복을 느끼게 해야 합니다. 그래서 사회에 선을 선도하는 목사님들께 도움을 요청하는 바입니다. 여러분 목사님들이 최대한 많은 금액을 어려운 사람을 위해 쓰일 수 있도록 도와주십시오. 여러분 자신만 행복하다고 행복한 인생이 되는 건 아닌 걸 저보다 더 잘 아실 겁니다. 주위가 행복하고 이웃이 행복해야 우리는 진정한 행복한 삶을 살 수 있다고 생각합니다. 주위가 어렵고 힘들면 우리의 반쪽도 어렵고 힘든 법입니다.

그러니 여러분, 우리 모두 어려운 이웃을 위해 함께 손잡고 노력해 살기 좋은 나라를 세우는 데 앞장서 주시길 간절히 정중하게 부탁하는 바입니다. 그들은 모두 사회에 봉사한다는 명분이 나오자 아무도 거절하지 못하고 당연히 해야 한다며 서슴지 않고 동참을 한다. 장로교, 감리교, 침례교, 성결교, 성공회, 기독교, 한국 루터회, 구세군 종파별로 또 신도 수가 비슷한 교회 목사들을 모은다. 금액은 큰 교회는 그 교회에 맞는 액수를 낼 수 있도록 정중한 호소를 한다.

작은 교회일수록 투덜거림을 투덜투덜 내놓는 목사도 있다. 그러나 세금 한 푼 안 내고 예수를 이용해서 신도들 돈을 모았으니 그 돈을 이제 또 불쌍한 어린 양에게로 돌려주는 것이 당연한 것 아니냐는 기획비서실장의 말에 아무도 두 말 못 하고 내놓을 것을 약속한다. 그렇게 전국 모든 교회가 꽃물 번지듯이 동참한다. 다음은 천주교 차례다. 천주교도 교회와 같은 방법으로 모두 청와대로 불러들여 도움을 정중하게 요청한다. 아무도 거역하지 않고 모두 동참한다.

물론 속으로는 싫어도 종교라는 특성상 싫다는 말을 하지 못하거나 불평불만을 터뜨렸다가 어떤 불이익이라도 당할까 하는 우려한 신부들은 어차피 인심을 쓰는 길에 불평 없이 쓰자는 판단을 한 것이다. 다음으로 불교다. 불교도 종파별로 차례차례 불러들인다. 수도 없이 많은 종교단체와 신도 수를 파악해 불우이웃을 돕고 나라를 건강하게 만든다는 명분의 초롱불 들기에 모두 참석시킨다. 참석시키는 데 어려움이 없었던 것은 종교란 기본적으로 선업을 해야 하는 곳이므로 모금에 참석해 준 모든 교회를 신문에 기재해주고 치하를 아끼지 않자 다른 종교들도 경쟁이라도 하듯 모두 동참에 나선다.

다음은 각 병원 차례다. 크고 작은 병원들에도 도움을 요청한다. 우리나라 굴지의 기업들은 마지막으로 청와대로 하나하나 불러서 취지를 설명해서 자진해서 도움을 줄 수 있도록 금액을 열어둔다. 그렇게 모은 돈은 상상을 초월하게 들어와 쌓인다. 그렇게 모인 초롱불 통장은 무거워서 인간의 힘으로 들어 올리기 힘들 정도로 컸다. 다음 일을 계획하기 시작한다. 그다음 자원봉사자를 모은다. 자원봉사자는 순수한 우리나라 미래를 끌고 갈 고등학생과 대학생 중심으로 모은다.

이 자원봉사자는 고등학생과 대학생이 의무적으로 1년에 24회 이상하도록 의무화한다. 이 봉사를 체험하지 않은 학생은 졸업할 수 없도록 규칙을 만든다. 또한, 한 달 동안 봉사를 한 고등학생들에게는 1년 등록금을 면제해 주고 대학생들은 두 달 동안 꼬박하면 한 한기 등록금을 면제해 준다. 여기에 되도록 많은 학생을 동참시키기를 각 학교에 전달하고 등록금 면제 혜택을 봉사하는 학생에게 더 많이 주도록 전달한다.

이 계획은 너무 이기적으로 치닫는 것을 조금이라도 순화시키면서 체험으로 고통이 어떤 것인지 어떻게 사는 것이 올바른 삶인지 우리는 무엇을 어디에 가치관을 가지고 살아야 하는지를 몸소 실천시키기 위함이다. 되도록 골고루 체험을 시켜 사람은 무엇을 어떻게 왜 주위를 돌보면서 살아야 하는지를 몸소 배우고 자신들이 살아가다가 어떠한 역경이 닥쳐오더라도 이겨 낼 수 있는 버팀목이 될 수도 있다는 산교육인 것이다. 각 지역에서 선발해서 되도록 그 지역에서 봉사하도록 한다.

초롱불은 모든 거래의 투명함을 위해서 철저하게 관리하며 반드시 집집마다 확인하는 요원은 장차관의 아내들과 공무원 아내들이 옥구슬의 지휘 아래 일사불란하게 이루어지고 있다. 부모가 요구하는 1등 공부 때문에 고민하고 자살을 택하고 집에 불을 질러

온 가족을 태워 죽이고 부모와의 갈등이 하늘 끝까지 오르는 청소년들 하루하루 굶어가는 국민들과 인구 절벽과 노령화 사회로 들어선 이 나라 미래에 대한 일이 가장 시급하다.

젊음이 결혼을 회피한다. 결혼해서도 아이를 낳지 않는다. 결혼을 안 하는 가장 큰 이유는 집이 없고 직업이 불완전해서 결혼해도 살 집이 없기 때문이다. 대통령은 그렇게 모금된 돈으로 그늘을 깁는 데 사용하고 또 다른 한편으로는 아이 생산 공장 가동을 위해 공장을 짓기로 마음먹는다. 여기저기 재개발지역을 중심으로 용적률을 높이고 아파트를 짓기 시작한다. 이 아파트는 모두 청년들의 결혼용으로 짓는다. 그래서 결혼과 동시에 입주가 가능하다. 평수에 따라 조금씩 차등은 있지만, 어차피 마찬가지다.

결혼과 동시에 입주할 때는 2천만 원에 방 2개짜리를 월 20만 원에 입주가 가능하고 결혼해서 아이 하나를 낳으면 24평짜리 아파트를 무료로 주고 결혼해서 아이 둘 낳으면 32평짜리를 무료로 주고 결혼해서 아이 셋만 낳으면 40평짜리 아파트를 무료로 준다. 집이라는 것은 투기 개념이 아닌 주거 목적 개념을 만들자는 것이다. 이 일에는 은행들을 대거 참석시키고 나머지는 정부에서 지원한다. 교육비도 고등학교까지는 무료 의무교육이며 둘 이상은 대학교도 모두 무료다. 하나를 낳으면 50%만 내면 된다. 입시제도도 모두 바꾼다. 맞벌이 부부의 유치원은 전액 나라에서 지은 병설학교에 무료로 종일 맡아준다. 그리고 전철 교통요금 65세 이상 무료인 것을 65세 이상 50%를 받아 그 충당금액은 모두 유아원과 유치원을 위해 충당키로 한다.

초등학교부터 중학교까지는 모두 고전이나 책을 읽히고 토론 중심으로 수업을 하되 등수를 기록하는 성적표는 없앤다. 모두 책을 읽고 토론을 하고 독후감을 쓰고 나아가서 시를 짓고 소설도 써보게 지도한다. 초등학교는 1년에 최하 500권의 책을 읽어야만 졸업을 시키도록 제도를 바꾼다. 각 학교에 외국어 교사를 두어서 사설 교육 없이도 누구나 골고루 혜택이 돌아가도록 영어, 중국어, 불어, 일본어, 스페인어 등 외국어를 배우고 컴퓨터, 악기, 글쓰기, 운동 등 취미 활동을 마음껏 할 수 있도록 한다. 중학교 역시 1년에 최하 500권의 책을 읽어야만 졸업할 수 있다. 이런 교육은 철저한 책 읽기를 지도해서 책에 취미를 잃지 않도록 단계별로 독서 목록을 정해 적절하게 잘 지도한다.

고등학교부터는 자신이 취미가 있거나 하고 싶은 분야를 택해서 적성이나 소질이 맞고 재미있게 몰두하고 싶은 일을 시킨다. 3년 동안의 소질을 개발한 다음 대학은 본인이 죽기 전에 꼭 해보고야 말겠다는 일을 찾아 각 과를 지원할 수 있게 해준다. 역시 등수는 없다. 그 대신 자신이 원하는 대학교와 원하는 과를 무조건 들어간다. 들어갈 때는 문이 넓지만, 졸업에는 제한이 있다. 엄격한 제도를 마련해 학점을 이수하지 못하거나 자신의 전문분야에서 자격증을 따지 못하면 졸업할 수 없다.

각 기업도 인재를 채용할 때 학력란은 아예 없앤다. 자신이 가장 자신 있는 곳 전공한 분야만 기재한다. 자격증이나 전문성을 자세히 기재해서 분야별로 필요한 인물을 등용할 수 있게 한다. 게임이 좋으면 대학까지 게임을 해도 괜찮다. 운동이 좋으면 운동만 해도 괜찮다. 노래가 좋으면 노래만 해도 괜찮다. 어떤 분야든지 자신이 즐겁게 하고 잘할 수 있는 분야에 전력을 기울일 수 있게 한다. 또한, 부동산 투자로 갑부가 된 사람들은 건물수익의 50%를 모두 환수하는 제도를 만든다.

반발이 일어나자 대통령이 직접 나서서 갑부들의 대표를 만나 내놓아야만 하는 이유를 설명하기에 이른다. 그들이 자신의 건물 수익을 젊은이들에게 환수해야 하는 까닭을 대통령은 이렇게 말한다. 어떤 결과를 낳았는지 알아야 합니다. 첫째 당신들은 젊은 미래들의 일자리를 모두 빼앗았습니다. 그뿐 아니라 그들의 희망마저 빼앗았습니다. 일자리가 없는 인재들이 부동산 공인중개사 자격증 따는 곳에 몰리고 있습니다. 비싼 집이나 건물 한 건만 계약이 되면 직장생활 연봉이 나온다는 말 들어보셨지요? 갑부가 묻는다. 일자리를 빼앗다니요? 대통령은 잘 생각해 보시오. 당신들이 부동산 투기로 재산을 불리느라 부동산 가격을 천정부지로 올리고 집 없는 사람이 소유해야 할 사람들의 보금자리를 모두 다 차지하는 바람에 서민들은 고통 속에서 허덕이고 있습니다. 또한, 모든 사람이 기업을 해서 돈을 번다는 것이 당신들이 부동산 투기

소백산맥 ⑰

를 해서 버는 일에 비하면 얼마나 힘들고 어렵다는 생각에 휩싸여 있게 하고 맥 빠지게 만들었습니다.

쉽게 쉽게 투기를 해서 돈을 버는 일을 조장한 당신들 때문에 상실감에서 기업들도 투자를 꺼리고 새로운 사업이나 회사를 운영해 보려는 사람이 모두 부동산 투기를 해서 쉽게 벌 수 있다는 생각 때문에 돈을 두고도 투자에 문을 닫는 바람에 청년실업이 대거 늘었습니다.

10

　그리고 청년들이 대학을 졸업해서 열심히 하면 집을 장만하고 살 수 있다는 꿈과 직장을 얻는다는 희망을 앗아 갔습니다. 평생을 벌어 한 푼 안 써도 집을 사는 건 꿈이라 생각하게 허탈감을 부추겼습니다. 그들의 희망을 미래를 당신들이 빼앗았다는 말입니다. 그 결과 즐겁게 즐겁게 하루살이처럼 차를 사고 즐겁게 놀기나 하자는 심리를 부추겨서 오로지 즐겁게만 외치면서 희망을 품고 열심히 노력할 생각을 하지 않습니다.

　그 결과 직장을 가질 생각조차 안 하고 평생을 벌어도 당신들이 올려놓은 집값 때문에 집을 산다는 건 불가능하고 안정된 취업 자리를 구하기는 하늘의 별 따기가 되어버렸습니다. 돈 없이 결혼하면 고생만 한다고 생각해서 결혼을 포기하게 했습니다. 결혼한다고 하더라도 아이를 낳을 계획은 안 합니다. 혼자 벌어서는 아이를 키우기도 어렵고 맞벌이를 해야 할 지경에 이르러 맘 놓고 출산을 하기 어려운 이유 때문입니다. 오로지 돈 돈 돈을 외치며 돈의 노예 주의가 되어 돈이면 안 되는 것이 없는 물질 만능 시대를 부추겼습니다.

이렇게 풍요로운 세상을 사는 것은 좋지만 법도 없고 예의도 없고 위아래도 없는 돈만 있으면 최고라는 돈의 노예를 만들었습니다. 돈만 있으면 갑질을 하고 돈이 없으면 갑질을 당하는 주종관계만 있을 뿐 인간의 가장 소중한 인격은 모두 사라져 버렸단 말입니다. 그 결과는 함께가 아닌 혼자가 되어가고 있습니다. 혼밥, 혼술이란 단어가 유행하고 있을 정도입니다. 이래도 책임이 없다고 회피하실 겁니까? 그 모든 게 당신들이 과다하게 소유하면서 없는 사람들에게 소외감을 느끼고 위축되게 만들어 버린 이유입니다. 젊은이들이 땀 흘려 돈을 벌려고 하는 희망을 앗아갔다는 말입니다. 아무리 발버둥 쳐도 당신들이 소유한 집이나 건물을 사는 건 불가능하다는 판단 때문이 아니라고는 하시지 못하겠지요.

대통령의 말을 들은 부동산 갑부들은 달리 변명할 거리를 찾지 못한다. 입이 얼어붙은 듯 아무 말도 없다가 한 사람이 겨우 말을 꺼낸다. 갑부는 아예 없지는 않지만… 비 맞은 낙엽 구르는 소리로 얼버무린다. 그렇게 부동산 갑부들은 자신들이 투기의 신이 되어 사 모은 재산의 수입금 50%는 심하고 40%로 줄어 달라고 요청을 하고 그것마저 들어 줄 수 없다는 대통령은 그렇다면 60%로 올

리겠습니다. 그리고 그 금액을 젊은 청년들의 일자리를 위한 기금으로 돌려줘야 한다고 딱 잘라버린다. 억울함이 부글부글 끓지만, 변명의 여지가 없다는 생각에 이른다.

그들의 재산 수입금 사회 환원 뒤편에는 위정자들이 자신들의 이익을 위함이 아님을 알기에 가능한 것이다. 대통령은 자신의 전 재산은 물론 월급까지 모두 국민을 위해 내놓고 먹는 것까지 줄이면서 나라의 장래를 위해 애쓰는 걸 그들도 알고 있었다. 장차관들의 재산 기부와 그 아내들까지 모두 나서 그늘진 곳을 말리기에 여념이 없는 것도 알고 있었다. 하위직 공무원까지 권력의 청빈 정책에 앞장서고, 종교계까지 '살기 좋은 나라 만들기'에 동참하는 분위기가 형성됐다. 이런 상황에서 반기를 들면 악덕 투기꾼으로 낙인찍힐 수 있다는 인식이 퍼졌다. 여기에 정부가 세금을 명분으로 재산에 개입할 수 있다는 소문까지 더해지자, 누구도 공개적으로 불만을 터뜨리지 못했다.

대통령이 바라던 대로 되어가고 있다. 그들은 그저 묵묵히 나라의 미래를 맡을 젊은이들에게 나라가 원하는 만큼 돌려주기로 마음먹는다. 모든 공무원을 비롯해 각종 종교계 교육계 기업들이 범국민적 참여로 바람을 타고 번지자 대통령은 세계에서 제일 살기 좋은 나라를 만들어 수백억 년을 이어갈 후손들을 위해 하나하나 초석을 세우기 시작한다. 각계의 장차관들을 직접 청와대로 불러 세부계획을 발표한다. *여러분은 참으로 천 년에 한 번 나오기 어려*

운 성인들입니다. 오로지 국민을 위해 모든 걸 다 희생하고 가벼운 몸으로 밤낮으로 국민의 아픔을 치료하는 여러분들의 아내들은 이 나라를 희망찬 나라, 미래가 보장되는 나라, 행복이 풀풀 날아 다니는 나라, 살기 좋은 나라로 만들어가는 기둥들입니다. 모두 고마움의 백 승을 전합니다.

덕분에 이 나라 모든 민심이 여러분을 진심으로 믿고 존경하며 따르는 분위기가 조성되었습니다. 이제 이렇게 아름다운 강산에 이들은 걱정 없이 살고 또 아들딸들이 결혼해서 아이를 낳고 또 그 손자의 손자 손자의 손자에게로 영원히 무궁무궁 내려줄 일을 하나씩 시작해 나가려 합니다. 일단 우리 현시점에서 가장 시급한 부분부터 지켜서 후손들에게 넘겨야겠습니다.

그래서 나라를 지키는 가장 시급한 부동산 대책부터 다시 세우려 합니다. 이제부터 짓는 아파트는 집을 한 채라도 가지고 있는 사람은 사지 못합니다. 그 대신 무주택자는 자신의 형편에 따라 모두 선택해서 살 수 있습니다. 보증금이 힘에 맞도록 살 수 있습니다. 무주택자가 보증금이 없으면 소득에 상관없이 아파트를 담보로 90%까지 은행 대출을 해줍니다. 그 대신 은행 이자 연체가 6개월 이상이면 아파트를 회수하는 법이 적용됩니다. 상환은 이자만 내다가 형편이 좋아지면 원금까지 상환해도 되도록 서민을 위한 부동산정책을 시작합니다.

그리고 지금 가장 시급한 문제가 있습니다. 제주도 일대를 비롯해 우리나라 곳곳에서 중국인들에게 아파트나 땅 건물 등을 매매하고 있습니다. 그뿐이 아닙니다. 그들은 개간되지 않은, 필요도 없는 땅을 대거로 사들이고 있습니다. 중국의 전략이 끊임없이 이어지는데 우리 위정자들이 그걸 모르고 있다는 것이 더 큰 문제입니다. 앞으로는 외국인에게 우리나라 땅을 파는 것을 금합니다. 중국은 전략적 차원에서 한국 사람과 결혼한 사람을 이용해서 땅을 사들이기 시작하고 있는 곳이 한두 곳이 아님을 여러분들도 모두 아실 것입니다.

우리나라 제주도를 비롯해 이미 많은 땅을 사들였고 중국인들이 우리나라에 들어와 판을 치고 있습니다. 평택에는 세계에서 제일 큰 차이나타운을 지었습니다. 거기뿐이 아닙니다. 부산, 서울, 경기도마다 그들은 땅과 건물을 사들이기 시작합니다. 저들의 저의를 간파하지 못하면 이 조그만 땅덩이 선조들이 피로 지켜온 이 나라를 다 빼앗기는 건 시간문제입니다. 이미 이 나라에는 중국인이 거리를 휘젓고 다니는 것을 너무나 흔하게 볼 수 있습니다.

식당에서 일하는 중국인, 막일을 하는 공사판에서 일하는 중국인, 제조업에서 일하는 중국인, 어디서나 중국인들이 너무나 많이 침범해 있음을 볼 수 있습니다. 이러다가 이 땅에 중국 인구가 우리 인구보다 많아진다는 것을 생각해 보면 아찔해집니다. 중국은 지금 20억이 넘는 인구가 각 나라에 흩어져 소리 없는 전쟁을 벌이고 있습니다. 기술을 넘겨주고 땅을 팔아먹고 중국인들이 이 나라에 들어와 모든 걸 좌지우지하는 날엔 우리는 눈을 뻔히 뜨고 나라를 빼앗기게 됩니다. 지금 시점에서 정신을 똑바로 차리지 않으면 안 됩니다.

중국은 우리가 통일되었기 때문에 자신들이 여러 가지로 위태로워질 확률을 계산하고 있습니다. 우리는 통일을 주위 나라에 휘둘리지 않고 했으므로 이제부터 우리 위정자들이 정신을 바짝 차려야만 합니다. 외국인과 결혼한 사람도 땅이나 아파트 등 부동산을 살 수가 없습니다. 자국인 외에는 어느 나라 사람도 우리 땅을 임대는 할 수 있지만, 매매는 금지합니다. 한 평의 땅도 외국인에게 매매는 불가합니다.

주위를 둘러보십시오. 일본은 초등학교 교과서에 독도는 자기네 땅이라고 가르치고 있습니다. 일본이 미래 세대에게 역사를 거짓으로 가르치고 있다는 것은 보통 심각한 상황이 아닙니다. 눈 뜨고 강 건너 불구경하듯이 있을 때가 아니란 말입니다. 이 기막힌 일을 국제사회에 널리 알려야만 합니다. 또한, 일본의 양심세력을 움직여 일본 정부를 압박하도록 여러 측면으로 여론도 형성해야 합니다. 이대로 우리가 손을 쓰지 않고 있을 때가 아니란 말입니다. 우리가 이대로 손 놓고 있다가 보면 먼 훗날 독도 문제로 인하여 우리의 후손들이 국제사법재판소에 갈 수 있는 상황이 반드시 도래합니다.

지금 막지 않으면 안 됨을 알아야 합니다. 우리가 적극적으로 대항하면 해결될 일을, 하지 않으면 우리 후손들은 반드시 피를 흘리며 싸워야만 합니다. 또다시 한반도에서 전쟁이 일어나는 일을 지금 우리는 막아야만 합니다. 조금 힘들지만, 호미로 막으면 될 일을 그냥 무관심하고 버려두고 세월이 흘러버리면 굴착기를 동원해 막아도 막지 못할 기막힐 일이 생길지도 모릅니다. 일본 학생들이 교과서에서 배운 다음 성인이 되었을 때는 모두가 교과서에서 배운 대로 독도가 자기네 땅이란 생각에는 조금의 의심 여지도 없을 겁니다.

그들은 지금도 국제사법재판소로 이 일을 가져가서 독도를 자기네 땅이라고 우길 결심으로 교과서에 증거로 남기고 있다는 사실을 깨달아야 합니다. 그렇지만 그들의 말대로 국제사법재판소로 일을 끌고 가서는 절대로 안 됩니다. 그렇게 되면 우리는 멍하니 독도를 빼앗기게 될지도 모릅니다. 우리 땅 독도를 지키기 위해서는 일단 그들이 한 과거의 행위를 세상에 알리는 일을 잊어서는 안 됩니다.

1895년 일본인은 우리나라 경복궁으로 쳐들어와서 국모인 명성황후를 찾기 위해 궁을 마음대로 짓밟고 들어왔습니다. 왕세자에게 총부리를 겨누고 마구 때리고 국모가 위장했을까 봐 궁녀들을 모두 옷을 벗겨 젖가슴 검사를 하는 악랄한 짓을 했습니다. 그렇게 왕비를 겁탈한 다음 기름을 부어 태워 죽였습니다. 그것도 부족했는지 다 타고 반쯤 남은 시체를 우물에 던져버리는 천인공노

할 일을 저질렀음을 결코 잊어서는 안 될 것입니다.

이런 만행을 저지른 10년 후에 독도를 자기네 땅에 편입했음이 엄연한 과거사로 생생하게 살아있습니다. 이 모든 것은 우리가 잊어서는 안 될 역사입니다. 남아 있는 모든 역사를 찾고 기록해서 저들이 저지른 악행과 독도 편입문제를 반드시 밝혀야 할 것입니다. 일본인들은 추악한 과거사를 감추기 위해 역사를 왜곡할 자료를 준비하고 있는 것입니다. 위안부 문제서부터 과거사를 바로잡아 독도를 분명히 그들의 교과서에서 빼고 우리 것으로 분명히 해 두지 않으면 훗날 우리의 후손들은 피를 흘리고 싸워도 다시 찾기 어려워질 것이란 걸 기억해야 합니다. 분명히 지금 우리 두 눈을 뜨고 있는 대에서 과거사를 밝혀 지켜놓아야 할 과제입니다.

대통령이 비장한 목소리로 일장연설하는 동안 물을 끼얹은 듯이 조용히 들은 장차관들은 모두 동감을 표시하며 대책을 마련하기로 머리를 맞댄다. 모두 자신이 맡은 부서에서 해야 할 일들을 찾기 시작한다. 일주일이 지나자 국방부 장관과 대통령이 만난다. 대통령은 '힘없는 정의는 무기력이요. 정의 없는 힘은 폭력'이란 파스칼의 말이 괜히 있는 것이 아닙니다. 히틀러가 법을 만들어 집시와 동성애들을 가스로 죽음을 실험하고 필요한 모든 것들은 빼앗고 가스실에 넣어 죽인 사람이 유대인만도 무려 6백만이라고 합니다. 여기에 죽은 사람이 정의가 없어 죽은 것은 아닐 겁니다.

또한, 정의 없는 힘이 폭력이란 말도 합당한 일이 아닙니까. 힘이 없는 국가는 바람 앞에 촛불이란 점을 잠시도 잊어서는 안 됩니다. 국방부 장관은 예, 최선을 다해서 일을 해나가겠습니다. 하자 대통령은 최선 가지고는 안 되오. 우리는 지금 전쟁 중이라고 생각하시오. 그것도 아주 불리한 입장, 최악의 상태. 벼랑 끝에서 떨어져 죽느냐 무찌르고 사느냐를 선택하는 심정으로 해야 합니다. 상대는 우리보다 군사력도 강하고 숫자적으로도 월등하고 무기도 강하고 그와 반대로 우리는 지리적으로도 불리하고 양식도 떨어지고 다른 나라의 여론도 현재 처해있는 상황도 혹독한 추위에 옷 한 벌도 없는 곳에서 상대편들에 둘러싸여 전멸하기 일발 직전의 불리한 전쟁 상황이라는 가정으로 생각해야 하오.

그런 각오와 결심 없이는 어떤 결과도 가져오지 못함을 명심하고 차근차근 전략을 짜서 이 나라를 이 기회에 반드시 세계 제일의 강대국을 만들지 않으면 다시는 기회가 오지 않음을 명심 또 명심하고 가슴에 새겨야만 하오. 어리석은 개미는 자신의 몸이 작게 태어났다고 한탄만 하고 현명한 개미는 몸이 작아 다른 큰 짐승들에게 실려 자신이 가고 싶은 곳을 갈 수 있다고 자신의 작은 몸을 자랑스럽게 생각하는 법이오.

우리도 앉아서 나라가 작다 탓만 할 일이 아니고 나라가 작아서 좋은 점을 찾아서 개발하려고 힘써야 한단 말이오. 덩치가 작은 것들은 큰 것들에게 잡아먹히지 않으려면 그들보다 명석한 두뇌를 이용하는 방법밖에 없단 말이오. 그러니 머리를 짜내고 짜내서 반드시 이겨야만 하는 전쟁이라 생각하고 목숨을 걸고 일을 해나가야만 합니다.

어느새 해와 달은 뜨고 지고를 반복해 대통령의 임기가 1년여 남았다. 그동안 나라는 전에 없이 평온하고 서로서로 배려하고 믿고 신뢰하며 정치는 사기꾼이 한다는 말을 털고 전과 달리 정치인이나 공무원들을 하늘처럼 떠받드는 문화가 조성된다. 서로 만나면 고마움에 악수를 청하고 감사함에 악수를 청하고 대통령과 영부인과 비서실장은 더없는 기쁨에 하루하루를 분주하게 움직인다. 그 와중에 사건이 없는 건 아니다.

기어이 대통령과 옥구슬과의 사이는 연인 사이로 발전하고 만다. 그도 그럴 것이 천하의 배짱 좋기로 소문난 대통령의 끈질긴 구애가 3년을 하루도 거르지 않고 이어진다. 그 바쁜 와중에도 날마다 옥구슬에게 보내는 글을 적어두고 적절한 틈만 나면 구애를 해 보지만 들은 척도 안 하는 옥구슬 때문에 대통령은 상사병이 날 지경까지 간다. 민주적이고 합리적이고 이성적인 대통령이지만 사랑에 있어서는 그런 것들이 아무 소용없어 바람은 매일 대통령의 가슴을 흔들어댄다. 그 상사병을 차곡차곡 적는다. 이 첨단시대에 손편지로 꾹꾹 눌러 써서 적는다. 노트 한 권이 되면 옥구슬에게 전하곤 한 것이 3년이 되어서야 겨우 옥구슬의 마음을 여는 데 성공한다. 옥구슬은 일기 한 편이 머리에서 떠나지 않는다.

활활 타고 있는 붉은 심장

그리움이 찢어져 나부끼는 날 사랑하는 것은 사랑받는 것보다 행복하다. 유치환의 말이 거짓인 밤. 밤이면 당신을 만나려 눈을 감지만 달빛이 창문에 따각따각 구둣발 소리를 내며 찾아옵니다. 발걸음 소리는 밤새도록 걸어오는데 님은 끝내 오지 않습니다. 당신은 달빛 나는 상사 빛 밤이면 배시시 웃으며 달빛으로 걸어와 상사 빛을 새새새 불러냅니다.

느닷없이 후드득 달려들어 창문을 두드리다가 창문을 열면 흐느적흐느적 머리칼을 적신 비로 울고 싸르락 싸르락 밤새 나를 불러 문을 열고 나가면 소복소복 눈으로 쌓여 하양살하양살 웃고 덜커덩덜커덩 창문을 두드려 급한 마음에 맨발로 나가보면 날 선 바람으로 콧대를 높이고 있습니다.

그대는 너무 멀거나 너무 가까운 곳에 있고 내 손은 너무 가깝거나 너무 먼 곳에 있어 아직 한 번도 닿지 못했습니다. 눈앞에 있지만, 너무 먼 당신 당신의 눈뜸에 내가 눈뜨고 당신의 웃음에 내가 웃고 늘 거울이 되어 비칩니다. 이른 저녁이 허허로운 날 푸른 바람은 당신을 데리고 오다가 미끄러졌나 봅니다.

사랑하는 사람이여 당신을 데리러 간 바람은 넘어져 잉잉 울고 있나 봅니다. 내 마음 고랑마다 빗물이 고여 머리 한 올까지 다 적십니다. 그것도 모자라 마음까지 다 적시고 맙니다. 사방서 새들은 짝을 만나 날아드는데 당신은 날개가 없어 나에게 날아오지 못하나 봅니다. 그리움에 젖어 혼자 걸을 때면 옆에 와서 팔짱을 끼는 당신 침묵은 내 가슴을 서늘하게 합니다.

조금 추울 때는 내 주머니에 손을 넣을까 물어보세요. 조금 힘들 때는 내 품에 안겨도 될까 물어보세요. 기다림에 애타는 냄새가 하루를 삼킨 날. 겨울엔 문장력 없는 내게 백석이 다가옵니다. 재산도 월급도 연금도 없는 가난한 내가 아름다운 당신을 사랑해서 오늘은 비가 주룩주룩 내립니다. 당신은 무심하고 비는 추적추적 내리고 나는 홀로 앉아 구름에 갇힌 달빛만 홀짝입니다. 달빛을 마시며 생각합니다.

당신과 나는 억수같이 쏟아지는 빗줄기를 맞으며 이 큰 집을 떠나서 저 먼 곳으로 갑니다. 낮에는 소쩍새가 울고, 밤이면 부엉새가 외로워서 우는 산골로 갑니다. 봄이면 꽃들이 지천으로 피고 벌나비들이 포로롱 잉잉 포로롱 잉잉 합창하고 나는 포도주 한 잔을 당신과 부딪고 당신을 안고 춤을 추며 마음껏 흥을 키울 수 있는 곳.

아까시 잎을 따서 왕관을 만들어 씌워주고 감꽃을 따서 목걸이를 만들어 걸어주고 제비꽃을 꺾어서 보랏빛 반지를 끼워주고 지상에 향기란 향기 모두 꺾어 꽃병에 꽂아두고 여왕보다 행복해하는 모습을 닮지 않도록 조금씩 아주 조금씩만 냄새를 맡고 싶습니다. 재산도 월급도 연금도 없는 가난한 내가 아름다운 당신을 사랑해서 슬픔이 폴폴 내립니다. 당신은 벌써 내게 다가와 소곤소곤 화롯불보다 따뜻한 말을 소곤거립니다. 당신이 모를 리 없는데 당신은 모르는 척하는군요. 산골로 가는 것은 세상을 버리는 것이 아니라 세상을 사랑하기 때문입니다.

당신에게로 발도 날개도 없는 마음이 천 리의 속도를 고삐에 매어두는 것은 당신을 한시도 잊은 적 없는 당신을 사랑하는 마음 때문입니다. 대통령의 자리를 주고도 당신의 마음을 얻지 못해 이 밤도 주룩주룩 내리던 비가 눈으로 얼어 펄펄 날립니다. 바람은 밤새도록 온몸을 흔들어대고 당신이 그리운 몸은 신열을 앓고 당신이 올 때까지 내 몸의 열은 떠나지 않고 밤 고양이처럼 아기 울음소리를 내며 이 깜깜한 내 몸을 괴롭힙니다.

내 속에서 언제나 맑은 샘물처럼 솟아나는 당신을 샘물이 말라 마지막 한 방울이 이슬처럼 대롱거릴 때까지 기다리겠습니다.

낮이 환한 건 옥구슬이 보기 싫어 일하기 위함이다. 밤이 어두운 건 옥구슬을 더욱 환하게 볼 수 있기 위함이다. 해가 떠도 달이 떠도 바람이 불어도 구름이 울어도 밥을 먹어도 밥을 굶어도 잠을 자도 깨어나도 언제나 따라다니는 옥구슬. 옥구슬은 어떤 대꾸나 반응도 없고 자로 잰 듯 하루하루가 반듯하기만 하고 아내는 내 속마음을 아는지 모르는지 여전히 옥구슬을 신뢰하며 믿고 아낀다.

기획비서실장은 일기를 읽고 자신의 생각을 해본다. 햇살뉘조에서 만나는 날부터 자신을 대하는 대통령이 마음이 각별하다는 것을 눈치챘다. 장사하면서 척, 하면 담 넘어가는 소리고 툭, 하면 호박 떨어지는 소리임을 모를 리가 없다. 그렇지만 남자들이야 진저리가 날 만큼 다루어본지라 아무렇지도 않게 생각한다. 그러나 상대가 대통령이 아닌가! 그것도 자신의 나이가 얼마인데 저렇게 갈망을 하는 대통령이 애처롭다.

대통령은 어느 날은 비 오는 날 우산도 없이 서슬 푸른 청와대 뜰을 어슬렁거리는 것을 숨어서 보기도 하고 눈이 쌓일 때면 어린 아이처럼 눈을 뭉쳐 눈사람을 만들면 어쩌면 눈사람이 자신을 닮았다는 생각을 하기도 한다. 늘 자신을 보는 눈총은 햇볕보다 더 따갑게 자신에게 내리꽂히고 있음을 감지한다. 그렇지만 더 오랜 세월 대통령과 함께 생활하려면 무심해야 한다. 무심해야 한다며 자신을 억누를 만큼 최선을 다해서 억누르고 있는 것이다.

단지 대통령이어서 좋은 것이 아니고 잘생기고 매력이 있어서도 아니다. 어쩌면 옥구슬 자신이 대통령을 먼저 사랑한지도 모른다. 처음 정 장관에게 대통령이 전 재산을 기부하고 월급도 기부하고 퇴직금도 기부하며 청와대 반찬까지 세 가지로 줄였단 말에 이미 온몸으로 존경인지 사랑인지 분간되지 않는 감정이 마구마구 솟아 오르며 온몸을 달궜다. 남자 중의 남자라는 생각에 얼굴도 모르는 대통령을 보고 싶어 안달이 나서 정 장관에게 만나게 해 달라고 조른 것이다. 아직 살면서 이렇게 통 큰 생각과 사람이 사람으로 살아가는데 마음과 외모가 모두 잘생긴 사람을 못 만났다.

정 장관은 그나마 배짱 있다고 믿었지만, 저번 기부 사건으로 옥구슬에 마음에서 변방으로 밀려나고 만다. 정말 사람 중의 사람이 없어 늘 사람은 있되 진짜 사람은 없다고 살아오던 차였고 정 장관 의 만남 역시 그런 마음이 좋아서 연인 사이로 발전한 것이었다 실체가 보이자 이별을 선언한 것이다. 정 장관이 고아원에 조금씩이

나마 매달 아내 몰래 돕고 있다는 말에 매료되어 함께 고아원과 장애인 돕기에 참석하면서 그 뜻이 서로 통해서 연인 사이로 변했다.

정 장관은 자신이 장관이란 직책이 있고 재산도 많고 잘생겨서 좋아하는 거로 착각하는지도 모르지만, 옥구슬은 전혀 아니다. 장관이 되기 전에 이미 만난 사이 아닌가! 남을 위해 마음 한자리를 내놓는 그 아름다운 마음이 좋아서다. 재산이야 자신도 있을 만큼 있지 않은가! 늘 삶이 무엇인지 허기로 가득한 삶을 살아왔다. 그러던 중에 정 장관을 통해 대통령의 말을 전해 듣자 가슴에 파릇파릇 새싹이 마구 움터 오름을 느꼈다. 허기를 채워줄 것 같은 대통령의 말을 듣자 신천지를 개발하기라도 한 듯 자신의 몸은 용수철처럼 튀어 오르지 않았던가!

정 장관은 옥구슬의 이런 속내를 알 길이 없다. 다만 자신이 사랑하는 여인의 말을 들어준 것뿐이다. 정 장관 입장에서 보면 나이도 자신보다 어리고 미모나 마음이나 재산이나 무엇 하나 부족함이 없이 그것도 혼자서 사는 옥구슬에게 첫눈에 반해 얼마나 애를 태우고 전략을 짜서 만났던 사인가. 정 장관이 옥구슬을 처음 만난 건 대학 동창 덕분이다.

동창 다섯 명이 햇살뉘조에서 저녁 약속이 있던 날이다. 날씨가 초 살인적인 봄날. 흐드러지게 날아다니는 향기만 맡아도 그냥 넘길 수 없을 만큼 누구라도 하나 죽이고야 말 것 같은 봄. 약속 장소인 햇살뉘조 식당에 들어서자 온갖 꽃이 환하게 웃고 소나무와

향나무, 영산홍 등 예술적인 나무들이 넓은 뜰에 자리를 잡고 바람들은 끊임없이 나무를 흔들고 있다. 군데군데 꽃들은 그 종류를 헤아리기 어려울 만큼 많다.

나비들이 꽃밭에서 춤을 추고 새장에 갇힌 새들도 무엇이 그리 좋은지 노래를 꽃에다 마구 뿌린다. 서울 시내 한복판에 이런 식당이 있다니 놀랍다. 친구 녀석은 기업을 경영하는 터라 경제적으로 부유하고 성격도 좋아서 친구들을 초대해서 한 턱 거나하게 쏘는 건 자주 있는 일이다. 그날 모임은 다른 날과 달리 햇살뉘조란 이름부터 범상치 않다는 생각을 가지긴 했지만, 이 정도인 줄을 꿈에도 몰랐다.

햇살뉘조의 마당에 들어서면서 이미 압도를 당한다. 자신은 공무원으로 평생을 사느라 이런 식당이 있는 것조차도 모르고 살았단 게 한심하기도 하다. 다섯이 모인 방은 모란 방이다. 열 명이 앉도록 만들어진 단체방 같다. 검은색 식탁과 대조되는 하얀 원판에 황금색 테두리가 고급스럽게 나란히 앉았다. 속을 달랠 마죽이 한 종지 나오더니 새싹 산나물 샐러드와 인삼 튀김이 나온다. 산나물 샐러드와 인삼 튀김 두 개를 먹고 나니 달팽이 접시에 달팽이 요리가 나온다. 상어 모양의 접시에 상어지느러미 요리, 벼 이삭이 누렇게 익은 접시에 메뚜기 튀김이 나오고 다음엔 송이 무침이 나온다. 산더덕 구이가 가지런히 나오고 다음 물고기 모양의 접시에 회 모듬이 나온다.

한 번도 먹어보지 못한 회 종류지만 입에 넣자 사르르 녹도록 감칠맛이 돈다. 육회가 나오고 달팽이 접시가 나온다. 전복과 생밤을 곁들인 요리는 눈으로만 보아도 배가 부르다. 토끼 모양, 닭 모양, 새 모양을 하고 접시에 다소곳하게 앉은 과일 접시가 들어온다. 과일에 담긴 토끼와 닭과 새들을 모두 털도 안 뽑고 잡아먹고 나니 차가 들어온다. 한약 냄새가 은은한 차도 아직 먹어보지 못한 차다. 그렇다고 무슨 차냐고 묻기도 쑥스럽고 어쨌듯 뱃속은 포화 상태가 되어 잡담을 나누고 있는데 옥구슬이 문을 노크하고 들어온다.

맛있게 드셨습니까? 인사말도 음식 맛처럼 깔끔하고 담백하다. 옥구슬은 친구 녀석 옆에 궁둥이를 붙이고 앉는다. 아까 사장님이 인사했는데 또 사장님이라 의아하게 생각했지만, 물을 수는 없어 입을 다물고 만다. 그런데 눈치를 알고 친구가 설명을 곁들인다. 아까 그 사장님은 월급 사장님이고 이분이 진짜 회장님이라고. 그렇게 잠깐 앉았다가 이야기들 나누시라며 자리를 비워준다. 내심 좀 더 앉아있으면 좋겠다는 생각이 든다. 친구는 묻지도 않는 말을 해준다. 저 여자는 콧대가 너무 높아 침 흘리는 사장들이 줄로 섰는데도 끄떡도 안 한다고. 자신도 처음엔 좀 사귀어보고 싶어서 공세를 펴 보았지만, 재산이 많은 여자니 재산 가지고는 어림도 없고 더군다나 옥구슬은 단호하게 그렇게 치근거리려면 자기네 식당에선 안 받겠으니 다른 식당을 이용하라고 했단다.

한여름에 칼바람 같은 말에 얼어 꼼짝 못 하고 차라리 가끔 이리 와서 보는 거로 만족하리라 마음 돌렸단다. 그때 정 장관은 자신이 한 번 시도해 보겠다고 농담을 던진 후 가끔 한 번씩 식사만 하고 가고 그때마다 꼭 옥구슬은 나타나서 반갑게 대해 주었다. 올 때마다 음식도 음식이지만 옥구슬이 직접 와서 인사를 하고 음악도 잔잔한 클래식이 날아다녀 마음의 힐링이 된다는 느낌이 든다. 뜰을 꾸민 것도 보통이 아니려니와 방에도 명화가 걸려있고 식당에서는 보기 드물게 고전들이 한쪽 면을 차지하고 서서 말똥말똥 눈을 뜨고 있다.

가끔 자신이 혼자 가서 밥을 먹고 말없이 나오자 옥구슬은 혼자 사는 사람이냐면서 말을 던졌다. 그때부터 말이 이어지기 시작한 것이다. 그러다가 그녀의 가장 큰 관심은 고아원이나 장애시설 돕는 것이란 걸 월급 사장에게서 들었다. 점심을 먹으러 왔는데 사장님이 왜 안 보이냐고 묻자 월급 사장은 *매주 수요일은 사장님 고아원에 가십니다. 오늘은 화요일입니다. 아, 그렇군요. 화요일은 장애인 시설에 가시는 날입니다. 오늘은 장애인 시설에 가셨습니다. 아, 좋은 일 하시는군요. 사장님은 봉사하기 위해 태어나신 분 같습니다. 참 좋은 일 많이 하시지요. 그렇군요. 점심 주세요.*

그렇게 그녀의 관심사를 알게 되는 계기가 된다. 그다음 다음 목요일 또 들르니 식당에 있다. 여느 때와 다름없이 반기면서 인사를 한다. 자연스럽게 말을 꺼낸다. 자신도 동참 좀 시켜 달라 부탁했

고 동행하다가 연인 사이로 발전한 것이다. 함께 술도 한 잔씩 하
면서 서로 통하는 곳이 많고 닮은 곳이 많다는 생각에 옥구슬도
마음을 연 것이다. 어쩌면 그녀가 더 좋아했는지도 모를 일이다.
키 크고 잘생기고 성격마저 호탕한 사내에게 옥구슬은 지금까지
남자답다는 생각이 든 사람이 없었건만 정 장관은 어딘가 모르게
패기도 있어 보이고 성품도 좋고 인생을 논할 사람이 된다는 생각
이 들었다.

세계의 중심이 되는 대한민국

11

그렇게 한 달을 수요일마다 동행하고 나자 옥구슬은 정 장관에게 점심값을 받지 않는다. 그럼 점심값을 받아서 고아원에 더 지원해 주라고 하자 그럼 좋다면서 점심값을 받는다. 그렇게 또 한 달을 함께 다니면서 바닷가도 들렀다오고 점심도 함께하고 경치가 멋진 곳에서 차도 마시면서 둘은 자연스럽게 연인처럼 지낸다. 그렇게 둘 은 내연의 관계로 발전했고 호흡이 척척 맞아 남을 돕는 일에 머리를 맞대고 날마다 싱그럽싱그럽 사랑 싹을 키워나가던 중이다. 그렇게 한창 사랑에 심취해 있을 때 정 장관은 자신의 무덤을 판 것이다.

대통령을 소개해 줄 때 이런 일이 생기리라고는 상상도 못 했고 그저 사랑하는 여인의 부탁을 들어주었을 뿐인데. 불길이 전혀 엉뚱한 곳으로 번지고 만 것이다. 옥구슬 역시 자신이 대통령을 사랑하리라고는 꿈에도 생각지 못 한 일이다. 그렇지만 사람의 일을 누가 한 치 앞을 내다볼 것인가. 결국 이번 사건으로 인해 옥구슬과 정 장관의 사이는 멀어지고 결국 관계가 청산되고 만 것이다. 사랑하는 여인이 원하는 일을 해 준 것이 결과적으로는 사랑하는 여인을 잃는 꼴이 되고 만 것이다.

그녀가 청와대로 거처를 옮기고부터는 좀처럼 만나기 어렵고 그렇다고 밤낮으로 그늘을 말리기 위해 뛰어다니는 걸 알면서 불평을 늘어놓을 처지도 아니다. 정 장관의 삶은 휴지가 풀리듯 풀어져 허물거리며 하루하루 술로 세월을 메워가고 있다. 옥구슬이 그에게 정이 멀어진 후부터는 모든 삶이 송두리째 바뀌는 느낌이 든다. 그렇다고 옥구슬이 닭 모가지 자르듯이 단칼에 저렇게 정을 댕강 잘라버릴 줄 상상도 못 한 일이다.

옥구슬은 재산 기부 사건이 터진 후 쩨쩨하게 아내에게 시켜 재산 은닉하는 데 전전긍긍하는 정 장관의 모습에 남자다움이나 사랑 같은 게 일시에 까맣게 먹물을 뿌린 듯 지워져 버린다. 옥구슬 자신도 왜 정장관이 재산 압류를 시켰다는 말이 그렇게 듣기 싫고 비겁하게 들렸는지 모른다. 어떻게 그렇게 좋던 감정이 도끼로 장작 쪼개듯이 짝 쪼개지는지 자신도 모를 일이다. 그렇게 쪼개진 감정을 그냥 끌고 가는 건 오히려 정 장관에게 위선이란 생각이 들었기에 일방통행으로 정 장관에게 이별을 선언했다.

쩨쩨하게 느껴지는 남자와 더는 함께 질질 끌고 가고 싶은 생각이 갑자기 동백꽃 떨어지듯 송아리째 떨어져 버린다. 그 이후 생각지도 않게 청와대란 곳에 들어오게 되었다. 그것도 모두 정 장관 덕분이다. 덕분은 덕분이고 대통령이라는 사람이 그림자처럼 자신을 따라다니며 대통령이라는 신분에 걸맞지 않게 옥구슬에 빠져 허우적거리고 있음에 옥구슬은 혼자 씁쓸한 웃음을 짓는다. 그렇지만 대통령은 패기 있는 정치가다. 오직 국민만을 위해서 존재하는 사람처럼 최선을 다하는 모습이 멋지고 훌륭하고 존경스럽다.

결단력도 탁월하면서도 물 흐르듯이 낮은 곳으로 낮은 곳으로 몸을 두면서 어두운 곳을 환하게 밝히는 일에만 몰두하며 대통령이란 사람이 허리띠가 다 낡아 너덜거려도 구두가 다 닳아서 삐딱해도 옷도 넥타이도 모두 입던 것, 신던 것만 신으면서 검소함을 보인다. 옥구슬은 그것이 더 아름다워 보이는 걸 어쩌랴! 모든 면이 너무 존경에 존경을 아무리 하늘에 닿을 때까지 쌓아 올려도 모자라도록 쌓인다.

어떻게 노후 생각도 않고 자신의 퇴직연금, 월급 모두를 반납하고 반찬도 줄이고도 저렇게 행복한 얼굴을 하고 살 수가 있을까? 그리고 보니 행복의 척도가 부가 아니고 비움에서 온다는 걸 대통령을 보면서 깨닫는다. 모든 걸 심지어 손을 잘라버린 새들만 공중을 날듯이 대통령은 마음마저 모두 국민을 위해 꺼내 버린 것 같다. 그래서 더욱 자신이 더 좋아질까 두려워 일부러 멀리 모르는 척하고 있다는 표현이 더 맞을 것이다.

둘은 서로 모르는 척 감정을 숨기고 냉정해지기 위해 무던히도 애를 쓰지만 기어이 사람의 감정에 성냥불을 그어대고 만다. 어느 날 기어이 불이 붙어 우주를 다 태우고 만다. 영부인은 장관과 차관 아내들과 초롱불 전체 돌아가는 상황을 보러 간다고 새벽같이 일어나 준비를 서두른다. 6시에 출발한다고 서두르자 대통령은 오늘은 *당신 혼자 가야겠어요. 기획비서실장은 오늘 중요한 약속에 함께 대동해야 하오.* 하고 옥구슬을 자신의 일정에 포함시킨다. *그렇게 하세요.* 대답하고 서둘러 청와대를 벗어난다.

그렇게 아내가 그늘을 말리기 위해 출발하자 대통령은 휘파람을 불면서 뜰 앞에 산책을 나선다. 옥구슬은 벌써 나와서 산책을 하고 있다. 대통령은 내심 더는 못 참겠다는 듯 계획을 세운다. 옥구슬과 함께 산책하고 나서 대통령은 오늘은 직원들이 출근하기 전에 확인할 업무가 있다고 서두른다. 옥구슬도 알겠다며 따라나선다.

봄기운은 잔인하도록 살랑인다. 대통령은 옥구슬이 기거하는 숙소 쪽으로 방향을 잡는다. 함께 산책을 나선 옥구슬도 말없이 따라나선다. 그렇게 산책을 하던 대통령은 느닷없이 자신의 업무대에 있는 서류를 가져오라고 시킨다. *안 들어가시고 여기서 업무를 보시게요? 아, 아. 급하게 확인을 좀 할 게 있어서요. 네, 알겠습니다.* 필요치도 않은 서류, 이제 시간은 6시 30분. 이렇게 이른 시간에 계획에도 없는 서류를 가지고 오라고 하지만 그것을 알 리가 없는 옥구슬은 두말없이 서류를 가지러 발걸음을 옮긴다.

검정 바지에 연초록 남방을 바지 속으로 집어넣고 걸어가는 뒤태에 참을 수 없는 자신의 욕정이 일어남을 대통령은 어찌할 수 없다. 뒤가 보이지 않을 때까지 바라보다가 잠깐 자신의 감정에 이끌려 있는 사이 어느새 서류철을 들고 걸어오는 옥구슬. 짧은 머리칼이 바람에 날리는 걸 보면서 대통령은 인간이 어찌 저리도 아름다울 수 있을까? 대낮에 환각제를 먹은 것 같은 생각을 한다. 아무것도 모르는 옥구슬은 머리카락이 바람에 날리거나 말거나 대통령이 보고 있거나 말거나 부지런히 걸어서 대통령 옆으로 온다.

이 서류 맞습니까? 네, 맞아요. 대통령은 서류를 받아들고 뜰 의자에 앉아서 서류철을 넘긴다. 글씨는 하나도 눈에 들어오지 않고 종이만 보면서 이리저리 잘못 본 양 이리 넘기고 저리 넘기고 계속 넘긴다. 바람이 휘르르 책장을 넘긴다. 수수꽃다리 향이 한 떼 몰려 깔깔거리며 두 사람의 콧속을 지나간다. 향에 마취를 당한 코는 길길이 뛰고 뒤이어 벚꽃잎들이 와르르 떼를 지어 이빨 빠진 어린아이들처럼 까르르까르르 웃으면서 서류철 위로 뛰어내리자 대통령의 감정은 고삐를 풀고 뛰기 시작한다.

더는 시간을 끌 수 없음을 감지한 대통령은 *잠깐 이 서류를 함께 검토해야 하는데 어디서 한다? 집무실로 가셔서 하시면 되지요. 집무실로 가겠습니다. 아니 아니요. 얼른 봐야 해요. 조금 있으면 또 국민의 일꾼들이 들이닥칠 텐데 그 전에 얼른 봐 놓아야 해요. 여기 기획비서실장 숙소에 들어가서 얼른 함께 봅시다. 네*

네? 제 숙소에서요? 잠깐 서류 검토하는데 무슨 상관이요. 여기도 다 청와대 내에 국민을 위한 업무실의 연장 장소라고 생각해야 하오. 임기 끝나면 비워줘야 할. 아 아~ 네 알겠습니다.

옥구슬은 대통령의 명령을 거역할 수 없다. 옥구슬이 앞장서고 대통령이 뒤따르고 둘은 옥구슬의 숙소로 들어간다. 숙소 거실에 들어간 대통령은 한 바퀴 눈을 돌린다. 정갈하다 못해 얼음판처럼 반짝이는 거실 여기저기는 햇살뉘조에서 보았던 그 분위기를 연상시킨다. 우아하고도 촌스럽기도 한 묘한 감정을 불러일으키기에 충분하다. 옥구슬이 창문을 열자 창문 가림막 사이로 바람이 솔솔 꽃향기를 몰고 창문을 넘어온다. 햇살도 틈을 비집고 따라 들어온다.

이른 아침이라서 그런가 조금 쌀쌀한 것 같구려. 아 네. 그럼 창문을 닫아드릴까요? 그래 주면 고맙지만, 비서실장이 갑갑해서 연 창문 아니요? 아니 저는 괜찮습니다. 창문을 닫겠습니다. 치우지 못하고 출근하느라 송구합니다. 치우지 못했다? 그럼 치우면 사람의 발로는 방바닥을 디디지 못하겠군요. 안 치우길 잘했습니다. 내 발에는 고린내가 많이 나거든요. 그나저나 차 한 잔도 대접 안 할 참이요? 아 네! 송구합니다. 차 한 잔 가져오겠습니다.

옥구슬이 차를 준비하기 위해 주방으로 들어간다. 뒷모습에 넋을 잃고 처다보던 대통령은 미친 심장이 쿵쿵거리는 소리를 옥구슬에게 들킬까 안절부절못한다. 옥구슬 역시 찻물을 올리면서 어색하고 묘한 기분에 휩싸인다. 창가에 홀로 핀 군자란 옆에 양주병이 포장도 뜯지 않은 채 얌전히 서 있다. 저 술 양주인가요? 예, 양주입니다. 우리 식당에서 팔려고 가져 왔는데 좀 비싼 거라 혹시나 귀한 손님 오시면 대접하려고 집에다 갖다 두었습니다.

나는 귀한 손님이 아니라 저걸 대접받지 못하겠군요. 무슨 말씀을 그리하십니까? 귀하지 않아서가 아니고 대통령께서는 지금 근무 중이십니다. 조금 있으면 각 부서 장관들이 대거 몰려올 텐데 그래서 못 드리는 겁니다. 송구합니다. 이따가 저녁에 갖다 드리겠습니다. 아니 아니 아니오. 저녁에 무슨 술. 지금 딱 한 잔만 맛볼 수 있을까요? 귀한 손님을 주려고 했다면 아마도 보통 술은 아닐 것 같은데 딱 한 잔 맛만 보여 주시지요. 오늘은 비서실장이 다 알아서 하도록 조치를 해 두었소. 오늘 하루는 제게 휴무입니다.

하긴 너무 무리하셨습니다. 제가 오고 나서 하루도 쉬시는 걸 보지 못했습니다. 하루쯤 쉬셔야지 그러다가 옥체가 상하실까 걱정됩니다. 그건 나뿐 아니라 당신도 쉬지 못했잖소. 참으로 고맙고 미안하오. 아닙니다. 그런 말씀이 아니고. 순간 옥구슬은 어찌해야 할지 몰라 망설이고 대답을 못 한다. 알고 있소. 그러니 너무 어렵게 생각 말구려. 뭘 그리 어렵게 생각하오. 네, 알겠습니다. 그런데 결국 저 술은 내게 주는 것이 아까운 모양인데 귀한 손님 꼭 줘야 할 분이 있으면 그만두세요. 아, 아닙니다. 그럼 차는 그만두고 드리겠습니다.

옥구슬은 음식점을 했던 솜씨를 발휘해 학의 모양을 한 유리잔과 남녀가 요염하게 앉아있는 그릇에 얼음을 담아 집게를 얹어서 가지고 온다. 술잔과 얼음 그릇만 봐도 술맛이 저절로 날 것 같은 분위기다. 식탁을 두고도 미니 상 하나를 꺼내서 얌전하게 차려온 저 정갈한 상차림과 미녀를 두고 술 한 잔으로 족할 수 있을까 싶을 만큼 어우러진다. 안주 역시 준비된 것처럼 온갖 동물 모양으로 깎아서 타원형 접시에 동물 왕국처럼 앉아서 놀고 있다. 대통령은 황홀함에 어안이 벙벙하다.

아니 차려진 것에 대한 황홀함보다 옥구슬과 단둘이 있다는 사실에 황홀한 것이다. 옥구슬은 하얀 학 주둥이로 양주를 따른다. 대통령은 얼음을 거절한다. 그냥 마셔야 제맛을 느낄 수 있는 것도 있지만 좀 더 정확하게 말하면 그냥 마시고 흠뻑 취하고 싶다는 생각 때문이다. 오늘의 모든 일정은 이미 비워두었고 아내도 없고 둘만이 지낼 수 있는 이 시간을 얼마나 계획하고 무산하고 계획하고 무산하며 기다려 왔던가. 절로 술맛이 당긴다. 양주 한 잔을 단숨에 목구멍으로 쏟아붓는다.

아아! 술맛이 보통이 아니군요. 내 이런 술맛은 처음이요. 한 잔 더 주시구려, 아깝겠지만. 그리고 당신도 함께 잔을 마주쳐야 술맛이 나지 나 혼자 독배하란 말이요? 네에~ 알겠습니다. 옥구슬도 싫지는 않은 터라 한 잔을 따르고 자신도 대통령이 따라준 한 잔을 단숨에 대통령의 술잔과 자신의 술잔을 입 맞추고 입에 털어

넣는다. 그렇게 술은 술을 마시고 대낮도 아닌 이른 아침부터 술에 취할 대로 취한 둘. 그렇게 오매불망 그리워 잠 못 이루던 대통령의 외짝사랑이 한사랑꽃으로 피어나는 날이 된다.

대통령은 저녁이 되어서야 숙소를 털고 나오고 그 이후 그들은 모든 이들의 눈길을 따돌리고 뜨거운 사랑을 나누는 사이가 된다. 한 번의 길을 내기가 이렇게 어렵다는 걸 대통령은 처음으로 안다. 그래도 자신이 대통령인데 어찌 여인 하나를 이렇게 오랫동안 온갖 정성을 다 들여서야 품에 안을 수 있는지 생각이 들자 옥구슬이 더욱 귀하게 느껴진다. 그건 아마도 자신이 너무 옥구슬을 좋아해서 혹 자신의 곁을 떠나버릴까 전전긍긍해서 그렇다는 걸 인정한다.

다음부터는 서로의 마음을 아는지라 함께할 수 있는 시간이 쿵하면 통하도록 쉬워진다. 옥구슬은 *대통령이 이래도 됩니까?* 라고 농을 던지면 *대통령은 사랑도 못 합니까?* 쿵짝쿵짝 아무도 몰래 사랑을 속삭이는 바람에 청와대는 늘 사랑 냄새가 물씬 풍기고 꽃피고 새 우는 지상낙원이 된다. 어느 날 옥구슬은 대통령에게 새로운 시대에 알맞은 법을 고쳐 문화를 다시 정착시켜주길 건의한다. 사랑스러운 옥구슬의 말은 즉각 반영된다.

기획비서실장은 우리나라는 조선 시대 남성 중심 문화를 너무 그대로 답습하고 새로 개정되는 것이 없습니다. 이제는 새로운 시대에 맞게 고칠 때도 되었습니다. 대통령은 나도 그런 생각을 하긴 했소만 구체적으로 어떤 부분을 고쳐야 하는지 말해 주시오. 기획 비서실장은 예를 들면 결혼을 했을 때 남자는 아내의 동생을 처남이나 처제라고 부르며 말을 놓고 동생처럼 부르잖아요. 또한, 아내의 언니한테는 처형이라고 부르고요.

그런데 여자들은 결혼해서 남편의 결혼을 한 남동생은 서방님이라고 부르고 미혼인 남동생을 도련님이라고 존대를 하고 남편의 형님은 아주버님이라고 부르고 누나는 형님 여동생을 아가씨라고 하며 존칭을 붙이잖아요. 여자가 남편의 여동생을 아가씨나 남동생을 부르는 도련님은 옛날에 종이 상전을 높여 부르던 호칭이고 오빠의 아내를 부르는 호칭 올케는 오라비의 겨집(계집의 옛말)에서 유래한 호칭이어서 여필종부의 문화를 그대로 나타내고 있잖아요.

대통령은 응 그렇군. 국립국어원 관계자도 도령은 총각을 대접해 부르는 말 도련님은 도령의 높임말이라고 하고 아가씨에 대응하는 15세기 어형은 아기씨인데 높은 지위에 있는 사람의 딸을 가리키는 말이었다며 종이 상전을 높여 부르던 호칭이 될 수도 있고 다른 사람이 양갓집 규수를 아기씨라고 부르는 말이기도 하다고 하더군. 그것뿐 아니에요. 아주버니는 남편의 형을 부르는 말인데 뜻은 '버금간다'라는 의미지요. 그런데 시아주버니의 부인을 시아주머니로 불러야 하는 게 형평성에 맞는 시아주머니라는 말은 없잖아요.

그 말은 곧 시아주버니의 부인은 시집온 사람 즉 외부에서 들어온 사람이라 그렇게 부르는 것이 아닐까요? 이것 역시 잘못된 관행이라 생각합니다. 여태 무심코 지냈는데 듣고 보니 정말 그렇구려. 악습은 뿌리를 뽑고 서로 동등하고 신뢰하는 사이로 변해 가야지요. 그럼 호칭을 어떻게 바꾸는 것이 좋을까요? 제 생각에는 시누이나 시동생도 동생처럼 이름을 부르고 남편 역시 처제나 처남을 동생처럼 이름을 부르고 손위는 형님, 누님, 시아주버니도 오라버니, 손위 시누이는 언니라고 호칭을 통일하면 친근감도 더 들고 부부는 일심동체라는 말도 맞고 시아버지도 아버지고 시어머니도 어머니면 그들이 낳은 자식도 똑같은 항렬로 부름이 맞을 것 같습니다.

그래 좋은 생각이군. 어쩌면 시집 식구들과 처가 식구들이 더 가까워지도록 담장을 허무는 일이 될 것 같군. 당장 그렇게 바꾸도록 하겠소. 또 하나요. 말해 보시오. 또 하나는 지금은 조금씩 달라지고 있긴 하지만 명절이 되면 아내들은 시집에 있어야 당연하고 남편들은 자기 집에 있는 것이 당연한 것. 아주 웃지 못할 일들도 벌어지잖아요. 웃지 못할 일이라니? 뭐가 그리 웃지 못할 일이란 말이오? 아주 이기적인 일 말이에요. 시부모님들은 자기 며느리는 자기 집에 있기를 기다리면서 남의 집에 시집간 딸은 새벽부터 기다린다는 것입니다.

그 딸을 기다리려면 며느리도 새벽에 친정으로 보낸 다음 기다려야지 얼마나 모순이고 이기적인 생각인지를 말해주는 대목이에요. 대통령은 너무 오랫동안 아무렇지도 않게 굳어온 관습 때문이요. 하나하나 관심을 가지고 잘못된 관습은 고쳐 남녀 여남 모두 평등하고 그로 인해 행복하게 살 수 있도록 함께 힘을 모아 고쳐 나갑시다.

그렇게 그동안 습관으로 굳어진 호칭을 치과에서 굳은 치석을 제거하듯 모두 제거하고 새로운 호칭으로 바뀐다. 처음엔 치석을 제거하면 좀 허전하기도 하겠지만 또 습관이 되면 익숙해질 것이다. 대통령은 그러잖아도 사랑스러워 어쩔 줄 모르는 옥구슬이 이렇게 자신이 생각조차 못 한 부분을 생각해 내고 기획에서는 타의 추종을 불허하는 옥구슬을 주머니에 넣고 다니고 싶다는 생각이 든다.

제기랄! 왜 인간을 주머니에 접어서 넣어서 다니도록 못 만들어 놓았는지 조물주는. 한바탕 조물주를 원망하며 대통령은 아무리 많은 물을 마셔도 가시지 않는 갈증처럼 옥구슬에 대한 사랑 감옥에 갇혀서 살고 있다. 한편 과학기술처 장관은 기발한 무엇인가를 만들었다며 청와대를 긴밀하게 방문한다. 과학기술처 장관은 핵무기보다 더 강렬한 무기를 만들어 이제 이 무기가 나라를 지켜 줄 것이라며 회심의 미소를 짓는다. 이미 저명한 생물학과 화학 그리고 균을 만들 수 있는 제반 사항까지 모두 준비시켜서 만들어 놓은 상태다.

그 무기는 탄저균으로 신공법을 합해서 만든 것입니다. 소나 양 등 초식동물에서 주로 생기는 탄저병이란 주로 식물의 병해를 일으키는 탄저병 균을 의미합니다. 사람이나 동물에게서 발생하는 탄저는 균이 침입하는 양상이나 감염 부위에 따라 피부 탄저, 장 탄저, 폐 탄저 등 세 가지가 있습니다. 그렇게 피부 탄저는 상처를 통해서 장 탄저는 오염된 고기를 먹음으로써 폐 탄저는 균을 흡입해 일어나는데 이중에서 가장 위험한 것은 폐 탄저균입니다.

폐 탄저균은 호흡기를 통해 들어오기 때문에 감염되기 쉬운 데다가 세 가지 탄저 중 치사율이 가장 높아 일단 발병하면 95%의 엄청난 사망률을 보입니다. 현대전은 이제 단순히 총과 칼과 대포로 싸우는 국지전에서 벗어나 미사일과 핵폭탄 생화학무기까지 사용하게 되었습니다. 14세기 이탈리아를 공격하던 타르타르 족들이 페스트가 창궐하자 페스트로 죽은 동료의 시신을 자신들이 공격하던 성안으로 던져 넣고 도망쳤다는 기록과 18세기 영국 장군 앰허스트가 프랑스군과 싸우면서 그들을 돕고 있는 북미 인디언을 몰살하기 위해 천연두 균이 묻은 담요를 살포해 기지를 함락시킨 적이 있습니다.

20세기 들어서는 독일과 일본이 그 뒤를 이었는데 독일이 유대인을 살상할 때 염소가스와 같은 화학무기를 이용한 것이나 일본의 관동 731부대가 마루타라고 불리던 인체 실험 대상으로 생물학 무기에 대한 실험을 한 것은 유명합니다. 탄저균은 생화학적 무기가 될 요건을 모두 갖추었습니다. 첫째로 독성을 들 수 있습니다. 특히 폐 탄저는 일단 발병하면 1~2일 이내에 환자의 70% 이상이 죽는 무서운 독성이 있습니다. 둘째 탄저균 배양 기술이 무척 발달해 있습니다.

19세기에 파스퇴르가 백신을 만들 정도로 오래전부터 다루어오던 세균이어서 대량 배양 기술이 있는 데다가 일단 건조해 포차로 만들면 웬만해서는 잘 죽지 않습니다. 특히 열에 대한 저항성이 강해서 일단 오염되면 소각하는 게 가장 좋습니다. 셋째 비용이 덜 들고 숨기기가 쉽습니다. 탄저균을 건조해 포자 상태로 만들면 하얀 분말이 되기 때문에 한 나라를 초토화하기 아주 쉽습니다.

그래서 이웃 나라들이 감히 우리나라를 엿보지 못할 무기로 만들었습니다. 쥐도 새도 모르고 그 나라로 날려 보낼 수 있으니까요. 생물 중에서 제 동족을 이렇게나 많이 그것도 격렬한 미움과 증오를 담아서 죽이는 종족은 아마도 인간밖에 없을 겁니다. 인간의 끝없는 욕심과 증오가 결국에는 스스로를 파멸로 이끌어 죽이지 않으면 죽을 수밖에 없습니다.

참고로 생화학이란 용어는 화학을 크게 물리화학, 유기화학, 무기화학, 분석화학, 생화학(biochemistry) 등 다섯 가지로 분류할 때 한 자리를 차지하는 학문의 한 분야로도 사용되지만, 전쟁에서 생화학이라 할 때는 생물과 화학을 합쳐서 이르는 것입니다. 생화학무기는 생물무기(biological warfare agent)와 화학무기(chemical warfare agent)를 합쳐서 이르는 말입니다. 생물무기와 화학무기는 그 특성에 많은 차이가 있으므로 생화학이라는 용어보다는 생물과 화학으로 나누어서 생각하는 것이 편리합니다.

그러나 전 세계의 매스컴들이 구분 없이 생화학이라는 단어 하나로 화학무기와 생물무기에 대한 보도를 혼용하고 있습니다. 이라크전을 준비하면서 미국 정부는 테러를 대비하는 일에 많은 노력을 기울이고 현재도 철저하게 대비합니다. 그 목적으로 달라스 카운티는 연방정부의 지원 아래에 의사와 간호사, 생화학자, 미생물학자를 포함하여 약 25명으로 구성된 의료대책반을 구성하고 신문에 게재된 내용에 따르면 '현재 생물무기를 이용한 테러에 사용될 가능성이 높은 병원성 미생물은 두창, 탄저, 페스트를 일으키는 것들' 그중에서도 천연두는 치명적이면서도 잠복 기간이 짧아서 테러 발생 시 10일 안에 2백에서 3백만 명이 감염된답니다.

일단 환자가 발생했다는 보도가 나가면 모든 사람이 예방접종을 받아야 한답니다. 천연두는 탄저, 보툴리즘과 마찬가지로 치명적입니다. 그러나 보툴리즘보다는 천연두와 탄저의 전파속도가 훨씬 빠릅니다. 탄저균처럼 자연환경에서 아포를 형성하여 오래 지속해서 남아 있지는 못하므로 사용자의 구미를 충족시킬 수 있는 장점이 있습니다. 물론 장단점이 있으므로 어느 것이 가장 유용한 무기인가 무용한 무기인가 하는 점에 대해서는 이론의 여지가 있지만, 사용 목적과 방법에 따라 유용성이 바뀌는 것입니다.

천연두가 전쟁에 사용된 예는 역사적으로 크게 두 가지를 찾을 수 있습니다. 첫 번째는 스페인 군대가 남아메리카로 쳐들어갔을 때 작전과는 아무 상관 없이 천연두가 유행하여 전쟁에서 승리하면서 아스텍과 잉카 문명을 멸망시켰습니다. 오늘날 페루에서 발전한 잉카 문명도 천연두의 희생양입니다. 프란시스코 피사로가 이끄는 스페인 군대가 쳐들어온 것은 1530년의 일이지만 1527년에 이미 천연두가 전파되기 시작해서 남아메리카에서 군대의 이동 속도보다 천연두의 전파속도가 더 빨랐습니다. '태양의 아들'이라는 별명을 가진 잉카의 왕이 북부도시인 키토를 방문하고 있을 때 수도인 쿠스코에서 온 전령은 쿠스코에 천연두가 발생하여 많은 왕족과 시민들이 사망했다는 소식을 전합니다.

그러나 쿠스코로 돌아오는 길에 왕도 천연두에 걸리고 결국 '나의 아버지 태양이 부르는 곳으로 간다. 얼른 가서 그 옆에서 쉬어야겠다'라는 말을 남기고 세상을 떠납니다. 남아 있던 그의 아들 둘은 서로 왕좌를 차지하기 위해 싸움을 벌이고 아타우알파가 1532년에 승리를 쟁취했을 때는 이미 천연두로 사망한 사람 수가 10만 명을 넘은 후였습니다. 그가 왕좌에 오른 직후 피사로의 군대는 잉카제국 정복에 성공하였고 이를 끝으로 잉카 문명은 지구상에서 사라지고 말았습니다.

잉카 문명 멸망 시 기록에 따르면 두창보다 페스트가 유행한 느낌을 주는 문장들이 발견되지만, 콜럼버스의 아메리카 대륙 발견 이후 천연두의 전파경로를 분석해 보면 잉카제국의 몰락도 천연두에 의한 것이라는 설이 훨씬 합리적입니다. 북아메리카에서 프랑스와 인디언 동맹군에 맞서서 두 차례 공격을 퍼부었으나 뜻을 이루지 못하고 1763년에 현지의 미군 장교 에쿠 예로부터 천연두 환자를 치료하던 병원으로부터 전해 온 요와 손수건을 적진에 투입하고 그 결과 몇 개월 후부터 오하이오에 살고 있던 인디언들에게 천연두가 유행하게 됩니다.

그 결과 영국군은 카리용 요새를 점령하고 전쟁에서 승리를 이끌 수 있게 되었으며 이외에도 북아메리카 지역에서는 수차례에 걸쳐 두창이 전파된 물건을 적진에 투입하는 방법으로 전쟁용 무기로 사용한 예가 전해지고 있습니다. 그래서 우리나라도 사용하지는 않더라도 보호용으로 가지고 있어야만 합니다. 지금까지 나열한 무기보다 어마어마한 위력을 가진 균입니다. 이 균 한 병이면 한반도 전체가 살상될 만큼 강력합니다. 그러니 보호용으로만 가지고 있어야 합니다. 알겠소. 쓰지는 않더라도 호신술용이라 그 말이지요? 그럼 그 용도에 맞게 잘 보관하시오.

그렇게 호신술용을 위한 균을 간직하고 있어야 한다는 설명을 다른 나라의 예를 들어가면서 장황하게 설명을 하는 과학기술처 장관은 핵무기보다 더 강렬한 무기를 만들어 이제 수호신이 되어 무기가 나라를 지켜 줄 것이라며 회심의 미소까지 짓는 걸 보면서 대통령은 생각한다. 그래, 나라를 위해 이렇게 연구해 만들어 저렇게 자신 있게 말하는 거로 보아서 만약을 위해 호신술용으로 가지고 있는 것도 좋은 일이라 생각한다.

핵무기보다 더 무서운 균이 있다는 걸 이웃 나라에서 안다면 그렇게 우리나라가 땅이 좁고 인구가 적다고 함부로 호시탐탐하는 일을 최소한 줄이고 강대국의 힘이 없이도 우리 스스로 나라를 강대국으로 만들 수 있다는 생각에 대통령도 흐뭇하게 받아들인다. 이미 저명한 생물학과 화학 그리고 균을 만들 수 있는 제반 사항까지 모두 준비시켜서 만들어 놓은 상태라는데 폐기 처분할 이유도 없고 또한 우리나라를 함부로 보지 못하게 하는 든든함도 있으니 그걸 특별하게 보관해 두라고 지시한다. 자신도 어쩌면 이제 한 근심을 덜었다는 생각을 한다.

과학기술처장관 고생 많았소. 우리 기술로 이렇게 대단한 균을 만들었다니 핵무기보다 아주 안전하구려. 그렇지만 이웃 나라들이 우리로 하여금 이 균을 사용하지 못하도록 해야 할 텐데. 그래서 약소국의 비극을 이제 더는 강대국에 끌려갈 수만 없어서 오랜 세월 연구 끝에 개발한 것입니다. 알았소. 특별한 장소에 잘 보관해 두도록 하시오. 안전을 위해 만일의 사태나 실수로 인해 이 균이 밖으로 나오는 일이 없도록 조심조심 또 조심해서 철저하게 보관해 두도록 하시오. 예, 그리하겠습니다. 이 균은 아무리 인공위성으로 촬영을 해서 알아내려고 해도 알아낼 수 없어서 다행이오. 네, 그동안 우리도 핵무기를 만들려고 시도하다가 목숨만 잃었습니다.

그래서 쥐도 새도 꽃도 모르게 비밀리에 만들었습니다. 제 생을 다 바쳐서 이걸 만드느라, 보십시오, 소갈머리가 다 빠져버렸습니다. 참으로 고생 많았소. 과학기술처장관 같은 분이 있어야 앞으로 우리 후손들이 든든한 버팀목이 있어 안심하고 살 수 있을 것 아니오. 참으로 훌륭하오. 그 소갈머리 내가 가발로 심어 주겠오. 하하하! 고맙습니다. 그러나 대통령께서는 저의 소갈머리를 심지 못하십니다. 아니. 심지 못하다니 그건 또 무슨 뚱딴지 같은 말이요? 대통령께서는 월급도 없으시고 연금도 없으시고 재산도 집도 절도 없는 거지 대통령이십니다. 이거 심으려면 얼마나 비싼지 압니까? 그럼 어쩐다? 아 좋은 생각이 났소. 무슨 좋은 생각요? 내 내년이면 임기가 끝나니 임기 끝나면 공사판에 가서 일해서 심어 주겠소. 그럼 되겠소? 꼭 약속하셨습니다. 알았소. 세월을 튼튼한 밧줄로 묶어서 못 가게 만들어야겠소. 왜 이리 빨리 흐르는지 원. 우리 장관들과 임기 끝나면 모두 저 시골에 빈집을 찾아 수리해서 함께 가서 고추 심고 밭을 빌려 경작하면서 함께 삽시다. 그리해야지요. 저희 장관들이나 고위 공무원들은 모두 하나같이 거지들입니다.

얼마나 대단한 여러분입니까? 국민을 위해 모든 걸 다 내놓았으니. 그건 무엇과도 바꿀 수 없는 아주 뿌듯한 마음입니다. 그래도 저희는 연금이라도 나오니 다행이지. 대통령께선 연금도 없으시니 거지 대통령을 저희가 십시일반 조금씩 도와 평생 먹여 살리겠습니다. 눈물이 앞을 가리는구려. 모두 고맙소.

대통령의 전시 중 계획은 칼날처럼 번쩍인다. 그렇게 의기투합한 전쟁은 일차적으로 승리를 한다. 행운은 행운끼리 떼를 지어 몰려온다고 했던가? 모든 국운이 우리나라로 다 밀려왔다. 비행기가 오가며 개성공단에 기업들이 투자하기 시작한다. 수려한 금강산을 관광산업단지로 개발하고 지하자원을 모두 캐내 세계로 수출하기에 이른다. 북한의 노동력과 남한의 기술이 환상의 콤비를 이룬다. 북한에 묻혀있는 지하자원은 상상을 초월할 정도로 많다.

우리 남한의 기술력이 대거 투여되어 캐낸 지하자원은 날개 돋친 듯 팔려나가 하나 된 우리나라를 위해 효자 노릇을 한다. 어렵게 사는 북한 동포들 때문에 통일되면 몇 년을 후퇴하느니, 몇 년을 후퇴하느니 하던 기우를 일순간에 무색하게 만든다. 오히려 끝없이 나오는 지하자원과 백두산 관광, 휴전선 일대를 관광지로 만들고 러시아까지 길을 뚫자 관광 산업만도 어마어마한 외화를 벌어들인다. 북한의 금·은·동(구리)·아연·철·몰리브덴 등 19종을 포함해 석회석·마그네사이트·무연탄·유연탄 등 비금속 에너지 광물까지 43종에 이르는 핵심 경제성 광물을 모두 채취해서 수출하기에 이른다.

이 중에서도 마그네사이트 니켈은 남한에는 없는 아주 귀중한 광물자원이어서 천문학적 가치를 가지고 있다. 광물자원이 풍부해 전체 수출의 절반이 넘는 광물. 또한, 생각지도 못했던 석유가 펑펑물처럼 쏟아져 나온다. 모두 환호성을 지르고 석유가 나오기 시작하자 세계가 다투어 기사로 다루기 시작한다. 우라늄 등 광물도 마구 쏟아져 나오기 시작한다. 모두 남북이 통일되기 전까지 상상이나 예측했던 것 이상으로 더 많은 자원이 마구 쏟아져 나오기 시작하자 세계 뉴스들은 **자원 박물관**이라고 신문에 대서특필한다.

몰리브덴 형석(螢石 fluorite) 납석(蠟石 agalmatolite) 규사(硅砂) 등 비금속의 일부 광종을 제외한 나머지 철 석회석 니켈 유연탄 등 모든 광종 매장량이 상상을 초월하기에 이른다. 미국 지질자원조사국 조사 예측을 무색하게 한다. 석탄, 구리, 금, 흑연, 마그네사이트, 아연 등 약 20여 종에 달하는 북한의 주요 광물자원이 국토의 약 80%에 분포하고 있다고 했던 발표가 적중한다. 미국 지질자원조사국의 빗나간 조사는 북한에 매장되어 있는 석유다.

상상하지도 못할 석유가 콸콸 쏟아져 나오자 대한민국은 환호성을 지른다. 북한 채광작업에 남한의 기술과 장비를 대량 투입해서 진행 중인 광산은 모두 259개(금속광산 149개, 비금속광산 110개)다. 마그네사이트·철광석·납·아연 등은 외화를 획득하는 대표적인 역할을 한다. 금·은·동은 평안북도 운산과 삭주 지구를 비롯하여 북한 전역에 널리 분포되어 있어 노다지를 캐서 수출하기에 이른다.

금 광산의 대표적인 곳은 상농광산(함경남도), 선천광산(평안북도), 운산 광산(평안북도), 대각광산(황해북도), 수안광산(황해북도), 홀동광산(황해북도), 보천광산(량강도) 등 13곳이다. 은(銀)은 조악광산 등 7개 광산이 대표적이고 동(銅)은 운흥광산 등 13개 광산에 끝없이 묻혀있다. 특히 북한의 주종 수출품이 되고 있던 아연광은 함경남도 단천, 평안남도 성천군, 황해북도 은파군 등 40여 개 광산에서 쏟아져 나와 아연광이 주종 수출품으로 남북을 발전시키는 데 효자 노릇을 톡톡하게 하고 있다.

단천의 검덕광산은 규모가 가장 큰 곳이며 매장량도 얼마인지 예측할 수 없을 정도다. 함경북도 무산군의 무산광산에는 황해남도 은률 재령, 함경남도 허천 덕정 북청 지구, 강원도 창도군 등 13개 광산에는 철광석이 대거 매장되어 있어 끝없는 자원이 되어준다. 단천 대흥 광산 등 5개 광산에는 북한의 대표 광물 마그네사이트 산수 봉흥광산 산수 등 15개 광산에는 규석이 산재되어 있다. 신원 광산 등 9개 광산에서는 석회석이 채굴된다.

석탄은 그동안 북한의 가장 중요한 에너지원 역할을 했다. 그 석탄은 북한 전역에 걸쳐 새까맣게 매장되어 있다. 덕천 탐광 등 36개 광산에는 무연탄이 대량으로 묻혀있어 끝없이 생산된다. 화력발전소의 주요 연료이자 남한에는 없는 유연탄은 함경북도 아오지 북부탄전지대 평안남도 안주탄전에서는 화력발전소 주요 연료인 유연탄이 생산된다. 유연탄은 우리 남한에는 없는 귀한 자원이다. 석회석은 약 11,000억 톤으로 약 11,000조 원의 가치를 지니고 있을 것으로 추정된다. 무연탄은 31,000억 톤으로 약 2,220조 원 유연탄은 1,140억 톤으로 4,580조 원 석회석 각각 11,000조 원 석탄 14,000조 원 철광석은 세계에서 가장 많이 매장되어 있다는 브라

질보다 더 많을 것으로 조사된다.

　남북한자원연구소가 밝힌 북한 철광석의 가치는 170억 9,000만 톤의 매장량에 이른다고 밝혔다. 마그네슘 원료이자 내화재(耐火材)로 사용되는 마그네사이트(magnesite)는 전 세계에서 남아프리카공화국과 북한에만 존재하는 희귀광물이다. 마그네사이트 화합 물질은 1,500도 이상의 고온에도 견뎌 우주 항공소재 및 첨단 소재에 사용되고 있다. 마그네슘은 무게가 철에 비해 25%에 불과하면서도 가공성이 뛰어나다. 자동차 가전제품 선박 고급 철강제품 생산에 필수적 재료다. 북한에서는 백금으로 불리던 마그네사이트는 그 양을 헤아리기 어려울 만큼 산재되어 있다.

　더욱 호재인 것은 최근까지 세계적으로 가격이 급등한 우라늄 매장량은 세계 1위인 호주 다음으로 많은 양으로 추정된다. 남북이 하나가 되어 한 국가에서 힘을 합치자 하늘이 기다리기라도 한 듯이 모든 세계의 기운이 대한민국으로 몰려온다. 새로 건설된 하나의 나라를 두 정상은 공감공감 만들어간다. 새로운 국호는 대한민국으로 하자는 합의를 봤고 수도를 영주로 옮기는데 북쪽 대표도 흔쾌히 동행한다.

　그렇게 수도를 소·태백 줄기 산 기운이 힘차게 뻗은 경북 영주시 순흥면으로 수도를 옮겨간 것이 어쩌면 풍수지리상 대한민국이 지상 최고 국가가 되리라는 예언인 것 같았다. 이후 대한민국은 세계에서 가장 부강한 나라가 되었고 정치 선진국이라며 세계에서 정

치를 배우기 위해 몰려들었다. 가난한 사람이 사라졌고 정치를 하
는 사람들은 모두 존경을 받아 공무원이라고 하면 직급이 높은 공
무원은 물론 낮더라도 모두 존경을 한몸에 받았다.

 대한민국은 세계에서 가장 살기 좋은 나라 가장 살고 싶은 나라
로 자리매김하는데, 좋은 일은 떼로 몰려다닌다는 말에 또 푸른
별빛이 내리쬐었다. 옥런 그러니까 달녀의 증손자인 이대신 대통령
은 달을 처다보며 기쁨에 눈물을 흘리고 있었다. 달녀도 눈물을
글썽이며 손자를 내려다보고 있었다.

12

혼백

뭇가지를 마구 흔들면서 통곡하는 무당. 가지가지마다 바람 신을 부리면서 울어댄다. 세상이 갈기갈기 찢어져 너덜거리도록 펄럭펄럭 울어댄다. 새들마저 불러 앉혀 곡을 시킨다. 허공을 쪼아대던 새들도 나뭇가지 위에 발자국을 어지럽게 남겨두고 저승으로 날아가고 있다. 통곡은 눈물을 낳고 눈물은 나뭇잎을 적시고 나뭇가지를 적시고 가슴을 적시고 머릿속에 바스락거리는 생각을 적시고 바람을 햇살을 소나기를 다 적신다.

머릿속에 살던 생각이 무엇에 홀린 듯이 붕붕 날아서 몸을 떠난다. 향년 88세의 나이테를 몸에 두른 한 노인. 팔팔했던 몸피에 하나둘 나이테가 태어나더니 기어이 몸을 칭칭 감아 목숨을 앗아간다. 추운 냄새와 두려움 공포가 활개를 치던 병원 중환자실. 중환자실 침대에 짐승처럼 누워서 폐렴이라는 균과 싸우던 그녀. 균을 죽이기 위해 인간으로서 할 수 있는 모든 의술을 동원해 보지만 육체적 고통을 이겨내지 못하고 인간 세상에서의 귀양을 마무리한다.

그녀의 이름은 신귀녀. 천상 옥경대에서 신귀녀와 맹박수는 같은 부서에서 일하고 있었다. 하늘에서 죄를 지어 인간 세상으로 귀양 보낼 죄를 다루는 부서에 근무했다. 서로 기준이 달라 매일 마음속으로 서로에게 나쁜 감정 싹이 트는 걸 부장에게 들키는 바람에 지상 감옥으로 추방령이 내려진다. 신귀녀는 88세, 맹박수는 95세의 형량을 받고 지상 감옥으로 이송된다. 맹박수는 성격이 급하고 신귀녀는 도도하기 이를 데 없는 신선 선녀였다. 지상 감옥으로 귀양 온 신귀녀와 맹박수를 중앙선 기차 안에서 만나도록 같은 좌석을 배정해 준다.

지상 감옥에서 평생 함께 부부로 인연을 맺어 서로에게 하늘에서 싸우면서 서로에게 고통을 준 만큼 딱 그만큼을 서로 주고받으며 살다가 천상으로 다시 돌아오게 한다. *저어 어디까지 가세요? 네, 영주까지요. 저도 영주까지 가는데 고향이 거기세요? 예. 어디서 많이 본 분 같네요. 보긴 어디서 봐요. 우리 차 한잔하실래요? 아니요. 서울 언제 가세요? 내일 아홉 시 차로요. 아, 예, 그럼 안녕히 가세요.* 그렇게 헤어진다. 이튿날 인연 줄을 이어주기 위해 그 남자도 아홉 시 차표를 끊고 역 대합실에서 다시 만나게 해 준다.

천상에서의 일을 기억하는 기억세포를 모두 제거한지라 이들은 전생에 어떤 사이인지도 모르고 자연스럽게 친해진다. 그리고 결혼을 한다. 살면서 싸움을 저울에 달면 천 근은 족히 나갈 정도의 무게만큼 싸우면서 함께 살았다. 신귀녀는 드디어 형을 다 살고 지상 감옥에서 출소한다. 맹박수는 젊어서 신귀녀의 속을 무진장 썩이고 살았다. 그건 천상에 있을 때 신귀녀가 맹박수에게 한 만큼 딱 그만큼 속을 썩이도록 한 것이다. 맹박수는 신귀녀에게 천상에서 당한 만큼의 죄를 다 갚았다.

죄를 다 갚자. 그때부터는 아내가 측은해 보이기 시작한다. 맹박수는 젊은 시절 과했나 하고 자신을 돌아다보기도 한다. 그렇지만 맹박수는 죄의 양보다 더 모질게 한 것 때문에 남은 기간에 잔액의 고통을 당하면서 업을 닦아야만 한다. 그걸 알 리야 없지만 단지 죄스러운 마음에 신귀녀에게 밥도 해 주고 설거지 빨래 등 모든 것을 도와준다. 그러자 신귀녀는 *저 양반이 죽을 때가 다 됐나? 마음 변하면 죽는다는데 왜 갑자기 저래 변하는지 모르겠네! 원 죽기는 왜 죽어. 오래오래 살아야지.* 서로를 위하는 마음이 생길 만큼 죄를 희석한다. 신귀녀가 죽자 맹박수는 남은 업으로 엄청난 괴로움이 가중된다.

그렇지만 그 괴로움은 속으로 스며 있을 뿐 어디에 호소도 할 수 없다. 가혹한 외로움 덩이들이 소나기처럼 쏟아진다. 매일 신귀녀를 그리워하면서 남은 형량을 마치고 출소해야 한다. 지상 감옥에서 뭇 인간들은 마지막에 죽음을 보면서 좀 더 죄수 생활을 모범적으로 할 수 있도록 은유법을 쓴 것이다. 지상 감옥에서 공통으로 받아들여야 할 죄수들의 괴로움은 애별리고(愛別離苦).

사랑이란 이름으로 연결됐던 인간들과 헤어짐이다. 맹박수는 가슴이 찢어지는 고통을 겪으며 신귀녀를 생각하느라 잠도 못 자고 먹는 것도 잘 못 먹으며 고통을 당한다. 맹박수 또한 이렇게 감옥 생활을 마무리하고 다시 천상으로 돌아오는 것이다. 죄의 형량을 마치고 천상으로 돌아오는 데 걸리는 시간은 49일. 지상 감옥에서 지은 죄와 선의 양을 달아서 죄 쪽으로 저울이 기울면 다시 그와의 악연이었던 사람의 자식으로 혼을 이식해서 태어나게 한다.

아직 형량이 남아 있는 죄수들. 그러니까 신귀녀와 맹박수는 천상에서 원수처럼 싸워 질서를 어지럽혔던 두 남녀를 지상 감옥에서 다시 부부로 만나 실컷 싸우도록 만든 것이다. 형량만큼 한 우리에 살면서 싸우고 용서하고 다독이며 죄를 뉘우치라고 보낸 줄은 꿈에도 모르는 부부. 천상에서 싸우다 지상 감옥에서 60년을 같은 우리에서 함께 지내며 싸우다가 남편을 홀로 두고 다시 천상으로 간 신귀녀. 그의 아들 맹호는 천상에 살 때 신귀녀와 맹박수가 함께 의도적으로 맹호에게 돈을 빌리고 갚지 않고 부도를 내버린 신선이다. 그 때문에 난폭이 극치에 이르러 마구 일을 벌인 죄로 지상 감옥에 유배된다.

신선을 20년 형으로 지상 감옥으로 유배하랑. 넹, 옥상님. 맹호는 천상에서 맹박수와 신귀녀와 동년배였다. 맹호는 이를 갈면서 맹박수와 신귀녀를 미워한 죄로 지상 감옥으로 추방된다. 형량이 가벼운 이유는 자신이 사기당한 사람을 미워하므로 정상 참작을 한다. 형량 20년 형을 선고받는다. 맹호는 지상 감옥에 이대호란 이름으로 어느 부유한 집 아들로 태어나게 한다. 그러나 서울로 유학을 와서 여름방학에 제주도에 여행을 가서 물에 빠지는 사고로 목숨을 잃는다.

그는 천상으로 가는 기간인 40일째 천상 옥경대를 백 리쯤 남겨 두고 다른 죄인과 멱살을 잡고 싸운다. 그는 다름 아닌 제주도에 함께 놀러 간 대학 동창생이다. *너 때문이야. 왜 나 때문이야. 네 입으로 분명 지금조와 아무 관계도 아니라고 해서 내가 사귀는데 그게 왜 나 때문이야. 아직 결혼 전이니까 아무 관계도 아니지. 지금조는 내 꺼야. 야 지금조가 무슨 물건이야? 니 것이게. 그리고 지금조가 분명 나를 좋아한다고 말했다고. 뭐? 지금조가 너를 좋아했다고? 그래. 그 끼 많은 지금조가 이중플레이 했구먼. 나 없으면 죽고 못 산다고 해놓고. 나한테도 그랬는데. 상습적으로 남자를 가지고 노는구먼. 지금조 욕하지 마라. 열부 났네! 열부 났어.*

그들은 여름방학을 맞아 같은 과 여자 친구들이랑 제주 바다에 가서 텐트를 처놓고 논다. 그중에는 같은 과에 하얗게 끼 많은 여학생 지금조도 함께 간다. 둘은 서로 그 여학생을 차지하려고 술을 마시고 바닷가 돌에서 치고받다가 물속으로 빠져 목숨을 잃는다. 사실은 지상 감옥에서 탈출하는 날이어서 저승사자가 그 시간이 되자 슬쩍 밀어버린 것이다. 그렇게 임기를 끝내고 지상으로 돌아가는 길에 그들은 또 서로 친구 탓을 하면서 멱살을 잡는다.

끊임없이 싸우는 것을 본 저승사자는 도저히 이대로 천상으로 돌아와서는 안 된다는 판단을 하고 이대호를 신귀녀와 맹박수의 자식으로 태어나게 한다. 이대호를 신귀녀와 맹박수의 자식으로 신귀녀의 배 안에서 열 달의 고통을 주고 태어나게 한다. 이들 사이에서 태어나 평생토록 죄의 형기를 채우고 천상으로 돌아오는 날까지 부모라는 이름으로 천상에서 진 빚을 아까워하지 않고 다 갚을 수 있도록 이대호의 혼을 그녀의 몸속에 이식시킨다. 아들이란 이름으로.

이대호가 태어나자 맹호라는 이름을 걸어주고 평생 그 아들의 뒷바라지를 한다. 그 빚을 탕감하도록 한다. 빚쟁이라는 사실을 알지 못하고 평생을 자신의 목숨처럼 빚쟁이에게 최선을 다한다. 아들이 이마에 열만 있어도 심장이 까맣게 타도록 고통을 겪으며 죗값을 치르고 마지막 천상으로 돌아오는 순간까지 자식을 걱정하고 괴로워하면서 업을 모두 소멸하게 한다. 그들은 업장 소멸인지 알지 못하므로 자신들에게 태어난 빚쟁이를 선물처럼 기뻐하며 고통도 감수하고 키운다.

그런 자식을 두고 가는 고통. 60년의 나이 차를 뛰어넘은 가장 친한 친구였던 손녀와 작별이 아프다. 손녀는 신귀녀와 악연은 아니다. 그녀의 아들과의 채무 관게 때문에 얽혀진 사이다. 지상 감옥 죄수들이 손자 바보가 되는 까닭도 이 때문이다. 신귀녀는 저승사자의 뒤를 따라가면서 뒤를 바라본다. 남편 맹박수는 한쪽 구석에 앉아 훌쩍이고 있고 아들 며느리는 검은 옷만 입었을 뿐 눈물 하나 없이 빈소를 지킨다. 자신의 몸은 영안실 냉동고 서랍에 누워 있다. 심장이 멎고 숨도 쉬지 않고 누워있다.

고통스럽게 사느니 차라리 돌아가시길 잘했어. 그래 맞다. 중환자실에 오래 있어 봐야 너희들 돈만 많이 들지. 죽길 잘했다. 남편과 아들의 말에 저승사자의 손을 뿌리치려 하자 저승사자가 머리를 휙 돌린다. 돌아가시길 잘했다고 괘씸하기 짝이 없는 것들. 남편이란 작자는 아들 돈 드는 것을 마누라 목숨보다 더 걱정하고 아들은 고통을 핑게로 잘 돌아가셨다고 이 괘씸한 말을 듣고도 그냥 있어야 하나. 내가 평생 남편과 아들한테 쏟은 정성이 얼만데 잘 죽었다고 잘 돌아가셨다고. 화가 나서 저승사자의 팔을 확 뿌리친다.

그리고 펄쩍 뛰어 자신이 있던 장례식장으로 들어간다. *404호 고인 신귀녀. 상주 아들 맹호, 며느리 도미노, 손녀 맹그래, 손녀사위 안대용.* 전광판에 계속해서 자기 죽음을 광고하고 있다. 언젠가 환하게 웃으며 찍은 사진을 확대해 사진틀 속에 넣어 놓았다. 국화꽃에 싸여 검은 띠를 두르고 웃고 있다. 환하게 웃고 있다. 사진이 있는 옆에 큰방에는 자신이 얼굴도 모르는 사람들이 모두 검은 옷을 입고 모여 앉아 웃고 떠들며 음식을 먹는다. 누구 하나 슬퍼하는 표정이 없다.

호상이지 뭐. 살 만큼 사셨지 뭐. 그래 맞아 중환자실에 더 있어 봐야 자식 고생시키는 거지 뭐. 잘 돌아가셨어. 뭐 호상이라? 살 만큼 살았다? 잘 돌아가셨다? 미친년 놈들 그런 소리 하려고 문상을 왔나. 잘 돌아가셔서 축하해 주려고 문상 온 거야. 저희끼리 온갖 음식에 술까지 거나하게 처먹고 내뱉는 소리가 기가 막힌다. 그렇게 아끼던 손녀까지도 하나 슬픈 표정이 없다. 남편도 아들도 며느리도 손녀도 아무도 자신의 부재에 대해 별생각도 없고 슬퍼하지도 않는 것에 화가 펄펄 뛰던 신귀녀.

조의금 통 앞에는 두 사람이 앉아서 돈 받는데 정신이 없다. 한쪽에서는 웃고 떠들면서 잔칫집 같고 한쪽에서는 돈 챙기기에 여념이 없고. *아무리 그래도 그렇지 말이 돼!* 화가 날 대로 난 신귀녀는 손님들이 먹고 있는 음식에 식중독균을 한 줌 휘리릭 뿌려버린다. 그리고 어떤 청년을 문상객으로 가장시킨다. 조의금 통을 지키던 사람이 잠깐 화장실을 간 사이 모두 꺼내 가자고 달아나게 만든다.

살아서는 받아보지도 못한 꽃들을 왜 저리 많이도 세워두는지. 식중독균을 뿌리고 조의금 통을 훔치고 나니 조금 속이 풀리는 것 같다. 이튿날 자신의 시체를 꺼내더니 알코올로 씻긴다. 속옷을 입히고 겉옷을 입히고 버선을 신기고 마지막 흰 천으로 숨도 못 쉬게 하는 걸 물끄러미 바라본다. 참 신기하다. 자신을 저렇게 분단장해서 어쩌려는 걸까? 아침을 먹고 시체를 리무진에 태우고 벽제 화장터로 향한다. 나, 신귀녀의 시체를 화장하고 뼛조각 몇 개를 가지고 나온다. 상주들에게 보이고는 다시 들어간다. 잠시 후 동그란 달항아리에 재를 담아서 나온다.

항아리에 *신귀녀*라고 쓰여 있다. 살 때도 웃겼지만 항아리에 쓴 자신의 이름 신귀녀를 보자 자신도 모르게 웃는다. 항아리를 싣고 공원묘지로 가더니 거기에 묻는다. 자신이 알지도 못하는 곳에 묻는다. *너희 엄마 소원이 고향 땅에 묻히는 건데 여기에 재워도 될지 모르겠다.* 저런! 빌어 처먹을. 짐승도 죽을 때가 되면 고향으로 머리를 두고 죽는다는데 하물며 내가 살아있을 때 유언처럼 말했건만 생전 알지도 못하는 공원묘지에 묻다니.

신귀녀는 괘씸한 생각이 든다. 내 가만 있나 봐라. 반드시 복수할 것이다. 신귀녀는 화가 나서 머리 위 가마솥 뚜껑이 열리는 것 같았으나 그건 착각이다. 자신의 몸은 이미 사라지고 없다는 것을 그제야 깨닫는다. 저승사자는 어디로 갔는지 보이지 않는다. 신귀녀는 잘 됐다 싶어 여기저기 돌아다니며 구경을 하기 시작한다. 어제 문상을 왔던 사람들은 모두 병원에 입원하고 난리다. 조의금을 잃어버린 아들, 며느리와 남편은 속이 상해 죽겠다며 죽상을 한다. 쌤통이다. 아무리 그래도 그렇지 에미가 죽고 아내가 죽었는데 그렇게 멀쩡하게 웃고 떠들고 해. 그리고 그렇게 고향에 묻어 달라 신신당부를 했는데 얼굴도 모르는 사람이 가득 묻힌 곳에 자신을 묻어 버리다니.

그렇지만 자신은 어떻게 할 수 있는 방법이 없다. 그렇다고 무덤을 파서 고향으로 들고 갈 수도 없고. 죽고 나니 살아있는 사람 눈에 띄지 않아 할 수 있는 일도 많지만 억울해도 할 수 없는 일도 많네. *제기랄!* 그런데 이 일을 어쩐다. 저승사자를 안 따라갔으니. 이렇게 떠돌아다니기만 해서는 안 될 것 같은데. 몸을 다 태워버렸으니 다시 몸에 들어갈 수도 없고. 밤이 되자 무서운 생각이 든다.

신귀녀는 살짝 열린 창문 틈을 펄쩍 뛰어넘어 살던 집으로 들어간다. 남편은 정신없이 자고 있다. 자신이 베고 자던 베개를 남편이 베고 잔다. 이거 뭐지? 왜 남의 베개를 가져다 자고 있어. 슬쩍 베개를 빼자 끄응 하면서 돌아눕는다. 베개를 벴는지 안 벴는지도 모르고 계속 잠을 잔다. 슬그머니 남편 옆에 가서 누워 잠을 청한다. 몸이 없으니 세수도 양치도 할 필요 없고 밥을 안 먹어도 된다. 귀찮게 남편과 말을 섞지 않아도 되고 청소도 빨래도 밥도 아무것도 하지 않아도 된다. 자신이 죽고 나니 편한 게 한둘이 아니다.

아침 일찍 일어나 아들 집으로 간다. 문을 꼭꼭 잠가 놓아 들어갈 수가 없다. 밖에서 어슬렁거리는데 아들이 신문을 가지러 나오기 위해 문을 연다. 그 사이 얼른 거실로 들어간다. 아들은 신문을 펼쳐 든다. 조금 후 며느리가 부스스한 머리를 하고 거실로 나온다. 에그에그에그머머니! 흉측하게 삼각 으뜸부끄럼가리개만 입고 민소매 윗도리를 입고 입을 있는 대로 벌려 하품을 한다. 며느리 입이 저렇게 컸던가. 입에 야구공 하나가 들어가고도 남을 것 같다. 늘어지게 하품을 하는데 입에서 방귀 냄새가 난다.

휘휘 냄새를 쫓으려고 손을 들어 올리려고 하니 이런 제기랄 몸뚱이가 없다. 조금 있자 냄새가 날아간다. 며느리는 화장실로 들어간다. 화장실 문을 닫지도 않고 앉아서 오줌을 누고 있다. 저런 망측해라. 아무리 남편이라지만 문은 닫고 오줌을 누어야지. 오줌을 누고는 변기 물을 내리더니 거실로 다시 나온다. 다시 벌러덩 맨땅에 드러누우면서 며느리가 투덜거린다. *어머님 병원비가 8백만 원이 넘지 장례식비가 8백만 원 들어갔지. 이걸 어디서 어떻게 메울 거예요?* 아들은 들었는지 안 들었는지 대꾸도 않고 신문만 보고 있다.

여기 더 있다가는 아들 며느리 싸우는 꼴을 볼 것 같아 신귀녀는 자리를 뜬다. 마침 아들이 창문을 열어 놓아서 펄쩍 뛰어내린다. 자식에게 너무 많은 빚을 지고 왔다는 생각을 한다. 조의금을 훔치지 말고 그냥 둘걸. 홧김에 조의금을 빼낸 것이 후회스럽다. 그렇지만 이미 지나간 일이다. 되돌릴 방법이 없다. 신귀녀는 마지막으로 아들을 한 번 더 보고 싶지만 참고 돌아선다. 사람은 잠잘 때나 죽었을 때나 똑같아서 지금 꿈을 꾸는 중인지 죽은 것인지 도무지 분간도 할 수 없다.

신귀녀는 자신도 지금 죽은 것인지 꿈을 꾸고 있는 것인지 알 수가 없다. 살았을 때는 죽음 후가 정말 궁금했는데 막상 죽고 보니 살았으나 죽었으나 육체만 없지 나머지는 모두 똑같다. 어둠에서 영원히 자신을 잊어버릴 것이라는 생각은 착오였다. 이렇게 너무도 생생하게 돌아다니며 남편을 보고 아들을 보고 며느리를 보고 손녀도 보며 자유롭게 다닐 수 있음이 신기하기만 하다. 육신을 잃어버리고 영혼만 고아가 되어 떠돌면서 생각한다. 살아생전 육신이 있을 때는 아프고 피곤하고 힘들고 했지만 이제 육체가 없으니 그런 일이 없다.

다만 살아 있는 남편도 아들도 며느리도 손녀도 자신에게 이제 무관심하고 자신이 함께 옆에 자고 있어도 자는 것도 모르고 신문을 보는 아들 옆에 있어도 있는 것을 몰라보는 것이 다를 뿐이다. 두 발이 딛고 있는 것으로 생각하는데 두 발이 없는 것이고 눈으로 보고 있다고 생각하는데 눈이 없는 것이다. 냄새를 맡고 있는데 코는 없고 말소리가 들리는데 귀가 없다는 것뿐이다. 안개 속에서 헤매는지 구름 속에서 헤매는지 분간이 서지 않는다.

갑자기 매화꽃향, 복숭아꽃향, 박하향 한가지로 정의를 내릴 수 없는 머리를 맑게 하는 냄새가 자욱자욱 깔린다. 위로 시선을 두니 흐드러지게 피어있는 벚꽃 무리가 바람에 일렁이며 하나둘 젖니를 빼고 있다. 이를 빼느라 하늘하늘 연분홍 그늘까지 흔들린다. 쨍쨍한 햇살이 푸른 바다 등에 부딪혀 싸라기별을 낳는다. 신귀녀처럼 인간 세상에서 귀양을 끝내고 온 작고 크고 짧고 긴 다양한 존재들이 일정한 간격으로 줄지어 천천히 앞을 보며 걸어간다. 그녀와 같은 존재들도 처음 보는 것 같은 새로운 공간에서 펼쳐진 모습들에 두리번거리며 줄과 차례에 맞춰 앞으로 이동한다.

빠르고 느림. 성급함과 느긋함의 시간적 감각을 전혀 느낄 수 없는 신기한 곳이다. 이들은 전부 어디로 향하고 있는 것일까? 인간 세상에서 흔히들 짐작하고 상상하며 천국과 지옥으로 나눈 사후 세계로 가는 중일까? 혹은 또다시 인간 세상에서의 새로운 삶을 부여받기 위함일까? 초월적인 시공간이 아니고서는 달리 설명할 길이 없는 이곳이 의미하는 것은 무엇인지 의문이 생길 때쯤 크고 웅장한 관문이 시야에 들어온다. 천상에서는 이 사람들을 지상에 내려보내 후천 세상을 실험해보고 그들로 하여금 하늘나라에 있는 천상 옥경대와 지상에 있는 살아있는 사람들과의 교감을 연습시켜 완벽히 후천 세상을 준비하였다.

그러나 그들은 자신들이 실험대상인지는 꿈에도 몰랐다. 그들 옆을 신들이 따라다니며 정확하게 기록하고 실험 결과를 천상에 보고했으니 그들은 생체실험을 당하는 쥐들과 조금도 다를 바가 없었다.

선업선과[善業善果] 악업악과[惡業惡果]

신귀녀와 맹박수를 통해 실험을 거친 후 지상에도 천국을 건설하기 위한 완벽한 프로젝트가 시작되었다. 그로 인해 천상에서는 지상의 천국 건설을 위해 밤낮으로 바쁘다. 각 나라에 지시를 내려 죄의 무게를 달아서 그 무게를 보고한 지가 벌써 백 년째다. 땅으로 귀양을 간 인간은 아무것도 모르고 죄만 저지르고 있고. 각 부처의 사자들이 죄를 달러 지상으로 내려간다. 공정성을 기하기 위해 모두 공정한 판단을 내릴 수 있도록 반대 부서들의 직원들과 함께 보낸다.

지상으로 내려온 신들은 모두 죄를 달아 꼼꼼하게 기록하고 마지막으로 대한민국이란 나라의 죄를 달러 온다. 그렇지만 시작부터 난관에 부딪힌다. 대한민국 국민들은 자신들이 못 먹고 못 입더라도 기독교 불교 교파를 따지지 않고 각자의 종교 신을 대접했고 그것도 모자라 산신도 대접하고 들에도 부엌에도 장독대도 화장실도 마루에도 동네 어귀마다 나무들에도 신을 모셔놓고 심지어 들판에서도 고수레를 부르며 융숭하게 대접을 해왔다.

이 심판관 신들도 얻어먹지 않은 신들이 없을 정도다. 난감한 생각을 하던 차에 대장심판관이 말한다. *대한민국은 죄의 무게를 각각 10%씩만 감해랑. 아니 그냥 정확하게 달아만 오너라. 무게 감량은 내가 할 테닝.* 심판관들도 대한민국에서 얻어먹지 않은 자가 없고 모두 융숭한 대접을 받은지라 서로 어떻게 해야 할지 난감해 눈치만 보던 중이다. 그 와중에 어쩌면 대장의 지시니까 자신들이 얻어먹은 죄를 대장신의 명령에 가뭄에 단비 오듯 환호성을 지른다. 그도 그럴 것이 모든 신이 얻어먹지 않은 신이 단 한 명도 없다는 사실이다.

하기야 그 오랜 역사 동안 빌고 빌고 또 빌면서 제물을 바쳤는데 어느 신이 피해 갈 수가 있었겠는가? 심판관 신들은 속으로 다행을 삼키고 한숨을 내쉰다. 살았다는 표시다. 만약 무게를 그대로 기록했다가 일편단심 자신들에게 제물을 바친 것을 옥황상제께 알리기라도 하는 날이면 자신들은 불지옥으로 가야 하기 때문이다. 이 상황에서 대장 심판관이 자신들을 구해준 것이다. 심판관들은 안도의 숨을 내쉬면서 무게를 기록하기 시작한다. 모든 기록을 끝내고 대기하고 있는데 기록지를 모두 거두어오라 대장신이 명령을 한다. *기록지를 모두 가지고 모이도록 하랑.*

심판관들은 죄의 무게를 기록한 기록지를 들고 모두 모인다. 주르륵 한 눈에 모두 훑어본 대장심판관은 모든 죄에서 20%씩을 덜어낸 숫자로 모두 바꾼다. 눈썹을 한 번 깜빡이자 20%의 무게가 스르르 빠져버린다. 전체적으로 20% 덜어낸 무게이므로 덜어낸 무게가 엄청나다. 다른 나라에서 아무리 죄를 짓지 않고 감옥 생활을 충실하게 한 죄수라도 도저히 이 무게를 이길 수 없다. 본래 10%를 덜어내려 했으나 그렇게 해서는 안 될 것 같아 20%를 덜어냈다. 그렇게 무게를 감량하고 지상 감옥에 모든 무게를 옥황상제께 보고하기 전 날이다. 대장심판관은 불안한 기색이 역력하다.

우리 심심한데 고스톱이나 한판 벌일깡? 대장님 그러지 말고 치맥이나 한 잔 쭈우웅! 옆에 있던 심판관이 머리에 꿀밤을 먹이면서 말한다. 너 지금 제 정신이양? 내일 새벽 4시 죄량 보고해야 하는데 술 냄새 펄펄 풍기다가 인간으로 귀양 갈 일 있엉? 조용조용. 그래 우심판관 말이 맞당. 내일 새벽 4시 보고인데 술 냄새 풀풀 풍겨 음주에 걸리면 치사율 100%당.

하여튼 치맥은 억수로 좋아행. 얼른 고수톱 판이나 벌려랑. 대장님 어디다 펼까용? 오늘은 워커 준장 기념관인 워커힐에서 놀장. 7명의 신은 워커힐호텔 로비에 고스톱 판을 벌인다. 야, 피 먹엉, 피. 웃기지 마랑 내가 왜 쌍피 먹지 그냥 피 먹냥. 에공 금방 쌍피 먹더니 쌌엉? 아잉 열 받앙. 먹기만 하면 설사니 이거야 원! 나는 똥 먹을란당. 그래 잘 처먹고 퍽! 싸버려랑. 에잉! 열 받아 진짜 쌌잖앙. 저놈 주둥이를 콱! 그냥. 이 맹추야, 누구를 원망해. 똥을 먹으면 당연히 똥 싸징. 똥을 먹었는데 장을 쌀깡?

열심히 치느라 열을 올리는데 키가 큰 미국 사람 하나가 화투판 의자에 무례하게 앉는다. 좌심판관이 얼른 의자를 잡아당긴다. 의자에 앉으려던 미국 사람이 땅바닥에 풀썩 나동그라진다. *이봐! 먼 바닥이 이렇게 미끄러워!* 계산대를 향해 소리를 지르더니 혼자 또 중얼거린다. 재수에 옴 붙었네. 오늘 중요한 비즈니슨데 왜 이래? 불길한데. 오늘 일 망치면 큰일인데. 좌심판관이 한마디 한다. 그러게 여기가 어디라고 함부로 우리 신들의 고스톱판에 앉아 앉기를. 야, 저 인간들이 우리가 치맥을 먹는지 고스톱을 치는지 보이냐 보영?

그러게 늘 조심해야징. 충계를 오르내릴 때도 내 옆에 알짱거리면 나는 성질이 급해서 발목을 슬쩍 건드리징. 그러면 인간들은 멀쩡한 충계에서 굴러떨어져 뼈가 부러지기도 하고 뼈에 금이 가기도 행. 우리가 성질이 급해서 큰일이당. 나도 가끔 바쁘게 가는데 인간들이 느릿느릿 걷고 있으면 발목을 슬쩍 건드리고 지나가징. 슬쩍 건드리는데도 인간들은 넘어지징. 멀쩡한 평지에서도 후딱 나자빠져.

우리는 다 보이지만 그들은 눈에 우리가 보이지 않는 게 다행이징. 인간은 보이지도 않으면서도 에이 재수 없다고 말을 던지고 가버리징. 나는 재밌어서 깔깔거리고 웃징. 아무리 크게 웃어도 그들은 나를 못 보니까 얼마나 좋냥. 그래도 인간들은 그래 생각 안 한당. 뭘 그래 생각 안 행. 죽으면 귀신이 된다고 하면서도 죽는 걸 두려워하고 귀신이 곡 한다. 귀신 씻나락 까먹는다.

별말들을 다 만들어 놓고도 죽는 게 두려워 온갖 좋은 걸 다 먹으며 오래 살기 위해 기를 쓰잖앙. 그래서 상제님께서 인간에게 귀양살이 보낼 때 신을 볼 수 있는 시신경을 빼놓고 내려보내잖냥. 천상 옥경대도 마음도 인간이 보면 감옥살이를 하면서 또 속임수

를 쓸 수 있으므로 모두 빼신 건 옥상님의 탁월하신 안목인 것 같
앙. 그래 밤중에 우리가 인간들이 잘 때 잠문을 열고 들어가 혼을
데리고 나와 마구 돌아다니다가 새벽에 들여보내는데도 인간들은
우리가 자신이 잠든 사이 혼을 데리고 나가 돌아다니는 걸 전혀
눈치채지 못하니 얼마나 다행이양.

안 그러면 우리는 그들이 사는 인간 감옥의 지리를 몰라 매일 헤
매면서 다녀야 할 텐데 밤에는 3혼 모두 데리고 나와서 안내를 받
다가 잠 깰 무렵에 데려다주면 감쪽같잖앙. 그리고 인간은 우리와
무슨 일을 밤새도록 하더라도 아침에 일어나면 어젯밤 꿈을 꿨다
고 말하잖앙. 우리가 밤에 자신의 머릿속에 혼을 꺼내서 데리고
다니는 건 그야말로 꿈에도 모르고 꿈이라고 말하니 이 얼마나 고
마운 일이양. 낮에도 가끔 데리고 나오잖앙.

그렇지. 우리가 낮에 잠깐 데리고 나오는 건 위험하긴 하징. 인
간들이 무언가를 눈치챈 것 같기도 항공. 낮에 데리고 나오는 게
왜 위험하단 말잉? 우리가 낮에 필요해서 간혹 혼 하나만 데리고
나오는데도 사람이 멍해지잖냥. 그러면 옆에 인간이 말하잖냥. 저
사람 한 혼 나간 사람 같다공. 그게 우리가 한 혼을 데리고 나온
걸 알아서 하는 소리 같아서 간혹 소름이 돋기도 한다공. 나는 한
혼 나가서 소름 돋는 일보다 더 기가 막힌 건 고집이 센 인간들이
란 거양.

고집이 센 인간들 혼을 밤에 데리고 다니다가 보면 새벽이 되어

날이 새는데도 자기의 집인 머리로 들어가지 않으려고 고집을 부리징. 그렇게 실랑이를 하다가 들어가는 시간을 놓쳐버리기도 하잖앙. 그래 그 말은 맞앙. 여기 우리 신들이 한 번은 다 경험한 일이잖아. 그래도 다행인 건 인간들이 우리의 소행인지 모르고 대개 '심장마비'라는 말로 죽음을 해석하징. 너무 당연한 말. 숨이 멈추면 심장이 마비되지 숨이 멈추었는데도 심장이 뛰겠엉. 머리가 좋아서 천상에서는 죄를 지어 인간 감옥으로 내려왔지만 그럴 때 보면 머리가 꽝이양.

뭐양. 대장님 우리 말하는 사이에 돈 다 따갔잖앙. 고스톱을 손으로 치지 입으로 치냥. 쓸데없는 소리 하다가 돈 다 잃어서 옥경대 갈 차비도 없어 봐야 정신을 차리징. 인간들이 들어서는 안 될 말은 입 밖으로 꺼내지 말라고 그리도 일렀건만 어쩌자고 이 라운지에서 그렇게 씨부렁거렁? 주둥이를 확 분질러 버리려다가 내일 옥상님께 가야 해서 참았당. 제발 이제 쓸데없는 말 좀 아무 데서나 씨부렁거리지 말랑. 넹, 명심 또 명심하겠습당.

인제 그만 판 접어랑. 아니 되옵니당! 뭐가 아니 되옵니당? 우리 옥경대 갈 차비도 없습당. 그건 내가 알 바 아니당. 어디서 빌리든 알아서 하랑. 이 밤중에 어디 가서 빌린당 말입강. 그럼 지상에 남든강. 아니 되옵니다. 벌어서 갚을 테니 내일 새벽 옥경대 갈 차비는 빌려 주십시옹. 얼른 자거랑. 설마 우리를 두고 가시겠어엉? 어서 잠시 눈이나 붙입시당. 좌심판은 늘 배짱 한 번 두둑 하단 말양. 잔소리 말고 얼른 자랑.

　부하 심판관들은 걱정이 되는지 시무룩하다. 저렇게 노름을 좋아하는 대장심판관이 은근히 좋기도 하지만 저렇게 냉정할 때는 얼음 조각 같아서 싫기도 하다. 새벽 3시다 대장심판관은 사각 속옷만 입고 호텔 숙소마다 여기저기 사람들이 자는 사이에 끼어 자는 심판관들을 호출한다. 대장님 인간들은 아직도 정신 차리자면 먼 것 같아영. 또 무슨 소릴 하고 싶어성. 정신을 못 차렸으니 지상 감옥으로 귀양 왔징. 정신을 차렸으면 귀양을 왔겠냥?

　제가 끼어 잔 호텔 침대에는 모기업 회장이 나이가 80인 노인이 글쎄 30대 여자를 데리고 와서 자더라구영. 뭘 먹었는지 정력도 좋지 여자의 힘이 달릴 정도였다구영. 중요한 건 30대 여자도 남편이 검사라는데 아이만 아니면 이혼하고 모기업 회장하고 살고 싶다고 아양을 떨고 모기업 회장은 아파트를 사 줄 테니 그냥 아이 키우면서 거기서 서로 시간을 내서 함께 만나자고 달래고 합의를 보고 어디가 좋겠냐고 여자한테 물으니 여자는 워커힐이 공기도 좋고 꽃도 많고 전망도 좋다고 하니 모기업 할아버지는 두 말도 않고 내일 아파트 알아보라고 허락을 하더라고요.

　변태 같은 영감 하고는 무슨 욕심이 그리 많은지 내일 모레면 귀양이 곧 끝날 텐데 그걸 감지하고 저렇게 몸부림을 치나 하는 생각이 들었어영. 그냥 둬랑. 이 황량한 감옥에서 그런 재미도 없으면 어떻게 감옥 생활을 하느냥. 죄수들끼리 알아서 하게 사생활엔

간섭하지 말라고 했지 않냥. 대장님 제가 잔 방에도 청주에서 왔다는 남자와 서울이 집인 여자가 같이 잤는데용.

남자가 60대고 여자가 40대인 둘이 가정을 뒤로 미루고 남자는 출장을 간다고 하고 여자는 친구들하고 여행을 간다고 핑계를 대고 그렇게 두 인간이 함께 잠을 자드라니까용. 그리고 오늘은 일찍 아침 먹고 강원도 해안선을 따라 드라이브를 하기로 계획을 세우더라고용. 기사는 안 데리고 직접 운전한다공. 여자는 좋아서 폴짝거리드라고용. 내일 옥상님 뵈러 가는 날 아니면 따라가서 차를 슬쩍 건드려서 사고를 내고 싶은데 참을 수밖에 없게 됐어영.

저저 저 심보하고는 왜 그리 심보를 고약하게 굴리느냥. 심보를 빼앗아 버릴까 보당. 아닙당. 그냥 그런 생각이 들었당 이 말입당. 그리고 보면 인간들은 감옥인 이 지상에서도 입만 열면 속이고 거짓말을 하고 사는 것 같당. 내가 잔 숙소에도 남자가 치과의사라는데 경북 영주에서 치과를 한대. 그런데 세미나가 있다고 자기 아내한테 새까만 거짓말을 하고 왔대. 여자는 대학교수인데 여름방학 연수를 간다고 하고 연수하러 호텔로 온 거징. 교육자나 의사나 기업인이나 전부 거짓말만 하고 사는구뎡. 까마득히 배우자를 속이고 저렇게 살다니 아직도 정신 차리자면 멀었구뎡. 시끄럽당. 사생활은 간섭하지 말라고 하는데 왜 자꾸 죄수들의 사생활을 들먹이냥.

너희들 앞으로 내 앞에서 앞으로 한 번만 죄수들의 사생활을 발설하면 귀에다 전봇대를 박고 눈에는 동태 껍질을 붙이고 입을 바늘로 꿰매버릴 것이니 그리 알거랑. 알아 들었느냥? 그렇게 기록이 끝나고 옥황상제를 만난다. 옥황상제는 먼저 가장 죄가 가벼운 나라의 장부를 가져오라고 명령을 내린다. 심판대장은 대한민국의 죄가 월등히 가볍다고 말한다.

죄가 무거운 나라와 차이가 얼마나 나냥? 인당 최소 10% 인당 최고 70%까지 무게 차이가 납니당. 아니 그렇게 죄의 무게 차이가 나는 이유가 뭐냥? 넹, 대한민국이란 아시아에 있는 그 나라에 죄가 가장 가볍습니당. 그런데 그 이유가 재밌습니당. 천상에 옥황상제님이 계신 걸 아는 것 같습당. 그래 어째성? 그 나라는 죄인 대대로 우리 신들을 대접하면서 손바닥으로 용서를 해달라고 밤낮으로 빌고 빌고 또 빌었습니당. 자신들의 힘으로 안 된다는 걸 알고 있는 듯합당. 그걸 알 리가 없잖냥? 그러니까 알 리가 없는데도 그렇게 빌었습니당.

무조건 빌고 죄를 뉘우치는데 죄를 감해주지 않을 수가 없어서 뉘우치는 만큼 손바닥을 비빈 횟수를 계산해서 1인당 20%씩만 감해 줬습니당. 아무리 죄를 짓고 귀양을 갔지만 정상 참작이란 게 있지 않습니깡. 진심으로 뉘우치고 빈다는 느낌이 들어서 감했습당. 너희들이 뇌물을 먹고 죄 무게를 덜어준 건 아니공? 뇌물이 아니라 선물입니당. 선물로 받은 목록이 뭐냥? 술이나 돼지머리 쇠머리 북어 시루떡 물. 주로 이런 것 얻어먹었습니당. 그래 그 정도면 뇌물이 아니고 선물로 인정할 수 있구낭. 그러면 선물로 인정하망. 대한민국 죄 무게를 단 기록지를 가져오랑.

대한민국 죄 기록지를 가져다준다. 대한민국의 역대 왕들의 일지부터 모두 다 읽은 옥황상제는 그래도 다른 나라에 비해 이 나라는 비교적 충실하게 모범적으로 감옥 생활을 해서 모든 지상 수감인 중에 타의 모범이 된다며 흐뭇해한다. 다음으로 국민의 죄를 보더니 모두가 예의범절도 있고 어른들을 공경하는 것도 좋다고 흡족하게 생각한다.

13

천상의 회의일지

천상 옥경대에서 아침 회의가 시작된다. 상제시여 지상 아시아에 내려보내 인간 세계에서 가장 큰 중심이 될 국가를 위해 어떻게 하심이 옳을지용? 지상 중심 나라랑? 넹, 우수종으로 인간을 만들어 지혜와 우수한 영을 넣어 지상에 보냈으나 대를 이어오는 사이에 잘못된 인간의 만용으로 그 중심이 비틀거리고 있습당. 아니 지상에는 죄를 지은 모든 인종을 귀양 보냈지 않았냥? 그랬습니당. 그렇지만 그들에게 지혜를 주었고 발전 가능한 영혼을 불어 넣어 준 것이 불찰인 것 같습당.

아니 불찰이라닝? 지상 감옥으로 귀양을 보낼 때 생각할 수 있는 영(靈)을 인간의 머리에서 제거하고 보냈어야 했습니당. 지나간 일을 다시 되돌릴 수도 없지 않느냥? 그렇다고 인간 씨를 지상에서 거둘 수도 없공? 생각할 수 있는 영을 인간의 머리에 그대로 두고 귀양을 보내자는 건 모두 우리 신선 선녀들의 회의에서 통과한 일이거늘 인제 와서 그런 말을 하는 이유가 무엇이냥?

그건 다름이 아니라 천상에서 죄를 지은 황인종, 청인종, 백인종, 흑인종, 홍인종 등 다섯 종 모두를 인간 세상으로 귀양을 보냈는데 자신들끼리 싸워서 약골인 청인 종과 빨간 인종은 모두 대를 잇지 못했습당. 모두 지상 감옥에서 사라지고 현재 지상 감옥에는 황인종과 백인종과 흑인종만 귀양살이를 하고 있습당.

문제는 인간들이 저희끼리 싸우고 지지고 볶고 과학이란 이름으로 발전이란 명분으로 온갖 숨을 쉴 수 있는 푸른 나무들을 자기들 목숨줄을 마구 파괴하고 서로 총부리를 들이대며 잘났다고 싸우고 있어 또 어떤 종들이 이들에게 먹혀 사라질지 알 수 없다는 것입당. 끊임없이 먹고 먹혀서 약한 종들은 결국 다 사라지고 강한 종만 살아남게 생겼습당. 마침내 자신들의 종을 멸종시킬 핵무기란 무시무시한 무기를 만들어 자칭천자를 부르짖으며 서로 밟고 밟히며 유린하고 있습당.

이렇게 가다가는 어쩌면 전체가 다 멸종되어 버릴지도 모릅당. 옥경대에서 귀양 간 인간이 모두 황인종, 백인종, 흑인종들한테 흔적도 없이 사라져버려 이제부터는 청인종과 붉은 인종은 지상으로 귀양을 보내기가 어렵게 되었습당. 지상으로 귀양을 보내면 모두 잡아먹히고 말아 한 신선도 천상으로 다시 돌아올 수 없습당. 자기네 말로 떠들어대는 건 진화니 뭐니 하지만 천상에서 보면 저들의 횡포인데 저걸 그냥 두고 볼 수만은 없지 않습니당.

서로 땅을 넓히기 위해 자국민의 이득을 위한다는 명분을 내세워 뺏고 뺏기며 수만 명을 한꺼번에 죽이고도 눈도 깜빡 않고 도리어 그걸 영웅이라고 추켜세우니 큰일입당. 이대로 가면 머지않아 귀양 보낸 신선 선녀들이 모두 지상에서 거리신이 되어 떠돌아다니고 다시 옥경대로 오지 못하는 인간이 너무 많을 것 같습당. 그거 큰일이구멍. 그래 그렇담 무슨 방법이나 대책을 세웠냥? 씨가 마르기 직전인데도 위급함을 모르는 인종들은 아직도 가공할 무기 만들기에 힘쓰며힘 있는 나라는 무기를 가지고 힘없는 나라를 마구 위협하고 공격하며 정의라는 이름도 붙이고 정당방어라는 이름도 붙이며 인종을 마구 살상해서 인종 씨를 말립당.

그래서 상제님께 대책을 세웁사 하고 알립당. 그거 큰일이구멍. 우리가 인간에게 명부계에서 수명을 부여해서 내려보내거늘 어차피 모두 수명을 다 살면 다시 옥경대로 올라와야 할 텐데 잠시 살면서 죄를 뉘우치고 오라고 귀양을 보낸 걸 알지 못하니 감옥에 잠시 귀양 간 인간들이 그리 욕심을 많이 내고 있단 말공. 인간들은 그 자체를 망각하고 천년만년 살 거라고 착각하는 것 같습당.

천상에선 그리 똑똑한 척 마구 날뛰더니 어허 미련한지공. 그렇담 큰일이구멍. 여기서 정신을 못 차려 귀양을 보냈는데도 귀양지에서도 정신을 못 차리다니 이런 미련한 것들을 보았냥. 그동안 인명 살상과 시기 질투와 갖은 나쁜 짓을 저지르다가 온 그들을 다시 교육해 인간 세상으로 보내지 않았더냥? 넹, 모두 다시 교육을 철저하게 해서 귀양을 보냈습당. 그래? 그렇게 교육해서 보냈는데도 그리 정신을 못 차리고 또 가공할 무기를 가공하고 서로 으르렁거린단 말징?

넹, 그러게 말입당. 지혜를 빼놓고 보낼 걸 잘못한 것 같습당. 설마 감옥에 가면 조용히 반성하면서 형을 마치고 올 거라 생각했지 누가 또 감옥에서도 저리 서로 싸우고 으르렁거리는 줄 알았더냥. 저걸 어찌해야 한당? 좀 더 철저해야 했거나 다른 동물들처럼 지혜만 주지 않고 귀양을 보냈어도 저렇지는 않을 텐데 지혜를 이용해서 저렇게 마구 날뛰고 있는 것 같습당. 지나간 말을 해서 뭘행. 지나간 일 가지고 이러쿵저러쿵 떡방아 찧지 말고 어서 불사향을 피우고 인간 세상의 백년사를 돌려 봥! 넹, 향을 피우고 지상 백년사를 돌려 보겠습당.

불사향을 최대 빠른 속도로 피워 봥! 넹, 9천 킬로 달리는 속도의 9천 향을 피우겠습당. 인간들이 현기증 느끼지 않을 속도로 피윙. 인간들이 어지러우면 모두 기절을 할 수도 있잖앙. 넹 그리 하겠습당. 저런 저런! 마구 살상하고 죽이는 것이 모두 나라와 국민을 위함이라고 이름을 붙여 마구 죽이는 것 아냥? 넹, 그렇다니깐용. 아직도 저렇게 명분을 만들어 사람을 마구 죽인단 말냥? 너희들은 귀양 중에 인간을 가장 많이 사냥한 인간을 다시 감옥인 인간 세상에 보내서 철저하게 힘들고 어려운 환경을 만들어 자신의 육신을 돌보는 것 외엔 아무것도 할 수 없게 하라는 내 명을 어겼단 말냥?

아닙당. 그렇게 전쟁을 치러서 사람을 대량 학살한 인간은 따로 모두 분리해서 노숙자가 되거나 아니면 먹을 것도 없이 굶주리면서 하루를 겨우 살거나 몸을 쪼매 아프게 하거나 죽지 못해 산다는 말이 나오도록 만들어서 내려보냈습당. 그럼 백 년 내에 저렇게 또 사람을 많이 죽인 인간들은 뭐란 말냥? 그들은 새로운 죄인들입당. 새로운 죄인 중에서 흉악범들이 귀양 가서 다시 또 저렇게 많은 살상을 하고 사람을 벌레 죽이듯이 아무렇지도 않게 죽이고 있습당.

그거 큰일이구멍. 저 저 저것 좀 봐랑. 무엇을 말씀입깡? 나를 기억하는 눈치양. 설마용. 저들의 전생 기억은 모조리 모조리 잎사귀를 달여 먹여 다 지워버리고 귀양을 보냈는데 어떻게 상제님을 기억해용. 저것 좀 봐랑. 그럼 내가 거짓뿌렁 단 말양. 하나님을 팔아서 예수를 팔아서 공자를 팔아서 온갖 신들을 자신의 구미에 맞게 만들어 명분을 만들어 자신의 야욕을 채우는 인간들은 뭐란 말당? 그럴리가용. 봐랑. 저렁저렁 죽으면 천당을 가고 지옥을 간다는 말로 인간을 속영? 자기들이 천당 가는 길과 지옥 가는 길을 돈의 가치로 정하고 있잖앙. 죽으면 천당을 가고 지옥을 간다는 말로 인간을 속이다니용? 천당 가는 길과 지옥 가는 길을 돈의 가치로 정하고 있다니용? 통 돌중 염불하는 소릴 하시니 알아들을 수가 없습당.

뭐랑? 돌중 염불하는 소릴 하시니 알아들을 수가 없습당? 아이 도대체 알아들을 수가 없으니 하는 말 아닙깡? 예끼 이놈아! 도대체는 지상 감옥에 귀양 간 인간 중에 작가 이름이 도대체가 있거늘 당연히 도대체가 못 알아듣지 어찌 인간 감옥 도대체가 내 말을 알아들을 수 있다고 버리면 개도 안 물어갈 말을 지껄이고 멍멍거리고 있냔 말양. 멍멍이라고용? 상제님 제가 개도 아니고 인간 감옥에만 있는 개를 저한테 비교하심은 너무 하십당. 이놈아 너무는 뭐가 너무냥? 그럼 상제님 제가 멍멍거리는 개란 말씀입깡? 그래.

그럼 제가 개여서 멍멍거린단 말씀을 하심 저의 아버지도 개 할아버지도 개 증조할아버지도 개 고조할아버지도 개 결국 족보 나무를 타고 올라가 보니 결국 그럼 상제님께서도 개? 저런 경칠 놈을 봤나, 뭐라공? 나도 개? 너 비틀이 잡아 먹었냥? 아닙당. 생각해 보십싱. 저놈이 아무래도 비틀이 서너 마리는 잡아먹었군. 시끄럽당 어서 지상 감옥이나 비춰. 넹, 명령 거행하겠습당.

천상에서도 머리가 너무 좋아 좋은 머리로 죄를 지어 귀양을 보냈더니 인간 세상에 귀양 가서도 그 버릇을 개 안 주고 그대로 가지고 또 감방에서 죄수들의 빵을 빼앗아 먹고 있잖앙. 어차피 빼앗아도 형량이 끝나는 날엔 지상에 재산이나 밥들은 천상에 아무

쓸모가 없거늘 잠깐 귀양살이하면서 무슨 욕심이 천상계까지 찔러. 쯧쯧!! 가련한 인생들 어찌 저리 귀양 가서도 뉘우치기는커녕 더 죄를 키우고 있낭. 그러게용. 저 죄수들은 매일 비틀이 대여섯 마리씩 잡아먹는 거 아닐까용? 자꾸 옆에서 뱀 허물 같은 말만 지껄일거냥? 왜 또 하필이면 제일 징그러운 뱀 허물을 비교합니깡?

그러니깡 입 뚜껑 딱 닫아걸고 가만 있엉. 넹. 입 뚜껑을 닫아걸라공. 넹 입 뚜껑 닫습니당. 언제 철이 들란징. 그대로 입 뚜껑 닫고 있거랑. 고개만 끄덕끄덕하고 있는 걸 본 상제는 우스워서 하마터면 웃음이 터져 나올 뻔해서 참느라고 흐흠흐흠 헛기침을 한 뒤 다시 지상감옥을 관찰하기 시작한다. 국민이 자신의 말을 잘 듣게 하기 위해 종교를 만들어 인간을 다스리며 종교 우두머리 노릇을 하며 재물을 빼앗고 살상을 저지르는구낭.

나라를 위한다는 명분을 만들어 전쟁으로 수많은 사람을 죽인 우두머리, 어떤 이유를 그럴듯하게 만들어 인간을 마구 살상한 인간들의 우두머리를 다시 교육해 인간 세상에 다시 한번 귀양을 보내라고 했거늘. 쯧쯧! 맹물 한 홉도 안 타고 순수하게 그렇게 했는데 또 다른 죄수들이 귀양살이에서 저런 대량 살상을 일으키고 있단 말냥? 아니 몇 년 정치하려는 욕심으로 저리 패거리를 만들고 붕당을 짓고 사람을 죽이고 하는 저 한심한 지상 감옥 인간 죄수들을 어찌해야 한단 말냥?

글쎄 말입당. 통제하려고 해도 할 수가 없습당. 말로는 자신들도 전생 죄를 말하면서 행동은 전혀 뉘우칠 생각을 안 하고 욕심만 불태우니 말입당. 자신의 그림자를 보면 자신을 알 수 있듯이 자신 뒤를 보면 전생 천상계 일을 한 번쯤은 생각해 볼 만도 한뎅. 그러게 알 수가 없습당. 잘못 했당. 저들의 뒷모습을 볼 수 없게 해서 어째 자신들의 뒷모습을 볼 수 없나 깨닫게 해 두었건만 어찌 저리도 미련하단 말강?

천상에서 죄를 지을 때는 머리가 팽글팽글 돌아가더니 말당. 넹, 그렇게 천상에서 머리가 잘 돌아가 죄를 짓기에 상제님 말씀대로 고개를 반만 돌아가게 고정하고 자유롭게 날아다닐 수 있는 날개 유전자도 제거해서 보냈는데 말입당. 좋은 말은 들어서 저장하고 나쁜 말은 한 귀로 듣고 한 귀로 흘려보내라고 귀는 두 개를 달았고 두 눈을 부릅뜨고 지상의 감옥살이를 할 때 악한 짓을 보고 뉘우치고 선한 짓을 보고 배우라고 해 두었는데도 죄수들은 반대로 나쁜 말은 두 귀에 담아서 이리저리 옮기며 남을 비방하고 좋은 말은 들은 척도 안 하고 악한 짓을 보고 잘했다고 쾌감을 느끼며 선한 것을 보고는 바보 같은 짓이라고 비아냥거리는 일이 더 많아 죄를 감하기는 고사하고 더욱 죄를 키우고 있습당.

참말 황당하구멍. 입과 코의 기능은 제대로 잘 이용하고 있냥? 입은 한 개를 달아주고 먹고사는 데 주력하고 말은 함부로 하지 말라고 혀를 설설설(舌舌舌) 기듯이 말을 살얼음판 기듯이 설설 기면서 느리게 하고 줄이라고 혀라고 이름을 지어주었건만 이놈의 죄수들은 소용없습당. 마치 고속도로를 질주하는 속도로 분노가 치밀거나 자신의 감정이 끓어오르는 대로 뱃속에 있는 말들을 꺼내 마구 험한 말을 뱉어 놓습당.

그래놓고는 그 말이 싹을 틔우고 푸릇푸릇 자라 새끼를 치고 자라서 또 그 씨가 땅바닥에 떨어져 퍼져나가 씨 한 홉을 뿌린 말밭에 몇 가마니의 험한 말이 탱글탱글 영그는 것을 모릅당. 씨앗을 뿌려 농사 지어보면 선한 씨를 심으면 선한 꽃이 피고 나중에 선한 열매를 추수하고 악한 씨를 심으면 악한 꽃이 피고 나중에 악한 열매를 추수하는 걸 다 알 일인데 모르는 것인지 망각하는 것인지 알 수 없습당. 분한 일이 일어나면 혀를 깨물고 죽고 싶다고 자신의 입으로 말하면서도 그걸 모를 리가 있냥?

그러게 말입당. 분명히 그렇게 말하는 건 혀를 잘못 놀려서 그렇다는 걸 인정하면서도 머리로는 자신이 잘못 해서 그렇다는 생각을 안 하고 모두 남의 탓으로 돌립당. 코는 어찌 되었냥? 코도 한 개를 달아 주었습당. 얼굴 중에서 가장 높게 달았냥? 숨 쉬는 통로라서 얼굴 중에서 가장 높게 달았습당. 그런데 그게 또 말썽입당. 그게 말썽이라닝? 콧대를 숨 쉬는 통로라서 높게 달아주었더니 그걸 자존심을 세우는 척도를 만들어 버렸습당. 자기들끼리 콧대가 세다느니 콧대가 높다느니 어쩌고저쩌고 떠들어대고 그뿐이 아닙당.

그뿐이 아니면 또 무슨 문제가 있단 말강? 성형외과에 가서 콧속에다 실리콘을 집어넣고 콧대를 인위적으로 마구 세워서 이 사람 코나 저 사람 코나 똑같아 보입니당. 아니 콧속에다 실리콘을 집어넣다니 생살을 찢고 실리콘을 넣는 이유가 뭐란 말강? 그 이유는 콧대가 서야 미인이라는 남자들이 여자를 고를 때 미의 중심이 되다 보니 너도 나도 하고 있습당. 그뿐 아닙당. 눈도 크게 보이게 한다고 눈을 강제로 찢어 크게 만들기도 하고 쌍꺼풀을 만들기도 합당. 그렇게 강제로 찢거나 쌍꺼풀을 한다고 더 많이 보이고 천상 옥경대가 보이기라도 한다더냥?

눈이 크든 작든 쌍꺼풀이 지든 안 지든 모두 보이는 면적은 똑같이 도수를 맞추어 놓지 않았냥? 옥상님도 답답하십당. 눈을 찢고 쌍꺼풀을 하는 건 더 많이 보고 천상 옥경대를 보려고 하는 게 아니고 멋으로 예쁘게 하려고 하는 거라니깡. 그럼 멋으로 예쁘게 그렇게 한다고 신선 선녀라도 된단 말강? 그들이 신선 선녀를 말로는 하지만 실제로는 없다고 생각하고 말합당. 그래 그래야징. 그들이 실제로 천상 옥경대에 신선과 선녀가 사는 걸 알면 또 다른 죄를 지을 가능성이 있징. 절대로 실제로 있다는 걸 알아서는 안 되느니랑.

당근이징, 조금도 모릅당. 그런데도 지라를 꺼내 흔들면서 지랄한단 말강? 옥상님, 그들은 지랄이 뭔지도 모르고 그냥 지랄한다고 말할 뿐입당. 죄를 짓는 일에만 머리가 천재인 모양이구낭. 여기서 쫓겨나서 귀양지에서도 저렇게 부끄러운 줄 모르고 서슴 푸르게 설쳐대고 인간 목숨을 나한테 허락도 없이 저리 마구 죽이다 닝. 어찌 저렇게 파렴치한 일을 할 수 있단 말냥. 죄를 뉘우치는 게 아니라 자기 세상인 양 설치고 있지 않냥?

내가 잘못했구낭. 너희들 말대로 저들을 사람 죽인 만큼 고통이 오도록 고개를 들고 살 수 없도록 해야 했었구낭. 내가 잘못했엉. 모든 것이 내 불찰이양. 여기서도 죄를 지었으니 인간 세상에 가도 죄를 지을 수 있다는 생각을 해야 했거늘 조용히 자신을 반성하며 살다가 오리라는 너무 낭만적인 생각을 한 내게 잘못이 있엉. 저렇 게 많은 사람이 죽어서 원귀가 되어 옥경대로 오지도 못하고 지상 에서 영원히 떠돌게 하다닝. 저들에게 줄 형벌을 너희들이 회의해 서 전면 수정을 하고 다시 새로운 방법을 만들어서 형벌 목록을 가져 오랑. 넹 목록을 만들어 가져오겠습니다. 지금 바로 5분 내로 만들어 와랑. 넹, 5분 내로 만들어 오겠습당.

손가락을 까닥하자 모든 법관이 날개를 퍼덕이며 바로 몰려들어 회의한다. 오색 찬란해 눈이 부실 정도의 날개들은 눈 한 번씩 꿈 틀거리자 자신의 좋은 아이디어들이 모두 스캔되어 한 곳으로 저 장된다. 새싹은 가장 아픈 자리에서 아픔을 뚫고 돋아나는 법. 이 제 곧 지상천국이 건설될 날이 가까워져 오는가 보당. 이렇게 새로 운 설계를 짜야 할 만큼 진통이 오는 걸 보닝.

넹, 아무래도 곧 매화가 필 것 같습당. 천상에 복숭아꽃이 만발 하듯 지상에 매화꽃이 만발해야 죄수들이 모든 것이 보여 자신을

뉘우치면서 영생을 살징. 맞앙. 지금 지상 감옥 죄수들은 자신들
이 무슨 죄를 짓고 지상으로 귀양 간 줄 전혀 모르기 때문에 미련
스럽게도 시기 질투 증오들을 머릿속에서 일어나는 대로 상대 죄
수들에게 화풀이하잖앙.

똑같이 죄인인 걸 안다면 저렇게 잘난 척, 있는 척, 배운 척, 온
갖 척을 짓지 않을 텐뎅. 무척, 그러니까 저런 척을 하지 않고 함께
어깨동무해야 귀양살이하는 동안 행복하게 고통을 줄인다는 걸
모르니 한심하징. 귀양 보내기 전에 그렇게 교육해서 척을 짓지 말
고 남을 잘 되게 하라고 일러 주었건만 가뭄에 안개비 같은 짓만
하고 서로 으르렁거리고 있으니 이제 확실한 대책을 세우라고 옥
상님께서 저러시는 것 같습당.

참 신기하징. 여기에 주술 기호를 벤치마킹해서 지상 감옥에서
도 점을 봐주는 일을 하고 있으닝 말이양. 아무래도 여기 천상에
서 살던 기억이 싹 사라지기야 하겠엉. 어딘가 모르게 몸속 유전
자로 남아 있다가 자신들도 모르게 소가 되새김질하듯 습관적으
로 되새김질을 하겠징. 그렇겠징. 신선 선녀의 유전자가 아예 사라
지지는 않을꺼양. 천상 기억만 지웠지 뇌는 그래도 5% 정도는 쓸
수 있도록 만들어서 내려보냈으니깐. 맞앙. 5%만 쓰고 나머지는
고스란히 천상에서 쓰도록 뇌 서랍에 넣어서 자물통으로 잠가서
내려보냈잖앙.

죄수들이 무슨 재주가 있어 뇌 서랍을 열 리는 없고 최대한 써

봐야 5% 정도만 쓰도록 장치를 걸어두었건만 그 뇌를 이용해 또 저런 짓을 저지르니 죄의 유전자를 타고 태어난 것들 아닌지 통 알 수가 없넹. 죄의 형량을 더 무겁게 만들어야겠어옝. 뇌를 5%밖에 못 쓰도록 해 놓았다고 너무 방심한 것 같기도 행. 그래 맞아. 너무 방심한 거양. 뇌를 한 20% 정도 쓰게 해서 감옥살이를 충실하게 안 하면 또 천상계에서 지상으로 자신이 무슨 죄를 지어서 몇 년 형을 받아서 내려간 걸 안다면 조용히 죄를 뉘우치며 서로 도우면서 귀양살이가 지금보다 훨씬 조용하고 아름답게 할 수도 있지 않았을깡?

그럴 수도 있지만 뇌를 이용해서 더 악랄한 짓을 할 수도 있징. 도무지 저렇게 멍청한 죄수들을 어찌해야 할징 죄를 짓는 데는 탁월하고 그 뒷면은 모두 깜깜하니 원. 옥상님께서 어찌하든 해결책을 내시겠징. 우리는 얼른 계획표나 다시 짜서 드리자공. 맞아 그리 하자공. 상세 내부까지 만들어 놓은 모든 것을 가지고 와보랑. 도대체 죄를 씻고 오라고 보내놓았더니 내가 보지 못하는 감시 소홀을 이용해서 저희끼리 또 패거리를 만들고 서로 화합하지 못하고 심지어 죽이기까지 하는 죄를 짓는단 말징?

그들이 어떤 정신으로 살고 있는지 그들이 쓴 책들도 각 나라라는 걸 만들어놓고 써대고 저희끼리 고전이니 뭐니 떠들어대고 있는 책들을 1만 권 정도를 모두 스캔해서 밝향을 피우고 그 앞에서 돌리거랑. 구조를 파악해서 새로운 방향으로 모든 걸 재조정해야

겠당. 어째 귀양을 간 인간들이 저렇게 또 악행을 저질러 다시는 옥경대로 오지 못하고 땅에서 영원히 원귀가 되도록 한단 말냥. 이거 보통 일이 아니구낭. 넹, 옥상님 책 1만 권을 모두 스캔 떠서 가져왔습당. 저승사자를 대령시켜랑.

넹, 저승사자부장 대령입니당. 저승사자는 잘 듣거랑. 이제부터 인간 세상에 내려가서 귀양 갔던 사람들을 데리고 올 때 주의해야 할 일이 있당. 옥경대에서 한 규칙을 철저히 열 손가락에 다 발라서 인간 감옥에서 출소시켜서 데리고 올 때 혼만 호리병에 담아오지 말고 그 죄목을 모두 일목요연하게 기록할 서기관을 꼭 대동시키도록 하랑. 그렇게 출소를 한 사람들은 서기관이 그 죄목을 향불 경대 위에 올려놓으면 죄가 많으면 붉은색 그다음 주홍색 그다음 노랑색 그다음 초록색 아주 인간 세상에서 선업을 하면 남을 도우면서 귀양을 마치고 출소한 사람은 파랑색으로 분리수거하도록 하랑.

파랑색만 다시 옥경대에 배치를 해서 다시 살 수 있게 하고 나머지는 각자 급수에 따라 죄질을 저울에 달아 그 무게만큼 인간 세상에 가서 죗값을 치를 수 있도록 하거랑. 자세한 세부방침은 너희들이 정해놓은 법규에 따라 처리하도록 알았낭? 저 미련한 인간들, 저희가 뭐기에 또 법이란 걸 만들어 감옥에 넣는 걸 봐랑. 천상계에서 내려온 죄인인 걸 아무리 모르고 산다고 해도 그렇징. 어떻게 죄인끼리 감옥을 만들어 가두고 심지어 사형을 시킨단 말양.

그리고 출소할 때 다시 감옥 가지 말라고 두부를 먹이는 저 행위는 우리 천상에서 신선들이 귀양 간 인간들이 형을 마치고 지상에서 천상으로 올 때 구천궁 직전에 감로수를 먹이는 행위를 그대로 본뜬 행동 아니냥? 넹, 그런 것 같습당. 맹랑한 인간들 같으니라공. 그러니 저희끼리 윤회설이니 뭐니 만들어 놓고 또 지상으로 귀양 오기를 바라는 저런 빌어먹을 미련퉁이들이 있낭. 에에에엥! 빌어먹을 인간들 열심히 선업을 쌓아 얼른 감옥에서 빠져나올 생각은 커녕 도로 죄를 더 키우는 일만 하고 있으니 한심하고 두심하고 열심하구낭.

그런 것 같습당. 귀양 갔다는 건 상상도 못 하고 천상에서 하던 행동을 또 그대로 지상에 인간이란 육신을 가지고도 반드시 죽는다는 걸 알면서도 다시 말해 지상에서 귀양살이가 언젠가는 끝나고 어디론가 가야 함을 모두 알면서도 저렇게 천년만년 살 것처럼 아우성을 치면서 저러니 어쩌야 쓰간디영.

곧 머지않아 인간 세상 감옥도 만원이 되겠는데 다른 우주를 한 번 찾아뺑. 저 수천억 명의 떠도는 영혼을 저대로 지상에 두면 질서가 혼란스러워져서 안 되니 다른 감옥을 만들어서 그 영혼들을 격리하도록 하랑. 그리고 그 억울하게 비명횡사한 영혼 중에서 나보다 남을 생각하는 세포가 영속에 남아 있는지 조명물질을 영에 투여해보고 그런 세포가 영속에 남아 있거든 영에 묻은 흙을 털어내고 침을 발라 목욕을 시킨 다음 다시 옥경대로 데리고 오고 조명물질을 영에 투여해보고 그런 세포가 영속에 남아 있지 않거든 분리해 다시 더 고통스러운 감옥으로 분리를 철저히 하랑.

그렇지 않으면 그 떠도는 영혼들 사이에서 또다시 저희끼리 죽이고 죽는 살인이 일어날 테니깡. 반드시 영을 하나하나 검사해서 옮기도록 알겠낭. 넹, 그럼 황금어 비늘 조각으로 비춰보고 하나하나 영속에 있는 세포를 검사하겠습당. 황금어 비늘 한 조각을 떼어가겠습당. 반드시 비단 황금의 비늘 조각으로 하랑. 비단 황금어 비늘 중에서 겨드랑이 부분의 것이어야 미세한 부분까지 볼 수 있당. 그래야 정확한 진단을 할 수 있으니 반드시 비단 황금의 겨드랑이 비늘을 사용하랑. 그리고 억울하게 죽어서 중천에 떠도는 영혼 말고 현재 인간 속에 살아있는 영혼도 조사하랑.

그들의 영혼은 청단 황금어 겨드랑이 비늘 조각으로 하랑. 그래서 죄의 형량이 얼마나 남았는지를 모두 파악하고 그 쓸데없는 영의 껍질을 장례식이니 뭐니 해서 얼음냉동실에 넣어 두는 맹추 같은 짓을 하지 못하도록 행. 미련한 것들 같으니라공. 기운을 다 거두어가면 형량이 끝나서 다시 천상으로 오는지도 모르고 울고불고 통곡하고 껍데기를 그러안고 오만방정을 다 떠는 걸 보면 한심하구멍. 형량이 끝나면 춤을 춰야지.

죄인 중에 중국에 장자라는 작자 좀 봐랑. 아내가 죽었는데도, 장자는 질그릇을 두드리며 노래하고 춤을 추지 않았느냥? 장자가 춤을 추자 이를 본 친구 혜자(惠子)가 아내가 죽었는데 어찌하여 슬퍼하지 않고 춤을 추냐고 묻는데 그 대답이 '처음에는 슬펐지. 그러나 곰곰이 생각해보니 아내는 본래 형체도 없었고, 형체는 기(氣)에서 생겼고, 기는 변화하여 생명이 되었으며, 다시 변화하여 죽음이 되었을 뿐이다. 이는 사계절이 바뀌는 것과 같으니, 내가 어찌 통곡으로 자연의 흐름을 거스르겠는가?' 하고 말하는데 무언가 알고 있는 듯한 냄새가 풍기진 않냥?

글쎄용. 아아앙 생각해보니 그렇기도 하네용. 근데 저 인간들은 뭔가 아네용. 장자라는 자가 천기누설을 했잖앙. 아앙, 그런데 장자 아내가 천기누설을 했네용. 자기가 죽거든 춤을 추어 달라공. 저 장자 아내는 아마도 천상계를 알고 있는 듯하당. 그렇지 않고서야 영을 모두 걷어내서 서랍에 잠가 두고 귀양을 보낸 인간들 머리에서 껍데기를 그러안고 땅을 치며 우는 인간들 머리에서 어찌 천상에 갔다고 형량이 끝났다고 생각하고 저렇게 춤을 춰달라고 부탁할 수는 없는 일당. 그러니 저 인간은 분명 자신이 죗값을 다 치르고 천상 옥경대로 오는 것을 알고 있음이당.

그런 것 같습당. 혹, 저승사자 소행이 아닐까용? 설마 저승사자가 불법을 저지를 리가 있겠냥. 어디 한번 천리경을 비춰 볼까용. 혹시 모르니까 천리경을 저승사자에게 비춰 보그랑. 저것 보십시용. 저 여인에게 반해서 천상을 보여주는 게 비칩니당. 어딩? 쯧쯧! 저 찌지리 같이 정신을 못 차리고 감옥소 여인에게 정신을 나눠주는 저 찌지리머저리주저리를 당장 호출하랑. 상제님 저렇게 미인이니 그런 마음이 들 수도 있는 거 아닙니깡? 잠시 본분을 잊고 정신이 아찔했을 수도 있잖아영.

 뭐랑 이 얼빠진 놈 같으니라공. 어서 가서 천리경을 가져 오너랑. 넹, 여기 천리경 대령입당. 저승사자는 그 눈깔사탕보다 더 큰 눈깔로 천리경을 보거랑. 아잉 아잉! 죽을죄를 지었습당. 그럼 죽어야징. 죽이긴 아까우니까 지상으로 귀양을 보내거랑. 지상에 내려가서 노예를 해방시키는 일을 하다가 감옥살이를 마치고 온 간디의 뒤를 이어 일을 하다가 오되 절대로 사람을 죽여서는 안 되느니라 알겠냥. 넹, 형량은 얼마나 됩니깡? 니가 지상 감옥에서 얼마나 충실하게 죄를 뉘우치냐에 따라 형량이 정해질 것이양. 넹. 명령 받잡겠습당. 당장 저승사자를 인간 세계로 내려 보내랑.

 넹, 근데 옥상님 어느 가문에 몇 번째 자식으로 보내야 합깡? 지상 감옥을 비춰봐. 넹. 지상 감옥 대령입당. 저기 저 지금 지상 감옥 경복궁에서 결혼사진 촬영을 하고 있는 저 부부에게로 보내랑. 저 부부는 적당히 고생도 했고 적당히 공부도 했고 적당히 인격도 갖추었고 살기가 넉넉하지는 않아도 저들의 육을 빌려 영을 넣으면 충분히 감옥 생활을 잘하고 또 그런 죄를 짓지는 않을 거양. 오늘 저녁 저들은 웨딩이 끝나면 저들이 살 전셋집으로 가서 합궁할 것이야. 그때 영을 집어넣도록 하랑. 넹. 분부대로 거행하겠습당.

 참, 우리가 나중에 찾기 쉽게 오른쪽 이마에다 조그맣게 점을 찍어 놓앙. 얼마나 크게 찍어야 합니깡? 콩알만 한 점 두 개를 찍어

뒤랑. 넹. 명령 거행하겠습당. 이번에 법 개혁은 좀 더 강도를 높이 도록 알겠낭. 인간들이 점점 교묘해져서 죄를 탕감하고 다시 옥경 대로 돌아올 인간들이 점점 줄어들고 있음을 직시해랑. 그걸 직감 적으로 느낄 수 있는 방법도 연구해 보도록 하랑.

넹. 죄를 황금 저울에 달아서 형량을 먹이도록 하랑. 그리고 나 머지 죄를 체로 쳐서 걸러내어 황금연못에 뿌려랑. 죄를 희석할 수 있는 알약 하나를 섞도록 하랑. 넹. 분부 받들겠습당. 금황조의 비늘로 어지러운 인간 세상을 재정비하랑. 금황조는 이리 오너랑. 할할할할 금황조 입당. 부르셨습깡. 그래 부르지 않았으면 왜 왔 냥. 물어보나마나 한 말 지껄이지 말고 내 말 머릿속에 잘 심어 두 거랑. 할할할할 넹. 인간 세상이 어지러워 너의 깃털 하나가 필요 하당. 깃털 유전자를 뽑아서 저 지상에 있는 날개 달린 모든 짐승 의 깃털에 연결하랑.

인간이 어떤 짐승을 삶아 먹고 구워 먹을지 모른당. 하다못해 모기 눈알 요리까지 먹는 것이 인간들이니깡. 그건 어쩔 수 없이 귀양지에서 살아남기 위함이니랑. 유전자를 짐승들에게 이항해 주 면 날개 달린 짐승 요리를 먹는 인간은 살인을 예방하는 예방백신 이 될 것이당. 넹. 근데 이 귀한 저의 깃털이 굳이 인간 세상의 예 방약으로 처방이 되어야 하다니 슬픔당. 어쩔 수 없지. 귀양 간 인 간들이 제멋대로 또 다른 죄를 만들어 내고 있으닝. 귀한 날개인 줄 몰라서 그러는 게 아니당. 귀하니까 필요한 거양. 지금은 감옥이 아수라장이양. 지금은 깃털 유전자 하나면 막을 일을 그냥 두면 너의 유전자 모두를 지상으로 전송해야 할지도 몰랑.

명심보감 한 그릇 들이키거랑. 넹. 눈물을 머금고 날갯죽지 중에서 가장 보드라운 깃털 유전자를 뽑아 지상에 있는 모든 짐승에게 예방 접종을 시키겠습당. 그렇지만 저의 깃털 하나가 더 돋으려면 천 년이 걸리는데 천 년을 기다리려니 넘 슬픕당. 슬퍼할 일이 그렇게도 없더냐? 그까짓 일에 슬퍼하겡. 그 쓸데없는 헛소리 쓸어 버려랑. 쓰는 길에 마당도 쓸도록 하랑. 마당 아직 안 쓸었지 않냥? 넹. 지금 쓸겠습당.

금황조가 날개를 한 번 휘이익 펄럭이자 천상 옥경대 경내가 먼지 한 톨 없이 깨끗해진다. 뒤이어 금황어가 뻐끔뻐끔 소리를 내며 나타나 비늘 한 조각을 던지자 바닥은 반질반질 윤이 나도록 깨끗이 닦인다. 바닥이 깨끗이 닦이자 금돌고래가 푸우 입을 한 번 품자 꽃병 가득 물소리가 꽂히고 복숭아꽃들이 화르르 호르르 날아와 차례대로 꽃병에 꽂혀 무릉도원이 된다. 금무당벌레가 날개를 퍼덕이자 백합보다 더 희고 맑고 투명한 향기들이 공중에서 희희낙락 웃으며 나폴리나폴리 춤을 춘다.

아침 시간이 이렇게 옥황상제의 궁전을 정리하자 옥황상제가 축지법으로 궁전을 끌어당긴다. 궁전의 의자는 자동으로 옥황상제의 엉덩이를 끌어다 앉히고 금가루가 가득한 물 한잔이 사쭐리사쭐리 엉덩이를 흔들며 걸어와 옥황상제의 책상 앞에 내려앉는다. 물

한 모금으로 목을 축인 옥황상제가 손바닥으로 입을 스윽 문지르자 입속에 있던 말들이 입 밖으로 질서정연하게 걸어 나온다.

오늘의 회의 주제는 지상에 귀양 보낸 인간들이 감옥살이하는 동안 최소한 살인을 하는 일을 막도록 하는 대책을 세우는 것이당. 특히 인간들이 귀양살이하는 동안 자신의 죄가 바로바로 현실로 드러나게 하고 최소한 먹고 자면서 귀양살이를 할 수 있도록 그 재물이 얼마나 허무하고 자신의 잘못이 타인에게 얼마나 잔인한 일이었나를 체험할 수 있도록 하랑. 귀양을 간 주제도 모르고 인간이 감옥에서 또 저희끼리 교육이니 뭐니 만들어 저희끼리 잘난 체 귀한 사람을 업신여기고 짓밟아 고통을 주니 이제 그네들이 하는 교육으로 안 된당.

이제는 강제로 약을 써서라도 그런 마음에 예방주사를 공기 속에 유전자를 섞어 내려보내라는 것이당. 그렇게 해도 안 되면 다음으로 더 강력한 제재를 가해야징. 더 강력한 제재는 무엇으로 준비해 둘까용? 더 강력한 제재로는 천상 옥경대의 각 분야의 유전자를 모두 인간 감옥으로 전송시켜 또 다른 욕심이나 죄를 지으면 바로 자신의 눈에서 벌을 받을 수 있도록 철저하게 유전자를 전송하도록 하랑. 그리고 그 업무를 분담하도록 하랑. 업무의 상세 내용은 다음과 같으니 조금의 실수가 있어서는 안 된당.

강무기 너의 무자비하고 인정사정 규정 없는 그 유전자를 인간 감옥으로 전송하랑. 무자비하고 인정사정 규정 없는 그 유전자를 인간 감옥으로 전송해 권력이나 힘을 이용해 무자비하게 사람을 죽이도록 명령을 내리든가 핵이라는 무시무시한 무기를 이용해 인간을 죽이려고 하거든 한 치의 어김도 없이 바로 작전 명령 직전에 살포하랑. 넹. 바로 준비를 하겠습당. 녹비 너의 유순하고 파란 심장의 유전자를 인간 감옥으로 전송하랑. 유순하고 파란 심장의 유전자를 인간 감옥으로 전송해 그 유전자는 죄의 근량이 적고 성격이 유순해서 남에게 늘 피해만 당하는 그러면서도 억울함도 호소하지 못하고 가슴에 울화병을 키우는 사람에게 울화병을 치료하도록 하랑. 그래서 형량을 제대로 모두 마치고 천상 옥경대로 다시 무사히 올 수 있도록 하랑.

　넹. 바로 로딩하겠습당. 너의 긴 꼬리와 겨드랑이 밑에 달린 깃의 유전자를 인간 감옥으로 전송 하랑. 긴 꼬리와 겨드랑이 밑에 달린 깃의 유전자를 인간 감옥으로 전송해서 그 유전자는 뒤끝이 길어 남을 끊임없이 괴롭히고 겨드랑이 밑에 달린 깃을 이용하여 어깨에 시멘트벽을 하고 자신보다 못한 사람을 업신여기고 함부로 얕잡아보며 괴롭히는 인간에게 즉각 반응하여 시멘트벽을 허물어 자신보다 못한 사람을 업신여김과 동시에 그 죄인이 무너지도록 하랑. 넹. 바로 착수하겠습당. 성한몸 너의 몸에 붙은 암수의 유전자를 인간 감옥으로 전송하랑. 몸에 붙은 암수의 유전자를 인간 감옥으로 전송하여 그 유전자는 남녀가 모두 시기와 질투에 싸여 저희끼리 죽이고 죽는 일이 벌어져 혼란스러움이 극에 달한 인간 감옥에 시기 질투를 모두 예방해서 그들이 형량을 무사히 마치고 천상계로 오도록 하랑. 넹. 바로 접속하겠습당.

천미호 너는 천 개의 꼬리와 열 개의 귀, 천 개의 눈 유전자를 인간 감옥으로 전송하랑. 천 개의 꼬리와 열 개의 귀, 천 개의 눈 유전자를 인간 감옥으로 전송하여 그 유전자는 사람들에게 자신의 이익을 위해 살랑거리며 꼬리를 치고 남의 말을 엿듣고 말을 옮기며 남의 눈을 속여 나쁜 짓을 일삼는 인간들을 즉각 처단하랑. 그 꼬리침과 말 옮김과 남의 눈을 속인만큼 자신에게 열 배의 형벌이 가해지도록 조치하랑. 넹. 바로 조치하겠습당.

주노비 너의 선비정신의 유전자를 인간 감옥으로 전송하랑. 선비정신의 유전자를 인간 감옥으로 전송하여 그 유전자는 부와 권력을 움켜쥐고 힘없는 사람을 노비로 마구 부리며 함부로 인권을 말살시키고 사대부라 칭하는 자들이 세도를 부리며 노비들을 돈으로 팔고 사는 아주 악랄한 일을 하던 행동을 오늘날에도 하고 있당. 귀양 간 주제에 저렇게 파렴치한 행동을 하고 있당. 그러니 유전자를 전송해서 저런 짓거리를 하는 죄인들을 가차 없이 처단하랑.

그 죄수들을 부와 권력을 바로 제거하고 못된 권력자와 부는 몰락시키고 노비가 다시 부와 권력을 가지고 갑이 되어 그들이 두 눈으로 똑똑히 보고 심보를 고쳐먹고 귀양살이를 끝내고 천상으로 무사히 돌아오도록 하랑. 넹. 바로 심보를 담겠습당. 유비담 너의 유전자를 인간 감옥으로 전송하랑. 유전자를 인간 감옥으로 전송하여 그 유전자로 사람의 탈을 쓰고 교활하게 사람을 괴롭히며 짐승처럼 행동하면서 조용히 감옥 생활을 잘하는 민생을 쑥대밭으로 만들어 정신질환을 일으키게 하는 온갖 행패 그러니까 예를 들면 물건들을 모두 사서 쌓아 두었다가 가격을 올려 이익을 취하거나 길거리에서 가게도 없이 포장마차를 하는 사람들에게 일정 금액 뜯어가는 행위같이 공공질서를 어지럽혀 서민들이 살아가는 데 곤란함을 겪게 만드는 일체의 아주 교활한 인간을 그 반대로 똑같이 교활한 것이 어떤 것인가를 느끼도록 만들어 일생 깨우치며 귀양살이를 하도록 하랑.

넹. 바로 장전하겠습당. 고조충 너의 충 유전자를 인간 감옥으로 전송하랑.

14

충 유전자를 인간 감옥으로 전송하여 그 유전자로 선량하게 자신의 몫을 묵묵하게 감당하며 귀양살이를 하는 인간들에게 마구 기생충처럼 무리를 지어 국민을 위해 정치를 한다는 명분을 세우고 자신의 이익을 위해 서민의 피를 쪽쪽 빨아들이는 정치 기생충들에게 유전자를 전송해 그들이 피를 빨아먹은 양의 열 배를 더해서 피를 빨린 서민들에게 피를 빨리도록 하랑. 그 기생충들이 피를 쪽쪽 빨아먹은 사람들의 눈앞에서 무릎을 꿇고 빨아먹은 피를 토해내도록 하랑. 그렇게 각을 열게 한 다음 남은 형량을 무사히 마치고 천상 옥경대로 귀환할 수 있도록 하랑.

그리고 마음속에 욕심이 가득해 제 것만 알고 은혜를 원수로 이용하며 잔머리를 굴리는 인간들의 얌통머리 없는 이기심이 사회를 얼마나 망가뜨리는 일인지를 알고 깨우칠 형벌을 바로 내려랑. 넹.

바로 흡혈하겠습당. 유발발 너의 열두 개의 발과 열두 개의 날개 유전자를 인간 감옥으로 전송하랑. 열두 개의 발과 열두 개의 날개 유전자를 인간 감옥으로 전송해서 남보다 발 빠르게 행동하고 날아다니면서 부동산을 사서 서민들의 귀양살이가 더욱 고통스러워 고통을 받는 그들과 상황을 맞바꾸어주도록 하랑.

귀양 가서도 죄를 또 지으며 잠깐 귀양살이를 할 그곳에 어찌자고 영토를 천년을 살 것처럼 확보하고 다니냥. 그러는 바람에 열심히 땀을 흘리며 귀양살이하는 사람에게 또 다른 고통이 가중되는 것을 막도록 하랑. 그들이 남보다 발 빠르게 행동하며 많은 날개로 날아다니면서 부동산을 사서 서민들의 귀양살이가 더욱 고통스러워진 것만큼 서민들이 보는 앞에서 입장을 바꾸도록 하랑. 그리하여 다시는 귀양살이 하는 인간이 또 다른 고통을 당하면서 귀양살이를 하지 않고 만기 출옥을 하여 천상으로 돌아오도록 하랑. 넹. 바로 부동자세하겠습당.

멍총롱, 넹! 너의 유전자를 지상 감옥에 전송하랑. 너의 유전자를 지상 감옥에 전송해서 귀양 가서 제대로 죄를 뉘우치지 못해 귀를 먹거나 눈이 안 보이거나 말을 못 하거나 곱사등이거나 소아마비 등 전생의 업이 소멸하지 않아 옥경대에서 귀양을 보낼 때부터 귀양살이가 끝날 때까지 한 가지씩 고통을 더해서 인간으로 귀양살이를 보낸 그 죄인들에게 이 빌어먹을 인간들이 유해를 가하고 있당. 귀먹거나 눈이 안 보이거나 말을 못 하거나 곱사등이거나 소아마비 등 전생의 업이 소멸하지 않아 옥경대에서 태어날 때부터 서로 도와주며 업장을 소멸하라고 한 일이거늘 도와주기는커녕 그 사람들을 비웃으며 천대하고 무시하며 함부로 대하는 그들에게 그들과 똑같은 벌을 주어서 귀를 먹거나 눈이 안 보이거나 말을 못 하거나 곱사등이거나 소아마비가 되도록 하랑.

반대로 이들에게 인정을 베푸는 사람들에게는 그 대가로 복록을 주어 인간 감옥생활 내내 풍요롭게 생활하면서 형량을 마칠 수 있도록 하랑. 넹. 바로 예방을 준비하겠습당. 오모리, 넹. 너의 다섯 개의 머리에 들어 있는 상서로운 기운의 유전자를 지상 감옥에 전송하랑. 다섯 개의 머리에 들어있는 상서로운 기운이 유전자를 지상 감옥에 전송해서 인간들이 자신의 마음에 들지 않거나 무언가 조그만 일에도 원한을 가지고도 남의 집에 불을 지르거나 관공서 같은 공공건물 아니면 전철 같은 사람이 많이 모인 곳에 불을 지르는 죄인들이 있으니 이들이 불을 지르려고 마음을 먹는 순간 그 방화범을 철저히 차단하는 유전자를 보내고 그렇게 불을 내는 인간에게는 다시 더 뜨거운 사막 쪽으로 태어나게 해서 불지옥보다 더한 고통을 받으며 인간 세상에서 감옥살이할 수 있도록 하랑.

넹. 바로 불씨를 심겠습당. 태풍월, 너는 부시고 조지고 늘 위태로움을 바로잡고 전쟁을 일으키려고 마음을 먹지 못하는 유전자를 지상 감옥으로 전송해서 그 유전자로 사람의 얼굴을 했지만, 짐승의 마음을 가지고 있는 인간들이 땅을 머리에 이거나 금고 속에 넣어두고 살 것도 아니면서 자국의 이익을 위해서라는 명분을 만들어 전쟁을 일으키려는 인간이 있당. 그런 인간들이 그런 짓을 하려고 마음먹으면 먼저 유전자를 송출해서 중천 귀신이 되지 않도록 미리 방지하랑. 이들에겐 전쟁을 일으킬 생각과 동시에 아랫도리 주장자의 힘을 쑥 빼버려 전쟁이란 생각 자체를 머릿속에서 지워 버려랑.

지금까지도 너무나 많은 사람의 넋이 저리 떠돌아다니며 기상이변을 일으키며 매미 쓰나미 허리케인 또 다른 무수한 이름으로 사람들에게 피해를 주는 저런 중천 신이 되지 않도록 방지하란 말당. 넹. 바로 원조하겠습당. 흡혈라, 넹. 너는 인간의 피 냄새를 조절할 수 있는 유전자를 지상 감옥으로 전송하랑. 인간 감옥에서는 흡혈귀가 마구 날뛰고 있당. 남의 피를 뽑아서 먹고 사는 잡귀당. 자다가 심장마비로 가다가 심장마비로 원인을 못 찾으면 심장마비라고 또 피가 모자라면 빈혈이라고 아무것도 모르는 인간들이 그렇게 단정 짓지만, 이는 모두 저 흡혈귀들의 짓이다.

그 잡귀인 흡혈귀가 인간에게 해를 끼치려 할 때는 가차 없이 가루를 만들어라. 이 인간의 피는 혼을 영위시키는 소중한 자원이니랑. 그들이 빨아먹어 치우면 인간 감옥에 인간을 귀양 보낼 수가 없게 된당. 철저하게 단속하도록 하랑. 또 다른 흡혈귀는 착한 심성을 가진 인간이 피처럼 생각하는 재산을 모두 빨아먹는 흡혈귀도 있당. 살아 있는 인간의 몸속에 들어있는 흡혈귀당. 남의 재산이나 마음을 마구 빨아먹는 살아 있는 흡혈귀는 남의 재산을 자신이 빨아먹은 것의 열 배를 더해서 고통을 받고 감옥 생활을 하도록 하랑.

넹. 바로 흡혈하겠습당. 고용인 너는 인간의 얼굴을 하고 용의 몸체에 비늘이 성성한 반은 용, 반 인간의 유전자를 지상 감옥으로 전송하랑. 억울하게 죽은 잡귀가 곳곳에 비를 마구 퍼부어 인간을 마구 쓸어버리는 일을 일삼고 있는 일을 막으랑. 인간들은 아무것도 모르니 홍수가 질 때마다 노아의 방주니 하늘이 무심하느니 떠들어 대기만 할 뿐 아무것도 모르고 그 물에 속수무책으로 당하고만 있당. 그렇게 당해서 죽은 인간 역시 모두 잡귀나 악귀로 떠돌며 또 다른 공작을 펼치며 인간을 고통 속으로 빠트리고 있당.

그런 악귀 잡귀들을 모두 태워서 바람으로 만들어 버려랑. 주의할 건 파랑 바람으로 만들어 나뭇잎이나 풀들에 얹혀서만 살 수 있도록 하랑. 그렇게 자신을 태워 인간에게 이롭게 수도를 시킨 다음 조금 좋아지면 다시 남은 형량을 비춰보고 인간으로 환생시켜 형량을 완수하고 천상으로 불러오도록하랑. 넹. 바로 파랑하겠습당.

동왕모. 넹. 너의 제비 꼬리와 호랑이 이빨과 휘파람의 유전자를 지상 감옥으로 전송하여 그 유전자로 힘이 센 인간들이 힘 약한 인간을 마구 괴롭히며 그 푸른 휘파람으로 아름다운 여인들을 꾀어내어 질서를 혼란스럽게 하고 공공연하게 남자들은 여자를 몇 명씩 휘파람으로 꼬여내어 옮겨가며 사랑이라는 명분을 씌워 잠시 만나고 헤어지고 또 만나고 하다가 결국 가정을 파괴하며 정치계나 재벌계나 난리를 치고 있고 신문이란 종이 쪼가리를 만들어 연일 오르내리게 하고 텔레비전이란 걸 만들어 얼굴까지 찍어대는 참담한 일을 처리하랑.

제비 꼬리와 늑대 이빨과 휘파람 유전자로 여자를 괴롭히는 남자들을 모두 처단하여 사회에 발붙이지 못하도록 하랑. 저희끼리 희롱죄니 무슨 죄니 만들어 봤자 뛰는 놈 위에 나는 놈 있다고 다 소용없는 일이당. 하여 그런 마음을 모두 씻어내는 유전자를 인간 세상 모든 남자에게 뿌려랑. 그 유전자를 남자들의 성기에 뿌려두면 남자들은 밖에서 어떤 여자를 만났는지 모두 바코드로 찍힐 것이니 아내들한테 문전박대를 당할 것이용. 한두 번 당하면 자신이 움직이는 곳마다 바코드로 찍혀 아내에게 카메라로 찍듯이 전송되어 절대로 성적으로 혼란스러운 마음을 갖지 못하도록 하랑. 넹. 바로 시행하겠습당. 제파랑 넹. 너는 너의 몸에 돋은 붉은 비늘과 꾸짖는 유전자를 지상 감옥으로 전송하랑. 몸에 돋은 붉은 비늘과 꾸짖는 유전자를 지상 감옥으로 전송하여 그 유전자로 거만에 가득 차서 다른 사람들에게 마구 거드름을 피우며 괴롭히는 사람들을 그 거드름 피운 사람들에게 다시 열 배로 바로 돌려줘서 본때를 보여줘랑. 사람들이 거만스러운 행동을 못 하고 겸손하게 감옥

생활을 마칠 수 있도록 하랑. 넹. 바로 거만하겠습당.

포효랑! 넹. 너는 양의 몸에 사람의 얼굴을 하고 눈이 겨드랑이에 붙어 아래위를 모두 잘 살필 수 있고 호랑이 이빨에 사람의 손톱을 한 유전자를 지상 감옥에 전송하여 그 유전자로 인간들끼리 서로 으르렁 으르렁 싸움질을 하고 귀양을 간 주제를 까맣게 잊어버리고 잘났다고 잘 난 척하며 힘없는 노약자를 괴롭히는 아직도 몸과 이빨은 신선 선녀가 되지 못하고 겨우 얼굴과 손톱만 사람이 된 걸 조상의 은덕으로 신선 선녀가 되어 천상에서 죄를 짓고 인간으로 내려간 걸 모르는 그 무지들을 다스리랑.

으르렁거리는 동시에 몸은 다시 양으로 만들고 이빨은 다시 호랑이로 만들어 다시는 인간이 되어 죄를 벗고 천상 옥경대로 돌아올 수 있는 기회를 박탈시키랑. 넹. 바로 박탈하겠습당. 눈작공 넹. 너는 사람 모양을 닮았지만, 다리가 여덟 개고 눈이 수천 개인 유전자를 지상 감옥으로 전송하여 그 유전자로 어리석어 아직 수도가 모자라서 인간이 되지 못했다가 역시 조상의 언덕으로 신선 선녀가 되었다가 천상에서 죄를 지어 지상으로 내려가서 극도의 어리석음을 범하고 있는 자들을 모두 발본색원하랑. 똑같이 죄를 짓고 귀양을 간 주제에 또 잘났다고 바보 같다고 타인을 놀리는 일이 벌어지고 있당. 사람 행실도 못 하고 두들기면 맞고 빼앗으면 빼앗기는 바보들의 어리석음을 이대로 두고 보면 자칭 똑똑하다고 판단하고 약삭빠르게 행동하며 어리석은 자를 마구 짓밟아 버리는 자들이 또 다른 다시는 씻지 못할 죄를 짓고 영영 잡귀가 될 수 있당.

그러니 그런 행동을 하는 자들을 바로 바보들에게 그들이 한 행동에서 10배를 더 곱해서 황당하게 만들어 버려랑. 그래서 다시는 잘난 척 날뛰며 어리석은 자들이 또 다른 지상의 죄를 짓지 않고 귀양살이를 끝내고도 잡귀로 중천에 떠돌아다니지 않고 천상으로 다시 돌아올 수 있도록 하랑. 넹. 바로 바보하겠습당. 갑호령 넹. 너는 천상에서 가장 힘이 세고 꼬리에 눈이 천 개 발이 이만 개 손이 천 개인 유전자를 인간 감옥에 전송하랑. 그 유전자로 근본적으로 힘이 없고 약한 천성 때문에 두 손으로 부지런히 일궈놓은 것을 지주들이 모두 빼앗고 기업들이 자신들의 가족인 직원에게 갑질을 하고 인권을 짓밟고 있는 기업의 기둥을 베어 버려랑.

그들이 하는 갑질이 얼마나 잘못된 것인지 바로 눈앞에서 보이도록 조치하랑. 다시는 인간 감옥에서 귀양살이 도중에 일궈놓은 것을 지주들이 모두 빼앗고 기업들이 갑질을 해서 또 다른 죄를 짓지 않게 참회를 시키랑. 순수하고 거룩한 노동이 탐욕스러운 목구멍으로 꿀꺽꿀꺽 넘어가는 일이 없도록 하랑. 그리하여 한을 안고 죽어 중천에 떠도는 잡귀나 악귀로 영원히 떠돌지 않도록 하랑. 그들이 형량을 모두 마치고 천상으로 무사 귀환할 수 있도록 비상 갑호령을 내려 조치하랑. 넹. 바로 갑호령하겠습당.

돌무뇌. 넹. 너는 별같이 번뜩이는 지혜와 암수 한몸인 유전자를 인간 감옥에 전송하여 그 유전자로 아내를 두고도 돈과 명예와 부를 가진 인간들의 객기 어린 행동이 일어나면 즉시 이를 차단해 여자를 만나고 싶은 생각이 없도록 조치하랑. 인간들이 귀양 가서도 정신을 못 차리고 잡은 물고기에는 먹이 줄 관심도 잊어버리고 남의 것에만 관심을 주어 가슴앓이를 시키고 결국 이혼까지 하게 해서 자기 새끼인 아이들까지 불행으로 만드는 일이 일어나고 있당.

앞으로 그런 일이 일어나면 그 자리에서 배우자에게 보여 주게 하랑. 가상으로 만들어서 그런 유전자를 머릿속에 심어주면 고개를 저으며 눈에 불이 켜지고 다시는 그런 마음을 먹지 않고 귀양살이를 마치고 천상으로 올 수 있도록 하랑. 넹. 바로 유전하겠습당. 삼조고! 넹. 너는 의심하지 않고 어떤 무기도 막을 수 있는 신통력의 유전자를 인간 감옥에 전송하랑. 늘 남을 믿지 못하고 자신마저도 믿지 못해 남을 의심하며 모함 속으로 집어넣고 어떤 무기도 막을 수 있는 강한 힘을 믿고 탱크처럼 달려가는 인간들에게 남에게 주는 고통이 어떤 것인지를 일깨워 남은 형기를 잘 뉘우치고 다시 천상으로 올 수 있도록 계몽하랑. 넹. 바로 계몽하겠습당.

여시랑! 넹! 너는 여우보다 더한 꾀주머니와 전쟁을 억제할 수 있는 유전자를 인간 감옥에 전송하랑. 인간들이 천상에서도 으르렁거리며 싸움을 걸어 지상으로 유배를 가고도 그 천성을 버리지 못하고 호시탐탐 이웃 나라를 침탈하기 위해 전쟁을 벌이려고 머리에 가득한 꾀를 꺼내서 시비를 걸고 기회를 엿보는 인간들. 이

276　　소백산맥 ⑰

들이 다시는 이런 일을 벌이지 못하도록 미리 방지하랑.

인간들의 머리에 유전자를 뽑아 전쟁을 벌이면 자신이 반드시 대패하는 가상을 머릿속에 심도록 하랑. 전쟁으로 너무 많은 인간이 죽어 중천에 떠돌며 거지 노릇을 하고 있당. 더 버려뒀다가는 죄인들에게 그 신들이 모두 덤벼들어 공멸해서 천상으로 돌아올 선량한 귀양살이를 하는 인간들도 못 돌아오게 하는 결과를 낳고 말 거양. 그러니 이 유전자는 그 어떤 것보다 소중한 업무를 담당하게 될 것이고 한 치의 실수도 용납할 수 없으니 유전자 전송에도 특히 신경을 쓰도록 하랑. 이 유전자는 늘 지상에서 상주할 수 있도록 만반의 태세를 갖추랑. 넹. 바로 각별하겠습당.

성성할할! 넹! 너는 하얀 갈기와 빛나는 머리칼의 유전자를 인간 감옥으로 전송하랑. 인간들이 귀양을 가서도 또 다른 죄를 짓고도 그 죄가 얼마나 무서운지도 모르고 감옥살이에서도 투정을 하고 불평불만이 가득하니 투정과 불평불만을 저울에 달아 형량을 늘리도록 하랑. 최대 형량을 5천 년까지 늘려 제대로 죄를 사하지 못하는 귀양자에게는 5천 년을 수도하도록 형법을 늘리도록 하랑. 넹. 바로 불평하겠습당.

촉촉 눈을 뜨면 해가 뜨고 눈을 감으면 해가 지고 입김을 세게 내 불며 숨을 쉬면 겨울이 되고 천천히 내쉬면 여름이 되고 물을 마시지 않고 음식을 먹지 않아도 천도(天桃) 한 개면 열흘을 살 수 있고 숨으로 바람을 만들고 눈 깜박임으로 햇빛을 부를 수 있으며 말이 법이 되게 하고 가고픈 곳은 마음을 먹으면 눈 깜빡할 새 가고픈 곳에 가 닿는 그 권능의 유전자를 지상으로 전송하랑.

다만 이 권능은 착실하게 귀양살이를 하며 천상의 법도에 맞도록 죄를 사하고 있는 특별한 사람들에게 권능을 부여해서 그 권능의 유전자를 받은 자에게는 그것이 지상에서 있던 법도란 것을 어렴풋이 깨닫게 하여 머지않아 지상에서도 천상의 법을 조금씩 확산시킬 수 있는 인간들을 모아 교육하되 철저하게 유전자 검사를 해서 적합한 판정이 난 사람에게는 어느 날 자고 일어났는데 이런 권능을 받았다고 하도록 하랑.

저희끼리는 또 어느 종교를 믿어서 또 어느 종교를 믿어서라고 떠들어대겠지만 종교를 무시하고 계층을 무시하고 성별을 무시하고 지상에 귀양 간 사람 전체를 위해 얼마나 자신을 희생하고 있는지 아주 공정한 저울을 들이대서 선발하도록 하랑. 그리해서 그 권능을 받은 자들이 평소에 어떻게 산 사람들인지를 본보기가 되도록 하랑. 넹. 바로 권능 부여하겠습당. 다음은 단계별로 유전자를 주는 순서당. 인간 마음 각질을 모두 벗기고 남을 위해 산 사람을 찾아랑. 그래야 투명하게 보일 것 아니 냥. 이 과정이 잘못되면 우주의 도수가 기울어지는 일이니까 명심해야 한당.

1단계 유전자는 인간 감옥에서 수도를 잘해서 비교적 정의롭게 남을 위하는 마음을 가지고 이웃을 사랑하고 시기 질투와 거리가 먼 경제적으로 가난하지만, 마음이 맑고 지상 감옥생활을 하는 전체 사람을 위해 산 사람들을 가려내는 일이당. 그 사람들이 가려지면 천상계의 기본 질서와 앞으로 지상 옥경대가 세워지면 해야 할 일들을 한 달간 연수시켜랑.

연수를 한 달만 시켜보면 그중에서 영이 높아 무슨 말인가를 잘 알아듣는 사람이 있을 것이당. 그러면 그 사람들을 뽑아 또 한 달을 특수 교육을 시키랑. 특수 교육을 한 달 시키고 나면 거기서 천상 옥경대의 말이나 문화나 질서 온갖 것들을 아주 잘 이해하는 사람이 있을 것이양. 많지는 않을 것이지만 그 사람들을 뽑아서 다시 영적인 교육을 시키랑. 영적 교육에는 신선 선녀인 너희들이 쓰는 뇌의 50% 정도를 더 알려 줘랑. 지금 내려준 5% 가지고는 이 세상을 그들의 머리로 4차원 세계라고 막연할 뿐이지 알지 못하므로 50%를 더 뇌 속에 넣어야만 이 천상 옥경대의 모든 걸 익히는 데 이해가 빠를 것이당.

그래야만 비리를 저지르지 않고 만인을 위해 공평하게 일을 해 나갈 것이양. 말을 잘 알아듣고 영이 우수한 사람을 가려내서 천지 공사를 할 인재를 만들랑. 잘 봐랑. 저희도 천지가 개벽이니 뭐니 떠들어대면서 하는 말 좀 들어봐랑. 뭔가는 눈치를 챈 것이 분명행. '이제 천하가 병이 들어 내가 하늘과 땅을 뜯어고쳐 무궁한 선경을 열려 하나니…'

저희끼리도 내 이름과 똑같은 상제님이란 이름을 저희 죄수들의 이름을 붙여 쓰고 있당. '또한, 후천에는 하늘이 나직하여 오르내림을 뜻대로 하고 지혜가 열려 과거 현재 미래와 시방세계의 모든 일에 통달하느니라.' 이건 내가 지상에 옥경대를 세우려는 비밀이 새어나간 게 분명하당. 그렇지 않고서야 어떻게 후천 공사인 하늘이 나직해서 오르내림을 뜻대로 하고 지혜가 열려 과거 현재 미래와 시방세계의 모든 일에 통달하는 것을 내가 천지 공사를 하려 함을 어찌 저희가 공사 내용을 알 수 있단 말냥.

'가을 개벽기에 인간이 만나야 할 참 진리는 바로 천지의 원주인이신 증산 상제님의 도(道) 무극대도(無極大道)다. 무극대도는 가을 새 우주를 여는 대도다. 상제님의 도를 받고 나면 천지 일꾼이 된다. 선천 인간 역사를 끝마무리 짓는 일꾼으로 가을 개벽을 극복하고 지구촌 형제들을 의통 성업으로 살려내어 후천 5만 년 지상 선경을 건설하는 주인공이 되는 것이다.'

내가 지금 계획하고 있는 일을 죄수들이 어찌 알고 모두 경전으로 만들어 쓰고 있냐 말당. '너희는 매사에 일심 하라. 일심 하면 안 되는 일이 없느니라. 일심으로 믿는 자라야 새 생명을 얻으리라. 일심이면 천하를 도모하느니라. 이제 모든 일에 성공이 없는 것은 일심 가진 자가 없는 연고라. 상제님께서 개벽기에 구원의 성약으로 태을주(太乙呪)를 내려주셨다.

태을주를 정성껏 많이 읽으면 천지의 조화 성령을 받아 천지와 같은 밝은 지혜를 얻어 척신이 오는 것을 미리 방지할 수 있다. 지금을 가을 도수다. 천지가 사람을 낳아 사람을 쓰나니 천지에서 사람을 쓰는 이때 참여하지 못하면 어찌 그것을 인생이라고 할 수 있느냐?. 하늘이 다시 태어나고 땅이 다시 태어나고 인간이 다시 태어난다. 다시 태어나라 다시 태어나라 다시 태어날지라!' 이렇게 경전을 만들어 인간을 수도시킨다고 하는 종파가 많으니 비밀이 새나간 게 분명하징.

이 죄수들의 뇌는 분명 7%쯤 쓰도록 했거나 아니면 전생 기억을 잘못 지웠을 거당. 그렇지 않고서야 어찌 이렇게 내가 할 일을 미리 알고 있단 말양. 그러니 이제 더 지체 말고 시작해야 하랑. 1단계 교육을 끝낸 사람 중에서 다음 2단계 유전자를 준비하랑. 2단계 유전자를 받은 사람에게 천상에 있는 황금 지팡이 유전자를 인간 감옥으로 전송하랑. 이 지팡이는 무엇이든 원하는 것은 모두 얻을 수 있고 마음만 먹으면 무엇이든 못 하는 것이 없는 만능 황금 지팡이당. 1단계 천상계의 특수훈련이 아주 잘 수행된 자 중에서 다시 공평하게 수행평가를 저울에 달아서 나누어 주도록 하랑. 1단계 유전자를 1년 이상 제대로 법을 어기지 않고 수행한 인간에게만 부여하도록 하랑. 2단계 황금 지팡이를 부여받은 사람 중에서 1년 이상의 수행을 잘한 사람들의 수행평가를 다시 저울에 달아보아 제대로 잘 지켜졌다면 다음 3단계 유전자를 주도록 하랑. 3단계 유전자는 그 사람이 여자라면 아이를 마음만 먹으면 마음대로 낳을 수 있되 산고의 고통 같은 건 없당.

아들을 낳고 싶으면 아들을 딸을 낳고 싶으면 딸을 마음만 먹으

면 아기가 울음을 울며 태어나고 이 아이 역시 똑같은 유전자로서
1단계 유전자인 눈을 뜨면 해가 뜨고 눈을 감으면 해가 지고 입김
을 세게 내 불며 숨을 쉬면 겨울이 되고 천천히 내쉬면 여름이 되
고 물을 마시지 않고 음식을 먹지 않아도 天桃 한 개면 열흘을 살
수 있고 숨으로 바람을 만들고 눈 깜박임으로 햇빛을 부를 수 있으
며 말이 법이 되게 하고 가고픈 곳은 마음을 먹으면 눈 깜빡할 새
가고픈 곳에 가 닿는 유전자는 자동으로 부여되는 특권을 가진당.

　이 3단계 유전자를 받고 1년을 잘 이행한 사람들이 잘 숙지했는
지 아닌지 수행평가를 다시 저울에 달아서 다음 4단계의 유전자
를 부여하랑. 4단계 유전자는 하루살이의 목숨을 연장할 수도 있
고 모든 식물의 목숨 줄을 마음대로 쥐락펴락할 수 있는 유전자
당. 고추나무도 한 번 심으면 천 년이 되든 만 년이 되든 자신이
마음대로 할 수 있당. 또한, 모든 식물이나 동물의 수명을 마음대
로 관장할 수 있는 권능의 유전자를 내리도록 하랑. 이 역시 3단계
에서 백지의 점 하나 잘못 찍는 오차가 있어도 주어서는 안 된당.

　목숨 줄은 다른 것과는 달리 소중한 것이기 때문이당. 그렇게 4
단계를 1년간 잘 이행한 사람에게는 5단계의 유전자를 내리도록
하랑. 5단계는 4단계보다 더욱 수행평가를 까다롭게 해서 바람 한
점이라도 저울에 올라서 흔들리게 달면 안 될 것당. 이 5단계의
유전자 권능은 죽어가는 사람이라도 5단계의 권능은 사람을 벌떡
벌떡 다시 일으킬 수 있는 권능이당. 이 권능은 세 단계로 나누어

부여하랑. 반드시 나누어야 하니랑. 상중하로 나누지 않으면 혼란이 오니까 나누어서 상등의 권능 단계는 죽은 사람을 아무리 멀리서도 그 사람이 일어나야지 하고 마음만 먹으면 일어나게 할 수 있는 권능을 주랑.

중등의 권능 단계는 죽은 사람을 그 사람이 천 리 안에서 마음을 먹으면 일어나게 할 수 있는 권능을 주랑. 하등의 권능은 죽은 사람에게 그 사람이 직접 달려가서 만져주어야만 일어날 수 있는 권능을 주랑. 이렇게 차별을 두어 주의할 건 유전자가 바뀌는 일이 없도록 유전자에 색깔을 넣어랑. 상등은 바람색 중등은 물색 하등은 햇빛 색으로 잘 표시하도록 하랑. 이 5단계의 권능을 1년간 충실하게 잘 이행한 인간들에겐 다음 6단계의 유전자의 권능을 주도록 하랑.

6단계의 유전자의 권능은 모든 짐승의 말을 알아들을 수 있는 유전자의 권능이당. 짐승들의 말을 알아들어서 모든 짐승이 날아와서 하는 문안까지 받을 수 있는 유전자당. 뱀을 부르면 뱀이 나타나고 뱀에게 날개와 다리를 달아줄 수도 있당. 까치를 부르면 까치가 나타나서 까치에게 손을 달아 줄 수도 있고 돼지나 소 말에게 날개를 달아주고 말을 알아들을 수 있는 유전자의 권능을 가진당. 그리하여 짐승들과 마음대로 소통을 하며 짐승들이 인간에게 푸대접받는 일이 없어지도록 교육을 시킬 것이당.

말 못 하는 짐승이 트럭을 타고 도살장으로 향하며 새끼를 향해 눈물을 흘리는 일이 없을 것이며 개가 삼복이 되면 보신탕집에 끌려가 펄펄 끓여져 인간의 몸속으로 들어가는 일은 없을 것이당. 약육강식의 일이 정리되어 모두 평화로운 동물의 왕국이 만들어질 것이당. 짐승의 목숨을 함부로 재미 삼아 사냥을 하는 사냥꾼과 취미로 낚싯대를 드리워 임신 중의 고기를 잡아 알까지 구워 먹거나 삶아 먹으며 맛있다고 잔인한 말을 하는 일은 없을 것이당.

그물로 물속에서 평화롭게 놀고 있는 고기떼들을 잡아 모든 물고기가 한이 많아 눈을 뜨고 죽는 일은 없어질 것이당. 짐승들의 등을 타고 하늘을 마음껏 날아다니며 비의 양을 조절하고 눈의 양을 조절하며 날씨 기온을 마음대로 춥거나 덥거나 따뜻하거나 서늘하게 조절할 수 있을 것이당. 물고기들의 안내로 고래의 등을 타고 바닷속 용궁을 드나들 수 있을 것이당. 이 6단계의 유전자 권능을 1년간 충실하게 잘 이행한 인간들에겐 다음 7단계의 유전자의 권능을 주도록 하랑.

7단계의 유전자의 권능은 풀잎이나 나무나 모든 식물에 혼을 붙이면 짐승이 되게도 하고 동물이 되게도 하는 유전자의 권능을 부여한당. 나무들이나 풀들에 고유의 꽃 색깔 냄새 크기 계절까지 조절해서 꽃을 피우게 해서 인간들이 사람이 죽은 영안실에 꽃의 시체를 들이대는 일은 사라질 것이당. 사람 하나가 죽는데 꽃은 수만 개의 목숨을 잃어야 함은 있을 수 없는 일. 그들의 생명도 인간처럼 소중하거늘 결혼식이나 온갖 행사에 수백 송이 꽃의 모가지를 잘라내고 푸른 피를 철철 흘리는 일을 아무렇지도 않게 바라보는 일.

꽃의 모가지를 잘라내는 일을 없앤당. 그 자리에 가서 꽃 이름을 부르면 꽃들이 달려와 원하는 꽃과 향을 피우고 끝나면 모두 제자리로 돌아간당. 그래서 모가지가 잘리거나 시들어 땅바닥에 떨어지는 일, 인간이 낙엽이라 일컫는 이파리들이 땅바닥에 떨어져 죽음이 두려워서 하루하루 물기를 말리며 사그랑사그랑거리면서 같이 어울려 굴러다니다가 결국은 한 잎씩 흩어져 다 바스러져 사라지는 일들이 없을 것이며 사시사철 단풍이 되었다가 꽃이 되었다가 원하는 곳에서 원하는 것이 되어 줄 수 있는 유전자를 부여한당.

이 일은 오로지 7단계의 유전자 권능 가진 자만의 것이당. 다만 꽃의 모가지를 지금처럼 함부로 꺾다가는 자신도 꽃처럼 모가지가 달아남을 보여 주거랑. 이렇게 생태계 파괴를 하며 마구 나무들을 베는 자들에겐 나무에 혼을 붙여서 싸우는 권력을 부여하랑. 다시는 오래된 나무를 함부로 밀어내고 자신들이 필요치도 않은 집들을 지어 천년만년 남에게 보여주기, 으스대기 같은 1년에 서너 번 다녀오는 집을 짓는 이기심을 모두 걷어내는 유전자 권능이당. 이 7단계의 권능을 1년간 충실하게 잘 이행한 인간들에겐 다음 8단계의 유전자의 권능을 주도록 하랑.

8단계의 유전자 권능은 그동안 억울하게 죽은 신들, 나라를 위해 싸우다가 목숨을 버린 신들이 바위에 갇혀 있건 모래알갱이에 섞여 있건 바람이 되어 떠돌아다니건 물방울이 되었건 어디에 붙어있건 상관없이 모두 다시 인간의 몸으로 돌아올 수 있게 만드는 유전자의 권능을 주도록 하랑. 그 신들은 죽은 물고기처럼 눈을 감지 못하고 억울하게 간 사람들이당.

인간 세상으로 귀양 가서 정의롭게 살다가 정의롭지 못한 악인에게 비명횡사한 모든 사람을 다시 일으켜 세워 무사히 남은 임기를 귀양살이하고 천상으로 올라오게 하는 일이당. 이는 너무 많은 사람이 자신의 이익 때문에 힘없는 자들의 나라에 함부로 침범해서 그걸 막다가 간 사람들이당. 여기에서 주의해야 할 일이 있당. 침범자들은 아무리 나라를 위해 싸웠다지만 그 뜻이 약한 자에게 침범했으므로 제외하는 일을 명심해야 한당.

이 8단계의 유전자 권능을 1년간 충실하게 잘 이행한 인간들에겐 다음 9단계의 유전자의 권능을 주도록 하랑. 9단계의 유전자의 권능은 인간 감옥의 각각 어떤 나라의 말이라도 통할 수 있는 신통의 유전자 권한을 부여한당. 신통의 유전자 권한을 가진 자는 지상 감옥 최고의 권한을 가지며 어떤 나라 말이라도 들으면 다 알아들을 수 있는 언신통의 권한으로 지금까지 8단계의 모든 유전자 권한을 이용해서 지상에 귀양 간 모든 인간에게 천상계에서의 법률을 그대로 이행해서 지상에다가 천국을 건설하도록 특명의 유전자 권한을 주도록 하랑.

그렇게 해서 인간 세상에 귀양 간 죄인들을 모두 다스려 복록을 정하고 천상 옥경대에서처럼 죽음이란 단어가 사라지고 영원히 살 수 있는 또 하나의 지상 옥경대를 만들 수 있는 권한을 부여하랑. 이대로 두었다가는 우리 옥경대에 신선들이 줄어들어 영원을 약속할 수가 없게 되징. 옥경대의 영원이 사라지면 이 우주 만물 모든 것이 사라지는 꼴이 되고 마는 것을 명심하랑.

우리 천상 옥경대의 일들을 지상 옥경대로 넓혀서 인종들이 사라지지 않게 보호하는 일을 시급하게 하지 않으면 인간들은 흔적도 없이 공룡처럼 멸종되고 말 것이당. 시급함을 직시하고 한 치의 오차도 없이 실행에 착수하도록 하랑. 하루빨리 실행하도롱. 넹. 지금부터 천상 옥경대에 긴급 발령을 내려 회의를 소집해서 분야별로 유전자 전송을 하겠습당. 옥상제님 그 대신 9일 동안은 비를 중단시켜 주십시오. 혹 전송 중 유전자가 오작동될 염려가 있사오니 옥상제님의 허락을 하달해 주시길 바랍니당. 그럼 그렇게 하징.

9일에다 안전을 위해 하루를 더 얹어주징. 그러면 되겠낭? 그리고 내 인간 감옥에서 형을 살고 온 죄수 중에 다시 중형을 지은 죄수들에게 지어 보낼 형을 만들라 했거늘 그 일은 모두 완성되어 가냥? 넹, 상제님. 어디 한 번 보징. 여기 있습당.

15

눈동자에서 동자 하나가 걸어 나오더니 마구 눈 안으로 글자를 퍼 넣는다. 옥황상제가 눈을 한 번 껌뻑하니 모든 글자가 눈으로 걸어 들어간다. 향불을 켜자 눈 안에 들어간 글자들이 선명하게 눈에 찍힌다. 드르륵 소리를 내며 글씨들이 눈 밖으로 쏟아진다. 눈으로 들어갔던 글씨가 모두 쏟아지자 옥황상제를 향해 조마조마한 물음을 던진다. 혹 잘못 짜졌다고 하면 낭패이며 당장 그 자리서 옷을 벗어야 하는 규칙을 너무나 잘 알기에 옥황상제가 먼저 입을 열기 전에 불안을 꺼내 던진다.

어떻습강? 열심히 짠다고 짜긴 했는데 잘 몰겠습당. 그래 비교적 잘 짰구낭. 이 정도면 또 죄수들이 마구 살상하는 일은 안 일어나고 조용히 감옥생활을 하겠지? 하나 추가할 것이 있당. 이들에게 전생에 어떻게 살아서 이 생에 이렇게 고통스럽게 태어났는지를 본인들만 알게 유전자를 살짝 뇌 속에 넣어 두거랑. 그렇게 했다가 또 그런 못된 마음을 먹음 어쩝니깡? 다리가 없고 팔이 없고 귀가 먹고 말을 못 하고 못 보는 그 신체로는 그런 생각이 든다고 하더라도 신체상 그렇게 하지 못한당. 누구에게 시켜서라도 하는 날엔⋯

  저런 맹추를 봤낭. 인간 중 누가 저런 중증 장애인의 말을 귀담아듣는다고. 아무도 그들의 말을 귀담아듣기는커녕 장애인이라고 평생 울분을 터뜨리면서 감옥생활을 할 거양. 그리고 또 하나 저들의 부모를 정할 때 그 부모의 전생을 봐서 아주 악랄하고 못된 감옥생활을 한 사람의 자식으로 점지해주랑. 그래야 자신들이 전생에 감옥살이에서 무슨 죄를 지었는지 한 번쯤 생각하고 반성하며 평생 가슴을 치며 죄를 뉘우치징. 그 정도 혹독하면 아마도 그들은 죄 허물을 다 벗지 않을까 싶다만 간혹 자격지심 때문에 더 못된 마음을 가질 수도 있을지 모른다. 그렇지만 대부분 죄를 뉘우치지 않을까 싶당. 그러니 명심하그랑. 넹. 알겠습당. 명령대로 거행하겠습당.

  그래. 진작에 이렇게 했어야 인간 세상에 귀양 간 자들이 땅 위에서 망신이 되어 떠돌지 않을 텐데 잘못 했구낭. 지금부터는 그 법을 선포하도록 하랑. 오늘 이후 죄를 지어 인간 세계로 가는 신들에게는 그 죄를 적용하도록 하랑. 그리고 명부계는 들으랑. 인간의 귀양 기간을 늘려 최대 1백 50년까지 인간 세상에서 수양하고 잘못을 뉘우치며 살다가 다시 옥경대로 올라올 수 있도록 기간을 늘려 적으랑. 그래도 안 되면 2백 세 그래도 안 되면 영원히 지상에서 감옥생활을 하도록 법을 개정하랑. 이건 시급한 문제당.

모두 정신 차리랑. 그리고 9단계의 인간이 나오기까지 철저하게 지키며 감시를 소홀하게 해서 귀양을 보내지 않도록 최선을 다해야 한당. 넹. 분부를 거행하도록 하겠습당. 다음 인간들이 감옥에서 쓴 책들을 수거해 오라고 한 책들을 가지고 왔낭? 넹. 여기 좀 많이 100만 권을 가지고 왔습당. 그래 쓸 만한 것들이 제법 있었던 모양이구멍. 넹. 그리 생각되어서 가져왔습당. 눈동자에서 동자 하나가 걸어 나오더니 마구 눈 안으로 글자를 퍼 넣는다. 옥황상제가 눈을 한 번 껌뻑하니 모든 글자가 눈으로 걸어 들어간다. 향불을 켜자 눈 안에 들어간 글자들이 선명하게 눈에 찍힌다. 드르륵 소리를 내며 글씨들이 눈 밖으로 쏟아진다. 눈으로 들어갔던 글씨가 모두 쏟아지자 옥황상제 입술이 다시 말을 쏟아내기 시작한다. 그리스신화를 비롯한 모든 신화를 만든 꼬락서니하고는 모든 신화가 싸움과 질투와 투기 중상모략을 즐기고 있냥.

인간의 그 조그만 머리의 지식이란 알량한 힘으로 쓴 책들이 자칭 고전이네 역사네 하면서 떠들어대는 것들이 모두 전쟁사 아니더냥. 어찌 사람을 많이 죽이고 남의 영토를 많이 차지한 인간들을 하나같이 영웅으로 그려내고 있단 말강. 이게 도대체 어찌 된 일강? 분명히 이 책을 지은 자들은 여기 천상에서도 공부를 해서 바람을 관장하고 햇빛을 관장하고 비를 눈을 관장하며 땅의 지기

를 돌리던 학자들이 아니더냐? 그런데 그들이 지상 감옥에서 지은
책들이 이게 뭐랑.

천상 옥경대서 최고의 자리를 움직이던 신선 선녀들이 지은 게
맞단 말강? 중죄를 짓고 감옥에 갇혀서 지은 꼬락서니 하공 이걸
인간 감옥에서는 명작이라고 떠들어댄다는 말징? 이것들이 인간
세상에 내려가서도 그 좋은 머리를 이용해 수많은 살상을 하고 있
구낭. 황금연못에 놀고 있는 고기를 가장 많이 잡은 죄수들이 인
간 세상에 가서 또다시 잘 살고 있는 나라 사람들에게 쳐들어가
마구 죽이지 않냥? 앞으로는 그냥 내려보내지 말고 반드시 위의
법을 적용해서 내려보내 지상 감옥에서 대량 살상이 절대로 일어
나지 않게 하랑.

예. 명심을 열 배로 하겠습당. 여기를 보거랑. 천상 옥경대에서
살던 기억을 하는 것이 분명하당. 그러지 않고서야 어찌 이렇게 옥
경대에 있는 이름들을 만들어서 지을 수가 있단 말강. 그런데 이
죄인들은 인간 세상으로 귀양을 가서도 아직 정신을 못 차리고 있
구망. 어떻게 죄인들끼리 글자랍시고 만들어 익혀설라머니 자기네
들끼리 명작이라고 번역을 해서 전 세계가 열광하면서 읽히고 또
교육하는 내용들이 모두 이렇게 싸움투성이랑 말당.

사람 죽이는 전략에 재미를 붙여서 읽히고 있단 말냥. 특히 삼국
지 수호지라 불리는 건 그 알량한 땅을 넓혀놓고 다시 우리 천상
으로 올라온 죄수들 아니냥. 그들의 처벌을 너무 약하게 해서 돌

려보내면 인간 감옥에 가서 끊임없이 전쟁을 일으켜 사람을 죽이고 땅을 빼앗고 이 짓을 끊임없이 할 교활한 인간들이얏. 지금 이 자 중에서 다시 땅으로 안 가고 혹 옥경대에서 머무는 자가 있나 찾아서 모두 다시 지상으로 내려보내도록 하랑. 형량을 넓혀서 처절하게 뼈저리게 힘들게 감옥생활을 시키도록 행. 그런데 옥상제님 문제가 있습당.

젊은이들이 결혼을 안 하는 바람에 혼을 붙일 아이를 낳지 않아 눈을 붙일 몸뚱이가 없습당. 현재 죄인들을 혼을 붙여 내려보낼 방법이 없어 지금도 죄수가 밀려 있는 실정입당. 그렇다고 짐승들의 몸에 신선이었던 혼을 넣을 수도 없구용. 그래서 고민입당. 그래 그럼 대책을 세워야징. 죄인을 천상 옥경대에 그대로 두면 천상이 어지러워져서 안 된단 말이당. 명심하고 방법을 찾아봥. 넹. 회의를 소집해서 찾아보겠습당. 서둘러 지체하지 말공. 넹. 그리고 이 책을 읽어 보랑. 넹. 그리 하겠습당. 그리고 제대로 죄를 뉘우치고 살다가 오게 하기 위해서 전생의 기억 지우는 걸 잊지 말도록 하랑.

전생 기록을 지우지 않으면 그 기억 때문에 진심이 아닌 가심으로 행동할 수 있음을 미리 예방하기 위함얏. 짐승들은 인간의 먹이가 되기 때문에 생각이 없지만, 인간들은 생각하는 힘과 영과 지혜를 거두어들이지 않은 채 그대로 내려보냈으니 그 지혜를 얼마나 좋은 쪽으로 동료 인간을 위해 힘쓰다가 오면 얼마나 좋겠냥.

그런데 귀양 가는 인간에게 간을 너무 크게 만들어 붙여서 별의별 또 다른 짓을 지상 감옥에서 하고 있으니 저걸 우짠단 말강.

지금부터는 지상에서 죄를 다 뉘우치지 못하고 다시 거기서도 그 알량한 머리로 죄를 짓고 올라온 자들을 철저하게 가려내서 감옥에서 얼마나 충실하게 뉘우쳤느냐에 따라 죄를 황금 저울에 달아서 옥경대에 신선으로 살게 하든가 다시 인간 세상으로 귀양을 내려보내던가 하란말당. 이상 요상 수상합당. 인간이 어떻게 옥경대 기억을 어떻게 한단 말입깡? 안 믿어진단 말냥? 넹. 안 믿어집당. 말도 안 됩당. 그럼 내가 괜한 말을 한단 말강? 그런 건 아니지만, 이해가 안 됩당. 그럼 내가 그 증거를 하나 대어 볼깡? 증거를용? 그래 증거 말이당.

자, 베틀가 같은 걸 지은 인간들은 천상 옥경대의 기억을 완전히 지우지 않고 보냈다는 증거양. 천상 옥경대의 기억을 완전히 지우지 않고 보냈다는 증거라니용? 아직도 인간들의 그 좋은 머리가 하는 짓을 모른단 말냥? 무슨 말씀이신지용? 지상에서 인간이 만든 베틀가란 노래 가사를 보랑. 천상 옥경대를 기억하지 못한다면 어찌 감히 내가 옥경대에서 사용하는 옥황님이란 단어를 쓸 수 있단 말강? 그리고 나한테 죄를 짓고 인간으로 귀양 갔다는 기억을 어찌한단 말강?

옥경대에서 사용하는 옥황님이란 단어를 쓰다니용? 옥황님께 죄를 짓고 인간으로 귀양 갔다는 기억을 하다니용? 도무지 무슨 말삼을 하시는지 모르겠습당. 그랭? 도무지 무슨 말삼을 하시는지 한 번 보랑. 인간 머리에서 어떻게 천상 옥경대에서만 사용하는 옥황님이란 말을 넣어 노래를 지어 부를 수 있단 말냥? 베틀가 가사를 보란 말당. 넹? 베틀가 가사용? 그렇당, 베틀가 가사를 보거랑.

베틀 노래

바람은 솔솔 부는 날 구름은 둥실 뜨는 날

월궁에 놀던 선녀 옥황님께 죄를 짓고

인간으로 귀양 와서 좌우 산천 둘러보니

하실 일이 전혀 없어 금사 한 필 짜자 하고

월궁으로 치 치달아 달가운데 계수나무

동편으로 벋은 가지 은도끼로 찍어내어

앞집이라 김대목아 뒷집이라 이대목아

이내 집에 돌아와서 술도 먹고 밥도 먹고

양철 가죽 백통대로 담배 한 대 피운 후에

베틀 한 대 지어주게 먹줄로 탱과 내어

잦은 나무 굽다듬고 굽은 나무 잦다듬고

금대페로 밀어내어 얼른 뚝딱 지어내어

베틀은 좋다마는 베틀 놀데 전혀 없네

좌우로 둘러보니 옥간난간 비었구나

베틀 놓세 베틀 놓세 옥간난에 배틀 놓세

앞다릴랑 도두 놓고 뒷다릴랑 낮게 놓고

구름에다 잉아 걸고 안개비에 꾸리 삶아

앉을깨에 앉은 선녀 양귀비의 넋이로다

아미를 숙이시고 나삼을 밟아 차고

부테허리 두른 양은 만첩 산중 높은 봉에

허리 안개 두른 듯이 북이라도 나는 양은

청학이 알을 품고 백운간에 나드는 곳

바딧집 치는 양은 아양 국사 절질 적에

전 못 거는 소리로다 눈썹노리 잠긴 양은

강태공의 낚싯대가 위수강에 잠겼는 듯

사침이라 갈린 양은 칠월이라 칠석날에

견우직녀 갈리는 듯 보경잇대 지치는 양

설운임을 이별하고 등을 밀어 밀치는 듯

잉앗대는 삼 형제요 눌림대는 홀아비라

세모졌다 버기미는 올올이 갈아놓고

가이세라 저는 양은 청룡황룡이 굽 나는 듯

용두머리 우는 양은 새벽서리 찬바람에

외기러기 짝을 잃고 늙으신네 병일런가

앉은 록 누었으라 절로 굽는 신나무는

헌신짝에 목을 매고 당겼으락 물렸으락

꼬박꼬박 늘어간다 한 날 두 날 뱁댕이는

도수원의 숫가진가 이리도 지고 저리도 지고

궁더러꿍 도투마리 정저리꿍 뒤넘어서

장장춘일 봄 일기에 명주 짜내어서

은장도 드는 칼은 으르슬큰 끊어 재어

앞 냇물에 빨아다가 뒤 냇물에 헹궈다가

단장을 널어 바래 옥 같은 풀을 해서

홍두깨에 옷을 입혀 아당타당 두드려서

임외직령 지어낼제 금 가위로 베어내어

은 바늘로 목을 붙여 은 다리미 다려내어

횟대 걸면 먼지 앉고 개어두면 살질하고

방바닥에 던져노니 조그마한 시누이가

들며나며 밟는다

접첩접첩 곱게 개어 자개함롱 반닫이에

맵시 있게 넣어놓고 대문밖에 니달으면

저기 가는 저 선비님 우리 선비 오시던가

오기야 오데마는 칠성판이 웬말인가

웬말인가 웬말인가 칠성판이 웬말인가

원수로다 원수로다 서울길이 원수로다

서울길이 아니더면 우리 낭군 살았을걸

쌍교독교 어디 두고 칠성판이 웬말인가

임아임아 서방님아 무슨 일로 죽었는가

배가 고파 죽었던가 밥을 보고 일어나오

목이 말라 죽었던가 물을 보고 일어나오

임을 그려 죽었던가 나를 보고 일어나오

아강아강 울지마라 네아버지 죽었단다

스물네 명 유대 군에 상엿소리 웬일인가?

저승길이 멀다더니 죽고 나니 저승일세

저승길이 길 같으면 오고 가며 보련마는

저승길이 문 같으면 열고닫고 보련마는

사장사장 옥사장아 옥문 잠깐 따놔 주오

보고지고 보고지고 우리 낭군 보고지고

모두 읽어 보았냥? 넹. 모두 읽어 보았습당. 무엇이 보이냥? 넹.
옥상님 말씀대로 모두 전생 기억을 하고 월궁에 놀던 선녀임을 기
억하고 있습당. 그래서 기억을 잘 지워서 새로운 기억으로 지상에
귀양 가서 진심으로 죄를 뉘우치게 해야 한단 말당. 넹. 무슨 말씀

인지 알겠습당. 그런데 한 가지 그렇게 법을 적용해서 귀양을 보내면 화학 무기를 만들어 전쟁을 하지 않아서 좋겠구낭. 저들도 공기가 안 좋아 환경 공해라며 떠들면서도 멈추지 않고 환경 파괴를 하고 있지 않냥. 이대로 가면 백년 이내에 저희가 살아갈 모든 것이 고갈되어 귀양지에 가자마자 스스로 죽을 것을 모르는 구멍.

그러니 새 법을 적용하면 저희의 숨줄인 환경 파괴도 덜 하고 일거양득이 되겠구낭. 이제부터 귀양 가는 인간들에게는 모두 그 법을 적용해서 내려보내도록. 그리고 반드시 그 법을 헤친 사람은 자신의 자식으로 태어나게 하랑. 그 죗값을 반드시 자식에게 치르면서 살도록 해랑. 그렇게 하면 자신의 자식이니 안 돌 볼 수도 없지 않냥. 그렇게 하면 인간 자신들이 내가 전생에 무슨 죄가 많아 불구 자식을 낳았냐면서 평생을 뉘우치면서 살 게양.

저희끼리도 환경이 나빠서 이렇게 돌연변이 자식이 많이 태어난다면서 평생 감옥살이를 하는 동안 불구 자식을 돌보느라 남을 죽이고 전쟁을 일으킬 생각은 할 겨를이 없도록 만들랑. 그렇지만 그렇게 감옥살이를 끝내고 나면 천상계로 올 확률은 일반 사람보다 더 높아질 수도 있징. 여기 천상에서도 자신이 잘났다고 으스대다가 지상으로 갔으면서도 또 감옥에서도 으스대는 버릇을 다 못 고칠 수도 있당. 그렇지만 인간이 가장 겸손해질 수 있는 건 불구 자식을 안을 때일 거양. 자식 앞에서는 인간이 약해지는 법이경. 그렇게 되면 인간은 자동으로 겸손을 배우게 되니깡. 그렇겠습당.

이제부터 분부를 실천하겠습당. 옥황님 짱입당. 뭐양? 짱이라구영. 왜냐면 벌써 지상 감옥이 오염이 심해져서 바다의 물고기는 눈이 한 개인 물고기, 지느러미가 없는 물고기, 옆구리가 비틀어진 물고기, 심지어는 대가리가 없는 물고기까지 등장했습당. 그뿐 아닙당. 꽃들도 벌써 꽃잎이 비틀어지거나 꽃 대가리가 두 개, 세 개가 한꺼번에 달려서 나오거나 찌그러지거나 하는 기형이 속출하고 인간들이 기르는 가축들도 대가리가 두 개 달린 짐승이나 아니면 눈이 하나 없거나 다리가 하나 없습당.

날개가 한쪽만 달리거나 귀가 하나 없거나 하는 짐승들이 속출해서 이미 심각함을 발표도 하지만 모두 남의 일로 생각하는 추세입당. 미세 먼지 때문에 맑은 날을 3일 연속 보기가 어려운데도 자동차는 주차장처럼 거리를 달리고 있고 조금도 심각성을 안 느낍당. 이제 멀지 않아 낭패를 당할 것 같습당.

어서 후천 세상을 열어야 할 때가 다가온 것 같구낭. 감옥에 간 인간 씨를 추려야 할 때양. 이대로 가다간 온 지구 전체가 오염되고 파괴되어 자동 소멸되어 생명체가 살 수 없게 되기 직전이양. 그렇게 되면 이 우주뿐 아니라 모든 것이 소멸하여 모든 것들이 사라져온 세상이 모두 암흑기로 변해 버릴 거양. 그 전에 어서 지상천국을 건설해야겠당.

넹, 옥황님 그리하심이 옳으신 줄 아뢰옹. 이제부터 죄를 다는 저울은 수시로 점검하고 고쳐서 1g의 오차도 없도록 정확하게 달아서 인간으로 내려보내도록 하랑. 넹. 그렇게 정확하게 죄를 달아서 내려보내겠습당. 불사향을 피우랑. 넹, 알겠습당. 저기 인간들 말 좀 들어 봐랑. 전생에 무슨 좋은 일을 해서 그렇게 걱정 없이 잘 사느냐라는 인간들이 인간들에게 하는 말이 들리징? 인간들도 전생을 아는 거양. 그러니 고통 없이 사는 사람들을 전생이란 말을 넣어 부러워하고 있지 않냥. 그런 것 같습당. 모든 건 착하게 살지 않으면 안 된다는 생각이 들도록 죄 무게에 따라 고통을 몸속에 매달아서 보냉.

그리하겠습당. 유배자들의 일정을 연도별로 다시 한번 재점검해 보랑. 그 죄인들이 지상으로 유배 가서 하는 일들이 땅에 어떤 넝쿨을 벋어나가게 하고 생활하고 있는지 샅샅이 찍어서 특히 역대 우두머리들의 이력을 펼쳐 보거랑. 넹. 여기 대령해 놓았습당.

그렇게 천상에서는 인간 세상의 역대 우두머리들의 이름들이 모두 나열된 두루마리에 글씨를 옥경대에 있는 금 바구니에 쏟아놓기 시작한다. 그중에서 대한민국의 우두머리들의 일지를 살핀다. 중요한 건 대한민국에서는 먼 옛날부터 모든 신을 정성껏 받들며 무릎 꿇고 제사를 지내고 고사를 지내면서 애원했다. 온갖 신들에게 손바닥이 닳도록 빌고 빌어 뇌물인지도 모르고 얻어먹었다.

얻어먹고는 적당히 아픈 것도 치료해주고 소원도 들어주면서 그들의 사정을 봐줬으니 난감하다. 오늘처럼 죄를 저울로 달아서 심판할 날이 올 것을 알았으면 아무리 산해진미를 모두 차려놓고 사이렌처럼 아름다운 노랫소리로 유혹을 해도 넘어가지 말았어야 했다. 온갖 음식으로 유혹을 해도 봐 달라고 손바닥이 발바닥이 되도록 빌어도 원리원칙대로 두었어야만 했다. 오늘 같은 날이 오리란 생각도 못 하고 신들은 그저 자신들에게 잘 좀 봐달라고 아픈 것을 낫게 해 달라고 비는 사람에게 적당하게 낫게도 해주고 기분이 나쁘면 아무리 많이 차려놓고 빌어도 그냥 둬 버렸다.

사업이 잘되게 아무리 맛있는 쇠머리, 돼지머리를 차려놓아도 거들떠보지 말았어야 했거늘 주는 대로 넙죽넙죽 받아먹고 적당히 사업도 잘되게 해주고 또 기분이 나쁘면 사업이 폭삭 망하도록 하기도 하고 부정부패를 일삼은 건 사실이다. 이걸 이대로 두면 인간 세상 감옥 인간들이 옥황님께 모두 고해바쳐 자신들은 인간 세상으로 귀양이 아닌 영원히 연기로 사라져 버릴 것은 불 보듯 환한 일이다. 신들은 모두 바쁘다.

끼리끼리 모여서 어떻게 해야 하는지 대책을 세우기에 바쁘다. 그렇게 모두 머리를 맞대고 회의를 한 결과 인간들이 비리를 고발하지 않고 입 다물고 있도록 얻어먹은 무게만큼 죄의 무게를 덜어 내 주기로 합의를 본다. 한 번이라도 뇌물을 안 먹은 신들이 없기에 차라리 합의를 보는 게 빨랐다. 모두 자기 일이라 머리 회전을 빨리 돌린 결과다. 어느 신도 팔짱을 끼고 있는 신이 없이 팔 걷어붙이고 나선 것이다. 그렇게 고사나 제사를 먹은 만큼 죄의 중량을 삭제해 버린다.

그래서 역대 왕들의 공과 과가 있지만, 공들만 거의 집대성해서 옥황상제께 보여준다. 그렇게 본다면 우리 조상들은 천상 옥경대에서 신선으로 있을 때 기억을 어떤 민족보다 더 많이 가지고 온 총명한 조상임이 틀림없다. 이렇게 역대 왕들의 허물을 모두 덮고 잘한 것만 보여준 모든 신의 간 큰 배려가 대한민국이 1등 국으로 살기 좋은 나라가 되게 만드는 원동력이 된다.

모든 기운은 대한민국으로

옥황상제는 더 이대로 지상 감옥을 두고만 보다가는 도저히 안 되겠다고 결심을 하고 비별경을 들여다본다. 비별경이란 천상에서 신선 선녀로 살다가 죄를 저지른 인간을 지하 감옥으로 귀양을 보내는 일이다. 얼마간 인간으로 내려보내서 죄를 다 씻고 오면 다시 그 명단에서 방명을 한다. 그 숫자가 어느 정도 차면 지상에도 천상처럼 천국을 만들어서 음양이 하나로 합치는 천시가 적혀 있는 글이다. 비별경이란 옥황상제밖에 볼 수 없다. 옥황상제는 이제 어느 정도 시기적으로 다가왔음을 직감하고 비서에게 비별경을 가지고 오라 지시한다.

비별경에는 이제 지상천국이 세워질 날이 1년밖에 남지 않았다. 옥황상제는 서두른다. 이 시기를 지나면 다시는 지상천국을 건설할 수도 없거니와 인간이 멸종됨이 거기에 또박또박 두 눈을 부릅뜨고 박혀있다. 옥총대장. 넹. 찾으셨습깡? 어허 하마터면 큰일날 뻔했궁. 어서 지체 말고 서둘러야 한당. 넵, 알겠습당. 모든 운을 대한민국으로 돌리랑. 넹? 모든 운을 대한민국으로 돌리라고용? 그래. 저 나라를 보니 그리 오랫동안 침략을 막느라 애쓰며 살아왔고 찢어지게 가난한 백성을 위해 강대국에 애원도 했고 자신이 최선을 다한 백성들 손에 총살을 당하고도 원망을 하지 않고 또 다른 인간 감옥에 갇히면서도 억울함보다는 담담하게 자신의 잘못을 뉘우치며 백성들이 세계 손가락에 꼽힐 정도의 강대국을 만든 노고는 인간 감옥을 신설된 이래 최고양.

그들은 강대국의 힘을 활용해 유일하게 분단국으로 갈라놓았는데도 열심히 노력하지 않냥. 순수하고 착한 백의민족 그러니까 신선 우리들의 진정한 핏줄이 아니더냥. 그러니 지상에 천국을 만들랑. 지상 옥경대를 만들어 9단계까지의 인원을 대한민국의 사람 중에서 뽑아랑. 자기네들이 말하는 '인걸은 지령이'란 말이 씨가 될 수 있도록. 언젠가 너희들이 지상 옥경대를 위해서 한 나라를 반으로 갈라놓았다는 말을 했징? 넹. 갈라서 산속에 묻어둔 지령들이 손상을 입지 않도록 철저하게 보관해 두었습당. 그렇담 어디 그곳을 옥추경을 열어서 비추어 보그랑. 아주 샅샅이 비춰 봥. 만일에 지령들의 뇌에 손상이라도 갔으면 그건 아무짝에도 쓸모가 없당. 넹. 옥추경 대령했습당. 스위치를 올려서 바람 줄기를 연결하고 햇살 줄기를 차단할까용? 한 톨의 빛이 들어가도 제대로 볼 수 없으니 빛부터 차단한 다음에 바람 줄기를 연결하랑. 고여 있는 물기를 모두 쏟아버리공.

옥황님, 고여 있는 물을 한꺼번에 모두 버리면 지상 감옥이 떠내려갑당. 그리하면 많은 죄수가 죽을 수도 있고 지어놓은 농사뿐 아니라 전염병까지 곳곳에 창궐하기 쉬운데 그래도 그냥 할깡? 가뜩이나 혼을 붙일 인구도 적다면서 그러면 안 되징. 그럼 어찌해야 합깡? 우선 물을 쏟을 때 한 곳으로 버리지 말고 모든 양수기로 호수를 연결해서 땅 곳곳에 골고루 쏟아랑. 그러면 피해를 줄일 수 있을 것이당. 그리고 조심할 건 태풍을 차단하랑. 바람 줄기는 모두 돌돌 말아서 바람 창고에 집어 넣어버렁. 나와서 떠돌아다니지 못하겠.

그렇게는 아니 되옵니당. 아니 되다닝? 모두 바람 줄기를 창고에 돌돌 말아 넣어버리면 죄수들이 숨을 못 쉬어서 모두 원귀가 되어버립니당. 아항, 그렇구낭. 큰 실수를 할뻔했구낭. 그럼 바람 줄기를 돌돌 말지 말고 그냥 죽 흩어놓고 바람 창고에 바늘구멍을 내어 두거랑. 그러면 인간 감옥 죄수들이 숨을 쉴 만큼은 될 것 아냥? 넹. 그리 하겠습당. 바늘구멍을 몇 개만 뚫어 두겠습당. 그렇게 한 달을 인간 감옥에 대한 일을 추진하기 위해 천상에서는 비상 계엄령이 선포된다. 조금의 실수가 있어도 자칫하면 죄수들이 모두 죽을 수도 있는 아주 중차대한 일이기 때문이다. 바람에 바늘구멍을 조금만 덜 내도 인간은 모두 숨을 쉬지 못해서 죽을 것이기 때문이다. 또 물을 한꺼번에 버리면 모두 침수되어 버릴 수도 있다.

전에 없이 옥황상제는 몸소 현장에 나와 작전 지휘를 하며 꼼꼼하게 현장을 점검하고 책임자도 하나하나 신상명세서를 검토한 후에 지상 봉우리에 묻힌 영들을 살피기 위해 만반의 태세를 갖춘다. 모두 폭풍전야처럼 긴장해서 신선 선녀들 모두 얼굴에 파르라니 물이 오른다. *보십시용. 여기 혼을 가두어 놓았던 곳입당. 여기가 대한민국 땅입당. 오염되거나 기들이 흩어질까 봐 남북으로 갈라놓고 파헤치거나 오염되지 않도록 잘 간수해 두었던 곳입당. 음, 어디 보장. 그래 남북으로 잘 갈라놓아 기가 흩어지거나 오염되지는 않았구낭.*

아주 잘 했구낭. 잠깐잠깐 그런데 저기저기 산봉우리에 막대기는 무엇에 쓰는 물건인공? 무슨 막대기 말씀입깡? 저기 보그랑. 현장 총 감독자가 옥황이 보던 옥추경을 잡아당긴다. 두 눈을 옥추경에 대고 보니 막대기가 보인다. 무엇인지를 알지 못한 감독관은 직원에게 자세한 기록을 요구한다. 기록지가 휘르르 퓌르르 공중을 날아서 감독관에게 날아온다. 기록지를 펼쳐보자 그건 일본이 한국의 산맥에 기운이 서려 있음을 알고 일제 저항기에 그 산 정기와 산 기운을 뽑아버리기 위해서 막대기를 박아놓은 것이다.

저도 모르겠습당. 한 번 알아보겠습당. 잠깐만 기다려 보십싱. 옥

황상제는 옥추경을 잡아당겨 이리 보고 저리 보고 주위를 아무리 살펴도 도대체 무엇 때문에 산에다 저렇게 쇳덩이를 박아두었는지 이해를 할 수가 없당. 혹시 산짐승을 묶어 놓기 위해 저 산중에 말뚝을 박아놓았을 리도 없고 그렇다면 산에다 무엇 때문에 저렇게 한 개도 아니고 여러 개를 힘들게 박아놓았는지 도무지 생각을 끌어낼 수가 없당. 혼잣말처럼 중얼거린다. 참 별종들이야. 귀양을 보내면 조용히 살다가 오면 될 일을 무얼 저리 욕심을 내면서 탐욕을 부리고 사는지 저것도 분명 어떤 탐욕 때문이란 생각을 하지만 궁금증은 끝없이 생긴다. 그때 후닥닥 현장 총감독자가 온다.

알아보았냥? 옥황님, 그건 대한민국 옆에 수감되어 있는 일본이란 땅의 죄수들이 대한민국 땅의 지기와 산 정기를 누르고 이 지기와 산 정기를 따라 큰 인물이 날 걸 어떻게 알았는지 그걸 막기 위해서 박아놓은 것입당. 아닝 뭐라공? 말도 안 되는 소리 좀 작작 하랑. 일본 감옥 죄수들이 어떻게 그걸 알았당? 말잉? 그것까지는 잘 모르겠습당. 다시 조사를 해 볼깡? 요용. 누가 그 죄수들에게 천기누설을 했나 당장 조사하랑. 넹, 철저하게 조사하겠습당. 감독관은 일본 죄수들 담당들을 모두 불러 모은다. 모두가 놀라서 모인다.

일본 죄수 담당 3백 명이 다 모이자 감독관은 파초경을 가져오라고 지시를 한다. 파초경으로 3백 명의 감독관의 내장을 들여다보자 모두 맑고 투명했다. 천기를 꺼내든 자국은 전혀 보이지 않는다. 감독 신선들을 모두 돌려보낸다. 옥황님 천기누설은 아무도 하지 않았습당. 파초경으로 비춰보았냥? 넹. 일본 죄수 감독관 3백 명 전원을 모아놓고 파초경으로 보았지만, 천기누설을 꺼내든 자국은 전혀 없었습당. 참으로 신기하구낭. 그렇단 저 일본 감옥 죄수들이 어떻게 알고 옆 감옥 죄수들의 땅에 저렇게 쇠막대기를 박았당 말강? 도무지 알 수가 없습당. 뭔가가 석연치가 않당. 뭔가가 있는 게 분명행. 그들이 알 리가 없지 않냥. 그리고 모른다면 그 산맥마다 무엇 때문에 힘들게 쇠막대기를 박는 미친 짓을 할 리도 없지 않냥.

그야 옥황님 말삼이 맞지만, 저도 영문을 잘 모르겠습당. 그럼 토룡경으로 한 번 보그랑. 넹. 그렇네용. 토룡경으로 보면 알겠네영. 감독관은 일본 죄수들 담당들을 모두 불러 모은다. 모두가 금방 모였는데 또 무슨 일이냐면서 놀라서 모인다. 일본 죄수 담당 3백 명이 다 모이자 감독관은 토룡경을 가져오라고 지시를 한다. 토룡경으로 3백 명의 감독관이 일본 죄수 전체의 내장을 들여다보자 풍수지리학자 하나의 내장이 붉은색으로 비친다. 천기를 꺼내든 자국이 보이지만 자신이 공부한 것이지 천기를 기억한 것이 아님이 확인된다. 옥황상제는 감독 신선들을 모두 돌려보낸다.

16

　상제님 토룡경으로 보았습당. 누구의 짓이더냥? 천기누설은 아니고 일본의 풍수지리가가 산맥에 말뚝을 박아서 맥을 자르면 한국의 기운을 자른다고 입술을 열고 말을 꺼내자 그 말을 믿고 그렇게 산맥에다 말뚝을 박은 것입당. 분명히 천기누설이 아니란 말징? 넹. 천상 감독관의 짓은 아닙당. 확실하게 아닙당. 그럼 됐당. 어서 작업을 시작하장. 넹. 시작하겠습당. 지렁이 파헤쳐지지 않고 금강산 1만 2천 봉우리가 잘 간직되긴 했지만, 하마터면 큰일날 뻔했구낭. 넹. 만만 일만만 백만만 천만만 다행입당. 봉우리에 묻힌 영을 꺼내서 9단계까지 수도를 잘한 죄수들 머릿속에 집어넣을 준비를 하랑.

　봉우리마다 하나씩 숨겨놓은 영을 죄수들 한 사람에게 하나씩 넣으란 말씀입깡? 그럼 당연하징. 한 사람에게 영 두 개씩을 집어

넣으면 인간이 감당을 못해 5장 6부가 다 터져나갈 거당. 그러니 반드시 인간 머리 하나에 하나씩의 영만 주입시키랑. 순서는 어떻게 해야합깡? 순서는 상관 없당. 누구에게든 한 개의 영만 넣으면 모두 그 영을 감당하게 돼 있엉. 넹. 감당하겠습당. 잘 들으랑. 그러니까 9단계를 거친 인간 1만 2천 명을 뽑고 나머지는 그 밑에서 충실하게 도와줄 인간을 뽑도록 하랑. 천상 옥경대의 모든 기운을 대한민국으로 전송할 준비를 완료하랑.

그래서 그들의 선대가 살던 땅을 모두 그들이 다시 찾도록 도와주랑. 그 땅을 모두 찾아 그들이 다시 자기의 조상인 요순임금, 치우 같은 인물이 자신의 조상이었음을 알리는 영을 불어 넣랑. 그래서 한반도 땅에서 덕으로 세상을 다스려 온 지상 감옥 죄수들이 어떤 일이 있더라도 대한민국의 명령 없이는 아무것도 못 하게 되도록 지상 도수를 짜랑. 그리하여 지상 옥경대를 만들도록 하랑. 그리고 너희들은 죄수들의 눈에 띄지 않게 투명 옷을 입고 지상에서 감독을 철저하게 하도록 하랑. 저들이 만약 너희들이 투명 옷을 입지 않고 지상에서 날아다니는 걸 보면 모두가 기절해서 까맣게 타 버릴거니까 투명 옷 입는 일에 만전을 기하랑.

넹. 반드시 입도록 지시 하겠습당. 그리고 형기를 마친 인간들은 모두 한반도로 몰려들 것이니 지상 옥경대를 만들어 그들을 살릴 수 있도록 힘쓰랑. 한 가지 아주 주의해야 할 일이 있당. 주의할 일이 뭡깡? 주의란 그 과정에서 절대로 처참한 전쟁이 일어나 살인자가 대량으로 나오지 않도록 모든 천상의 신들을 대한민국 감옥으로 질서를 잡도록 하랑. 한 치의 오차도 없이 거행해서 지상에서 귀양살이하는 죄인들이 종교를 빌려 천당이다, 지옥이다 외치며 찾고 있는 천당이 무릉도원이 극락세계가 대한민국 땅에서 이루어지고 있음을 알리랑.

대한민국을 남조선이라고 부르기도 하는데 이는 후천 공사 때 남아 있을 조선이란 뜻이니랑. 어느 나라보다가 그들은 보이지 않는 천상계의 우리를 인정하고 잘 대접을 하지 않았느냥. 종교도 수도 없이 많이 받아들여 모두 섬기고 부엌에도 화장실에도 장독대에도 울타리에도 논에 모를 심을 때도 우리가 비를 내리지 않아도 농사를 잘되게 해달라고 자식이 잘되게 해달라고 오로지 우리에게 하다못해 찬물이라도 떠놓고 무릎 꿇고 앉아 두 손으로 정성을 다해 빌고 풍년이 되어도 빌고 산에 다니는 심마니들은 산삼 한 뿌리를 캐도 정성을 다해 빌고 빌지 않냥.

달을 보고도 빌고 허공을 보고도 빌고 나무를 보고도 빌고 물을 보고도 빌고 그렇게 빌고 빌 뿐 아니라 대한민국 죄인들은 욕을 할 때도 이 빌어먹을 놈아! 빌어먹을 년아! 하고 말하지 않더냥. 조선 사람들의 혀는 모두가 영이 높아서 그렇게 빌어야 영생을 사는 시대에 주인공이 된다는 걸 무언중에 알고 있었단 말랑. 꼭 말이 씨가 되는 법이랑. 대한민국 그러니까 인간이 팔을 벌리고 누우면 큰 大자가 되니 이름까지도 정확하게 일치되는 대한민국으로 짓지 않았더냥.

그리고 애국가도 그렇게 지었징. '동해 물과 백두산이 마르고 닳도록 하느님이 보우하사 우리나라 만세 무궁화 삼천리 화려강산 대한 사람 대한으로 길이 보전하세.' 대한민국 죄수들은 이미 알고 있었던 게양. 하느님이 보우한 나라라는 걸. 무궁무궁 무궁할 나라라는 걸. 그리고 무궁화를 국화로 택한 것도 이미 정해진 일 아니더냥. 그런데 무궁화 나무에는 진딧물이 유난히 많이 끼잖아영? 그래서 진딧물에 무궁화가 시달리듯 늘 외침에 시달리고 살았징. 그러면서도 꿋꿋하게 꽃을 피우징.

중국 죄인들이 쓴 지리서 산해경이란 책에도 훈화초(薰華草)가 나오징. 요순 임금이 훈화초(薰華草)를 심었다니 그들이 자신들의 조상이란 걸 은연중에 감으로 알고 있는 거징. 그래서 무궁화를 국화로 지정한 거징. 아항 그렇군영. 비록 여기서 죄를 지어 귀양은 갔지만 그래도 무의식중에 뿌리도 찾고 하는 걸 보니 죄수들이 꽤 똑똑하네영. 머리가 너무 좋아 죄를 지은 자들 아니냥. 그들에게 신통을 허해랑.

이 신통력과 유전자의 권능으로 지상천국을 세우는 데 조금도 소홀함이 있어서는 안 된당.

1단계 신통력을 받으면

사람을 보기만 해도 내장이 다 비치고 머리에는 무슨 생각을 하는지 알고 죽고 삶이 없어지고 춥고 더운 것도 없어지고 법이란 말

과 죄인이란 말도 사라지고 사람들은 좋은 말과 좋은 생각만 하고
나보다 남을 자식 위하듯 하고 음악이 공중에 떠다니며 손가락으
로 튕기기만 하면 음악 소리가 나고 인간이 만든 악기 말고 나뭇잎
에서도 풀잎에서도 바람 줄기 햇살 줄기 빗줄기에서도 음악 소리
가 나도록 하랑. 공중에 황금연못을 만들어 황금잉어 개미잉어 나
비잉어 벌잉어 방울새잉어 너도바람잉어 노루귀잉어 사슴눈망울잉
어 사슴뿔잉어 매미잉어 자라잉어 비단새잉어 파랑새잉어 제비잉
어 까치잉어 까까잉어 찔레잉어 백합잉어 목단잉어 작약잉어 매화
잉어 배롱잉어 간지럼잉어 자라잉어 민들잉어 복사잉어 얄랑잉어
등 잉어들이 맘껏 놀아 인간 죄수들의 눈을 즐겁게 해주랑. 그들
을 보기만 해도 눈이 환해지도록 지느러미마다 특수산소통을 부
레처럼 달아 두거랑.

또한, 향기도 지금 땅에서 피어나는 꽃향기 그 약한 향기 말고
천상에만 있는 비즐비향을 종류별로 인간 세상에 전송해랑. 홍비
즐향 라라비즐향 라미비즐향 우렁비즐향 방울비즐향 너도비즐향
노루귀비즐향 예솔비즐향 다슬비즐향 다흰비즐향 찬솔비즐향 비
단비즐향 파파랑랑비즐향 찰찰랑랑비즐향 도란도란비즐향 이랑이
랑비즐향 쓸쓸쓸쓸비즐향 으앙으앙비즐향 초록초록비즐향 나폴나
폴비즐향 이 향들 모두를 비율을 일정하게 분배하여 바람 겨드랑
이에 섞어 지상으로 전송하랑.

이 향을 종류별로 맡으면 병도 없어지고 늙지도 않고 현재 늙어

있는 사람도 이 비즐비향을 맡는 순간 흰머리가 검어지고 빠진 이가 다시 나고 늙은 세포가 모두 젊어져 스무 살의 젊음에서 더 이상 늙지 않고 일하지 않고도 살 수 있고 영생을 누리게 하고, 심보가 상대에게 투명하게 보여 잘못을 생각만 해도 심보가 까맣게 색이 변하는 것이 보이니 누구도 죄를 지을 생각조차 못 하게 1단계 신통력을 주고 이것들을 적절하게 잘 다루는 자들에게 다음 2단계 신통력을 준비하랑.

2단계 신통력은

천상에 있는 황금지팡이 유전자를 인간 감옥으로 전송하랑. 이 지팡이는 무엇이든 원하는 것은 모두 얻을 수 있고 마음만 먹으면 무엇이든 못 하는 것이 없는 만능 황금지팡이당. 1단계 신통력이 아주 잘 수행된 자 중에서 다시 공평하게 수행평가를 저울에 달아서 나누어 주도록 하랑. 1단계 신통력을 1년 이상 제대로 법을 어기지 않고 수행한 인간에게만 부여하도록 하랑.

2단계 황금지팡이를 부여받은 사람 중에서 1년 이상 아주 공정한 마음으로 수행을 잘한 사람들의 수행평가를 다시 저울에 달아 보아 제대로 잘 지켜졌다면 다음 3단계 신통력을 주도록 하랑.

3단계 신통력은

그 사람이 하고 싶은 일들을 마음만 먹으면 할 수 있는 신통력이다. 조밥이 먹고 싶으면 조밥이 대령되고 연밥이 먹고 싶으면 연밥이 대령되고 반찬도 본인이 된장 달래를 먹고 싶으면 된장 달래가 대령 되고 작약꽃이 보고 싶으면 후~ 작약꽃 하면 작약꽃이 살포시 피어나고 후~ 목단꽃 하면 목단꽃 엉덩이 흔들며 할랑할랑 피어나고 후~ 목련꽃 하면 목련꽃이 알 속에서 껍질을 벗어버리고 하얀 백조처럼 우아랑우아랑 피어나고 후~ 맨드라미 하면 맨드라미가 닭 볏을 달고 꼬꼬삐약 끼끼삐약 피어나며 무슨 꽃이든지 원하는 대로 꽃을 피워 볼 수 있는 신통력이다.

향기 역시 마음대로 골라서 수수꽃다리 향이 그리우면 화르르~ 수수꽃다리 하면 수수꽃다리 향기가 향나라향나라 날아오고 화르르~ 후리지아 하면 후리지아 꽃향기가 노랑비노랑비 날아오고. 화르르~ 백합 하면 백합 향기가 야리홍야리홍 날아오고 화르르~ 인동초 하면 인동초 향기가 동초리동초리 날아오고 화르르~ 천사의 나팔 하면 천사의 나팔 향기가 천리향만리향 날아오고. 나비가 보고 싶으면 노랑나비~하면 노랑나비가 노랑호노랑호 날아오고 호랑나비~ 하면 호랑나비가 호랑리호랑리 날아오고 종달새~하면 종달새가 종종새달달새 지저귀며 날아오고 굴뚝새~하면 굴뚝새가 하얀 이빨 뽀드득뽀드득 갈며 날아오고, 무엇이든 원하면 모두 다 먹을 수 있고 볼 수 있고 냄새를 맡을 수도 있는 신통력이당.

이 3단계 신통력을 받고 아주 공명정대하며 어질게 1년을 잘 이행한 사람들의 수행평가를 다시 저울에 달아서 다음 4단계의 신통력을 부여하랑.

4단계 신통력은

하루살이의 목숨을 연장시킬 수도 있고 모든 식물의 목숨 줄을 마음대로 쥐락펴락할 수 있당. 모든 1년 살이 풀이나 나무들도 한 번 심으면 지금처럼 1년이 아닌 천 년이 되던 만 년이 되던 죽지 않고 계속 자라게 할 수 있고 그렇게 끝없이 자란 나무들은 하늘과 땅을 연결해 4단계를 도통한 사람들은 이 나무를 타고 천상 옥경 대와 지상 옥경대를 마음대로 오르내리며 천상과 지상을 잇는 가교 역할을 할 것이당. 인간들도 공부를 잘해야 잘 산다고 하는데 工夫에 工자를 보랑. 하늘과 땅을 잇는 자가 아니냥. 또 夫자를 보면 夫자도 하늘과 땅을 잇는 것이 인간이라고 하징.

그렇게 천상에서 살던 기억이 어렴풋이 남아있는지 감옥 간 인간들은 또 다른 신선 선녀가 자신의 몸을 빌려 귀양을 보낸 줄 모르고 자신의 자식이라고 태어나면 축하를 하고 공부를 잘 시키기 위해 난리를 치징. 저희들과 연관이 있는 죄수들을 자신의 자식으로 보내서 그 죄의 대가로 죽을 고통을 겪고 태어나게 해서 그 아이를 위해 평생 보상도 없이 봉사하며 죗값을 치르는 줄을 꿈에도 모를 거양. 그걸 눈치라도 채는 날이면 자식들을 구박하고 자식에게 함부로 해서 지상 감옥은 아수라계보다 더 심할 것이징. 그 작전은 성공한 것 같당. 아무리 힘들어도 힘든 줄 모르고 자식을 위해 헌신을 하는 건 인간들이 지키는 감옥법 중에서 가장 잘 지키고 있당. 그래서 하늘과 땅을 언젠가는 자신들이 오르내릴 것을 무의식적으로 알기에 그 뜻이 무언지도 모르고 공부를 잘해야 잘 산다고 교육열을 올리고 있징.

그렇지만 그 본뜻은 모르고 감옥생활을 하는 동안 잘 먹고 잘 산다고 교육하지 않냥. 인간들은 하늘에 우리 옥경대가 있다는 것을 어렴풋이 알고 있징. 그걸 그들은 신이라고 이름 짓고 신화를 만들어 내고 있징. 한 예를 들어보면 유프라테스강과 티그리스강의 비옥한 땅을 사이에 두고 어리석게 다투잖냥. 마치 영원히 존재할 것 같잉. 내가 큰 실수를 했엉. 자신이 지은 죄를 조금이라도 볼 수 있게 해서 감옥에 내려보내야 하는 건뎅.

다툼은 단 한시도 멈추지 않고 귀양을 가서도 정신을 못 차리고 제 버릇 개 못 주고 또 저희끼리 싸움을 벌이던 메소포타미아의 신화를 봐랑. 그렇게 귀양 간 인간들은 지상에 가서도 자기네들끼리 신화를 만들고 또 시기 질투 모략질에서 벗어나지 못함을 볼 수 있징. 그러니 다시는 귀양지인 지상에서 그런 일이 일어나지 않도록 도를 닦는 일에 조금도 소홀하게 하지 않도록 철저하게 교육해야 하느니랑.

인간 완성시대가 얼마 남지 않았느니랑. 철저한 교육을 통해 모든 식물이나 동물의 수명을 마음대로 관장할 수 있는 신통력을 내리도록 하랑. 이 역시 4단계에서 백지의 점 하나 잘못 찍는 오차가 있어서도 안 된당. 목숨 줄은 다른 것과는 달리 소중한 것이기 때문이당. 이제는 때가 완성 시대인 후천 세상이 도래했으니 죽거나 살거나 하는 말들이 없어지는 시대인 만큼 인간의 완성시대에 맞게 그렇게 4단계를 1년간 잘 이행한 사람에게는 5단계 신통력을 내리도록 하랑.

5단계 신통력은 귀양살이 인간들이 만들어 낸 종교들을 보면 하나같이 자기네 유리한 대로 규율을 만들어 놓았당. 그건 돈을 얼마나 많이 그러니까 교회는 십일조를 내고 감사 헌금을 내고 온갖 목록을 만들어 돈을 많이 하늘 곳간에 쌓을수록 천당을 갈 수 있다고 교육하고 그 헌금을 지금껏 단돈 10원도 나한테 준 적 없으면서 저리 당당하게 하늘 곳간에 쌓았다고 하는 저 인간들 좀 보랑. 불교도 등을 달고 부처님한테 많은 돈을 내야만 원하는 대로 잘되고 죽어서 극락 간다고 하는데 부처가 단 10원도 내게 준 적 없당. 그러니까 모두가 우리 하늘, 즉 나를 팔아서 장사하고 있당. 십자가를 만들어 놓고 부처를 만들어 놓고 온갖 상을 다 만들어 놓고 참으로 머리도 좋당. 좀 멍청하게 만들어서 내려보낼 걸 잘못한 것 같구낭.

그러니 5단계 신통력은 감옥에서 또 죄를 짓지 못하게 하도록 방지하는 신통력을 주랑. 자기네들끼리 배 두들기고 잘 살고 실천을 잘하면 천당, 못하면 지옥 하지않냥. 5단계 신통력은 불교는 봄의 도수여서 스님은 머리를 박박 깎고 늘 싹이 움트는 형국을 하고 절들은 골짜기 명당에 짓고 씨를 뿌린다는 걸 알려주고, 유교는 여름 도수라서 여름철에는 벼들도 가지를 무성하게 치고 나무도 가지를 벌는 시기라서 그 시대에는 인구도 끝없이 자식을 낳아 키웠음을 알려주랑. 그리고 대한민국 땅에 민족 종교란 (자칭 자기네가 만든) 곳은 내 이름을 팔아가면서 자기네 종교가 가을 도수라고 한다징. 참 신기한 건 내 이름을 어찌 알고 있단 말강? 아마도 전생 기억을 덜 지우고 귀양 보낸 것이 틀림없엉. 그래서 가을엔 추수하는 계절이라. 가을엔 쭉정이들은 다발다발 엮어서 불섶에 들어가고 알곡만 곳간으로 옮겨 후천 5만 년 미륵이 도래하면 자신들이 씨앗이 된다며 수도를 시킨다고 하징.

그러면서 무지막지 돈을 곳간에 쌓으라고 혹세무민한다고 다른 종교에서는 사이비종교라고 난리를 친다징. 그러면 그 신도들은 추수철에는 도리깨로 몸뚱이를 두들겨 맞아야 알곡이 튀어나온다며 반박을 하며 신도들을 안심시키고 모든 종교인은 보이지 않는 신이란 것을 만들어놓고 언변술 달인이 되어 서로 자기네 종교는 정통이고 다른 종교는 모두 사이비라고 싸움박질을 하고 있다징. 어휴 어리석은지공. 어찌 귀양을 가서도 저리 죄를 뉘우치기는커녕 또 다른 죄를 만드는지 알 수가 없당.

그리고 신기한 건 대한민국 죄수들이 김씨 이씨 박씨 등 후천에 씨앗이 될 걸 어찌 알고 자칭 씨라고 말하냥 말이당. 설마 너희가 천기누설을 한 건 아니겠징? 아닙당, 절대로 아닙당. 그러면 됐당, 무언가 영감으로 안다고 해두징. 5단계 신통력을 1년간 잘 이수하면 6단계 신통력을 부여하랑.

6단계는 신통력은 인간이 이제 날개 없이도 날아다니는 신통력이다. 마음만 먹으면 날개가 돋아나 날아다닐 수 있는 기능, 그러니까 하늘에서 살던 습관을 버리지 못하고 날고 싶어 시인들이 새를 노래하고 벌나비를 온갖 날아다니는 것들을 부러워 하잖냥. 그래서 기어이 비행기를 만들어 날아다니기에 이르징. 이제는 그 많은 자동차와 비행기와 자전거가 모두 필요 없게 될 것이당. 이 단계의 신통력을 가진 자는 마음대로 날아다닐 수 있을 것이당. 이대로만 계획하면 인간 감옥에서의 규율이 천상계와 같아질 것이당. 잘 알아 들었냥?

넹. 잘 알겠습당. 절대로 어기는 일이 있어서는 안 된다. 모든 것이 완성시대라 후천 5만 년의 기울어진 지구가 바로 서는 시대가 또다시 기울어질 염려가 있으니 바늘구멍만 한 허점이 있어도 안 됨을 명심하고 도수를 물 샐 틈 없이 짜도록 철저하게 관리 감독하랑. 절대로 어기지 않겠습당. 물 샐 틈 없이 도수를 짜겠습당. 그렇게 해야징. 영록지를 가져와 보랑. 넹. 여기 영록지 대령입당.

옥황상제가 영록지를 눈으로 훑자 글자들이 눈 속으로 뛰어들었다 뛰어나간다. 6단계를 착실하게 잘 이행한 자들에게 수행평가 무게를 달아보고 7단계 신통력을 내려랑.

7단계 신통력은 1~3까지는 어린아이의 영, 4~5까지는 청소년의 영, 6~7까지는 일반 평범한 사람들의 영 8~9까지는 도를 닦거나 성인 경지의 영이었던 것을 필요에 따라 자유롭게 알아서 처방할 자격을 주어랑. 옥황상제는 영속지를 눈으로 훑더니 눈에 들어간 글자들을 모두 후루루 쏟아내고 눈을 위로 치켜뜨며 말한다. 옥경을 열어서 인간 감옥을 비춰 보거랑. 넹. 알겠습당. 모두 황금으로 만든 문어 모양의 옥경을 가지고 온다.

아주 정교하게 만들어져 금방이라도 문어발이 꿈틀꿈틀 기어서 금방이라도 바닷속으로 헤엄쳐서 들어갈 것처럼 보인다. 여기 가지고 왔습당. 어서 비추어 보십싱. 갓 태어나서 열세 살까지 어린 아이입당. 어디 갓 태어난 아이부터 열세 살까지 어린 죄수까지더냥? 넹. 한 번 보십싱. 경을 들이대자 갓 태어난 아이에서 열세 살까지 어린이들이 모두 하나하나 비추어진다. 자르르 둘러보던 옥황상제는 그래 역시 위반을 하지는 않는궁. 그렇지용. 그럼 다음 어른의 영을 비출까용? 그래 그다음 어른의 영을 비추랑. 넹.

경을 들이대자 어른의 영들이 모두 하나하나 비추어진다. 자르르 둘러보던 옥황상제는 역시 위반하지 않았구낭. 영을 넣어준 만큼이구명. 단계별로 넣은 영 딱, 그대로구명. 그래서 영이 조금 높은 어른은 어린아이의 영의 눈높이를 맞추라고 했더니 저희들이 눈높이 교육이니 뭐니 떠들어대는 걸 보니 역시 어른의 영은 맞구낭. 그리고 도를 닦아 조금 나은 성인들 역시 물질 같은 것에 욕심을 두지 않고 일반 사람의 길잡이가 되기도 하나 인간의 영에 이기심 때문에 모르는 것이 어쩌면 다행인지 불행인지 모르겠구낭. 이제부터 물질이 아닌 영적인 것으로 다스리는 것으로 바꿀 것이당.

그러니 7단계를 아주 정밀하고 공명정대하게 잘 수행한 자들에게 8단계 신통력을 내려랑.

8단계 신통력은

머릿속에 새로운 칩 하나씩을 더 심어 주도록 하랑. 이 신통력을 받은 자들은 버튼을 켜고 '행복'하고 말하면 행복이 마구마구 쏟아져 나오고, 무엇이든 말만 하면 뇌 속에서 모두 조달되고 몸 어딘가에 병이 생길 전조가 보이면 '비켜'란 말 한마디면 그 균이 지우개로 필요 없는 문장을 지우듯이 깨끗깨끗 지워지고 새소리! 하고 부르면 무슨 새소리를 좋아하는지 인식해서 깔깔짹짹깔깔폴폴 노래하고 상쾌한 바람이 그리우면 '바람'하고 부르면 바람이 홍야홍야 날아오게 된당. 계절도 언제나 자기가 좋아하는 계절로 바꿀 수 있어 비가 그리우면 금방 비가 내리게 하고 눈이 그리우면 눈이 내리게 하고 폭설이 필요하면 폭설로 장대비가 필요하면 장대비로 내리며 안개를 부르면 몽아랑몽아랑 안개가 깔리고 개울물 부르면 개울물이 졸졸라졸졸라 소리를 내면서 눈앞에 달려오고 단풍을 부르면 단풍이 울단홍울단홍 나타나고 자작나무숲 부르면 자작나무숲이 야자작야자작 달려오고, 무엇이든 마음만 먹으면 모두 되는 세상이 될 것이당.

천상 옥경대서 죄를 지은 신선 선녀들을 이렇게 오랜 세월 감옥살이를 시키고 죄를 못 짓게 귀양 가서 힘들게 단련을 시키고 자신들이 윤회가 있느니 어쩌니 소리가 나와도 절대로 보여주지 않고 잘 지킨 덕분에 부정부패 없이 잘했당. 이제 후천 운수 완성의 시대 때가 도래 했당. 이 세상을 위해서 지금까지 인간들을 땅 위에 내려보내 업장을 소멸시키게 했당. 죄수들도 업장 소멸이란 글도 쓰고 말도 하면서 살았징. 그렇게 귀양과 동시에 직업을 가지고 노동을 해야만 목숨을 부지할 수 있도록 하면서 진화를 시키고 죄를 빨리 뉘우치면 얼른 천상 옥경대로 불러오고 그렇게 교육하면서 죄를 짓지 않는 훈련을 시키는 데 이리 오랜 세월이 흘렀당.

옥황님 귀양과 동시에 직업을 가지고 노동을 해야만 할 수 있게 한 건 아니징? 무슨 소리냥? 태어나자마자 직업이 어딨어용. 어느 정도 커야 하지용. 태어나자마자 젖을 빠는 것도 직업이니랑. 젖 먹는 힘을 다해서라는 말을 저들이 하는 이유가 태어나서 누워서 노는 것 같지만 젖 먹는 자체가 노동이니랑. 아항 그렇군용. 이제 바야흐로 긴 통로를 통과하고 천상 옥경대와 똑같은 인간 근본의 지상낙원을 건설할 때가 되었구낭. 이제는 인간들이 죽으면 어디로 가느냐는 등 죽으면 어떻게 되느냐는 등 사후 세계를 궁금해하면서 그 궁금증과 미완성의 인간성을 이용해서 종교를 만드는 일은 이제 종을 쳐도 되겠구낭.

내 본래 인간 세상으로 귀양 보낼 때 이 궁금증을 주어서 귀양살이를 하는데 충실하게 하면서 죄를 뉘우치고 인정하면서 열심히 그리고 남을 위해 봉사하는 마음을 가지도록 하기 위해서 생명의 근원을 알지 못하도록 해 보냈는데도 인간들은 죽음 앞에서 울고

불고 난리를 치고도 며칠 내로 다 잊어버리징. 그리고는 또 너무나 태연하게 대처하고 천년만년 살 것처럼 욕심을 부리고 상대를 괴롭히고 이기적으로 치달아 서로서로 죽이고 짓밟는 만행을 일삼고 천상에서 살 때의 근성을 버리지 못하고 또 죄를 짓고 있으니 이제는 더 이상 어떻게 할 수가 없당.

이제 8단계를 잘 수행한 자들의 수행평가를 저울에 달아 9단계 신통력을 내려랑.

9단계 신통력은

이제 모든 때가 다가왔으니 이쯤에서 선도 악도 모두 종식되고 인간 완성을 해야 할 시기이니 9단계 신통력은 나머지 모든 권능을 주도록 하랑. 그들은 죽은 자도 일으킬 수 있는 권능을 주랑. 지상에서 귀양살이하는 인간들에게 지상 옥경대를 건설하고 영원히 살며 천상 옥경대와 똑같이 영생을 살도록 명하노랑! 너희들 24절 후 신명들과 명부계 등 모든 신은 하루빨리 일에 착수해서 교육을 마치고 법부계에서 죄의 근달이를 마친 모든 1만 2천 도통 군자들에게 전기 스위치를 켜듯이 9단계의 유전자의 권능을 일시에 전기를 넣어 통하도록 만반의 준비를 하랑. 모든 준비를 완료하고 대기시키겠습당.

만반의 준비를 해서 명령만 내리시면 버튼을 눌러 기운을 넣도록 하겠습당. 알았당. 한 치의 착오도 일어나서는 안 되니랑.

그렇게 천상의 모든 준비는 끝난다. 천상의 일을 알기라도 하듯 지상의 사람들의 시간은 무엇을 하든지 빨리빨리로 바뀌기 시작한다. 우물에서 숭늉을 찾듯이 아무것도 할 일도 없으면서 마음들은 입으로 바빠, 바빠를 외치면서 설친다. 아무리 바쁘게 설친들 죽음의 길로 빨리 가는 길밖에 없음을 환하게 내다보면서도 인간들은 빨리빨리 서두른다. 모두 지상 옥경대가 설 것을 알기라도 하듯이.

천지 공사

자 이제 천지의 음양이 하나로 합해지고 정역 시대가 도래했당. 이제는 지상 감옥으로 귀양 간 인간이 말하는 삼재라는 말과 신수라는 말 그리고 주역이니 정역이니 말하며 책을 내고 떠들어대는 모든 일이 완성 시기이니 이제 모든 게 하나로 정립될 때가 되었당. 이제는 죄수들이 점을 보는 일도 똑같은 죄수로 태어나서 천자 행세를 하면서 조금 머리가 좋은 죄수들이 권위를 만들고 부귀를 만들어 어떤 인간은 귀양 가자마자 금수저를 물고 태어나고 어떤 인간은 귀양을 가자마자 노예가 되어 그 노예한테 태어난 자식까지 노예로 전락시키면서 마치 자신들이 천상에 있을 때처럼 신선 선녀라도 되는 듯이 함부로 귀천을 정하고 계급을 만들어 같은 죄인끼리 업신여기며 함부로 대하는 일이 없어지리랑.

죄수들이 같이 감옥살이하는 본분을 잊고 억압하고 양반 천민을 만들고 대립적 계급 구조를 만들어 죄수들이 피눈물 흘리는 일은 없어질 것이당. 조선 시대만 그렇다고 착각을 하면 안 된다. 구한말 시대에도 백성들이 도탄에 빠져 신음하고 또한 중심 그러니까 다시 말해 배꼽에 해당하는 나라 백성을 청나라 군대와 일본 군대들이 마구 함부로 짓밟아 천지가 슬픔의 바다로 출렁거렸징. 실망 절망과 르망 시대를 거치면서 그 극한 상황에서도 사상을 똑바로 세운 사람들은 있었느니랑. 세상은 썩은 냄새가 진동했으나 너무 강한 나라들이라 민란이나 혁명을 해서 세상을 구하려는 의욕조차 상실하고 실의에 빠진 백성들에게 조금의 동정심도 배려하지 않고 남의 나라를 저희 멋대로 짓밟고 흔들어 대며 좌지우지하지 않았냥. 그 영리한 조선의 백성들이 그럴 때 얼마나 가혹한 아픔이 있었겠냥. 그렇지만 그래도 그들은 늘 저항하며 나라를 건지려는 마음을 잃지 않고 노력한 사람들이 많았징.

자신의 목숨 하나쯤이야 초개처럼 버리더라도 희망을 품고 노력하는 사람들이 많았징. 종교의 경전들은 이제 선천 악기(惡氣)가 하늘에까지 가득 찼다면서 그 악기를 채운 것이 자신들이란 걸 무언중에 아는지 세상이 불의와 부정 원한으로 가득해서 거리 귀신이 되어 중천을 떠돌고 있으며 거리에도 돌부리에 걸려 넘어져 더 이상 신마저 붙을 곳이 없어서 풀잎에까지 둔(遁)을 붙여 써야 한다고 말하고 있는 경전도 있징. 저희가 저희 자신이 저지른 죄를 알고 있는 거양. 우리가 재앙이나 벌을 내리기 전에 저희 스스로 재앙이라고 말하며 하늘에까지 재앙이 가득하다고 하잖앙.

그리고 새 하늘을 만들겠다고 하잖앙. 선천기운을 어찌 알고 선천 운수와 기운이 다 갔다고 상극으로 가득한 묵은 하늘을 때려 부수고 그 대신 그 신들을 해원시켜 상생의 하늘을 만들 때가 되었다고 정역 팔괘를 만들어 19세기부터 떠들면서 신 하늘 설계를 꿈꾸었징. 문왕 팔괘가 상극의 주역 시대라면서 그 주역 시대는 기운이 다 쇠했다고 말하며 또 다른 것을 만들었징. 자기들 스스로 상극도 만들고 상생도 만들어서 또 상생은 서로 와서 서로에게 기대서 사는 이치로 움직인다고 선포를 하지만 그것 역시 효과를 보지 못하징.

역의 변화는 지구의 극점이 바뀌는 것부터 태양의 극점이 바뀌는 것까지 심지어 금성의 남북극이 뒤바뀌기도 하고 온갖 것들의 근원을 다 밝히려고 애를 쓰지만, 그것 모두 헛수고당. 아무리 연구를 하고 머리를 돌려본들 소용 없징. 머리 뇌를 5%밖에 사용을 못 하게 서랍에 빼두고 지상 감옥으로 보냈으니 수천수만의 저 광활한 우주를 보고도 자신들이 잠깐 머무르는 거란 걸 두 눈으로 분명히 보면서도 어쩌자고 천년만년 영생을 살 것처럼 깨닫지 못하니 말이당.

뭐 지구의 중심축이 지축이 정립한다공? 그 죄수는 그래도 어렴풋이 전생의 기억이 있는 죄수양. 그러니 선천 후천이란 말을 알고 묵은 하늘을 새 하늘로 바꾼다는 야심 찬 생각을 함부로 글을 쓰징. 옥황님, 여기서 신선 선녀 중 글을 쓰다가 붓을 잘못 놀려 인간으로 귀양 보내는 죄수는 귀양 가서도 글을 쓰는 환경을, 그리고 죄수의 머리에서 글을 쓰고 싶게 하는 영을 넣어 보내라고 하셨잖습깡? 아항, 참 그랬구낭. 그러니 그 죄수가 다시 지상 감옥에서 글을 쓰니 천상에 있던 생각들이 지문을 따라 조금씩 살아 나겠구낭.

글을 쓰는 죄수 외엔 그 손가락 지문을 자신의 죄를 감별하는 것 외엔 쓰지 못하게 하지 않았더냥? 넹. 그렇습당. 글을 쓰는 죄수들에게만 천상에서 살던 일들이 상상력이 나오도록 지문에 표시해 두었습당. 그렇징. 당연히 그래야징. 그들이 역에 써 놓은 걸 보면 양이 가장 성할 때 비로소 음이 서기 시작하며 음이 가장 성할 때 비로소 양이 서기 시작한다고 하면서 신인조화(神人造化) 음양합덕(陰陽合德)으로 풀이를 하잖앙. 그들의 풀이대로라면 신과 인간이 조화를 부리면 하나가 되고 그늘과 양지가 하나로 합할 때 하나가 된다는 진리인데 저들의 머리에서 이런 큰 천지 공사에 쓰일 일들을 알아내어 써먹는 걸 보면 글을 쓸 죄수들에게 손가락마다 준 지문을 통해 천상 옥경대의 일이 너무 많이 노출되는 것 같당.

그렇지 않고서야 어찌 저렇게 천상 옥경대에서만 쓰이는 단어들을 저렇게 써먹는단 말강. 그것뿐 아닙당. '정감록' '토정비결' '격암록' 등등 온갖 비결서를 교묘하게 만들어 배포한 지가 오래 되었습당. 그런데 중요한 건 그것들을 모두 종교에서 이용해서 사람들을 종교로 끌어들이는 포교 또는 포덕용으로 쓰인다는 데 문제가 있습당. 그랭? 그렇지만 감옥에 죄수들이 종교를 안 믿는 자보다가는 종교를 하나라도 가지고 있는 자가 그들이 말하는 천당을 가기 위해 조금이라도 죄를 덜 짓고 양심껏 살고 남도 도와주려는 마음을 가지는 자가 있지 않냥? 넹. 그건 맞습니당.

그들이 말하는 천지개벽 천지 공사 모두 내가 사람의 5장 6부에 도통을 넣어서 권능을 줄 것을 어찌 알고 저러는지 신통방통소통 이구멍. 그것뿐 아닙당. 지금 저들은 에이아이(AI)니 뭐니 최첨단을 그러니까 이제 자신의 영 5%를 마지막으로 다 써서 만들어 놓고 자신들마저 그들에게 침범당할까 전전긍긍하면서 난리를 치는 중입당. 그건 우리가 천상 옥경대서 모든 도수를 다 짜고 이제 1만 2천의 도통 군자를 가려서 저희가 죽지도 늙지도 않은 영생을 살 시기가 왔음을 직감하고 있는게징. 맞습니당. 그런 것 같습당. 그러니까 자연과 똑같아진다고 자기네 입으로도 말하고 있습당.

무얼 자기네 입으로 말행? 예를 들면 소나무가 죽을 때가 되면 종족본능이 있어 솔방울을 많이 달도록 한 것을 시를 쓰는 죄수들이나 소설을 쓰는 죄수 중에서 영이 더 높은 인간들이 알고 있는 것 같습당. 소나무가 죽을 때가 되면 종족본능이 있어 솔방울을 많이 달도록 한 것을 시를 쓰는 죄수들이나 소설을 쓰는 죄수들 중에서 영이 더 높은 인간들이 알고 있는 것 같다닝? 대체 그게 무슨 말냥? 그렇게 읊어대고 다니닝? 죄수들이 그런 글을 읽고 머릿속에 은연중에 녹아들어서 보십시용.

젊은 죄수들이 아이도 낳지도 않으려고 하고 결혼도 하지 않으려고 합당. 종족보존을 최고의 본능으로 알던 죄수들 머리가 이제는 자신이 즐겁게 살면 된다로 바뀌면서 이제 완성의 도수를 짜는 걸 어렴풋이 알고 있는 것 같습당. 심판관들의 입단속을 시켰냥? 당연하지용. 자신들이 입을 함부로 놀리면 연기처럼 사라질 것을 다 아는데 이 중차대한 시기에 죽으려고 입을 놀려서 천기누설할 심판관이 어딨습깡? 그렇긴 하지만 혹시나 이 천지 도수를 짜서 후천 5만 년을 돌리는 일에 차질이 생길까 봐 그런당. 옥황님 이제 죄를 짓는 일도 남을 시기하는 일도 죽고 사는 일도 인간이 어디서 태어났다가 왜 죽느냐며 철학에 심취하고 학문에 심취하며 연구하는 일이 없어지니 저들도 이제는 정신 바짝 차리겠지용?

당연하징. 이제부터 저승사자가 명부를 기록하는 일을 중단하랑. 넹. 저승사자들에게 지시하겠습당. 그럼 명부계는 오늘까지만 유효합니깡? 그랭, 5월 말까지만 기록하랑. 넹. 분부 거행하겠습당. 그리고 선악의 무게를 달아놓은 기록대로 죄수들을 다발다발 묶어 불 속에 영원히 태워버리고 죄의 무게가 가벼운 인간들이 지상 옥경대서 다시 신선 선녀가 되도록 만반의 준비를 갖추었징? 넹. 모두 분부대로 준비를 마쳤습당. 이제 옥황님께서 분부만 내리시면 '지상 옥경대' 버튼만 내리면 모든 것이 완성입당. 1만 2천 도통 군자들이 태어나서 어찌 이런 일이 있느냐고 어리둥절할 것이용. 인간 감옥 죄수들 모두가 대한민국에 도통 군자가 무슨 말이냐며 비행기 표가 매진되며 대한민국 땅이 콩나물시루처럼 복잡해질 것입당.

땅이 좁아서 그게 문젭당. 요 맹추양. 그건 그 도통 군자들이 생각만 하면 모두 이루어지도록 영을 붙이고 수도를 시켜 두었거늘 무슨 문제가 있단 말강? 아 참 맞습당. 너무 오랜 세월 지상을 다스리느라 그 지상관습에 젖어 도통 군자들에게 넣을 영을 깜빡 잊었습당. 이제 그 오랜 세월 천지 공사를 하면서 모든 인류와 사물의 영생을 위해 모두 고생했구낭. 시작이 반이라고 처음 공사를 시작할 때는 저 죄수들의 감옥을 어찌 다스려야 할지 아득하기만 했는데 벌써 후천 시대가 도래한 걸 보니 세월은 참으로 빠르구낭. 이제 그 길고 긴 여정을 지나 죄를 다 없애고 천지 공사가 완성되었으니 그동안 신선 선녀 감독들 모두 고생 많았구낭.

이제는 아무것도 하지 않아도 영원을 살 수 있으니 천지를 오르내리는 길이나 고속도로처럼 잘 닦아 두거랑. 버튼을 누르는 날짜는? 이제 누를 준비를 하고 대기하랑. 날짜는 너희도 몰라야 하느니랑. 곧 지상천국 버튼을 누를 날짜가 다가오니 신선 선녀들은 물 샐 틈도 없도록 비상 체계로 돌입하랑. 날짜를 미리 알려주면 모두가 혼란이 온당. 그리고 만에 하나 혹시라도 이 계책을 인간계에서 알고 어떤 죄수가 소설로라도 쓰는 날에는 모두 기가 막혀서 이런 일이 어찌 있을 수 있냐고 놀라서 기절하는 일이 일어날 수 있으니 조용히 하고 있다가 내가 손 없는 날을 이용해 지상 감옥 인간들이 꿈을 꾸고 일어난 듯 어느 날 갑자기 버튼 지시를 내릴 것이양. 옥황님 독재십니당.

아무리 그래도 그렇지 비서실장은 알아야징. 비서실장 안 할랍니당. 알았당. 내 비서실장 너에게만 알려주망 진작에 그렇게 나오실 일이징. 이쁘다 귀엽다 했더니 말하는 투하공. 절대로 천기를 누설하면 모든 일이 먼지처럼 흩어짐을 맹심 또 맹심하그랑. 넹, 모든 천상 감독관의 입을 소나무에 달린 바늘로 새파랗게 꿰매겠습당, 누설 못 하겟. 지 죽을 일을 왜 합깡? 그랭 당근 그리해야징. 이제 내가 왜 대한민국 땅을 반으로 갈라놓았었는지 알겠징? 안 그러면 영을 갈무리해 둘 지기가 서린 땅이 인간 감옥엔 없어서 만약 이 감옥에 쇠말뚝이 지기를 잘라 버렸다면 지상 감옥은 영영 세울 수 없었을 것이고 천지 공사도 끝장나서 모든 죄수는 지금처럼 영원히 윤회하며 고통을 받아야만 했을 거양.

대한민국에서 금강산 1만 2천봉 지기를 뽑아 1만 2천 도통 군자가 나오는 시기에는 한 번도 보지도 듣지도 못했던 괴질병이 돌아, 가다가 자다가 걷다가 죽어갈 것이당. 그리되면 모든 지상 감옥 인종들이 살려 달라 살려 달라 아우성치며 전 세계 사람들이 대한민국으로 몰려들어 대한민국에 옥경대가 있는 중심이 될 것이당. 1만 2천 도통군자들은 모든 나라가 나라를 주겠으니 목숨을 살려 달라고 아우성을 칠 것이당. 그 권능을 대한민국에 주었으니 그들을 살리기에 바쁜 날이 곧 다가와 감히 서로가 싸울 생각은 꿈에서 못하고 목숨 구걸하기에 바쁠것이당.

그후 인간 완성 지상 옥경대를 대한민국 땅에 건설할 것이니 이제 대한민국이 지상 옥경대 1만 2천 도통 군자가 천하를 앉아서 호령하는 명당이 될 것이당. 그 1만 2천 중에 가장 상등은 지상으로 유배 간 사람들이 살 자연을 치유하기 위해 환경 시를 써서 자신의 돈으로 번역해서 세계로 보내며 고군분투(孤軍奮鬪)하는 사람들이 될 것이당. 꿈 같다고 아우성치겠지만, 지상 감옥에서는 이미 내가 짜놓은 도수대로 휘리릭휘리릭 눈 깜빡하면 책을 읽고 오장을 들여다보도록 만들고 있으니 이제 버튼 누르는 일만 남았당. 버튼 누를 날짜는 정확히 지켜야 한당.

버튼 누를 날짜는 2045년 8월 15일 8시 15분이당.

소백산맥 마침